날개

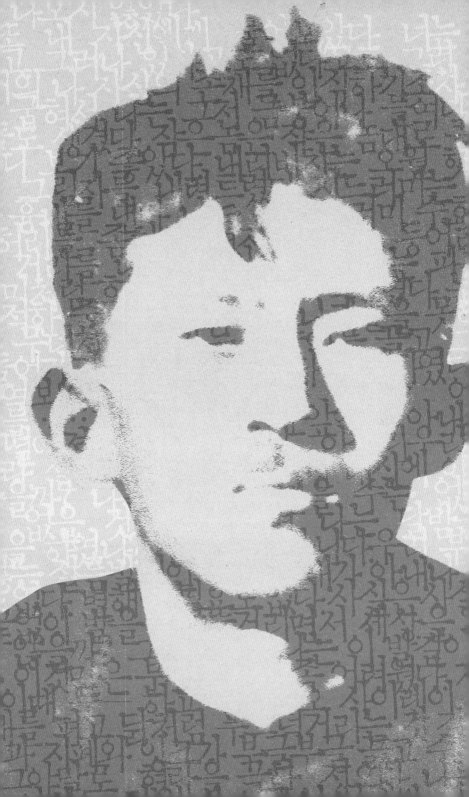

날개

이상 소설전집

애플북스

이상의 문장에는 늘 슬픈 비가 내린다

임 영 태

오랜만에 이상李箱을 다시 읽었다. 교과서만 빼고 활자로 된 모든 것을 경배하던 문학 소년 시절에 나는 이상을 처음 만났다. 그때 이상은 벼락처럼 신선했다. 그의 작품에 나타나는 병적인 자의식과 우울한 시니시즘은 감수성 예민한 어린 문학도를 얼마나 흥분시켰던가.

그의 작품들이 보여주는 자유분방한 형식과 역설의 재치와 독특한 난해함들, 거기에 사생활에서의 흥미로운 삽화가 곁들여지고 나면, 이상은 그 시대의 개성 있는 작가들 중에서도 가장 인상적으로 주목된다. 그 한 예로, 지금은 어떤지 모르지만 1970년대까지만 해도 이상은 현대문학을 전공하는 국문학도의 졸업논문에서 가장 빈번히 다루어지는 작가였다.

40년 만에 그 이상을 다시 읽었다. 이상은 나에게 여전히 매력적일까?

이상의 모든 소설은 작가 자신의 개인적 경험이 바닥에 깔려 있다. 단지 체험에서 소재를 따왔다는 정도가 아니라 개인사의 거의 그대로가 일기처럼 반영된다. 내가 새롭게 읽은 두 작품 〈실화〉와 〈봉별기〉도 마찬가지다.

〈실화〉는 1936년 작가가 발악이라도 하듯 훌쩍 건너간 동경이 그 무대가 된다. 이때는 이상이 두 번째 처인 변동림과도 사이가 매우 나빠져 있었고, 가족 부양에 대한 경제적 고통과 시시각각 조이는 병마로 인해 심신이 폐허처럼 스러져가던 시기였다. 이상은 애써 동경에 희망을 걸면서 쫓기듯 조국을 떠났던 것이나 그곳에서도 아무런 희망을 발견하지 못한 채 27세 나이로 쓸쓸하게 생을 마감한다.

〈실화〉는 이상의 그 유명한 경구—"사람이 비밀이 없다는 것은 재산 없는 것처럼 가난하고 허전한 일이다"라는 문장으로 시작된다.

소설의 줄거리는 그의 다른 작품들처럼 별다르게 극적인 건 없다. C 양의 방과 어느 카페에 잠깐 들른 일, 그리고 비에 젖은 동경 거리를 배회하며 서울의 문우 유정과 아내와의 일을 회상하는 모습이 그려진다.

정색을 하고 이 소설의 주제를 캐내려면 조금 난감해진다. 소설은 한 외로운 청년의 신산하고 무기력한 정서를 딱히 일정한 줄거리도 없이 파편처럼 흩뜨려 보여주고만 있다. 시간도 공간도 제멋대로다. 내적 독백과, 회상과, 현재 시점의 장면이 화자의 기분 내키는 대로 제약 없이 서술된다. 일기초와 메모를 주섬주섬 모아놓은 듯한 글인데, 어찌 보면 '의식의 흐름'이라는 기법을 연상케도 한다.

그러나 이 소설엔 역시 이상다운 매력이 있다. 그것을 풀어 말하기는 쉽지 않다. 우리가 소설의 표면에서 만나는 것은 이죽거림, 한탄, 재치 있는 경구 한마디, 불쑥불쑥 끼어드는 몇 개의 사소한 삽화들이다. 그런데 이런 것들이 이야기 전개에 묘하게 섞여들며 장면들 하나마다 독특한 우수를 만들어낸다.

예컨대 3장에서 불쑥 전개되는 화자와 아내의 대화, 남편이 아내의 정사를 추궁하는 장면은 단순하면서도 인상적이다.

"첫 번─말해라."
"인천 어느 여관."
"그건 안다. 둘째 번─말해라."
"……."
"말해라."
"N 빌딩 S의 사무실."
"세째 번─말해라."
"……."

짧은 대사가 아무런 지문도 없이 이어지지만 얼마나 생생하면서 순발력 있는 묘사인가. 절박하게 마주 앉아 있는 두 남녀의 성격과 결혼 생활 모습까지가 고스란히 보인다. 대사 자체의 위트 있는 말맛도 좋지만, 더 좋은 건 이 앞부분에서 보여준 쓸쓸한 풍경들과 더불어 이 장면 역시 추궁하는 자나 추궁당하는 자 두 사람 모두에게 애잔한 연민의 감정을 불러일으킨다는 점이다. 이상의 작품에서만 만나는 독특한 페이소스이다.

아내의 당당한 내숭과 남편의 덤덤해하는 듯하면서도 절망하는 태도가 이어지던 중 4장에서 몇 차례 튀어나오는 아내 연妍의 대사도 감칠맛이 있다.

"선생님, 선생님─ 이 귀염성스럽게 생긴 연이가 엊저녁에 무엇을 했는지 알아내면 용하지."

"여보시오 여보시오, 이 연이가 조 이층 바른편에서부터 둘째 S 씨의 사무실 안에서 지금 무엇을 하고 나왔는지 알아맞히면 용하지."

소설 안에서 이 구절은 아내의 대사가 아니다. 굳이 따지면 화자가 아내의 부정을 연상하며 떠올린, 이를테면 화자가 아내의 내숭을 말로 번역해 본 것이라 할 수 있는데, 이 절름발이 부부와 S라는 사람의 묘한 삼각관계를 보여주는 절묘한 수법이다. 심드렁하게 이런저런 이야기를 하던 중에 불쑥 끼어드는 이런 구절들은 독자에게 마치 채플린의 무성영화를 보는 듯한 기분을 갖게 한다. 이를테면 독자는, 울지도 웃지도 못하고 기묘하게 일그러져 있는 화자의 심리와 그 얼굴 표정까지 눈에 본 듯 느끼게 된다. 역시 이상이다 싶은 탁월한 페이소스의 연출이다.

〈봉별기〉로 넘어가자.

이 소설에는 이상이 요양차 백천온천에 내려갔다가 알게 되었던 술집 작부 금홍이가 나온다. 알다시피 금홍은 이상의 첫 번째 아내가 되어 '제비'라는 다방과 '쓰르'라는 카페를 차리게 되고, 바람이 나서 몇 차례 '왕복 엽서' 같은 가출을 되풀이하다가 결국엔 이상과 헤어지고 만다. 〈봉별기〉는 그 만남에서 이별까지의 기록이다.

소설은 이렇게 시작된다.

스물세 살이오—3월이오—각혈이다.

금홍은 열여섯에 머리를 얹고 다음 해에 아이를 낳았으나 그 아이가 돌 만에 죽어버린 기박한 과거를 가지고 있는 여자다. 그런 금홍이 첫눈에 이상에게 정을 준 이후로 몸을 팔아가며 이상의 용돈을 대어준다. 이 여자 금홍이 서울로 돌아가는 이상과 작별하는 장면에서 나는 다시 채플린의 〈시티 라이프〉를 떠올린다.

정거장에서 나는 금홍이에게 십 원 지폐 한 장을 쥐어주었다. 금홍이는 이것으로 전당 잡힌 시계를 찾겠다고 그러면서 울었다.

십 원 지폐란 무엇인가? 그것은 금홍이 몸을 팔아 엊그제 이상에게 건네준 용돈이다. 거기에 붙여 다른 말 없이 덤덤하게 이어지는 '전당 잡힌 시계'니 '그러면서 울었다'는 말들은 얼마나 애틋한가. 미학적으로 의미 깊은 절제이면서 이를 통해 느껴지는 슬픈 해학이 가히 이상답다.

이제는 〈실화〉에서와 유사한 그러나 풍경은 전혀 다른 두 남녀의 대화 한 장면을 보자. 금홍이 어느 남자를 따라 가출했다가 다시 돌아온 후에 이 부부는 서로 한바탕 울고 나서 다음과 같은 대화를 나눈다.

"그렇지만 너무 늦었다. 그만해두 두 달 지간이나 되지 않니? 헤어지자, 응?"
"그럼 난 어떻게 되우, 응?"
"마땅헌 데 있거든 가거라, 응?"
"당신두 그럼 장가가나, 응?"

〈실화〉에서처럼 짧고 장난 같은 대사로 두 사람의 내면을 드러내는 수법이 일품이다.

그렇게 이상을 두 번째 떠났다 세 번째 돌아온 금홍, 엽서를 받아 들 듯 속절없이 금홍을 받아들이는 이상, 이어서 두 사람은 술상을 차려 잔 주고받으며 〈육자배기〉 한마디씩을 뽑는 것인데, 속아도 꿈결 속여도 꿈결 굽이굽이 뜨내기 세상 그늘진 심정에 불질러 버려라……

내친김에 한 편을 더 읽어본다. 동료 문인이었던 김유정에 대해 쓴 소설 〈김유정〉이다. 소설과 수필이 딱히 구분되지 않는 이상의 다른 글과 마찬가지로 이 소설 역시 개인적 일화가 고스란히 담겨 있어 일종의 생활 단상이나 문우에 대한 인상 비평에 가깝다. 그런 만큼 작품으로서의 가치는 덜하지만 이상을 비롯한 당시 청년 문사들의 고고한 자부심과 예술적 기행을 들여다보는 맛이 쏠쏠하다.

우선 소설에 등장하는 문인들의 면면이 반갑다. 이상이 자기 입으로 "시인 가운데 쌍벽과 소설가 중 쌍벽"이라고 말하는 네 명의 친구는 한국문학사의 고전이 된 인물들—김기림과 정지용, 박태원과 김유정이다. 이상은 "소설을 쓸 작정이다. 네 분을 각각 주인으로 하는 네 편의 소설이다."라고 서두를 떼고는 이 중 김유정에 대해서 먼저 쓴다.

이상이 본 김유정은 이렇다.

모자를 홱 벗어 던지고 두루마기도 마고자도 민첩하게 턱 벗어 던지고 두 팔 훌떡 부르걷고 주먹으로는 적의 볼따구니를 발길로는 적의 사타구니를 격파하고도 오히려 행유여력에 엉덩방아를 찧고야 그치는 희유의 투사가 있으니 김유정이다.

이상을 포함해 다섯 사람 모두 독특한 개성을 지니는데 그중에서도 김유정은 가장 활달하고 자유분방한 인물로 묘사되어 있다. 그리고 이상은 그런 김유정에게 남다른 정을 주었던 것 같다.

술자리에서 토론을 벌이다 난장판이 되고 만 어느 하루를 이야기하는 이 소설의 마지막은 이렇다.

유정은 폐가 거의 결단이 나다시피 못쓰게 되었다. 그가 웃통

벗은 것을 보았는데 기구한 수신이 나와 비슷하다. 늘,

"김 형이 그저 두 달만 약주를 끊었으면 건강해지실 텐데."

해도 막무가내하더니 지난 7월 달부터 마음을 돌려 정릉리 어느 절간에 숨어 정양 중이라니, 추풍이 점기에 건강한 유정을 맞을 생각을 하면 나도 독자도 함께 기쁘다.

이상이 마지막으로 일했던 '창문사'가 나오는 것을 보니 이 글은 1936년 겨울에 쓴 것으로 짐작된다. 건강해져 돌아올 김유정을 기대하며 쓴 글인데 김유정은 이 얼마 후인 1937년 3월에 건강이 악화되어 사망하고, 한 달도 지나지 않아 이상 역시 폐결핵 악화로 세상을 떠난다. 자기 죽을 것은 모르고 서로 친구 걱정만 하던 창백한 청년 문사들의 모습이 가슴에 쓸쓸히 저며온다.

자, 이상은 여전히 매력으로 남아 있는가?

적어도 내게는 그랬다. 이상은 계속 읽힐 만한 작가다. 이상의 개성이나 문학적 미학은 21세기의 지금도 여전히 유효하다.

임영태 | 1992년 〈문화일보〉 신춘문예로 등단. 소설집으로 《무서운 밤》, 장편소설 《아홉 번째 집 두 번째 대문》《우리는 사람이 아니었어》《비디오를 보는 남자》《호생관 최북》 등이 있음. 1994년 '오늘의 작가상'과 2010년 '중앙 장편문학상' 수상.

차례

일러두기

1. 이 책은 이상이 발표한 소설들을 모은 것으로 작품 배열은 발표 연대순으로 하였다.
2. 맞춤법, 띄어쓰기는 현대어 표기로 고쳤으나 작가가 의도적으로 표현한 것은 잘못되었더라도 그대로 두었다. 띄어쓰기와 맞춤법은 국립국어원의 《표준국어대사전》을 기준으로 삼았다.
3. 한글로 표기된 외래어는 외래어맞춤법에 맞게 고쳤으나 시대 상황을 드러내는 용어는 원문을 그대로 살렸다.
4. 한자는 한글로 표기하고 의미상 필요한 경우에만 한글 옆에 병기하였다.
5. 생소한 어휘는 독자들의 이해를 돕기 위하여 각주로 설명을 달아두었다.
6. 대화에서의 속어, 방언 등은 최대한 살렸으나 지문은 현대어로 고쳤다.
7. 원문에서 × 혹은 ○로 표기한 경우에 ○로 통일하였다.

12월 12일

이때나 저때나 박행薄幸에 우는 내가 십유여 년 전 그해도 저무려는 어느 날 지향도 없이 고향을 등지고 떠나가려 할 때에 과거의 나의 파란 많은 생활에도 적지 않은 인연을 가지고 있는 죽마의 구우 M 군이 나를 보내려 먼 곳까지 쫓아 나와 갈림을 아끼는 정으로 나의 손을 붙들고,

"세상이라는 것은 우리가 생각하는 것과 같은 것은 아니라네."
하며 처창한 낯빛으로 나에게 말하던 그때의 그 말을 나는 오늘까지도 기억하여 새롭거니와 과연 그 후의 나는 M 군의 그 말과 같이 내가 생각하던 바 그러한 것과 같은 세상은 어느 한 모도 찾아낼 수는 없이 모두가 돌연적이었고 모두가 우연적이었고 모두가 숙명적일 뿐이었다.

'저들은 어찌하여 나의 생각하는 바를 이해하여 주지 아니할

까? 나는 이렇게 생각해야 옳다 하는 것인데 어찌하여 저들은 저렇게 생각하여 옳다는 것일까?'

이러한 어리석은 생각은 하여볼 겨를도 없이,

'세상이란 그런 것이야. 네가 생각하는 바와 다른 것, 때로는 정반대되는 것, 그것이 세상이라는 것이야!'

이러한 결정적 해답이 오직 질풍신뢰적으로 나의 아무 청산도 주관도 없는 사랑을 일약 점령하여 버리고 말았다. 그 후에 나는 네가 세상에 그 어떠한 것을 알고자 할 때에는 우선 네가 먼저,

'그것에 대하여 생각하여 보아라. 그런 다음에 너는 그 첫 번 해답의 대칭점을 구한다면 그것은 최후의 그것의 정확한 해답일 것이니.'

하는 이러한 참혹한 비결까지 얻어놓았었다. 예상 못한 세상에서 부질없이 살아가는 동안에 어느덧 나라는 사람은 구태여 이 대칭점을 구하지 아니하고도 세상일을 대할 수 있는 가련한 '비틀어진' 인간성의 사람이 되고 말았다. 그리하여 인간을 바라볼 때에 일상에 그 이면을 보고 그럼으로 말미암아 '기쁨'도 '슬픔'도 '웃음'도 '광명'도 이러한 모든 인간으로서의 당연히 가져야 할 감정의 권위를 초월한 그야말로 아무 자극도 감격도 없는 영점에 가까운 인간으로 화하고 말았다. 오직 내가 나의 고향을 떠난 뒤 오늘날까지 십유여 년간의 방랑 생활에서 얻은 바 그 무엇이 있다 하면,

'불행한 운명 가운데서 난 사람은 끝끝내 불행한 운명 가운데서 울어야만 한다. 그 가운데에 약간의 변화쯤 있다 하더라도 속지 말라. 그것은 다만 그 '불행한 운명'의 굴곡에 지나지 않는 것이다.'

이러한 일그러진 결론 하나가 있을 따름이겠다. 이것은 지나간 나의 반생의 전부요 총결산이다. 이 하잘것없는 짧은 한 편은 이 어그러진 인간 법칙을 '그'라는 인격에 붙여서 재차의 방랑 생활에 흐르려는 나의 참담을 극한 과거의 공개장으로 하려는 것이다.

1

통절한 자극 심각한 인상 그것은 사람의 성격까지도 변화시킨다. 평범한 환경 단조한 생활 긴장 없는 전개 가운데에 살아가는 사람으로서는 도저히 그의 성격까지의 변경을 보기는 어려울 것이다. 어느 때 무슨 종류의 일이고 참으로 아픈 자극과 참으로 깊은 인상을 거쳐서야 비로소 그 사람의 성격 위에까지의 결정적 변화를 볼 수 있을 것이다. 이제 지금으로부터 지나간 이삼 년 동안에 그를 만나보지 못한 사람은 누구나 다 '그'의 성격의 어느 곳인지 집어내지 못할 변화를 인식할 것이다. 이러한 변화에 따라 그의 용모와 표정 어조까지의 차라리 슬퍼할 만한 변화를 또한 누구나 다— 놀람과 의아를 가지고 대하지 아니할 수 없을 것이다.

'저 사람 저 사람의 그동안 생활에 저 사람의 성격을 저만치 변화시킬 만한 무슨 큰 자극과 깊은 인상이 있었던 것이겠지 무엇일까?'

그러나 이와 같은 의아는 도리어 그의 그동안의 생활에도 그의 성격을 오늘의 그것으로 변화시키게까지 한 그러한 아픈 자극과 깊은 인상이 있었다는 것을 더 잘 이야기하는 외에 아무것도 아닌 것이다.

2

세대와 풍정은 나날이 변한다. 그러나 그 변화는 그들을 점점 더 살 수 없는 가운데서 그들의 존재를 발견할 수 없도록 하는 변화에 지나지 아니하였다. 이 첫 번 희생으로는 그의 아내가 산후의 발병으로 세상을 떠나고 만 것이다. 나이 많은(많다 하여도 사십이 좀 지난) 어머니를 위로 모시고 어미 잃은 젖먹이를 품 안에 끼고 그날그날의 밥을 구하여 어두운 거리를 헤매는 그의 인간고야말로 참담 그것이었다.

'죽어라 죽어 차라리 죽어라. 나의 이 힘없는 발길에 걸치적대지를 말아라. 피곤한 이 다리를 위하여 평탄한 길을 내어다오.'

그의 푸른 입술이 떨리는 이러한 무서운 부르짖음이 채— 그의 입술을 떨어지기도 전에 안타까운 몇 날의 호흡을 계속하여 오던 그 젖먹이마저 놓였던 자리도 없이 죽은 어미의 뒤를 따라갔다. M 군과 그 그리고 애총 메는 사람, 이 세 사람이 돌림돌림 얼어붙은 땅을 땀을 흘려가며 파서 그 조그마한 시체를 묻어준 다음에 M 군과 그는 저문 서울의 거리를 걷는 두 사람이 되었다.

"M 군, 나는 이제 나의 지게의 한편짝 짐을 내려놓았다. 나는 아무래도 여기서 이대로는 살아갈 수 없으니 죽으나 사나 고향을 한번 뛰어나가 볼 테야……."

"그야…… 그러나 늙으신 자네의 어머니를 남의 땅에서 고생시킨다면 차라리 더 아픈 일이 아니겠나."

"그러나 나는 불효한 자식이라는 것을 면치 못한 지 벌써 오래니깐."

드물게 볼 만치 그의 눈이 깊숙이 숨벅이고 축축히 번쩍이는 것이 그의 굳은 결심의 빛을 여지없이 말하고 있는 것도 같았다.

T 씨(T 씨는 그와의 의는 좋지 못하다 할망정 그래도 그에게는 단 하나밖에 없는 친아우였다) 어렵기 짝이 없는 그들의 살림이면서도 이 단둘밖에 없는 형제가 딴 집 살림을 하고 있는 것도 그들의 의가 좋지 못한 까닭이었으나 그러나 그가 이 크나큰 결심을 의논하려 함에는 그는 그 T 씨의 집으로 달려가지 아니하면 아니 되었다.

"너나 나나 여기서는 살 수 없으니 우리 죽을 셈 치고 한번 뛰어나가 벌어보자."

"형님은 처자도 없고 한 몸이니깐 그렇게 고향을 뛰어나가시기가 어렵지 않으시리다만 나만 해도 철없는 처가 있고 코 흘리는 저 업(T 씨의 아들)이 있지 않소. 자, 저것들을 데리고 여기서 살재도 고생이 자심한데 낯설은 남의 땅에 가서 그 남 못할 고생을 어떻게 하며 저것들은 다 무슨 죄란 말이오? 갈려거든 형님 혼자나 가시오. 나는 갈 수 없으니."

일상에 어머니를 모신 형, 그가 가까이 있어서 가뜩이나 살기 어려운데 가끔은 어머니를 구실로 그에게 뜯기어 가며 사는 것을 몹시도 괴로이 여기던 T 씨는 내심으로 그가 어서 어머니를 모시고 어디로든지 멀리 보이지 않는 곳으로 가기를 바라고 기다렸던

것이었다. 그가 홧김에,

"어머니 큰아들 밥만 밥입니까 작은아들 밥도 밥이지요. 큰아들만 그렇게 바라지 마시고 작은아들네 밥도 가끔 가서 열흘이고 보름이고 좀 얻어잡숫다 오시구려."

이러한 그의 말이 비록 그의 홧김이나 술김의 말이라고는 하나 그러나 일상의 가난에 허덕이는 자식들을 바라볼 때에 불안스럽고 면구스러운 마음을 이기지 못하는 늙은 그들의 어머니는 작은아들 T 씨가 싫어할 줄을 번연히 알면서도 또 작은아들 역시 큰아들보다 조금도 나을 것 없이 가난한 줄까지 번연히 모르는 것도 아니었으나 그래도 큰아들 가엾은 생각에 하루고 이틀이고 T 씨의 집으로 얻어먹으러 터덜거리고 갔었다. 또 그 외에도 즉 어머니 생일날 같은 때,

"너도 어머니의 자식 나도 어머니의 자식 너나 나나 어머니의 자식 되기는 일반인데 내가 큰아들이래서 내 혼자서만 물라는 법이 있니? 그러니 너도 반만 물 생각해라……."

그럴 때마다 반이고 삼분의 일이고 T 씨는 할 수 없거나 있거나 싫은 것을 억지로 부담하여 왔었다. 이와 같은 것들이 다 T 씨가 그의 가까이 있는 것을 그다지 좋아하지 아니하는 까닭이었다.

"그럼 T야, 너 어머니를 맡아라. 나는 일 년이고 이태이고 돈을 벌어가지고 돌아올 터이니 그러면 그때에는……."

"에― 다 싫소. 돈 벌어가지고 오는 것도 아무것도 다 싫소. 내가 어머니가 당했소. 그런 어수룩한 소리 하지도 마시오. 더군다나 생각해 보시오. 형님은 지금 처자도 다 없는 단 한 몸에 늙으신 어머니 한 분을 무엇을 그러신단 말이오? 나는 처자들이 우물

우물하는데 게다가 또 어머니까지 어떻게 맡는단 말이오? 형님이 어머니를 모시고 다니시면서 고생을 시키든지 낙을 뵈우든지 그건 다 내가 알 배 아니니깐 어머니를 나한데 떠맡기고 갈 생각은 꿈에도 마시오."

이렇게 T는 그의 면전에서 한 번에 획― 배알아버리고 말았다.

어머니를 그 자식들이 서로 떠미는 이 불효, 어머니를 모시기를 싫어하는 이 불효, 이것도 오직 그들을 어찌할 수도 없이 비끌어 매고 있는 적빈, 그것이 그들로 하여금 차마 저지르게 한 조그마한 죄악일 것이다.

그 후 며칠 동안 그는 그의 길들였던 세대도구世帶道具를 다 팔아가지고 몇 푼의 노비를 만들어서 정든 고향을 길이 등지려는 가련한 몸이 되었다. 비록 그다지 의는 좋지 못하였다고는 하나 그러나 그러한 형 그와의 불의도 다― 적빈 그것 때문이었던 그의 아우 T는 생사를 가운데 놓은 마지막 이별을 맡기며 눈물 흘려 설위하는 사람도 오직 이 T 하나가 있을 따름이었다.

"어머니, 형님. 언제나 또 뵈오리이까?"

"잘 있거라, 잘 있거라."

목메인 그들의 차마 보지 못할 비극. 기차는 가고 T 씨는 돌아오고 한밤중 경성 역두에는 이러한 눈물의 이별극이 자국도 없이 있었다.

죽마의 친구 M 군이 학창의 여가를 타서 부산 부두까지 따라와서 마음으로의 섭섭함으로써 그들 모자를 보내주었다. 새벽바람 찬 부두에서 갈림을 아끼는 친구와 친구는 손을 마주 잡고,

"언제나 또 만날까, 또 만날 수 있을까. 세상이라는 것은 우리

가 생각하는 바 그러한 것은 아니라네. 부디 몸조심 부모 효도 잊지 말아주게."

"잘 있게. 이렇게 먼 데까지 나와주니 참 고맙기 끝없네. 자네의 지금 한 말 언제라도 잊지 아니할 것일세. 때때로 생사를 알리는 한 조각 소식 부치기를 잊지 말아주게. 자— 그러면……."

새벽안개 자욱한 속을 뚫고 검푸른 물을 헤치며 친구를 싣고 떠나가는 연락선의 뒷모양을 어느 때까지나 하염없이 바라보아도 자취도 남기지 않은 그때가 즉 그해도 저무려는 12월 12일 이른 새벽이었다.

그 후 그의 소식을 직접 들을 수 있는 고향의 사람에는 오직 M 군이라는 그의 친구가 있을 따름이었다. 그가 처음의 한두 번을 제하고는 T 씨에게 직접 편지하지 아니한 것과 같이 T 씨도 처음의 한두 번을 제하고는 그에게 편지하지 아니하였다.

오직 그들 형제는 그도 M 군을 사이로 하여 M 씨의 소식을 얻어 알고 T 씨도 M 군을 사이로 하여 그의 생사를 알 수 있는 흐릿한 상태가 길이 계속되어 왔던 것이다.

M에게 보내는 편지(제1신)

M 군, 추운데 그렇게 먼 곳까지 나와서 어머니와 나를 보내주려고 자네의 정성을 다하였으니 그 고마운 말을 무엇으로 다 하겠나. 이 나의 충정의 만분의 일이라도 이 글발에 붙여보려 할 뿐일세. 생전에 처음 고향을 떠난 이 몸의 몸과 마음의 더없는 괴로

움 또한 어찌 이루 다 말하겠나. 다만 나의 건강이 조금도 축나지 아니한 것만 다시없는 요행으로 알고 있을 따름일세. 그러나 처음으로의 긴 동안의 여행으로 말미암아 어머님께서는 건강을 퍽 해하셔서 지금은 일어앉으시지도 못하시니 이럴 때마다 이 자식의 불효를 생각하고 스스로 하늘을 우러러 한숨지으며 이 가슴이 찢어지는 것과 같은 아픔을 맛보는 것일세. 자네가 말한 바와 같이 역시 세상은 우리들이 생각한 바와는 몹시도 다른 것인 모양이야. 오나가나 나에게 대하여는 저주스러운 것들뿐이요 차디찬 것들뿐일세그려!

× × ×

이곳에는 조선 사람으로만 조직되어 있는 조합이 있어서 처음 도항하여 오는 사람들을 위하여 직업 거주 등절을 소개도 하며 돌보아도 주며 여러 가지로 편의를 도모하기에 진력하고 있는 것일세. 나의 지금 있는 곳은 고베 시에서 한 일 리쯤 떨어져 있는 산지山地에 가까운 곳인데 이곳에는 수없는 조선 사람의 노동자가 보금자리를 치고 있는 것일세. 이 산비탈에 일면으로 움들을 파고는 그 속에서 먹고 자고 울고 웃고 씻고 빨래하고 바느질하고 하면서 복작복작 오물거리며 살아가는 것일세. 빨아 넌 흰 옷자락이 바람에 날리는 것이나 다홍 저고리와 연두 치마 입은 어린아이들의 오고 가며 뛰노는 것이나 고향 땅을 멀리 떠난 이곳일세만 그래도 우리끼리 모여 사는 것 같아서 그리 쓸쓸하거나 낯설지는 않은 듯해!

× × ×

　나는 아직 움을 파지는 못하였네. 헐어빠진 함석 철판 몇 장과 화재터에 못 쓸 재목 몇 토막을 아까운 돈의 몇 푼을 들여서 사다가 놓기는 하였네만 처음 당해보는 긴 여행 끝에 몸도 피곤하고 날도 요즈음 좀 춥고 또 그날그날 먹을 벌이를 하느라고 시내로 들어가지 아니하면 아니 될 몸이라 어떻게 그렇게 내가 들어 있을 움집이라고 쉽사리 팔 사이가 있겠나. 병드신 어머님을 모시고서 동포라고는 하지만 낯설은 남의 집에서 폐를 끼치고 있는 생각을 하며 어서어서 하루라도 바삐 움집이나마 파서 짓고 들어야 할 터인데 모든 것이 다― 걱정거리뿐일세. 직업이라야 별로 이렇다는 직업이 있을 까닭이 없네. 더욱 요즈음은 겨울날이라 숙련된 기술노동자 외에 그야말로 함부로 그날그날을 벌어먹고 사는 막벌이꾼 노동자는 할 일이 아무것도 없는 것일세. 더욱이 나는 아직 이곳 사정도 모르고 해서 당분간은 고향에서 세간기명[1]을 팔아가지고 노자 쓰고 나머지 얼마 안 되는 돈을 살이나 뼈를 긁어먹는 셈으로 갉아먹어 가며 있을 수밖에 없네. 그러나 이곳은 고향과는 그래도 좀 달라서 아주 하루에 한 푼도 못 벌어서 눈 뜨고 편히 굶고 앉았거나 그렇지는 않은 셈이여.

× × ×

---

1 집안 살림에 쓰는 온갖 물건과 그릇.

이불과 옷을 모두 팔아먹고 와서 첫째로 도무지 추워서 살 수 없네. 더군다나 병드신 늙은 어머님을 생각하면 어서 하루라도 바삐 돈을 변통하여 덮을 것과 입을 것을 장만하여야 할 터인데 그 역시 걱정거리의 하나일세.

× × ×

아직도 여행 기분이 확 — 풀리지 아니하여 들뜬 마음을 진정시키지 못하였으니 우선 이만한 통지 비슷한 데 그치거니와 벌써부터 이렇게 고향이 그리워서야 어떻게 앞으로 길고 긴 날을 살아갈는지 의문일세. 이곳 사람들은 이제 처음이니깐 그렇지 조금 지나가면 차차 관계치 않다고 하네만 요즈음은 밤이나 낮이나 눈만 감으면 고향 꿈이 꾸여져서 도무지 괴로워 살 수 없네그려. 아 — 과연 나의 앞길에 어떠한 장난감을 늘어놓을지는 모르겠네만 모두들 바람과 물결에 맡길 작정일세. 직업도 얻고 어머니의 병환도 얼른 나으시게 하고 또 움집이라도 하나 마련하여 이국의 생활이나마 조금 안정이 된 다음에 서서히 모든 것을 또 알려드리겠네. 나도 늙은 어머니와 특히 건강을 주의하겠거니와 자네도 아무쪼록 몸을 귀중히 생각하여 언제까지라도 튼튼한 일꾼으로서의 자네가 되어주기를 바라네. 떠난 지 며칠 못 되는 오늘 어찌 다시금 만날 날을 기필할 수야 있겠나만 운명이 전연 우리 두 사람을 버리지 않는다면 일후 또다시 반가이 만날 날이 없지는 않겠지! 한 번 더 자네의 끊임없는 건강을 빌며 또 자네의 사랑에 넘치는 글을 기다리며…… 친구 ○로부터…….

M에게 보내는 편지(제2신)

M 군! 하늘을 꾸짖고 땅을 눈 흘긴들 무슨 소용이 있겠나. M 군, M 군! 어머니는 돌아가셨네. 세상에 나오신 지 오십여 년에 밝은 날 하루를 보시지 못하시고 이렇다는 불평의 말씀 한 마디도 못 하여보시고 그대로 이역의 차디찬 흙 속에 길이 잠드시고 말았네. 불효한 이 자식을 원망하시며 쓰라렸던 이 세상을 저주하시며 어머님의 외롭고 불쌍한 영혼은 얼마나 이 이역 하늘에 수없이 방황하실 것인가. 죽음! 과연 죽음이라는 것이 무엇이겠나. 사람들은 얼마나 그 죽음을 무서워하며 얼마나 어렵게 알고 있나. 그러나 그 무서운 죽음, 그 어려운 죽음이라는 것이 마침내는 그렇게도 우습고 그렇게도 하잘것없이 쉬운 것이더란 말인가. 나는 이제 그 일상에 두려워하고 어렵게 여기던 죽음이라는 것이 사람이 나기보다도 사람이 살아가기보다도 그 어느 것보다 가장 하잘것없고 가장 우스꽝스러운 것이라는 것을 잘 알았네. 오십 년 동안 기구한 목숨을 이어오시던 어머님이 하루아침에 그야말로 풀잎에 맺혔던 이슬과 같이 사라지고 마시는 것을 보니 인생이라는 것이 그다지도 허무하더라는 것을 느낄 대로 느꼈네.

M 군! 살길을 찾아서 고향을 등지고 형제를 떨치고 친구를 버리고 이곳으로 더듬거려 흘러온 나는 지금에 한 분밖에 아니 계시던 어머님을 잃었네그려! 내가 지금 운명의 끊임없는 장난을 저주하면 무엇을 하며 나의 불효를 스스로 뉘우치며 한탄한들 무엇을 하며 무상한 인세에 향하여 소리 지르며 외친들 그 또한 무엇하겠나! 사는 것도 죽는 것도 모두가 허무일세. 우주에는 오

직 이 허무 외에는 아무것도 없는 것일세.

× × ×

한 분 어머니를 마저 잃었으니 지금에 나는 문자 그대로 아주 홀몸이 되고 말았네. 이제 내가 어디를 간들 무엇 내 몸을 비끌어 매는 것이 있겠으며 나의 걸어가는 길 위에 무엇 걸리적댈 것이 있겠나? 나는 일로부터 그날을 위한 그날의 생활 이러한 생활을 하여가려고 하는 것일세. 왜? 인생에게는 다음 순간이 어찌 될지도 모르는 오직 눈앞에의 허무스러운 찰나가 있을 따름일 터이니깐!

× × ×

나는 지금에 한 사람의 훌륭한 한 숙련 직공일세. 사회에 처하여 당당한 유직자일세. 고향에 있을 때 조금 배워둔 도포업塗布業이 이곳에 와서 끊어져 가던 나의 목숨을 이어주네. 써먹을 줄 어찌 알았겠나? 지금 나는 ○○조선소 건구도공부建具塗工部에 목줄을 매고 있네. 급료 말인가? 하루에 일원 오십 전 한 달에 사십오원. 이 한 몸뚱이가 먹고살기에는 너무나 많은 돈이 아니겠나? 나는 남는 돈을 저금이라도 하여보려 하였으나 인생은 허무인데 그것 무엇 그럴 필요가 있나? 언제 죽을지 아는 이 몸이라고 아주 바로 저금을 다 하고 그것 다 내게는 주제넘은 일일세. 나의 주린 창자를 채우고 남는 돈의 전부를 술과 그리고 도박으로 소비해 버리고 마는 것일세. 얻어도 술! 잃어도 술! 지금 나의 생활이 술과 도박이 없다 할진댄 그야말로 전혀 제로에 가깝다고 해도 과언이 아니겠네.

× × ×

고향에도 봄이 왔겠지. 아! 고향의 봄이 한없이 그립네그려! 골목골목이 '앵도지리 버찌'[2] 장사 다니고 개천가에 달래 장사 헤매는 고향의 봄이 그립기 한이 없네그려. 초저녁 병문屛門에 창자를 끊는 듯한 처량한 날라리 소리, 젖빛 하늘에 떠도는 고향의 봄이 더욱 한없이 그리워 산 설고 물 설은 이 땅에도 봄은 찾아와서 지금 내가 몸을 의지하고 있는 이 움집들 다닥다닥 붙은 산비탈도 엷은 양광陽光에 씻기워 가며 종달새 노래에 기지개 펴고 있는 것일세. 이때에 나는 유쾌하게 일하고 있는 것일세. 이 세상을 괴롭게 구는 봄이 밖에 왔건만 그것은 나와는 아무 관계가 없다는 듯이 소리 높이 목청 놓아 노래 부르며 떠들며 어머님 근심도 집의 근심도 또 고향 근심도 아무것도 없이 유쾌하게 일하고 있는 것일세.

× × ×

어머님이 돌아가시던 그 움집은 나의 눈으로는 보기도 싫었네. 그리하여 나는 새로이 건너온 사람에게 그 움집을 넘기고 그곳에서 좀 뚝 떨어져서 새로이 움집을 하나 또 지었네. 그러나 그 새

---

2 봄에 나는 과일들을 가리킴.

움집 속에서는 누구라 나의 돌아오기를 기다리고 있겠나? 참으로 아무도 없는 것일세. 나는 일터에서 나오는 대로 밤이 깊도록 그대로 시가지를 정신없이 헤매다가 그야말로 잠을 자기 위하여 그 움집을 찾아들고 하는 것일세. 그러나 내가 거리 한 모퉁이나 공원 벤치 위에서 밤새운 것도 한두 번이 아닌 것은 말할 것도 없네.

자네는 지금 나의 찰나적으로 타락된 생활을 매도할는지도 모르겠네. 그러나 설사 자네가 나를 욕하고 꾸지람을 한다 하더라도 어찌할 수 없는 일일세. 지금 나의 심정의 참 깊은 속을 살펴 알 사람은 오직 나를 제하고 아무도 없는 것이니깐. 원컨대 자네는 너무나 나를 책망 질타만 말고서 이 나의 기막힌 심정의 참 깊은 속을 조금이라도 살펴주기를 바라네.

× × ×

어머님이 돌아가신 지도 벌써 두 주일이 넘었네그려. 그 즉시로 자네에게 이 비참한 소식을 전하여 주려고도 하였으나 자네역시 짐작할 일이겠지만 도무지 착란된 나의 머리와 손끝으로는 도저히 한 자를 그릴 수가 없었네. 그래서 이렇게 늦은 것도 늦은 것이겠으나 아직도 나의 그 극도로 착란되었던 머리는 완전히 진정되지 못하였네. 요사이 나의 생활 현상 같아서야 사람이 사는 것이 무슨 의의가 있는 것이겠으며 또 사람이 살아야만 하겠다는 것도 무슨 까닭인지 도무지 알 수가 없네. 오직 모든 것이 우습게만 보이고 하잘것없이만 보이고 가치 없이만 보이고 순간에서 순간으로 옮기는 데에만 무엇이고 있다는 의의가 조금이라도 있는 것인 듯하기만 하네. 나의 요즈음 생활은 나로서도 양심의 가책을 전연 받지 않는 것도 아닐세. 그러나 지금의 나의 어두워진 가슴에 한 줄기 조그마한 빛깔이라도 돌아올 때까지는 이러한 생활을 계속하지 아니하면 아니 되겠네. 설사 이 당분간이라는 것이 나의 눈을 감는 전 순간까지를 가리키는 것이 된다 하더라도……

× × ×

어머님의 돌아가심에 대하여는 물론 영양 부족으로 말미암은 극도의 쇠약과 도에 넘치는 기한飢寒이 그 대부분의 원인이겠으나 그러나 그 직접 원인은 생전 못 하여보시던 장시간의 여행 끝에 극도로 몸과 마음의 흥분과 피로를 가져온 데다가 토질이 다른 물과 밥으로 말미암은 일종의 토질 비슷한 병에 걸리신 데 있는 것이라고 생각하네. 평소에 그다지 뛰어난 건강을 가지셨다고는 할 수 없었으나 별로 잔병치레를 하지도 아니하여 계시던 어머님이 이번에 이렇게 한 번에 힘없이 쓰러지실 줄은 참으로 꿈밖에도 생각 못 하였던 바야. 돌아가실 때에도 역시 아무 말도 아니 하시고 오직 자식 낳아 길러서 남같이 호강은 못 시키나마 뼈마디가 빠지도록 고생시킨 것이 다시없이 미안하고 한이 된다는 말씀과 T를 못 보시며 돌아가시는 것이 또 한 가지 섭섭한 일이라는 말씀, 자네의 후정厚情을 감사하시는 말씀을 하실 따름이었네. 그리고는 그다지 몸의 고민도 없이 고요히 잠들 듯이 눈을 감으시데. 참 허무한 그러나 생각하면 우선 눈물이 앞을 가리는 어머님의 임종이었네. 어머님의 그 말들은 아직도 그 부처님 같은 어머니를 고생시킨 이 불효의 자식의 가슴을 에이는 것 같으며 내 일생 내가 눈감을 순간까지 어찌 그때 그 말씀을 나의 기억에서 사라질 수가 있겠나!

× × ×

나는 일로부터 자유로이 세상을 구경하며 '그날그날을 유쾌하게 살아가려고 하는 것일세. 나의 장래를 생각할 것도, 불쌍히 돌아가신 어머님을 생각할 것도 다 없다고 생각하네. 그것은 왜? 그것은 차라리 나의 못 박힌 가슴에 더없는 고통을 가져오는 것이니깐! 마음 가라앉는 대로 일간 또 자세한 말 그리운 말 적어 보내겠거니와 T는 지금에 어머님 세상 떠나가신 것도 모르고 그대로— 적빈 속에 쪼들리어 가며 허덕이겠지!? 또한 생각하면 가슴이 아프기 한이 없네. T에게는 곧 내가 직접 알려줄 것이니 어머님의 세상 떠나신 데 대하여는 자네는 아무 말도 말아주게. 자네의 정에 넘치는 글을 기다리고 아울러 자네의 더 없는 건강을 빌며…… 친구 ○로부터.

M에게 보내는 편지(제3신)

M 군! 내가 자네를 그리어 한없이 적조한 날을 보내는 거와 같이 자네도 또한 나를 그리어 얼마나 적조한 날을 보냈나? 언제나 나는 자네의 끊임없는 건강을 알리우고 자네는 나의 또한 끊

임없는 건강을 알리울 수 있는 것이 오직 우리 두 사람의 다시도 없는 기쁨이 아니겠나.

내가 고베를 떠나 이곳 나고야로 흘러온 지도 벌써 반년! 아— 고향을 떠난 지도 벌써 꿈결 같은 삼 년이 지나갔네그려. 그동안에 나는 무엇을 하였나. 오직 나의 청춘의 몸 닳는 삼 년이 속절없이 줄어들었을 따름일세그려! 고베 ○○조선소 시대의 나의 생활은 그 가운데 비록 한 분의 어머니를 잃은 설움이 있었다고는 하나 그러나 가만히 생각하여 본다면 그것은 참으로 평온무사한 안일한 생활이었네. 악마와 같은 이 세상에 이미 도전한 지 오래인 나로서는 이 평온무사한 안일한 직선直線 생활이 싫증이 났네. 나는 널리 흐트러져 있는 이 살벌의 항巷[3]이 고루고루 보고 싶어졌네. 그리하여 그곳에서 사귄 그곳 친구 한 사람과 함께 이곳 나고야로 뛰어온 것일세. 두 사람은 처음에 이곳 어느 식당 보이가 되었네.

세상이 허무라는 이 불후의 법칙은 적용되지 아니하는 곳이 없네. 얼마 전 그의 공휴일에 일상에 사냥을 즐기는 그는 그의 친구와 함께 이곳에서 퍽 멀리 떨어져 있는 어느 산촌으로 총을 메고 떠나갔네. 그러나 그날 오후에 그는 그의 친구의 그릇으로 그 친구는 탄환에 맞아 산중에서 무참히 죽고 말았네. 그 친구는 겁결에 고만 어디로 도망하였으나 얼마 되지 아니하여 잡혔다고 하데. 일상에 쾌활하고 개방적이고 양기에 넘치던 그를 생각하며 다시 한 번 더 세상의 허무를 느낀 것일세. 그와 나의 사귀는 동

---

3 거리·골목을 뜻함.

안이 비록 며칠 되지는 아니하였으나 퍽— 마음과 뜻의 상통됨을 볼 수 있던 그를 잃은 나는 그래도 그곳을 획— 떠나지 못하고 지금은 그 식당 헤드 쿡이 되어가지고 있으면서 늘— 그를 생각하며 어떤 때에는 이 신변이 약간의 공허까지도 느낄 적이 다 있네.

× × ×

나의 지금 목줄을 매고 있는 식당은 이름이야 먹을 식 자 식당일세만 그것을 먹기 위한 식당이 아니라 놀기를 위한 식당일세. 이 안에는 피아노가 놓여 있고 라디오가 있고 축음기가 몇 개씩이나 있네. 뿐만 아니라 어여쁜 여자(여급)가 이십여 명이나 있으니 이곳 청등 그늘을 찾아드는 버러지의 무리들은 맨해탄과 화이트홀스에 신경을 마비시켜 가지고 난조亂調의 재즈에 취하며 육향분복[肉香芬馥]⁴한 소녀들의 붉은 입술을 보려고 모여드는 것일세. 공장의 기적이 저녁을 고할 때면 이곳 식당은 그— 광란의 뚜께⁵를 열기 시작하는 것일세. 음란을 극한 노래와 광대에 가까운 춤으로 어우러지고 무르녹아서 그날 밤 그날 밤이 새어가는 것일세. 이 버러지들은 사회 전 계급을 망라하였으니 직업이 없는 부랑아·샐러리맨·학생·노동자·신문기자·배우·취한, 그러한 여러 가지 계급의 그들이나 그러한 촉감의 향락을 구하며 염가의 헛된 사랑을 구하러 오는 데에는 다 한결같이 일치하여 버리고 마는 것일세.

나는 밤마다 이 버러지들의 목을 축이기 위한, 신경을 마비시

---

4 몸에서 나는 향기로운 냄새.
5 '뚜껑'의 방언.

키기 위한 비료 거리와 마취제를 요리하기에 여념이 없는 것일세. 나는 밤새도록 이— 어지러운 소음을 귀가 해지도록 듣고 있는 것일세. 더없는 흥분과 피로를 느끼면서 나의 육체를 노예화시켜서 그들에게 제공하고 있는 것일세. 그 피로와 긴장도 지금에 와서는 다— 어느덧 면역이 되고 말았네만!

× × ×

나는 몇 번이나 나도 놀랄 만치 코웃음 쳤는지 모르겠네. 나! 오늘까지 나 역시 그날의 근육을 판 그날의 주머니를 술과 도박에 떨고 떠는 생활을 계속하여 오던 나로서 그 버러지들을 향하여, 그 소음을 향하여 코웃음을 쳤다는 말일세. 내가 시퍼런 칼날을 들고 나의 손을 분주히 놀릴 때에 그들의 떠들고 날치는 것이 어떻게 그리 우습게 보이는지 몰랐네.

'무엇하러 저들은 일부러 술로 몸을 피로시키며 밤샘으로 정력을 감퇴시키기를 즐겨할까? 무엇하러 저들의 포켓을 일부러 털어 바치러 올까?'

이것은 전면 나에게 대하여 수수께끼였네. 한편으로는 그들이 어린애같이 보이고 철없어 보이고 불쌍한 생각까지 들어서.

'내가 왜 술을 먹었던가, 내가 왜 도박을 했던가, 내가 왜 일부러 나의 포켓을 털어 바쳤던가……'

꾸짖으며 부끄러워도 하여보았네.

'인제야 내 마음이 아마 바른길로 들었나 보다……'

이렇게 생각하여 보았으나,

'술을 먹지 말아야지. 도박도 고만두어야지. 돈을 모아야지. 이것이 옳을까? 아― 그러나 돈은 모아서 무엇하랴. 무엇에 쓰며 누구를 주랴. 또 누구를 주면 무엇하랴.'

이러한 생각이 아직도 나의 머리에 생각되어 밤마다 모여드는 그 버러지들을 나는 한없이 비웃으면서도 그래도 나는 아직 그 타락적 찰나적 생활 기분이 남아 있는지 인생에 대한 허무와 저주를 아니 느낄 수는 없네. 그러나 이것이 나의 소생의 길일는지도 모르겠으나 때로 나의 과거 생활의 그릇됨을 느낄 적도 있으며 생에 대한 참된 의의를 조금씩이라도 알아지는 것도 같으니 이것이 나의 마음과 사상의 점점 약하여 가는 징조나 아닌가 하여 섭섭히 생각될 적도 없지 않으나 하여간 최근 나의 내적 생활 현상은 확실히 과도기를 걷고 있는 것 같으니 이때에 아무쪼록 자네의 나를 위한 마음으로의 교시와 주저 없는 편달을 바라고 기다릴 뿐일세. 이렇게 심리 상태의 정곡을 잃은 나는 요사이 무한히 번민하고 있는 것이니깐……!

× × ×

직업이 직업이라 밤을 낮으로 바꾸는 생활이 처음에는 꽤― 괴로운 것이었으나 지금 와서는 그것도 면역이 되어서 공휴일 같은 날 일찍 드러누우면 도리어 잠이 얼른 오지 아니하는 형편일세. 그러나 물론 이러한 생활이 건강상에 좋지 못할 것은 명백한 일이니 나로서 나의 몸의 변화를 인식하기는 좀 어려우나 일상에 창백한 얼굴빛을 가지고 있는 그 소녀들이 퍽 불쌍해 보이네.

그러나 또 한편 밤잠은 못 잘망정 지금의 나는 한 사람의 훌륭한 '쿡'으로서 누구에게도 손색이 없는 것일세. 부질없는 목구멍을 이어가기에 나는 두 가지의 획식술獲食術을 배웠구나 하는 생각을 하면 이 몸이 한없이 애처롭기도 하네! 쿡이니만큼 먹기는 누구보다도 잘 먹으며 또 이 식당 안에서는 그래 당당한 세력을 가지고 있는 것일세. 내가 몹시 쌀쌀한 사람이라 그런지 여급들도 그리 나를 사귀려고도 아니하나 들은즉 그들 가운데에도 퍽 고생도 많이 하고 기구한 운명에 쫓겨온 불쌍한 사람도 많은 모양이야.

× × ×

이 쿡 생활이 언제까지나 계속되겠으며 또 이 나고야에 언제까지나 있을지는 나로서도 기필할 수 없거니와 아직은 이 쿡 생활을 그만둘 생각도 나고야를 떠날 계획도 아무것도 없네. 오직 운명이 가져올 다음의 장난은 무엇인지 기다리고 있을 따름일세. 처음 고베에 닿았을 때, 그곳 누군가가 말한 것과 같이 날이 가고 달이 가면 차차 관계치 않으리라 하더니 참으로 요사이는 고향도 형제도 친구도 다 잊었는지 별로 꿈도 안 꾸어지네. 오직 자네를 그리워하는 외에는 그저 아무나 만나는 대로 허허 웃고 사는 요사이의 나의 생활은 그다지 나로 하여금 적막과 고독을 느끼게 하지도 않네. 차라리 다행으로 여길까?

이곳은 그다지 춥지는 않으나 고향은 무던히 추우렷다. T는 요사이 어찌나 살아가며 업이가 그렇게 재주가 있어서 공부를 잘한다니 T 집안을 위해서나 널리 조선을 위해서나 또 한 번 기뻐할 일이 아니겠나? 자네의 나를 생각하여 주는 뜨거운 글을 기다리고 아울러 자네의 건강을 빌며. ○로부터.

M에게 보내는 편지(제4신)

태양은―언제나 물체들의 짧은 그림자를 던져준 적이 없는 그 태양을 머리에 이고―이었다느니보다는 비뚜로 바라다보며 살아가는 곳이 내가 재생하기 전에 살던 곳이겠네. 태양은 정오에도 결코 물체들의 짧은 그림자를 던져주기를 영원히 거절하여 있는―물체들은 영원히 긴 그림자만을 가짐에 만족하고 있지 아니하면 아니 될―그만큼 북극권에 가까운 위경도의 숫자를 소유한 곳―그곳이 내가 재생하기 전에 내가 살던 참으로 꿈 같은 세계이겠네. 원시를 자랑스러운 듯이 이야기하며 하늘의 높은 것만 알았던지 법선法線으로만 법선으로만 이렇게 울립하여 있는 무수한 침엽수들은 백중천중百重千重으로 포개져 있는 잎새 사이로 담황색 태양광을 황홀한 간섭 작용으로 투과시키고 있는 잠자고 있는 듯한 광경이 내가 재생하기 전에 살던 그 나라 그 북극이 아니면 어느 곳에서도 얻어볼 수 없는 시적 정조인 것이겠네. 오로지 지금에는 꿈―꿈이라면 너무나 깊이가 깊고 잊어버리기에 너무나 감명 독한 꿈으로만 나의 변화 많은 생의 한 조각답게 기억되네만 그 언제나 휘발유 찌꺼기 같은 값싼 음식에 살찐 사람의 지방 빛 같은 그 하늘을 내가 부득이 연상할 적마다 구름 한 점 없는 이 청천을 보고 있는 나의 개인 마음까지 지저분한 막대기로 휘저어놓는 것 같네. 그것은 영원히 나의 마음의 흐리터분한 기억으로 조금이라도 밝은 빛을 얻어보려고 고달파하는 나의 가엾은 노력에 최후까지 수반될 저주할 방해물인 것일세.

나의 육안의 부정확한 오차를 관대히 본다 하더라도 그것은 이십오 도에는 내리지 않을 치명적 슬로프(경사)였을 것일세. 그 뒤뚝뒤뚝하는 위험하기 짝이 없는 궤도 위의 바람을 쪼개고 맥진驀進하는 '토로코'[6] 위에 내 몸을 싣는다는 것은 전혀 나의 생명을 그대로 내던지려는 것과 조금도 다름없는 것일세. 이미 부정된 생을 식도食道라는 질긴 줄에 포박당하여 억지로 질질 끌려가는 그들의 '살아간다는 것'은 그들의 피부와 조금도 질 것 없이 조금만치의 윤택도 없는 '짓'이 아니고 무엇이겠나. 그들의 메마른 인후를 통과하는 격렬한 공기의 진동은 모두가 창조의 신에 대한 최후의 모멸의 절규인 것일세. 그 음울한 소리를 들을 수 있는 사람은 누구나 다— 싫다는 것을 억지로 매질을 받아가며 강제되는 '삶'에 대하여 필사적 항의를 드리지 않을 사람이 어디 있겠나? 오직 그들의 눈에는 천고의 백설을 머리 위에 이고 풍우로 더불어 이야기하는 연산의 봄 도라지들도 한낱 악마의 우상밖에 아무것으로도 보이지 않는 것일세. 그때에 사람의 마음은 환경의 거울이라는 것이 아니겠나?

× × ×

---

6 '트럭'의 일본식 발음. 여기서는 공사용 궤도차를 뜻함.

나는 재생으로 말미암아 생에 대한 새로운 용기와 환희를 한 몸에 획득한 것 같은 지금의 나로 변하여 있는 것일세. 그러기에 전세의 나를 그 혈사血史를 고백하기에 의외의 통쾌와 얼마의 자만까지 느끼는 것이 아니겠나? 내가 그 경사 위에서 참으로 생명을 내던지는 일을 하던 그 의식 없던 과정을 자네에게 쏟아뜨리는 것도 필연컨대 그 용기와 그 기쁨에 격려된 한 표상이 아닐까 하는 것일세.

× × ×

　그때까지의 나의 생에 대한 신념은—구태여 신념이 있었다고 하면 그것은 너무나 유희적이었음에 놀라지 아니할 수 없네.
　'사람이 유희적으로 살 수가 있담?'
　결국 나는 때때로 허무 두 자를 입 밖에 헤뜨리며 거리를 왕래하는 한개 조그마한 경멸할 니힐리스트였던 것일세. 생을 찾다가, 생을 부정했다가 드디어 처음으로 귀의하여야만 할 나의 과정은—나는 허무에 귀의하기 전에 벌써 생을 부정하였어야 될 터인데—어느 때에 내가 나의 생을 부정했던가…… 집을 떠날 때! 그때는 내가 줄기찬 힘으로 생에 매달리지 않았던가? 그러면 어머님을 잃었을 때! 그때 나는 어언간 무수한 허무를 입 밖에 방산시킨 뒤가 아니었던가? 그사이! 내가 집을 떠날 때부터 어머님을 잃을 때까지 그사이는 실로 짧은 동안…… 뿐이랴! 그동안에 나는 생을 부정해야만 할 아무런 이유도 가지지 않았던가? 생을 부정할 아무 이유도 없이 앙감질로 허탄히 허무를 질질 흘려왔다는 그 희롱적 나의 과거가 부끄럽고 꾸지람하고 싶은 것일세. 회한을 느끼는 것일세.

'생을 부정할 아무 이유도 없다. 허무를 운운할 아무 이유도 없다. 힘차게 살아야만 하는 것이…….'

재생한 뒤의 나는 나의 몸과 마음에 채찍질하여 온 것일세. 누구는 말하였지.

'신에게 대한 최후의 복수는 내 몸을 사바로부터 사라뜨리는 데 있다'고. 그러나 나는 '신에게 대한 최후의 복수는 부정되려는 생을 줄기차게 살아가는 데 있다' 이렇게…….

× × ×

또한 신뢰(迅雷)와 같이 그 슬로프를 내려 줄이고 있는 얼마 안 되는 순간에, 어떠한 순간이었네. 내 귀에는 무서운 소리가 들려왔어.

"○야. 뛰어내려라 죽는다……."

"네 뒤 '토로'[7]가 비었다. 뛰어내려라!"

나는 거의 본능적으로 고개를 돌렸네. 과연 나의 뒤를 몇 칸 안 되게까지 육박해 온 ─ 반드시 조종하는 사람이 있어야만 할 그 토로에는 사람이 없는 것이었네. 나는 브레이크를 놓았네. 동시에 나의 토로도 무서운 속도로 나의 앞에 가는 토로를 육박하는 것이었네. 나는 토로 위에서 필사적으로 부르짖었네.

---

7 '토로코'(트럭)의 준말.

"야! 앞의 토로야. 브레이크를 놓아라. 충돌된다. 죽는다. 내 토로에는 사람이 없다. 브레이크를 놓아라……."

그러나 앞의 토로는 브레이크를 놓을 수는 없었네. 그것은 레일이 끝나는 종점에 거의 가까이 닿았으므로 앞의 토로는 도리어 브레이크를 눌러야만 할 필요에 있는 것이었네.

"내가 뛰어내려. 그러면 내 토로의 브레이크는 놓아진다. 그러면 내 토로는 앞의 토로와 충돌된다. 그러면 앞의 놈은 죽는다……."

나는 뒤를 또 한 번 돌아다보았네. 얼마 전에 놀래어 브레이크를 놓은 나의 토로보다도 훨씬 먼저 브레이크가 놓아진 내 뒤 토로는 내 토로 이상의 가속도로 내 토로를 각각으로 육박해 와서 이제는 한두 간 뒤—몇 초 뒤에는 내 목숨을 내던져야 될 (참으로) 충돌이 일어날—그렇게 가깝게 육박해 있는 것이었네.

'뛰어내리지 아니하고 이대로 있으면 아무리 브레이크를 놓아도 나는 뒤 토로에 충돌되어 죽을 것이다. 뛰어내려? 그러면 내가 뛰어내린 그 토로와 그 뒤를 육박하던 빈 토로는 충돌될 것이다. 다행히 선로 바깥으로 굴러떨어지면 좋겠지만 선로 위에 그대로 조금이라도 걸쳐 놓인다면 그 뒤를 따르던 토로들은 이 가빠진 토로에 충돌되어 쓰러지고 또 그 뒤를 따르던 토로는 거기서 충돌되고, 또 그 뒤를 따르던 토로는 거기서 충돌되고…… 이렇게 수없는 토로들은 뒤로 뒤로 충돌되어 그 위에 탔던 사람들은 죽고 다치고……!'

나는 세 번째 또한 거의 본능적으로 뒤를 돌아다보았네. 그러나 다행히 넷째 토로부터 앞에 올 위험을 예기하였던지 브레이크를 벌써 눌러서 멀리 보이지도 않을 만큼 떨어져서 가만가만히 내려오고 있는 것이었네. 다만 화산의 분화를 바라보고 있는 사람의 눈초리와 같은 그러한 공포에 가득 찬 눈초리로 멀리 앞을 — 우리들을 바라다보고 있는 것이네. 그때에,

'뛰어내리자. 그래야만 앞의 사람이 산다……'

내가 화살 같은 토로에서 발을 떼려는 순간 때는 이미 늦었네. 뒤에 육박해 오던 주인 없는 토로는 무슨 증오가 나에게 그리 깊었던지 젖 먹은 기운까지 다하는 단말마의 야수같이 나의 토로에 거대만 음향과 함께 충돌되고 말았네. 그 순간에 우주는 나로부터 소멸되고 다만 오랜 동안의 무無가 계속되었을 뿐이었다고 보고할 만치 모든 일과 물건들은 나의 정신권 내에 있지 아니하였던 것일세. 다만 재생한 후 멀리 내 토로의 뒤를 따르던 몇 사람으로부터 '공중에 솟았던' 나의 그 후 존재를 신화 삼아 들었을 뿐일세.

× × ×

재생되던 첫 순간 나의 눈에 비쳐진 나의 주위의 더러운 광경을 나는 자네에게 이야기하고 싶지 않네. 그것은 그런 것을 쓰고 있는 동안에 나의 마음에 혹이나 동요가 생기지나 아니할까 하는 위험스러운 의문에서 — 그러나 나의 주위에 있는 동무들의 참으로 근심스러워하는 표정의 얼굴들이 두 번째로 나의 눈에 비쳤을 때의 의식을 잃은 나의 전 몸뚱어리에서 다만 나의 입만이 부드럽게 — 참으로 고요히 — 참으로 착하게 미소하는 것을 내 눈으로도

보는 것 같았네. 나는 감사하였네. 신에게보다도 우선 그들 동무들에게—감사는 영원히 신에게 드림 없이 그 동무들에게만 그치고 말는지도 몰라. 내 팔이 아직도 나의 동체에 달려 있는가 만져보려 하였으나 그 팔 자신이 벌써 전부터 생리적으로 움직일 수 없는 것이 된 지 오래였던 모양이데. 나는 다시 그들 동무들에게 감사하며 환계幻界 같은 꿈속으로 깊이 빠지고 말았네. 나는 어머니에게 좀 더 값있는 참다운 삶을 살 수 있게 하지 못한 '내'가 악마—신이 아니라—에게 무수히 매 맞는 것을 보았네. 그리고 나는 '나'에게 욕하였고 경멸하였네. 그리고 나는 좀 더 건실하게 살지 않았던 쿡 생활 이후의 '내'가 또한 악마에게 매 맞는 것을 보았네. 그리고 나는 나에게 욕하였고 경멸하였네. 그리고 생에 새로운 참다운 의의와 신에 대한 최후적 복수의 결심을 마음속으로 깊이 암송하였네. 그 꿈은 나의 죽은 과거와 재생 후의 나 사이에 형상 지어져 있는 과도기에 의미 깊은 꿈이었네. 하여간 이를 갈아가며라도 살아 가겠다는 악지[8]가 나의 생에 대한 변경시키지 못할 신념이었네. 다만 나의 의미 없이 또 광명 없이 그대로 삭제되어 버린 과거—나의 인생의 한 부분을 섧게 조상弔喪하였을 따름일세.

× × ×

털끝만 한 인정미도 포함하고 있지 아니한 바깥에 부는 바람은 이 북국에 장차 엄습하여 올 무서운 기절期節을 교활하게 예고

---

8 잘 안 될 일을 무리하게 해내려는 고집.

하고 있는 것이나 아니겠나? 번개같이 스치는 지난겨울 이곳에서 받은 나의 육체적 고통의 기억의 단편들은 눈 깜박할 사이에 무죄한 나를 전율시키는 것일세. 이 무서운 기절이 이 나라에 찾아오기 전에 어서 이곳을 떠나서 바람이나마 인정미―비록 그러한 사람은 못 만나더라도―있는 바람이 부는 곳으로 가야 할 터인데 나의 몸은 아직도 전연 부자유에 비끄러매여 있네―그것은 육체적으로나 정신적으로나 의사 하는 사람은 나의 반드시 원상대로의 복구를 예언하데만 그러나 행인지 불행인지 나는 방문 밖에서,

"절뚝발이는 아무래도 면치 못하리라."

이렇게 근심(?)하는 그들의 말소리를 들었네그려―만일에 내가 그들의 이 말과 같이 참으로 절뚝발이가 되고 만다 하면―나는 이 생각을 하며 내 마음이 우는 것을 느끼네.

'절뚝발이.'

여태껏 내 몸 위에 뒤집어씌워져 있던 무수한 대명찰代名札 외에 나에게는 또 이러한 새로운 대명찰 하나가 더 뒤집어지는구나―어디까지라도 깜깜한 암흑에 지질리워 있는 나의 앞길을 건너다보며 영원히 나의 신변에서 없어진 등불을 원망하는 것일세. 절뚝발이도 살 수 있을까―절뚝발이도 살게 하는 그렇게 관대한 세계가 지상에 어느 한 귀퉁이에 있을까? 자네는 이 속 타는 나의 물음―아니 차라리 부르짖음에 대하여 대답할 무슨 재료, 아니 용기라도 있겠는가?

×　×　×

북국 생활 칠 년! 그동안에 나는 지적으로나 덕적으로나 많은 교훈을 얻은 것은 사실일세. 머지 아니한 장래에 그전에 나보다 확실히 더 늙은 절뚝발이의 내가 동경에 다시 나타날 것을 약속하네. 그곳에는 그래도 조금이라도 따뜻한 나의 식어빠진 인생을 조금이라도 덥혀줄 바람이 불 것을 꿈꾸며 줄기차게 정말 악마까지도 나를 미워할 때까지 줄기차게 살겠다는 것도 약속하네. 재생한 나이니까 물론 과거의 일체 추상醜相은 곱게 청산하여 버리고 박물관 내의 한 권의 역사책으로 하여 가만히 표지를 덮는 것일세. 모든 새로운 광채 찬란한 역사는 이제로부터 전개할 것일세. 하면서도,

'절뚝발이가……?'

새로이 방문하여 오는 절망을 느끼면서도 아직 나는 최후까지 줄기차게 살 것을 맹세하는 것일세. 과거를 너무 지껄이는 것이 어리석은 일이라면 장래를 너무 지껄이는 것도 어리석은 일 일 것일세.

× × ×

M 군! 자네가 편지를 손에 들고 글자 글자를 자네 눈에 통과시킬 때, 자네 눈에 몇 방울 눈물이 있으리란 추측이 그렇게 억측일까? 그러나 감히 바란다면 '첫째로는 자네의 생에 대한 실망을 경계할 것이며 둘째로는 나의 절뚝발이에 대하여 형식적 동정에 그칠 것이요, 결코 자살적 비애를 느끼지 말 것들'이겠네. 그것은 나의 지금이 '줄기차게 살겠다는' 무서운 고집에 조그마한 실망적 파동이라도 이끌어 올까 두려워서…… 나의 염세에 대한 결

사적 투쟁은 자네의 신경을 번잡케 할 만치 되어 나아갈 것을 자네에게 약속하기를 꺼리지 아니하네. 자네의 건강을 비는 동시에 못 면할 이 절뚝발이의 또한 건강이 있기를 빌어주기를 은근히 바라며. ○로부터.

M에게 보내는 편지(제5신)

자네의 장문의 편지 그 가운데에 오직 자네의 건강을 전하는 구절 외에는 글자 글자의 전부가 오직 나의 조소를 사기 위한 외에 아무 매력도 가지지 아니한 것들이었네. 자네는 왜— 남에게 의지하여 살아가려 하는가. 남에게 의지하여 살아간다는 것은 곧 생에 대한 권리를 그 사람 위에 가져올 자포자기의 짓이라는 것을 어찌 모르는가? 일조일석 많은 재물을 탕진시켜 버렸다 하여 자네는 자네 아버지를 무한히 경멸하며 나중에는 부수적으로 따라오는 절망까지 하소연하지 아니하였는가? 그것이 자네가 스스로 구실을 꾸며가지고 나아가서 자네의 애를 써 잘— 경영되어 나오던 생을 구태여 부정하여 보려는 것이 아니고 무엇이겠나? 그것은 비겁한 동시에—모든 비겁이 하나도 죄악 아닌 것이 없는 것과 같이—역시 죄악인 것일세.

×　×　×

어렵거든, 혹은 나의 말이 우의적으로 좋지 않게 들리거든 구태여라도 운명이라고 그렇게 단념하여 주게. 그것도 오직 자네에게 무한한 사랑을 받고 있는 나의 자네에 대한 무한한 사랑에서 나온 것인 만큼 나는 자네에게 인생의 혁명적으로 새로운 제 이차적 스타일을 충고치 아니할 수 없는 것일세. 그리고 될 수만 있으면 이 운명이라는 요물을 신용치 말아주기를 바라는 것일세―이렇게 말하는 나 자신부터도 이 운명이라는 요물의 다시없는 독신자_{篤信者}이면서도―

'운명의 장난?'

하, 그런 것이 있을 수가 있나. 있다면 너무나 운명의 장난이겠네.

× × ×

M 군! 나는 그동안 여러 날을 두고 몹시 앓았네. 무슨 원인인지 나도 모르게, 이― 원인 알 수 없는 병이 나의 몸을 산 채로 더 삶을 수 없는 데까지 삶아가지고는 죽음의 출입구까지 이끌어 갔던 것일세. 그때에 나의 곱게 청산하여 버렸던 나의 정신 어느 모에도 남아 있지 않아야만 할 재생하기 전에 일어났던 일까지도 재생 후의 그것과 함께 죽 단열_{單列}로 나의 의식 앞을 천천히 지나가고 있는 것이었네. 그리고 나는 반의식의 나의 눈으로 그 행렬 가운데서 숨차게 허덕이던 과거의 나를 물끄러미 바라다보고 있던 것이었네. 그것은 내 눈에 너무도 불쌍한 꼴로 나타났기 때문에, 아― 그것들은―

'이것이 죽은 것인가 보다. 적어도 죽어가는 것인가 보다……'

이렇게 몽롱히 느끼면서도,

'죽는 것이 이렇기만 하다면야……'

이런 생각도 나서 일종의 통쾌까지도 느낀 것 같으며 그러나 죽어가는 나의 눈에 비치는 과거의 나의 모양 그 불쌍한 꼴을 보는 것은 확실히 슬픈 일일 뿐 아니라 고통이었네. 어쨌든 나를 간호하던 이 집 주인의 말에 의하면 무엇 나는 잠을 자면서도 늘— 울고 있더라던가…….

'이것이 죽는 것이라면……'

이렇게 그— 꼴사나운 행렬을 바라보던 나의 머리 가운데에는 내가 사랑에 주려 있는 형제와 옛 친구를 애걸하듯이 그리며 그 행렬 가운데에 행여나 나타나기를 무한히 기다렸던 것일세. 이 마음이 아마 어떤 시인의 병석에서 부른—

'얼른 이때 옛 친구 한 번씩 모두 만나둘 거나.'

하던 그 시경詩境에 노는 것이나 아닌가 하였네.

× × ×

순전한 하숙이라고만 볼 수도 없으나 그러나 괴상한 성격을 각각 가진 사람들이 많이 모여 있는 지금의 나의 사는 곳일세. 이곳 주인은 나보다 퍽 연배에 속하는 사람으로 그의 일상생활 양樣으로 보아 나의 마음을 끄는 바가 적지 않았으되 자세한 것은 더 자세히 안 다음에 써 보내겠거니와 하여간 내가 고국을 떠나 자네와 눈물로 작별한 후로 처음으로 만난 가장 친한 친구의 한 사람으로 사귀고 있는 것일세. 그와 나는 깊이깊이 인생을 이야기

하였으며 나는 그의 말과 인격과 그리고 그의 생애에 많은 경의
로써 대하고 있는 중일세.

× × ×

　운명의 악희가 내게 끼칠 프로그램은 아직도 다하지 아니하였
던지 나는 그 죽음의 출입구까지 다녀온 병석으로부터 다시 일
어났네. 생각하면 그동안에 내가 흘린 '땀'만 해도 말[斗]로 계산
할 듯하니 다시금 푹 젖은 욧바닥을 내려다보며 이 몸의 하잘것
없는 것을 탄식하여 마지않았으며 피비린 냄새 나는 눈망울을
달음박질시켜 가며 불려놓았던 나의 포켓은 이번 병으로 말미암
아 많이 줄어들었네. 그러나 병석에서도 나의 먹을 것의 걱정으
로 말미암아 나의 그 포켓을 건드리게 되기는 주인의 동정이 너
무나 컸던 것일세. 지금도 그의 동정을 받고 있을 뿐이야. 앞으로
도 길이 그의 동정을 받지 않으리라고는 단언할 수 없으며.
　'돈을 모아볼까.'
　내가 줄기차게 살아보겠다는 결심으로 모은 돈을 남의 동정을
받아가면서도 쓰기를 아까워하는 나의 마음의 추한 것을 새삼스
레 발견하는 것 같아서 불유쾌하기 짝이 없네. 동시에 나의 마음
이 잘못하면 허무주의에 돌아가지나 아니할까 하여 무한히 경계
도 하고 있었네.

× × ×

M 군! 웃지 말아주게. 나는 그동안에 의학 공부를 시작하였네. 그것은 내가 전부터 그 방면에 취미가 있었다는 것도 속일 수 없는 일이겠으나 또 의사인 자네를 따라가고 싶은 가엾은 마음에서 그리한 것이라고 말하고 싶은 것도 속일 수 없는 일이겠네. 모든 것이 다― 그― 줄기차게 살아가겠다는 가엾은 악지에서 나온 짓이라는 것을 생각하고 부드러운 미소로 칭찬하여 주기를 바라는 것일세. 또다시 생각하면 나의 몸이 불구자이므로 세상에 많은 불구자를 동정하고자 하는 마음에서 그러는 것인지도 모르겠으나 내가 불구자인 것이 사실인 만큼 내가 의학 공부를 시작한 것도 자네에게는 너무나 돌연적이겠으나 역시 사실인 것을 어찌하겠나? 여기에도 나는 주인의 많은 도움을 받아오는 것을 말하여 두거니와 하여간 이 새로운 나의 노력이 나의 앞길에 또 어떠한 운명을 늘어놓도록 만드는지 아직은 수수께끼에 붙일 수밖에 없네.

× × ×

불쌍한 의문에 싸였던 그 '정말 절뚝발이가 되는지'도 끝끝내는 한 개의 완전한 절뚝발이로 울면서 하던 예언에 어기지 않은 채 다시금 동경 시가에 나타났네그려! 오고 가는 사람이 이 가엾은 '인생의 패배자' 절뚝발이를 누구나 비웃지 않고는 맞고 보내지 아니하는 것을 설워하는 불유쾌한 마음이 나는 아무리 용기를 내어보았으나 소제시킬 수가 없이 뿌리 깊이 박혀 있네그려.

'영원한 절뚝발이. 그러나 절뚝발이의 무서운 힘을 보여줄 걸 자세히 보아라.'

이곳에서도 원한과 울분에 짖는 단말마의 전율할 신에 대한 복수의 맹서를 볼 수 있는 것일세. 내 몸이 이렇게 악지를 쓸 때에 나는 스스로 내 몸을 돌아다보며 한없는 연민과 고독을 느끼는 것일세. 물에 빠져 애쓰는 사람의 목이 수면 위에 솟았을 때 그의 눈이 사면의 무변대해임을 바라보고 절망하는 듯한 일을 나는 우는 것일세. 그때마다 가장 세상에 마음을 주어 가까운 사람에게 둘러싸여 따뜻한 이불 속에 고요히 누워서 그들과 또 나의 미소를 서로 교환하는 그러한 안일한 생활이 하루바삐 실현되기를 무한히 꿈꾸고 있는 것일세. 그것은 즉시로 내 몸을 깊은 노스탤지어에 빠뜨려서는 고향을 꿈꾸게 하고 친구를 꿈꾸게 하고 육친과 형제를 꿈꾸게 하도록 표상되는 것일세. 나는 가벼운 고통 가운데에도 눈물겨운 향수의 쾌감을 눈 감고 가만히 느끼는 것일세.

× × ×

나고야의 쿡 생활 이후로 전전유랑의 칠 년 동안 한 번도 거울을 들여다본 적이 없던 나는 절뚝발이로 동경에 돌아와서 처음으로 거울에 비치는 나의 모양이 나로서도 놀라지 않을 수 없을 만치 그렇게도 무섭게 변한 데에 '악!' 소리를 지르지 아니할 수 없었네. 그것은 청춘―뿐이랴! 인생의 대부분을 박탈당한 썩어 찌그러진 흠집(상흔)투성이의 값없는 골동품인 나였던 것일세. 그때에도 나는 또한 나의 동체를 꽉 차서 치밀어 올라오는 무거운 피스톤에 눌리는 듯한 절망에 빠졌네. 그러나 즉시 그것은 나

에게 아무것도 아니하는 것을 가르쳐주며 이 패배의 인간을 위로하며 격려하여 주데. 그때에,

'그러면 M 군도…… 아차, T도!'

이런 생각이 암행 열차같이 나의 허리를 스쳐 갔네. 별안간 자네의 얼굴이 보고 싶어서 환등을 보는 어린 아해의,

'무엇이 나올까?

하는 못생긴 생각에 가득 찼네. 그래서 나도 자네에게 나의 근영을 한 장 보내거니와 자네도 나의 환등을 보는 어린 아해 같은 마음을 생각하여 자네의 최근 사진을 한 장 보내주기를 바라네. 물론 서로 만나보았으면 그 위에 더 시원하고 반가울 일이 있겠나만 기필치 못할 우리의 운명은 지금도 자네와 나, 두 사람의 만날 수 있는 아무 방책도 가르쳐주지 않네그려!

× × ×

내가 주인에게 그만큼 나의 마음을 붙일 수까지 있었으리만큼 아직 나는 아무 데로도 옮길 생각은 없네. 지금 생각 같아서는 앞으로 얼마든지 이곳에 있을 것 같으니까 나에게 결정적 변동이 없는 한 자네는 안심하고 이곳으로 편지하여 주기를 바라네. T는 요즈음 어떠한가? 여전히 적빈에 심신을 쪼들리우고 있다 하니 그도 한 운명에 맡길 수밖에 없지 않겠나?

나의 안부 잘 전하여 주게. 내가 집을 떠나 십 년 동안 T에게 한 장 편지를 직접 부치지 아니한 데 대하여서는, 나의 마음 가운데에 털끝만치라도 T에게 악의가 있지 아니한 것은 물론 자네가

잘 알고 있으니깐—자네의 사진이 오기를 기다리며, 또 자네의 여전한 건강을 빌며—영원한 절뚝발이 ○로부터.

3

벗어나려고 애쓰는 환경일수록 그 환경은 그 사람에게 매달려 벗어나지를 않는 것이다. T가 아무리 그 적빈을 벗어나려고 애써왔으나 형과 갈린 지 십유여 년인 오늘까지도 역시 그 적빈을 면할 수는 없었다. 아버지의 불의의 실패가 있기 전까지도 그래도 그곳에서는 상당히 물적으로 유족한 생활을 하고 있던 M 군의 호의로 T가 결정적 직업을 가지게 되지 못하였다 할진댄 세상에서—더욱이 가난한 사람은 더욱 가난해지지 않으면 아니 되게 변하여 가는 세상에서 T의 가족들은 그날그날의 목을 축일 것으로 말미암아 더욱이나 그들의 머리를 썩히지 않을 수 없었을 것이다. 그러나 다행히 위험성 적은 생계를 경영해 나간다고는 하여도 역시 가난 그것을 한 껍데기도 면치 못한 것은 말할 것도 없다. 행인지 불행인지 T의 아내는 업이 하나를 낳은 뒤로는 사나이도 계집아이도 낳지 못하였다. 그리하여 T의 가정은 쓸쓸하였다. 그러나 다만 세 식구밖에 안 되는 간단한 가정으로도 그때나 이때나 존재하여 왔던 것이다.

적빈 가운데에서 출생한 업이가 반드시 못났으리라고 추측한다면 그것은 전연 사실과 반대되는 추측일 것이다. 업이는 그 아버지 T에게서도 또 그 외에 그 가족의 누구에게서도 찾아볼 수 없을 만치 영리하고 예민한 재질과 풍부한 두뇌의 소유자로 태어났던 것이다. 과연 업이는 어려서부터 간기[9]로 죽을 뻔 죽을 뻔 하면서 겨우 살아났다. 그러나 지금에는 건강한 몸이 되었다. T의 적빈한 가정에는 그들에게 다시없는 위안거리였고 자랑거리였다. T의 부처는 업이가 어려서부터 죽을 것을 근근이 살려왔다는 이유로도, 또 남의 자식보다 잘나고 똑똑하다는 이유로도, 그 가정의 자랑거리라는 이유로도, 그 아들의 덕을 보겠다는 이유로도 그들의 줄 수 있는 최절정의 사랑을 업에게 바쳐왔던 것이다.

양육의 방침이 그 양육되는 아이의 성격의 거의 전부를 결정한다면 교육의 방침도 또한 그의 성격에 적지 아니한 관계를 끼칠 것이다. 업이는 적빈한 가정에 태어났으나 또한 M 군의 호의로 받을 만큼의 계제적[10] 교육을 받아왔다. 좋은 두뇌의 소유자인 업에게 대하여 이 교육은 효과 없지 않을 뿐이랴! 무엇에든지 그는 남보다 먼저 당할 줄 알고 남보다 일찍 알 줄 알고 남보다 일찍 느낄 줄 아는 혁혁한 공적을 이루었다. M 군이 해외에 있는 그 친구에게 보내는 편지마다 자기의 공로를 자랑하는 의미를 떠난 더없는 칭찬도 칭찬이었거니와 학교 선생이나 그들 주위의 사람들은 누구나 다 최고의 칭찬하기를 아끼지 아니하여 왔던 것이다. T에게는 이것이 몸에 넘치는 광영인 것은 물론이요 그러므로 업이는 T의 둘도 없는 자랑거리요 보물이었던 것이다.

'훌륭한 아들을 가진 사람.'

이와 같은 말들은 T로 하여금 업을 위하여야 하는 것은 물론

---

9 뇌전증. 경련을 일으키고 의식 장애를 일으키는 발작 증상이 되풀이해 나타나는 병.
10 일이 되어가는 순서나 절차에 따른.

이요 이와 같은 말을 영구히 몸에 받기 위하여서는 업이를 T의 상전으로 위하게까지 시키었다. 너무 과도한 칭찬의 말은 T에게 기쁨을 줄 뿐만 아니라 T에게 또한 무거운 책임도 주는 것이었다.

'이 아들을 위해야 한다⋯⋯.'

업을 소유한 아버지의 T 씨가 아니었고 T 씨를 소유한 아들이었던 것이다. 업은 T 씨가 가장 그 책임을 다하여야만 하고 그 충실을 다하여야만 할 T 씨의 주인인 것이었다. T 씨는 업이 그 어머니의 배 속을 하직하던 날부터 오늘까지 성난 손으로 업을 때려본 일이 한 번도 없었을 뿐만 아니라 변한 어조로 꾸지람 한마디 못 하여본 채로 왔던 것이다.

'내가 지금은 이렇게 가난하지만 저것이 자라서 훌륭하게 되는 날에는 저것의 덕을 보리라⋯⋯.'

다만 하루라도 바삐 업이 학업을 마치기만 그리하여 하루라도 바삐 훌륭한 사람이 되어지기만 한없이 기다리던 것이었다. 비록 업이 여하한 괴상한 행동에 나아가더라도 T 씨는,

'저것도 다 공부에 소용되는 일이겠지.'

하고 업이 활동사진 배우의 브로마이드를 사다가 그의 방 벽에다가 죽 붙여놓아도 그것이 무엇이냐고 업에게도 M 군에게도 묻지도 아니하고 그저 이렇게만 생각하여 버리고 고만두는 것이었다. 더욱이 무식한 씨로서는 그런 것을 물어보거나 혹시 잘못하는 듯한 점에 대하여 충고라도 하여보거나 하는 것은 필요 없는 간섭같이 생각되어 전혀 입을 내밀기를 주저하여 왔던 것이다. 언제나 T 씨는 업의 동정을 살펴가며 업이가 T 씨 밑에서 사는

것이 아니라 T 씨가 업의 밑에서 사는 것과 같은 모순에 가까운 상태에서 그날그날을 살아왔던 것이다.

이런 때에 선천적 성격이라는 것은 의문이 많은 것이다. 사람의 성격은 외래의 자극 즉 환경에 따라 형성지어지는 것이라는 결론에 도달치 아니할 수 없는 것이다. 이와 같은 교육 방침 밑에 있는 또 이와 같은 환경에서 자라나는 업의 성격이 그가 태어난 가정의 적빈함에 반대로 교만하기 짝이 없고 방종하기 짝이 없는 업을 형성할 것은 물론임에 오류를 발견할 수 없을 것이다. 업은 자기 주위의 모든 사람을 보기를 모두 자기 아버지 T 씨와 같이 보는 것이었다. 자기의 말을 T 씨가 잘 들어주듯이 세상 사람도 그렇게 희생적으로 자기의 말에 전연 노예적으로 굴종할 것이라고 믿는 것이었다. 자기를 호위하여 주리라고 믿는 것이었다. 업의 걷잡을 수도 없는 공상은 천마가 공중을 가는 것과 같이 자유롭게 구사되어 왔던 것이다.

〈햄릿〉의 '유령', 올리브의 '감람수의 방향', 브로드웨이의 '경종', 맘모톨의 '리젤', 오페라좌의 '화문천정' 이렇게…….

허영! 그것들은 뒤가 뒤를 물고 환상에 젖은 그의 머리를 끊이지 아니하고 지나가는 것이었다. 방종, 허영, 타락, 이것은 영리한 두뇌의 소유자인 업이라도 반드시 걸어야만 할 과정이 아닐까? 그들의 가정이 만들어낸 그들의 교육 방침이 만들어낸 그러나 엉뚱한 결과를 가져오게 한 예기치 못한 기적. 업은 과연 지금에 그의 가정에 혜성같이 나타난 한 기적적 존재인 것이다.

4

M 군은 실망하였다. 업은 아무리 생각하여 보아도 마이너스의 존재였다.

'저런 사람이 필요할까? 아니 있어도 좋을까?'

그러나 '유해무익'이라는 참을 수 없는 결론이었다.

'가지가 돋고 꽃이 피기 전에 일찍이 그 순을 잘라버리는 것이 낫지 않을까?'

M 군에게 대하여서는 너무도 악착한 착상이었다. 그리하여,

'다시 한 번 업의 전도를 위하여 잘 지도하여 볼까?'

그러나,

'한 사람의 사상은 반응키 어려운 만치 완성되어 있지 않은가? 뿐만 아니라 설복을 당하기에는 업의 이지理智는 너무 까다롭다.'

M 군의 업에게 대한 애착은 근본적으로 다하여 버렸다. M 군의 이러한 정신적 실망의 반면에는 물질적 방면에서 받은 영향도 적지 아니하였다. 그것은 오늘날까지 업의 학비를 대어오던 M 군이 수년 전에 그의 아버지가 불의의 액운으로 말미암아 파산을 당하다시피 되어 유유자적하던 연구실의 생활도 더 하지 못하고 어느 관립 병원 촉탁의가 되어가지고 온갖 물질적 고통을 당하지 않으면 아니 되게 되었던 것이다. 그간으로도 M 군은 여러 번이나 업의 학비를 대기를 단념하려 하였던 것이었으나 그러나 아직 그의 업에 대한 실망이 그리 크지도 아니하였고 또 싹이 나려는 아름다운 싹을 그대로 꺾어버리는 것도 같아서 어딘지 애착 때문에 매달려지는 미련에 끌리어 그럭저럭 오늘까지 끌어왔던 것이었으나

지금에 이르러서는 그의 업에 대한 애착과 미련도 곱게 어디론지 다 사라지고 말았다. 그렇기 때문에 이 물질적 관계가 그로 하여금 업을 단념시키기를 더욱 쉽게 하였던 것이나 아니었던가 한다.

"업이! 이번 봄은 벌써 업이 졸업일세그려!"

"네― 구속 많고 귀찮던 중학 생활도 이렇게 끝나려 하고 보니 섭섭한 생각이 없는 것도 아닙니다."

"그럼 졸업 후의 지망은?"

"음악 학교!"

그래도 주저하던 단념은 M 군을 결정시켜 버렸다.

"업이 자네도 잘 알다시피 지금의 나는 나 한 몸뚱이를 지지해 나아가기에도 어려운 가운데 있어! 음악 학교의 뒤를 대어줄 수가 없다는 것은 결코 악의가 아니야. 나의 지금 생각 같아서는 천재의 순을 꺾는 것도 같으나 이제부터는 이만큼이라도 자네를 길러주신 가난한 자네의 부모의 은혜라도 갚아보는 것이 좋을 것 같네……."

이 말을 하는 M 군은 도저히 업의 얼굴을 쳐다볼 수가 없었다. M 군의 이와 같은 소극적 약점은 업으로 하여금,

'오― 네 은혜를 갚으란 말이로구나.'

하는 부적당한 분개를 불지르게 하는 것이었다. 그러나 이렇게 말하는 M 군은 언제인가 학교 무슨 회에서 여흥으로 만인의 이목이 집중되는 연단 위에서 바이올린의 줄을 농락하던 그 업이를 생각하고 섭섭히 생각한 것만치 그에게는 조금도 악의가 품어 있지 아니하였던 것이다. M 군의 업에 대한 '내 몸이 어렵더라도 시켜보려 하였으나' 하던 실망은 즉시로 '나를 미워하는 세

상, 내 마음대로 되지 않는 세상' 하는 업의 실망으로 옮겨졌다.

'내 생명을 꺾으려는 세상, 활동의 원동력을 주려 하지 않는 세상.'

'M 씨여, 당신은 나를 미워했지. 나의 천재를 시기했지. 나는 당신을 원망합니다……'

어두운 거리를 수없이 헤매는 것이, 여항의 천한 계집과 씩둑 꺽둑 하소연하는 것이, 남의 집 담 모퉁이에서 밤을 새우는 것이, 공원 벤치에서 낮잠을 자는 것이, 때때로 죽어가는 T 씨를 졸라서 몇 푼의 돈을 긁어내어 피부의 옅은 환락을 찾아다니는 것이 중학을 마치고 나온 청소년 업의 그 후 생활이었다.

나날이 늘어가는 것은 업의 교만 방종한 태도.

"아버지! 아버지는 왜 다른 아버지들과 같이 돈을 많이 좀 못 벌었습니까? 왜 남같이 자식 공부 좀 못 시켜줍니까? 왜 남같이 자식 호강 좀 못 시켜줍니까? 왜 돋으려는 새순을 꺾느냐는 말이오."

'아버지 무섭다'는 생각은 업에게는 털끝만치도 있을 리가 없었다. 그것은 차라리 T 씨가 아들 업이를 무서워하는 것이 옳을 것 같은 상태였으니까.

"오냐, 다— 내 죄다. 그저 애비 못 만난 탓이다."

T 씨는 이렇게 업에게 비는 것이었다.

'애비가 자식 호강 못 시키는 생각만 하고 자식이 애비 호강 좀 시켜보겠다는 생각은 꿈에도 못 하겠니? 예끼, 못된 자식.'

T 씨에게 이런 생각은 참으로 꿈에도 날 수 없었다. '천재를 썩힌다. 애비의 죄다' 이렇게 T 씨의 생활은 속죄의 생활이었다. 그

날의 밥을 끓어 먹을 쌀을 걱정하는 그들의 살림 가운데에서였으나 업의 '돈을 내라'는 절대한 명령에는 쌀 팔 돈이고 전당을 잡혀서이고 그 당장에 내놓지 않고는 죽을 것같이만 알고 있는 T 씨의 살림이었다. 차마 못 할 야료를 T 씨의 눈앞에서 거리낌 없이 연출하더라도 며칠 밤씩을 못 갈 데 가서 자고 들어오는 것을 T 씨 눈으로 보면서도 '저것의 심정을 살핀다'는 듯이,

'미안하다 다 내 죄가 아니면 무엇이냐'는 듯이 업의 앞에서 머리를 숙인 채 업에게 말 한 마디 던져볼 용기도 없이 마치 무슨 큰 죄나 지은 종[僕]이 주인의 얼굴을 차마 못 쳐다보는 것과 같이 묵묵히 앉아 있는 것이었다. 때로는,

"해외의 형은 어쩌면 돈도 좀 보내주지 않는담."

이렇게 얼토당토않은 그 형을 원망도 하여보는 것이었다. T 씨의 아들 업에 대한 이와 같은 죽은 쥐 같은 태도는 업의 그 교만 종횡한 잔인성을 더욱더욱 조장시키는 촉진제 외에는 아무것도 아니었다. 업에 실망한 M 군과 M 군에 실망한 업의 사이가 멀어져 감은 물론이요, 그러한 불합리한 T 씨의 태도에 불만을 가득 가진 M 군과 자기 아들에게 주던 사랑을 일조에 집어던진 가증한 M 군을 원망하는 T 씨의 사이도 점점 멀어져 갈 따름이었다. 다만 해외에 방랑하는 그의 소식을 직접 듣는 M 군이 그의 안부를 전하는 동시에 그들의 안부를 알려 T 씨의 집을 이따금 방문하는 외에는 그들 사이에 오고 감의 필요가 전혀 없던 것이었다.

M에게 보내는 편지(제6신)

두 달! 그것은 무궁한 우주의 연령으로 볼 때에 얼마나 짧은 것일까? 그러나 자네와 나 사이에 가로질렸던 그 두 달이야말로 나는 자네의 죽음까지도 우려하였음 직한 추측이 오측이 아닐 것이 분명할 만치 그렇게도 초조와 근심에 넘치는 길고 긴 두 달이 아니었겠나. 자네와 나의 그 우려, 그러나 내가 이 글을 쓰며 자네의 틀림없는 건강을 믿는 것과 같이 나는 다시없는 건강의 주인으로서 나의 경력이 허락하는 한도까지 밤과 낮으로 힘차게 일하고 있는 것일세.

M 군! 나의 이 끊임없는 건강을 자네에게 전하는 기쁨과 아울러 머지 아니하여 우리 두 사람이 얼굴과 얼굴을 서로 만나겠다는 기쁨을 또한 전하는 것일세.

× × ×

우스운 말이나 지금쯤 참으로 노련한 한 사람의 의학사로 완성되어 있겠지. 그 노련한 의학사를 멀리 떨어져 나의 요즈음 열심으로 하여오던 의학의 공부가 지금에는 겨우 얼간 의사 하나를 만들어놓았다는 것은 그 무슨 희극적 대조이겠나? 이것은 이곳의 친구의 직접의 원조도 원조이겠지만은 또 한편으로 멀리 있는 자네의 나에게 대하여 주는 끊임없는 사랑의 덕이 그 대부분이겠다고 믿으며 또한 자네가 더한층이나 반가워할 줄 믿는 소식이겠다고도 믿는 것일세. 내가 고국에 돌아간 다음에는 자네는 나의 이 약한 손을 이끌어 그 길을 함께 걸어주겠다는 것을 약속하여 주기를 바라며 마지않는 것일세.

× × ×

오늘날 꿈에만 그리던 고국으로 돌아가려 하고 보니 감개무량하여 나의 가슴을 어지럽게 하네. 십유여 년의 기나긴 방랑 생활에서 내가 얻은 것이 무엇인가. 한 분의 어머니를 잃었네. 그리고 절뚝발이가 되었네. 글 한 자 못 배웠네. 돈 한 푼 못 벌었네. 사람다운 일 하나 못 하여놓았네. 오직 누추한 꿈속에서 나의 몸서리칠 청춘을 일생의 중요한 부분을 삭제당하기를 그저 달게 받아왔을 따름일세. 차인잔고差引殘高[11]가 무엇인가? 무슨 낯으로 고향 땅을 밟으며, 무슨 낯으로 형제의 낯을 대하며, 무슨 낯으로 고향 친구의 낯을 대할 것인가? 오직 회한, 차인잔고가 있다고 하면 오직이 회한의 한 뭉텅이가 있을 따름이 아니겠나? 그러나 다시 생각하고 나는 가벼운 한숨으로써 나의 괴로운 마음을 안심시키는 것이니 그렇게 부끄러워야만 할 고향 땅에는 지금쯤은 나의 얼굴, 아니 나의 이름이나마 기억할 수 있는 사람의 한 사람조차도 있지 아니할 것일 뿐이랴. 그곳에는 이 인생의 패배자인 나를 마음으로써 반가이 맞아줄 자네 M 군이 있을 것이요, 육친의 형제 T가 있을 것이므로일세. 이 기쁨으로 나는 나의 마음에 용기를 내게 하여 몽매에도 그려한 고향의 흙을 밟으려 하는 것일세.

---

11 수입에서 지출을 뺀 금액. 여기서는 삶의 보람 혹은 결과를 의미함.

× × ×

근 삼 년 동안이나 마음과 몸의 안정을 가지고 머물러 있는 이곳의 주인은 내가 자네와 작별한 후에 자네에게 주던 이만큼의 우정을 아끼지 아니한 그렇게 친한 친구가 되어 있다는 말을 자네에게 전한 것을 자네는 잊지 아니하였을 줄 믿네. 피차에 흉금을 놓은 두 사람은 주객의 굴레를 일찍이 벗어난 그리하여 외로운 그와 외로운 나는 적적(비록 사람은 많으나)한 이 집 안에 단두 사람의 가족이 되었네. 이렇게 그에게 그의 가족이 없는 것은 물론이나 이만한 여관 외에 처처에 상당한 건물들을 그의 소유로 가지고 있는 꽤 있는 그일세.

나로서 들어 아는 바 그의 과거가 비풍참우의 혈사를 이곳에 나열하면 무엇하겠나만 과연 그는 문자대로의 고독한 낭인일세. 그러나 그의 친구들의 간곡한 권고와 때로는 나의 마음으로의 권고가 있음에도 불구하고 그는 결코 아내를 취하지 아니하는 것일세.

"돈도 그만큼 모았고 나이도 저만큼 되었으니 장차의 길고 긴 노후의 날을 의지할 신변의 고적을 위로할 해로가 있어야 아니하겠소?"

"하, 그것은 전혀 내 마음을 몰라주는 말이오."

일상에 내가 나의 객관의 고적을 그에게 하소연할 때면 그는 도리어 나를 부러워하며 자기 신변의 고적과 공허를 나에게 하소연하는 것일세. 그러면서도 그는 결코 아내를 얻지 아니하겠다 하며 그렇다고 허튼 여자를 함부로 대하거나 하는 일도 결코 없는 것일세.

'그러면 그가 여자에게 대하여 무슨 갖지 못할 깊은 원한이나 있는 것이 아닐까' 하는 선입관념을 가진 눈으로 보아서 그런지 그는 남자에게는 어떤 사람에게든지 친절하게 하면서도 여자에게는 어떤 사람에게든지 냉정하기 짝이 없는 것일세. 예를 들면 이 집 여중[12]들에게 하는 그의 태도는 학대, 냉정, 잔인, 그것일세. 나는 때로,

"너무 그러지 마오, 가엾으니."

"여자니깐."

그는 언제나 이렇게 대답할 뿐이었네. 그의 이 수수께끼의 대답은 나의 의아를 점점 깊게만 하는 것이었네. 하루는 조용한 밤두 사람은 또한 떫은 차를 마셔가며 세상 이야기를 하고 있었네. 그 끝에,

"여자에 관련된 남에게 말 못 할 무슨 비밀의 과거가 있소?"

"있소! 있되 깊소!"

"내게 들려줄 수 없소?"

"그것은 남에게 이야기할 필요도 이유도 전혀 없는 것이오. 오직 신이 그것을 알고 있을 따름이어야 할 것이오. 그것은 내가 눈을 감고 내 그림자가 지상에서 사라지는 동시에 사라져야만 할 따름이오."

나는 물론 그에게 질기게 더 묻지 아니하였네. 그의 그림자와 함께 사라질 비밀이 무엇인지는 모르겠으나 쾌활한 기상의 주인인 그는 또한 남다른 개성의 소유자인 것일세.

---

12 일본어로 '하녀'를 뜻함.

× × ×

　그는 나보다 십여 세 맏일세. 그의 나이에 겨누어 너무 과하다
할 만치 많이 난 그의 흰 머리털은 나로 하여금 공경하는 마음을
가지게 하네. 또한 동시에 그의 풍파 많은 과거를 웅변으로 이야
기하고 있는 것도 같으니 그와 같은 그가 나를 사귀어주기를 동
년배의 터놓은 사이의 우의로써 하여주니 내가 나의 방랑 생활에
있어서 참으로 나의 '희로애락'을 바꿀 수 있는 사람은 오직 그뿐
이라고 어찌 말하지 않겠나? 그와 나는 구구한, 그야말로 경제 문
제를 벗어난 가족—그가 지금에 경영하고 있는 여관은 그와 내가
주객의 사이는커녕 누가 주인인지도 모르게 차라리 어떤 때에는
내가 주인 노릇을 하게쯤 되는, 말하자면 공동 경영 아래에 있는
것과 같은 그와 나 사이인 것일세. 그의 장부는 나의 장부였고,
그의 금고는 나의 금고였고, 그의 열쇠는 나의 열쇠였고, 그의 이
익과 손실은 나의 이익과 손실이었고, 그의 채권과 채무는 나의
채권과 채무인 것이었네. 그와 나의 모든 행동은 그와 내가 목적
을 같이한 영향을 같이한 그와 나의 행동들이었네. 참으로 그와
내가 서로 믿음을 마치 한 들보를 떠받치고 섰는 양편 두 개의
기둥이 서로 믿지 아니하면 아니 되는 사이와도 같은 것이었네.

× × ×

　이와 같은 기쁜 소식을 나열만 하고 있던 나는 지금 돌연히 그
가 세상을 떠났다는 슬픈 소식을 자네에게 전하지 않을 수 없는

운명에 조우된 지 오래인 것을 말하네. 나와 만난 후 삼 년에 가까운 동안뿐 아니라 그의 말에 의하면 그 이전에도 몸살이나 감기 한 번도 앓아본 적이 없는 퍽 건강한 몸의 주인이던 그가 졸지에 이렇게 쓰러졌다는 것은 그와 오랫동안 같이 있던 나로서는 더욱이나 의외인 것이었네. 한 이삼일을 앓는 동안에는 신열이 좀 있다 하더니 내가 옆에 앉아 있는 앞에서 조용히 잠자는 듯이 갔네.

"사람 없는 벌판에서 별을 쳐다보며 죽을 줄 안 내 몸이 오늘 이렇게 편안한 자리에 누워서 당신의 서러운 간호를 받아가며 세상을 떠나니 기쁘오. 당신의 은혜는 명도冥途에 가서 반드시 갚을 것을 약속하오—이 집과 내 가진 물건의 얼마 안 되는 것을 당신에게 맡기기로 수속까지 다 되어 있으니 가는 사람의 마음이라 가엾이 생각하여 맡아주기를 바라고 아무쪼록 그것을 가지고 고향에 돌아가 형제 친구들과 함께 기쁘게 살아주기를 바라오. 내가 이렇게 하잘것없이 갈 줄은 나도 몰랐소. 그러나 그것도 다— 내가 나의 과거에 받은 그 뼈살에 지나치는 고생의 열매가 도진 때문인 줄 아오. 나를 보내는 그대도 외롭겠소만 그대를 두고 가는 나는 사바에 살아 꿈적이던 날들보다도 한층이나 외로울 것 같소!"

이렇게 쓰디쓴 몇 마디를 남겨놓고 그는 갔네. 그 후 그의 장사도 치른 지 며칠째 되던 날, 나는 그의 일상 쓰던 책상 속에서 위의 말들과 같은 의미의 유서, 그리고 문서들을 찾아내었네.

× × ×

이제 이것이 나에게 기쁜 일일까, 그렇지 아니하면 슬픈 일일까. 나는 그 어느 것이라도 말하기를 주저하는 것일세.

내가 그의 생전에 그와 내가 주고받던 친교를 생각하면 그의 죽음은 나에게 무한히 슬픈 일이 아니겠냐만 어머니의 배 속을 떠나던 날부터 적빈에만 지질리워가며 살아온 내가 비록 남에게는 얼마 안 되게 보일는지 모르겠으나 나로서는 나의 일생에 상상도 하여보지도 못할 만치의 거대한 재산을 얻은 것이 어찌 그다지 기쁜 일이 아니겠다고 생각하겠는가. 이러한 나의 생각은 세상을 떠난 그를 생각하기만 하는 데에서도 더없을 양심의 가책을 아니 받는 것도 아니겠으나 그러나 위의 말한 것은 나의 양심의 속임 없는 속삭임인 것을 어찌하겠나.

'어째서 그가 이것을 나에게 물려줄까.'

'죽은 그의 이름으로 사회업에 기부할까.'

이러한 생각들이 끊임없이 나의 머리에 지나가고 지나오고 한 것은 또한 내가 나의 마음을 속이는 말이겠나? 그러나 물론 전에도 느끼지 아니한 바는 아니나 차차 나이 들고 체력이 감퇴되고 원기가 좌절됨에 따라서 이 몸의 주위의 공허가 역력히 발견되고 청운의 젊은 뜻도 차차 주름살이 잡히기를 시작하여 한낱 고향을 그리워하는 마음, 한낱 이 몸의 쓸쓸한 느낌만이 나날이 커 가는 것일세. 그리하여 어서 바삐 고향에 돌아가 사랑하는 친구와 얼싸안기 원하며 그립던 형제와 섞이어 가며 몇 날 남지 아니한 나의 여생을 보내고 싶은 마음이, 좀 더 기쁨과 웃음과 안일한 가운데에서 보내고 싶은 마음이 날이 가면 갈수록 최근에 이르러서는 일층 더하여 가는 것일세. 내가 의학 공부를 시작한 것도 전전푼의 돈이나마 모으기 시작한 것도 그런 생각에서 나온 가

없은 짓들이었네.

　사회사업에 기부할 생각보다도 내가 가질 생각이 더 컸던 나는 드디어 그 가운데의 일부를 헤치어 생전 그에게 부수되어 있던 용인傭人 여중들과 얼마 아니 되는 채무를 처치한 다음 나머지의 전부를 가지고 고향에 돌아갈 결심을 하였네. 그들 가운데 몇 사람으로부터는 단언커니와 나의 일생에 들어본 적이 없던 비난의 말까지 들었네.

　'돈! 재물! 이것 때문에 그의 인간성이 이렇게도 더럽게 변하고 말다니! 죽은 그는 나를 향하여 얼마나 조소할 것이며 침 뱉을 것이냐.'

　새삼스러이 찌들고 까부라진 이 몸의 하잘것없음을 경멸하며 연민하였네. 그러면서도,

　'이것도 다 — 여태껏 나를 붙들어 매고 있는 적빈 때문이 아니냐.'

　이렇게 자기변명의 길도 찾아보면서 자기를 위로하는 것이었네.

× × ×

　친구를 잃은 슬픔은 어느 결에 사라졌는가. 지금에 나의 가슴은 고향 땅을 밟을 기쁨, 친구를 만날 기쁨, 형제를 만날 기쁨, 이러한 가지의 기쁨들로 꽉 차 있네. 놀라거니와 나의 일생에 있어서 한편으로는 양심의 가책을 받아가면서라도 최근 며칠 동안만큼 기뻤던 날이 있었던가를 의심하네.

　아 — 이것을 기쁨이라고 나는 자네에게 전하는 것일세그려. 눈물이 나네그려!

× × ×

　자네는 일상 나의 조카 업의 칭찬의 말을 아끼지 아니하여 왔지. 최근에 자네의 편지에 이 업에 대한 아무런 말도 잘 볼 수 없음은 무슨 일일까. 하여간 젖 먹던, 코 흘리던 그 업이를 보아버리고 방랑 생활 십유여 년. 오늘날 그 업이 재질이 풍부한 생래의 영리한 업이로 자라났다 하니 우리 집안을 위하여서나 일상의 적빈에 우는 T 자신을 위하여서나 더없이 기뻐할 일이라고 생각하면서도 또 한편으로는 이제는 우리 같은 사람은 아무 소용이 없구나 하는 생각을 하니 감개무량하네. 또한 미구에 만나볼 기쁨과 아울러 이 미지수의 조카 업이에 대하여 많은 촉망과 기대를 가지고 있는 것일세.

　M 군! 나는 아무쪼록 빨리 서둘러서 어서 속히 고향으로 돌아갈 채비를 차리려 하거니와 이곳에서 처치해야만 할 일도 한두 가지가 아니고 해서 아직도 이곳에 여러 날 있지 아니하면 아니될 형편이나 될 수만 있으면 세전歲前에 고향에 돌아가 그립던 형제와 친구와 함께 즐거운 가운데에서 오는 새해를 맞이하려 하네. 어서 돌아가서 지나간 옛날을 추억도 하여보며 그립던 회포를 풀어도 보아야 할 터인데!

　일기 추운데 더욱더욱 건강에 주의하기를 바라며 T에게도 불일간 내가 직접 편지하려고도 하거니와 자네도 바쁜 몸이지만 한번 찾아가서 이 소식을 전하여 주기를 바라네. 자— 그러면 만나는 날 그때까지 평안히— ○로부터…….

나의 지난날의 일은 말갛게 잊어주어야 하겠다. 나조차도 그것을 잊으려 하는 것이니 자살은 몇 번이나 나를 찾아왔다. 그러나 나는 죽을 수 없었다.

나는 얼마 동안 자그마한 광명을 다시금 볼 수 있었다. 그러나 그것도 전연 얼마 동안에 지나지 아니하였다. 그러나 또 한 번 나에게 자살이 찾아왔을 때에 나는 내가 여전히 죽을 수 없는 것을 잘 알면서도 참으로 죽을 것을 몇 번이나 생각하였다. 그만큼 이번에 나를 찾아온 자살은 나에게 있어 본질적이요 치명적이었기 때문이다.

나는 전연 실망 가운데 있다. 지금에 나의 이 무서운 생활이 노[繩] 위에 선 도승사渡繩師[13]의 모양과 같이 나를 지지하고 있다.

모든 것이 다 하나도 무섭지 아니한 것이 없다. 그 가운데에도 이 '죽을 수도 없는 실망'은 가장 큰 좌표에 있을 것이다.

나에게, 나의 일생에 다시없는 행운이 돌아올 수만 있다 하면 내가 자살할 수 있을 때도 있을 것이다. 그 순간까지는 나는 죽지 못하는 실망과 살지 못하는 복수―이 속에서 호흡을 계속할 것이다.

나는 지금 희망한다. 그것은 살겠다는 희망도 죽겠다는 희망도 아무것도 아니다. 다만 이 무서운 기록을 다 써서 마치기 전에는 나의 그 최후에 내가 차지할 행운은 찾아와 주지 말았으면 하는 것이다. 무서운 기록이다. 펜은 나의 최후의 칼이다.

　　　　　　　　　　　　　―1930. 4. 26. 어於 의주통 공사장

　　　　　　　　　　　　　　　　　　이 ○

---

13 줄 타는 사람.

어디로 가나?

사람은 다 길을 걷고 있다. 그러므로 그들은 어디론지 가고 있다. 어디로 가나?

광맥을 찾으려는 것 같은 사람이 있는가 하면 산보하는 사람도 있다.

세상은 어둡고 험준하다. 그러므로 그들은 헤맨다. 탐험가나 산보자나 다 같이―

사람은 다 길을 걷는다. 간다. 그러나 가는 데는 없다. 인생은 암야의 장단 없는 산보이다.

그들은 오랫동안의 적응으로 하여 올빼미와 같은 눈을 얻었다. 다 똑같다.

그들은 끝없이 목마르다. 그들은 끝없이 구한다. 그리고 그들은 끝없이 고른다.

이 '고름'이라는 것이 그들이 가지고 나온 모든 것들 가운데 가장 좋은 것이면서도 가장 나쁜 것이다.

이 암야에서도 끝까지 쫓겨난 사람이 있다. 그는 어떠한 것 어떠한 방법으로도 구제되지 않는다.

―선혈이 임리한 복수는 시작된다. 영원히 끝나지 않는 복수를―피―밑[底] 없는 학대의 함정―

× × ×

사람에게는 교통이 없다. 그는 지구권 외에서도 그대로 학대받았다. 그의 고기를 전부 조려서 '애愛'라는 공물을 만들어 사람들 앞에 눈물 흘리며도 보았다. 그러나 모든 것은 더한층 그를 학대하고 쫓아냈을 뿐이었다.

'가자! 잊어버리고 가자!'

그는 몇 번이나 자살을 꾀하여 보았던가! 그러나 그는 이 나날이 진하여만 가는 복수의 불길을 가슴에 품은 채 싱겁게 가버릴 수는 없었다.

'내 뼈끝까지 다 갈려 없어지는 한이 있더라도—그때에는 내 정령精靈 혼자서라도—'

그의 갈리는 이빨 사이에서는 뇌장을 갈아 마실 듯한 칫소리와 피육을 말아 올릴 듯한 회오리바람이 일어났다.

그의 반생을 두고 (아마) 하여 내려오던 무위한 애愛의 산보는 끝났다.

그는 그의 몽롱한 과거를 회고하여 보며 그 눈멀은 산보를 조소하였다. 그리고 그의 앞에 일직선으로 뻗쳐 있는 목표 가진 길을 바라보며 득의의 웃음을 완이히 웃었다.

× × ×

닦아도 닦아도 유리창에는 성에가 슬었다. 그럴수록 그는 자주 닦았고 자주 닦으면 성에는 자꾸 슬었다. 그래도 그는 얼마든지 닦았다.

승강장 찬 바람 속에 옷고름을 날리며 섰다가 처음 들어왔을 때에는 퍽 따스하더니 그것도 삽시간이요 발밑에 스팀은 자꾸 식어만 가는지 삼등 객차 안은 가끔 소름이 끼칠 만치 서늘하였다.

가방을 겨우 다나[14] 위에다 얹고 앉기는 앉았으나 그의 마음은 종시 앉지 않았다. 그의 눈은 유리창에 스는 성에가 닦아도 슬고 또 닦아도 또 슬듯이 씻어도 솟고 또 씻어도 또 솟는 눈물로 축였다. 그는 이 까닭 모를 눈물이 이상하였다. 그런 것도 그의 눈물의 원한이었는지도 모른다.

젖은 눈으로 흐린 풍경을 보지 아니하려 눈물과 성에를 쉴 사이 없이 번갈아 닦아가며 그는 창밖을 내다보기에 주린 듯이 탐하였다. 모든 것이 이상하기만 할 뿐이었다.

'어찌 이렇게 하나도 이상한 것이 없을까? 아!'

그에게는 이것이 이상한 것이었다.

하염없는 눈물을 흘려서 그는 그의 백사지白砂地 된 뇌와 심장을 조상하였다.

회색으로 흐린 하늘에 소리 없는 까마귀 떼가 몽롱한 북망산을 반점 찍으며 감도는 모양—그냥 세상 끝까지라도 닿아 있을 듯이 겹친 데 또 겹쳐 누워 있는 적갈색의 벗어진 산들의 자비스러운 곡선—이런 것들이 그의 흥미를 일게 하지 않는 것도 아니었다. 그러나 이런 것들도 도무지 이상치 아니한 것이 그에게는 도무지 이상하였다.

이러한 가운데에도 그는 그의 눈과 유리창을 닦기를 게을리하지 않았다.

'남의 것을 왜— 거저먹으려고 그러는 것일까?'

그는 따개꾼을 생각하여 보았다.

14 일본어로 '선반'을 뜻함.

'남의 것을 거저—남의 것을—거저—'

그는 또 자기를 생각하여 보았다.

'남의 것을 거저—남의 것을 거저 갖지 않았느냐—비록 그 사람은 죽어서 이 세상에 있지 않다 하더라도—그의 유서가 그것을 허락하였다 할지라도—그의 유산의 전부를 거리낌이 없을 만치 그와 나는 친한 사이였다 하더라도—나는 그의 하고많은 유산을 거저 차지하지 않았느냐. 남의 것을—그는 아무리 친한 사이라 하더라도 남이다—남의 것을 거저, 나는 그의 유산의 전부를— 사회사업에 반드시 바쳤어야 옳을 것을—남의 것이다—상속이 유언된 유산—거저—사회사업—남의 것—'

그의 머리는 어지러웠다.

'고요한 따개꾼—체면 있는 따개꾼!'

그러나 그는 성에 슨 유리창을 닦는 것과 같이 그의 주머니 속에 들어 있는 돈의 종잇조각—수형手形을 어루만져 보기를 때때로 하는 것도 잊어버리지는 않았다.

발끝에서 올라오는 추위와 피곤—머리끝에서 내려오는 산란한 피곤—그것은 복부에서 충돌되어서는 시장함으로 표시되었다. 한 조각의 마른 빵을 씹어본 다음에 그는 물도 마시지 아니하였다. 오줌 누러 가는 것이 귀찮아서—

먹은 것이라고는 새벽녘에도 역시 마른 빵 한 조각밖에는 없다. 그때도 역시 물은 마시지 않았다.

그런데 그는 벌써 변소에를 몇 번이고 갔는지 모른다. 절름발이를 이끌고 사람 비비대는 차 안의 좁은 틈을 헤쳐가며 지나다니기가 귀찮았다. 이것이 괴로웠다. 그리하여 이번에도 물을 마시지 아니한 것이다. 그러나 오줌을 수없이—그는 이것이 이 차 안의 특유인 미지근한 추위 때문이 아닌가? 이렇게도 생각해 보았다. 그는 변소에 들어서서는 반드시 한 번씩 그 수형을 꺼내어 자세히 검사하여 보는 것도 겸겸하였다.

'오냐—무슨 소리를 내가 듣더라도 다시 살자.'

왼편 다리가 차차 아파 올라왔다—결리는 것처럼—저리는 것처럼—기미氣味 나쁘게—

'기후가 변하여서—풍토가 변하여서—'

사람의 배를 가르고 그 내장을 세척하는 것은 고사하고—사람의 썩는 다리를 절단하는 것은 고사하고—등에 난 조그만 부스럼에 메스 한 번을 대어본 일이 없는 슬플 만치 풍부한 경험을 가진 훌륭한 의사인 그는 이러한 진단을 그의 아픈 다리에다 내려도 보았다. 그래 바지 아래를 걷어 올리고 아픈 다리를 내어 보았다. 바른편 다리와는 엄청나게 훌륭하게 뼈만 남게 마른 왼편 다리는 바닥에서 솟아 올라오는 '풍토 다른' 추위 때문인지 죽은 사람의 그것과 같이 푸르렀다. 거기에 몇 줄기 새파란 정맥줄이 반투명체가 내뵈듯이 내보이고 있었다. 털은 어느 사이엔지 다 빠져 하나도 없고 모공의 자국에는 파리똥 같은 검은 점이 위축된 피부 위에 일면으로 널려 있었다. 그는 그것을 '나의 것'이니만치 가장 친한 기분으로 언제까지라도 들여다보며 깔깔한 그 면을 맛좋게 쓸어 다듬어주고 있었다.

그때에 건너편 자리에 앉아 있던 신사는 가냘픈 한숨을 섞어 혀를 한번 쩍 하고 치더니 그 자리에서 일어서서 황황히 어디론지 가버렸다.

"내리는 게로군―저 가방―여보시오, 저 가방."

그는 고개를 돌이켜 그 신사의 가는 쪽을 향하여 소리 질렀다.

"여보시오. 저― 가방을 가지고 내리시오―저……."

또 한 번 소리처 보았으나 그 신사의 모양은 벌써 어느 곳으로 가버렸는지 보이지 않았다. '그가 생각나서 찾으러 오도록 나는 저― 가방을 지켜주리라' 이런 생각을 그는 한턱 쓰는 셈으로 생각하였다.

"여보, 인젠 그 다리 좀 내놓지 마시오."

"아―참 저 가방―"

이렇게 불식간에 대답을 한 그는 아까 자리를 떠나 어디로 갔는지 없어졌던 그 신사가 어느 틈엔지 다시 그 자리에 와 앉아 있는 것을 그제야 겨우 보아 알았다. 신사는 또 서서히 입을 열어,

"여보, 나는 인제 몇 정거장 남지 않았으니 내가 내릴 때까지는 제발 그 다리 좀 내놓지 좀 마오!"

"네― 하도 아프기에 어째 그런가 하고 좀 보았지오. 혹시 풍토가……."

"풍토? 당신 다리는 풍토에 따라 아프기도 하고 안 아프기도 하고 그렇소?"

"네― 원래 이 왼편 다리는 다친 다리가 되어서 조금 일기가 변하기만 하여도 곧 아프기가 쉬운―신세는 볼일 다 본―그렇지만 이를 갈고……."

"하하. 그러면 오― 알았소―그 왼편―"

"네―그 아플 적마다 고생이라니 어디 참―"

"내 생각 같아서는 그건 내 생각이지만 그렇게 두고 고생할 것

없이 병신 되기는 다— 일반이니 아주 잘라버리는 것이 좋을 것 같소. 저 내가 아는 사람도 하나, 그 이야기는 할 것도 없소만—어쨌든 그것은 내 생각에는 그렇다는 말이니까 당신보고—자르라고 그러는 말은 아니오만—하여간 그렇다면 퍽 고생이 되겠는데—"

"글쎄 말씀이야 좋은 말씀이외다만 원 아무리 고생이 된다 하더라도 어떻게 제 다리를 자르는 것을 제 눈으로 뻔히 보고 있을 수가 있나요?"

"그렇지만 밤낮 두고 고생하느니보다는 낫겠다는 말이지요. 그것은 뭐 어쩌다가 그렇게 몹시 다쳤단 말이오."

"그거요? 다 이루 말할 수 있나요. 이 다리는 화태樺太[15]에서 일할 적에 토로에서 뛰어내리려다가 토로와 한데 뒹구는 바람에 이렇게 몹시 다친 거지요."

"화태?"

신사는 잠시 의아와 놀라는 얼굴빛을 보인 다음에 다시 말을 이어,

"어쩌다가 화태까지나 가셨더란 말이오?"

"예서는 먹고살 수가 없고 하니까 돈 벌러 떠난다는 것이 마지막 천하에 땅 있는 데는 사람 사는 곳이고 안 가본 데가 있나요. 이렇게 떠돌아다니는 게 올째 꼭! 가만있자—열일곱 해 아니 열다섯 핸가—어쨌든 십여 년이지요."

"돈만 많이 벌었으면 그만 아니오?"

"그런데 어디 돈이 그렇게 벌리나요? 한 푼—참 없습니다. 벌

15 사할린.

기는 고만두고 굶기를 남 먹듯 했습니다. 어머님 집 떠난 지 일 년
도 못 되어 돌아가시고—"

"하— 어머님이—어머님도 당신하고 같이 가셨습디까—처
자는 그럼 다 있겠구려?"

"웬걸요—처자는 집 떠나기 전에 다 죽었습니다. 어린것을 나
은 지—에 그게—어쨌든 에미가 먼저 죽으니까 죽을밖에요. 어
머님은 아우에게 맡기고 떠나려고 했지만 원래 우리 형제는 의
가 좋지 못한 데다가 아우도 처자가 다 있는 데다가 저처럼 이렇
게 가난하니 어디 맡으려고 그럽니까?"

"아우님은 단 한 분이오?"

"네—그게 그렇게 사이가 좋지 못하답니다. 남이 보면 부끄러
울 지경이지요."

"그래 시방 어떻게 해서 어디로 가는 모양이오."

신사의 얼굴에는 연민의 빛이 보였다.

"십여 년을 별짓을 다 하고 돌아다니다가…… 참 그동안에
는 죽으려고 약까지 타논 일도 몇 번인지 모르지요. 세상이 다 우
스꽝스러워서 술 노름으로 세월을 보낸 일도 있고, 식당 쿡 노릇
을 안 해보았나, 이래 보여도 양요리는 그래도 못 만드는 것 없
이 능란하답니다. 일등 쿡이었으니까. 화태에도 오랫동안 있었지
요. 그때 저는 꼭 죽는 줄만 알았는데 그래도 명이 기니까 할 수
없나 보아요. 이렇게 절름발이가 되어가면서도 여태껏 살고 있
으니. 그때 그놈들(그는 누구라는 것도 없이 이렇게 평범히 불렀
다)이 이 다리를 막 자르려고 덤비는 것들을 죽어라 하고 못 자
르게 했지요. 기를 쓰고 죽어도 그냥 죽지 내 살점을 떼내 던지지

는 않겠다고 이를 악물었더니 그놈들이 그래도 내 억지는 못 이기겠던지 그냥 내버려 두었어요. 덕택에 시방 이 모양으로 절름발이 신세를. 네—가기는 제가 갈 데가 있겠습니까? 아우의 집으로 가야지요. 의가 좋으니 나쁘니 해도 한 배의 동생이요, 또 십여 년 만에 고향에 돌아가는 몸이니 반가워하지는 못할지라도 그리 싫어하지는 않을 것 같습니다. 고향이요? 고향은 서울—아주 서울 태생이올시다. 서울에는 아우하고 또 극진히 친한 친구 한 사람이 있습니다. 그저 그 사람들을 믿고 시방 이렇게 가는 길이올시다. 그렇지만 내 이를 악물고라도."

"그럼 그저 고향이 그리워서 오는 모양이로구려?"

"네—그렇다면 그렇지요. 그런데 하기는—"

그는 별안간 말을 멈추는 것같이 하였다.

"그럼 아마 무슨 큰 수가 생겨서 오는 모양이로구려."

어디까지라도 신사의 말은 그의 급처急處를 찌르는 것이었다.

"수—에—수가 생겼다면—하기야 수라도—"

"아주 큰 수란 말이로구려 하…….."

두 사람은 잠시 쓰디쓴 웃음을 웃어보았다.

"다른 사람이 보면 하잘것없은 것일는지 몰라도 제게는 참 큰 수지요, 허고 보니—"

"얘기를 좀 하구려. 그 무슨 그렇게 큰 순가."

"얘기를 해서 무엇하나요? 그저 그렇게만 아시지요. 뭐— 해도 상관은 없기는 없지만…….."

"그 아마 당신께 좀 꺼리는 데가 있는 게로구려? 그렇다면 할수 없겠소만 또 그렇다고 하더라도 내가 당신을 천리나 만리나 따라다닐 사람이 아니요, 또 내가 무슨 경찰서 형사나 그런 사람도 아니요, 이렇게 차 속에서 우연히 만났다가 헤어지고 말 사람인데 설사 일후에 또 만나는 수가 있다 하더라도 피차에 얼굴조차도 잊어버릴 것이니 누가 누군지 안단 말이오? 내가 또 무슨 당신의 성명을 아는 것도 아니고 상관없지 않겠소."

"아―그렇다면야―뭐―제가 이야기 안 한다는 까닭은 무슨 경찰에 꺼릴 무슨 사기 취재(?)나 했다 해서 그러는 것이 아닙니다. 이야기가 너무 장황해서 또 몇 정거장 안 가서 내리신다기에 이야기가 중간에 끊어지면 하는 사람이나 듣는 사람이나 피차 재미도 없을 것 같고 그래서―"

"그렇게 되면 내 이야기 끝나는 정거장까지 더 가리다그려― 이야기가 재미만 있다면 말이오―"

"네? 아니―몇 정거장을 더 가셔도 좋다니 그것이 어떻게 하시는 말씀인지 저는 도무지―"

두 사람은 또 잠깐 웃었다. 그러나 그는 놀랐다.

"내 여행은 그렇게 아무렇게나 해도 상관없는 여행이란 말이오―"

"그렇지만 돈을 더 내셔야 않나요."

"돈? 하― 그래서 그렇게 놀랜 모양이구려! 그건 조금도 염려할 것 없소―나는 철도국에 다니는 사람인 고로 차는 돈 한 푼 아니 내고라도 얼마든지 거저 탈 수 있는 사람이니까. 나는 지금 볼일로 ○○까지 가는 길인데 서울에도 볼일이 있고 해서 어디를 먼저 갈까 하고 망설거리던 차에 미안한 말이오만 아까 당신의 그 다리를 보고 그만 ○○ 일을 먼저 보기로 한 것이오. 그렇지만 또 당신의 이야기가 아주 썩 재미가 있어서 중간에서 그냥 내리기가 아깝다면 서울까지 가면서 다— 듣고 서울 일도 보고 하는 것이 좋을 듯도 하고 해서 하는 말이오."

"네— 나는 또 철도국 차를 거저, 그것 참 좋습니다. 차를 얼마든지 거저—"

이 '거저' 소리가 그의 머리에 거머리 모양으로 묘하게 착 달라붙어서는 떨어지지 아니하였다. 아, 그는 잠깐 동안 혼자 애쓰지 아니하면 안 되었다. 억지로 태연한 차림을 꾸미며 그는 얼른 입을 열었다. 그러나 그 말마디는 묘하게 굴곡이 심하였다. 그는 유리창이 어느 틈에 밖이 조금도 내다보이지 않을 만치 슬은 성에를 닦기도 하여보았다.

"말하자면 횡재, 에—횡재—무엇 횡재될 것도 없지만 또 횡재라면 그야—횡재 아니라고도 할 수 없지만 어쨌든 제가 고생 고생 끝에 동경으로 한 삼 년 전에 다시 돌아왔습니다. 게서 친구 한 사람을 사귀었는데 그는 별사람이 아니라 제가 묵고 있던 집 주인입니다. 그 사람은 저보다도 더 아무도 없는 아주 고독한 사람인데 그 여관 외에 또 집도 여러 채를 가지고 있었는데 있는 동안에 그 사람과 나는 각별히 친한 사이가 되어 그 여관을 우리 둘이서 경영하여 나가게 되었습니다. 그런데 그 사람이 얼마 전에 고만 죽었습니다. 믿던 친구가 죽었으니 비록 남이었건만 어떻게 설운지 아마 어머님 돌아가실 때만큼이나 울었습니다. 남다른 정분을 생각하고는 장사도 제 손으로 잘 지내주었지요. 그런데 인제 그렇거든요—자—그가 떡 죽고 보니까 그의 가졌던 재산—무엇 재산이라고까지는 할 것은 없을지는 몰라도 하여간 제게는 게서 더 큰 재산은 여태—그렇게 말할 것까지는 없을지 몰라도 어쨌든 상당히 큰돈(?)이니까요—그게 어디로 가겠느냐, 이렇게 될 것이 아니냐 그런 말이거든요—"

"그러니까 그것을 당신이—슬쩍 이렇게 했다는 말인 것이오 그려. 하…… 딴은…… 참…… 횡재는……."

"아— 천만에! 제 생각에는 그것을 죄다 사회사업에 기부할 생각이었지요 물론—"

"그런데 안 했다는 말이지—"

"그런데 그가 죽기 전에 벌써—그가 저 죽을 날이 가까워오는 것을 알고 그랬던지 다 저에게다 상속하도록 수속을 하여놓고는 유서에다가는 떡— 무엇이라고 써놓았는고 하니."

"사회사업에 기부하라고 써—"

"아— 그게 아니거든요. 이것을 그대의 마음 같아서는 반드시 사회사업에 기부할 줄 믿는다. 그러나 죽는 사람의 소원이니 아무쪼록 그대로 가지고 고향으로 돌아가서 친척 친구와 함께 노후의 편안한 날을 맞고 보내도록 하라. 만일 그렇지 아니하고 내 말을 어기는 때에는 나의 영혼은 명도에서도 그대의 몸을 우려하여 안정할 날이 없을 것이라고—"

"하— 대단히 편리한 유서로군! 당신 그 창작—"

신사는 말을 멈추었다. 그러나 그의 얼굴은 어디까지든지 냉소와 조롱의 빛으로 차 있었다.

"그래서 그의 죽은 혼령도 위로할 겸 저도 좀 인제는 편안한 날을 좀 보내보기도 할 겸 해서 이렇게 돌아오는 길이오—"

"하— 그럴듯하거든. 그래, 대체 그 돈은 얼마나 되며 무엇에다 쓸 모양이오?"

"얼마요? 많대야 실상 얼마 되지는 않습니다. 제게는—무얼 하겠느냐—먹고살고 하는 데 쓰지요."

"아, 그래 그저 그 돈에서 자꾸 긁어다 먹기만 할 모양이란 말이오? 사회사업에 기부하겠다는 사람의 사람은 딴사람인 모양이로군!"

"그저 자꾸 긁어다 먹기만이야 하겠습니까 설마. 하기는 시방 계획은 크답니다."

"제게 한 친구가 의사지요. 그전에는 그 사람도 남부럽지 않게 상당히 살았건만 그 부친 되는 이가 미두라나요, 그런 것을 해서 우리 친구 병원까지를 들어먹었지요. 그래 시방은 어떤 관립 병원에 촉탁의로 월급 생활을 하고 있다고 그렇게 몇 해 전부터 편지거든요. 그래서 친구 좋은 일도 할 겸 또 세상에 나처럼 아픈 사람 병든 사람을 위하여 사회사업도 할 겸—가서 그 친구와 같이 병원을 하나 낼까 생각인데요. 크기야 생각만은—"

"당신은 집이나 지키려오?"

"왜요, 저도 의사랍니다. 친구의 그 소식을 들었대서 그런 것은 아니지만 내 몸이 병신이니까 그런지 세상에 하고많은 불쌍한 사람 중에도 병든 사람, 앓는 사람처럼 불쌍한 이는 없는 것 같아서 저도 의학을 좀 배워두었지요."

신사는 가벼운 미소를 얼굴에 띠우면서 의학을 배운 사람치고는 너무도 무식하고 유치하고 저급인 그의 말에 놀란다는 듯이 쩍쩍 혀를 몇 번 찼다.

"그래 당신이 의학을 안단 말이오?"

"네—안다고까지야—그저 좀 떨겼지요—가갸거겨—왜 그리 십니까—어디 편치 않으신 데가 있다면 제가 시방이라도 보아드리겠습니다. 있습니까—있으면—"

두 사람은 크게 소리치며 웃었다. 차창 밖은 어느 사이에 날이 저물어 흐린 하늘에 가뜩이나 음울한 기분이 떠돌았다.

차 안에는 전등까지도 켜졌다. 그러나 그들은 그것도 깨닫지 못하였다. 그는 밖을 좀 내다보려고 유리창의 성에를 또 닦았다. 닦인 부분에는 밖으로 수없는 물방울이 마치 말 못 할 설움에 소리 없이 우는 사람의 빰에 묻은 몇 방울 눈물처럼 여기저기에 붙어 있었다. 그것들은 차의 움직임으로 일순 후에는 곧 자취도 없이 떨어지고 그러면 또 새로운 물방울이 또 어느 사이엔지 와 붙고 하여 그 물방울은 늘 거의 같은 수효로 널려 있었다.

"눈이 오시는 게로군."

두 사람은 이야기를 멈추고 고개를 모아 창밖을 내다보았다. 눈은 '너는 서울 가니? 나는 부산 간다' 하는 듯이 옆으로만 빠르게 지나가고 있다. 이야기에 팔려 얼마 동안은 잊었던 왼편 다리는 여전히 아까보다도 더하게 아프고 쑤셨다 저렸다. 그는 그 다리를 옷 바깥으로 내리 쓰다듬으며 순식간에 '쉿' 소리를 내며 입에 군침을 한 모금이나 꿀떡 삼켰다. 그 침은 몹시도 끈적끈적한 것으로 마치 콘덴스 밀크[16]나 엿을 삼키는 기분이었다. 신사는 양미간에 조그만 내 천川 자를 그린 채 그 모양을 한참이나 내려다보고 앉았더니 별안간 쾌활한 어조로 바꾸어 입을 열었다.

---

16 condensed milk. 연유.

"의사가 다리를 앓는 것은 희괴한 일이로군!"

"제 똥 구린 줄 모른다고!"

두 사람은 이전보다도 더 크게 소리쳐 웃었다. 그 웃음은 추위에 원기를 지질리운 차 안의 승객들의 멍멍한 귀에 벽력같은 파동을 주었음인지 그들은 이 웃음소리의 발원지를 향하여 일제히 고개를 돌렸다. 두 사람은 이 모든 시선의 화살에 살이 간지러웠다. 그리하여 고개를 다시 창 쪽을 향하여 보았다가 다시 또 숙여도 보았다.

얼마 만에 그가 고개를 돌렸을 때 통로 건너편에 그를 향하여 앉아 있는 젊은 여자 하나는 수건으로 얼굴을 가린 채 고개를 푹 수그리고 있는 것을 그는 발견할 수 있었다.

'우나?—무슨 말 못 할 사정이 있는 게지—누구와 생이별이라도 한 게지!'

그는 이런 유치한 생각도 하여보았다.

"그러면 그 돈을 시방 당신의 몸에 지니고 있겠구려 그렇지 않으면!"

신사의 이 말소리에 그는 졸도할 듯이 나로 돌아왔다. 그 순간에 그의 머리에는 전광 같은 그 무엇이 떠도는 것이 있었다.

"아—니요. 벌써 아우 친구에게 보냈어요. 그런 것을 이렇게 몸에다 지니고 다닐 수가 있나요."

하며 그는 그 수형이 든 옷 포켓의 것을 손바닥으로 가만히 어루만져 보았다. 한 장의 종이를 싸고 또 싸고 몇 겹이나 쌌던지 그의 손바닥에는 풍부한 질량의 쾌감이 느껴졌다. 그의 입 안에는 만족과 안심의 미소가 맴돌았다.

차 안은 제법 어두웠다(그것은 더욱이 창밖이었을는지도 모르나 지금에 그의 세계는 이 차 안이었으므로이다). 생각 없이 그는 아까 그가 바라보던 젊은 여자의 앉아 있는 곳으로 머리를 돌려보았다. 그때에 여자는 들었던 얼굴을 놀란 듯이 숙이고는 수건으로 가려버렸다. 더욱 놀란 것은 그였다.

'흥— 원 도무지 별일이로군!'

그는 군입을 다셔보았다. 창밖에는 희미한 가운데에도 수없는 전등이 우는 눈으로 보는 별들과도 같이 이지러져 번쩍이고 있었다.

"서울이 아마 가까운 게로군요?"

"가까운 게 아니라 예가 서울이오."

그는 이 빈약한 창밖 풍경에 놀랐다.

"서울! 서울! 기어코—어디 내 이를 갈고—"

그는 이 '이를 갈고' 소리를 벌써 몇 번이나 하였는지 모른다. 그러나 자기도 또 듣는 사람도 그것이 무슨 뜻인지 어찌하겠다는 소리인지 깨달을 수 없었다. 차 안은 이제 극도로 식어온 것이었다. 그는 별안간 시베리아 철도를 타면 안이 어떠할까 하는 밑도 끝도 없는 생각을 하여보기도 하였다.

사람들은 모두 부시럭부시럭 일어났다. 그도 얼른 변소에를 안전하도록 다녀온 다음 신사의 조력을 얻어 다나 위의 가방을 내렸다. 그리고 그것을 바른 손아귀에 꽉 쥐고서 내릴 준비를 하였다. 차는 벌써 역구내에 들어왔는지 무수한 검고 무거운 화물차 사이를 서서히 걷고 있는 것이었다.

차는 '칙—' 소리를 지르며 졸도할 만치 큰 기적 소리를 한번 울리고는 승강장에 닿았다. 소란한 천지는 시작되었다.

그는 잊어버리지 아니하고 그 여자의 있던 곳을 또 한 번 돌아다보았다. 그러나 그때에는 그 여자는 반대편 문으로 나갔기 때문에 그는 여자의 등과 머리 뒷모양밖에는 볼 수 없었다.

'에―그러나 도무지―이렇게 기억 안 되는 얼굴은 처음 보겠어. 불완전, 불완전!'

그는 밀려 나가며 이런 생각도 하여보았다. 그 여자의 잠깐 본 얼굴을 아무리 다시 그의 머릿속에 나타내어 보려 하였으나 종시 정돈되지 아니하는 채 희미하게 맴돌고 있을 뿐이었다. 아픈 다리, 차 안의 추위에 몹시 식은 다리를 이끌고 사람 틈에 그럭저럭 밀려 나가는 그의 머리는 이러한 쓸데없는 초조로 불끈 화가 나서 어지러운 것이었다.

승강대를 내릴 때에는 그는 그 신사 손목을 한번 잡아보았다. 그러나 그것은 그가 무엇인지 유혹하여지는 것이 있었기 때문이었다. 쥐고 보았으나 그는 할 아무 말도 생각나지 아니하였다. 그는 잠깐 머뭇머뭇하였다.

"저 오늘이 며칠입니까?"

"12월 12일."

"12월 12일! 네― 12월 12일!"

신사의 손목을 쥔 채 그는 이렇게 중얼거려 보았다. 순식간에 신사의 모양은 잡다한 사람 속으로 사라졌다.

그는 찾고 또 찾았다. 그러나 누구인지 알지 못할 사람이 그의 손목을 당겨 잡았을 때까지 그는 아무도 찾지는 못하였다. 희미한 전등 밑에 우쭐대는 사람들의 얼굴은 한결같이 다 똑같은 것만 같았다. 그는 그의 손목을 잡는 사람의 얼굴을 거의 저절로 내려다보았다. 그러나—눈—코—입—

'하…… 두 개의 눈—한 개씩의 코와 입!'

소리 안 나는 웃음을 혼자 웃었다. 눈을 뜬 채!

"○ 군, 나를 못 알아보나 ○ 군!"

한참 동안이나 두 사람의 시선은 그대로 늘어붙은 채 마구 매달려 있었다.

"M 군! 아! 하! 이거 얼마 만이십니까…… 얼마…… 에—얼마만인가?"

그의 눈에는 그대로 눈물이 괴었다.

"M 군! 분명히 M 군이시지요! 그렇지?"

침묵…… 이 부득이한 침묵이 두 사람 사이를 아니 찾아올 수 없었다. 입을 꽉 다문 채 그는 눈물에 흐린 눈으로 M 군의 옷으로 신발로 또 옷으로 이렇게 보기를 오르내리었다. 그의 머리(?)에 가까운 곳에는 이상한 생각(같은 것)이 떠올랐다.

'M 군—그 M 군은 나의 친구였다. 분명히 역시.'

M 군보다 키는 차라리 그가 더 컸다. 그러나 그가 군을 바라보는 것은 분명히 '쳐다보는 것'이었다. 그의 이 모순된 눈에서는 눈물이 그대로 쏟아지기만 하였다—어느 때까지라도—

군중의 잡다한 소음은 하나도 그의 귀에 느껴지지 않던 것은 물론이다—그리고 그뿐만 아니라 그의 눈이 초점을 잃어버렸던 것도,

'차라리 아까 그 신사나 따라갈 것을.'

전광 같은 생각이 또 떠올랐다. 그때 그는 그의 귀가 '형님' 소리를 몇 번이나 '들었던 기억'까지 쫓아버렸다.

'차라리—아—'

'이 사람들이 나를 기다렸던가—아—'

모든 것은 다 간다. 가는 것은 어언간 간 것이다. 그에게 있어도 모든 것은 벌써 다 간 것이었다.

다만— 그리고는 오지 아니하면 아니 될 것이 그 뒤를 이어서 '가기 위하여' 줄 대어 오고 있을 뿐이었다.

'아— 갔구나—간 것은 없는 것만도 못한 없는 것이다—모든—'

그는 M 군과 T 씨와 그리고 T 씨의 아들 업—이 세 사람의 손목을 번갈아 한 번씩 쥐어보았다. 어느 것이나 다 뻣뻣하고 핏기 없이 마른 것이었다.

"아우야— T— 조카—업—네가 업이지……?"

그들도 그의 눈물을 보았다. 그리고 어두운 낯빛에 아무 말들도 없었다. 간단한 해석을 내린 것이었다.

"바깥에는 눈이 오지?"

"떨어지면 녹고—떨어지면 녹고 그러니까 뭐."

떨어지면 녹고—그에게는 오직 눈만이 그런 것도 아닐 것 같았다—그리고 비유할 곳 없는 자기의 몸을 생각하여 보았다.

네 사람은 걷기를 시작하였다—어느 틈엔지 그는 업의 손목을 꼭 잡고 있었다.

'네 얼굴이 그렇게 잘생긴 것은—최상의 행복이요 동시에 최하의 불행이다.'

그는 업의 붉게 익은 두 뺨부터 코밑의 인중을 한참이나 훔쳐 보았다. 그곳은 그를 만든 신이 마지막 새끼손가락을 뗀 자리인 것만 같았다.

도영倒映되는 가로등과 헤드라이트는 눈물에 젖은 그의 눈 속에 이중적으로 재현되어 있는 것 같았다.

× × ×

T 씨의 집에서 이것저것 맛있는 음식을 시켜다 먹었다. 그 자리에 M 군도 있었던 것은 물론이다. 자리는 어리석기 쉬웠다. 그래 그는 입을 열었다.

"오래간만에 오고 보니―그것도 그래―만나고 보면 할 말도 없거든―사람이란 도무지 이상한 것이거든―얼싸안고 한 두어 시간 뒹굴 것 같지―하기야―그렇지만―떡 당하고 보면 그저 한량없이 반갑다 뿐이지―또 별 무슨―"

자기 말이 자기 눈에 띌 때처럼 싱거운 때는 없다.

그는 이렇게 늘어놓는 동안에 '자기 말이 자기 눈에 띄었'다. 자리는 또 어리석어갔다.

"이 세상에 벙어리나 귀머거리처럼―어쨌든 그런 병신이 차라리 나을 것이야―"

이런 말을 하고 나서 보니 너무 지나친 말인 것도 같았던 것이 눈에 띄었다. 그는 멈칫했다.

"○ 군―맡끝에 말이지―그래도 눈먼 장님은 아니니까 자네 편지는 자세 보아서 아네. 자네도 인제 고생 끝에 낙이 나느라고—하기는 우리 같은 사람도 자네 덕을 입지 않나! 하…….”

M 군의 이 말끝에 웃음은 너무나 기교적이었다. 차라리 웃을 만하였다.

‘웃을 만한 희극.’

그는 누구의 이런 말을 생각하여 보았다. 그리고는 M 군의 이 웃음이 정히 그것에 해당치 않는 것인가도 생각하여 보았다. 그리고 속으로 웃었다.

“형님 언제나 심평이 필까 필까 했더니…… 인제는 나도 기지개 좀 펴겠소—허…….”

이렇게도 모든 ‘웃을 만한 희극’은 자꾸만 일어났다.

“하……! 하…….”

그는 나가는 데 맡겨서 그대로 막 웃어버렸다. 눈 감고 칼쌈하는 세 사람처럼 관계도 없는 세 가지 웃음이 서로 어우러져서 스치고 부딪고 맞닥치는 꼴은 ‘웃을 만한’ 희극 중에서도 진기한 광경이었다.

열한시쯤 하여 M 군은 돌아갔다. 그리고 나서 그는 곧 자리에 쓰러졌다. 곧 깊은 꿈속으로 떨어진 그는 여러 날 만에 극도로 피곤한 그의 몸을 처음으로 편안히 쉬게 하였다.

얼마를 잤는지(그것은 하여간 그에게는 며칠 동안만 같았다) 귀가 그렇게 간지러웠던 까닭이 무엇이었던가를 찾아보았으나 어두컴컴한 방 안에는 아무것도 집어낼 것이 없었다.

‘꿈을 꾸었나—그럼—’

꿈이었던가 아니었던가를 생각하여 보는 동안에 그의 의식은 일순간에 명료하여졌다. 따라서 그의 귀도 무엇인가를 구분해 낼 만치 정확히 간지러움을 가만히 느끼고 있었다.

'시계 소리—밤소리(그런 것이 있다면)—그리고—그리고—'

분명히 퉁소 소리다.

'이럴 내가 아니다.'

그러나 그의 마음은 알 수 없이 감상적으로 변하여 갔다. 무엇이 이렇게 만들까를 생각하여 보았으나 알 수 없었다. 얼마 동안이나 어둠침침한 공간 속에서 초점 잃은 두 눈을 유희시키다가 별안간 그는 '퉁소의 크기는 얼마나 될까'를 생각해 보았다. 그의 생각에는 그 퉁소의 크기는 그가 짚고 다니는 스틱 길이만은 할 것 같았다. 그렇지 아니하면 저런 굵은 옅은 소리가 날 수가 없을 것 같았다. 이런 생각을 하여보고 나서 그는 혼자 웃었다.

'아까 그 신사나 따라갈 것을! 차라리!'

어찌하여 이런 생각이 들까 그는 몇 번이나 생각하여 보았다. M 군과 T는 나를 얼마나 반가워하여 주었느냐—나는 눈물을 흘리기까지 아니하였느냐—업의 손목을 잡지 아니하였느냐—M 군과 T는 나에게 얼마나 큰 기대를 가지고 있지 아니하냐—나는—그들을 믿고—오직—이곳에 돌아온 것이 아니냐—

'아— 확실히 그들은 나를 반가워하고 있음에 틀림은 없을까? 나는 지금 어디로 들어가느냐.'

그는 지금 그윽한 곳으로 통하여 있는—그 그윽한 곳에는 행복이 있을지 불행이 있을는지 모른다—층계를 한 단 한 단 디디며 올라가고 있는 것만 같다.

그의 가슴은 알지 못할 것으로 꽉 차 있었다. 그것을 그가 의식할 때에 그는 그것이 무엇인가를 황황히 들여다본다. 그때에 그는 이때까지 무엇엔지 꼭 채워져 있는 것 같은 그의 가슴속은 아무것도 없이 텅 빈 것으로 그의 눈앞에 나타난다.

'아무것도 없었구나—역시.'

그가 다시 고개를 들었을 때에는 빈 것으로만 알아졌던 그의 가슴속은 역시 무엇으로인지 차 있는 것을 다시 느껴지는 것이었다.

모든 것이 모순이다. 그러나 모순된 것이 이 세상에 있는 것만큼 모순이라는 것은 진리이다. 모순은 그것이 모순된 것이 아니다. 다만 모순된 모양으로 되어져 있는 진리의 한 형식이다.

'나는 그들을 반가워하여야만 한다—나는 그들을 믿어오지 아니하였느냐? 그렇다. 확실히 나는 그들이 반가웠다—아—나는 그들을 믿어—야—한다—아니다. 나는 벌써 그들을 믿어온 지 오래다—내가 참으로 그들을 반가워하였던가—그것도 아니다—반갑지 아니하면 아니 될 이 경우에는 반가운 모양 외에 아무런 모든 모양도 나에게—이 경우에—나타날 수 없다. 어쨌든 반가웠다—'

시계는 가느단 소리로 네시를 쳤다. 다음은 다시 끔찍끔찍한 침묵 속에 잠기고 만다. T 씨의 코 고는 소리와 업의 가냘픈 숨소리가 들려올 뿐이다. 그의 귀를 간지럽히던 퉁소 소리도 어느 사이엔지 없어졌다.

'혹시 내가 속지나 않은 것일까—사람은 모두 다 서로 속이려고 드는 것이니까. 그러나 설마 그들이—나는 그들에게 진심을 바치리라.'

사람은 속이려 한다. 서로서로—그러나 속이려는 자기가 어언간 속고 있는 것을 깨닫지 못하는 것이다—속이는 것은 쉬운 일이다. 그러나 속는 것은 더 쉬운 일이다―그 점에 있어 속이는 것이란 어려운 것이다. 사람은 반성한다. 그 반성은 이러한 토대 위에 선 것이므로 그들은 그들이 속이는 것이고 속는 것이고 아무것도 반성치는 못한다.

이때에 그도 확실히 반성하여 보는 것이었다. 그러나 그는 아무것도 반성할 수 없었다.

'나는 아무도 속이지 않는다. 그 대신에 아무도 나를 속일 사람은 없을 것이다.'

그는 '반가워하지 아니하면 안 된다―사랑하지 아니하면 안 된다―믿지 아니하면 안 된다' 등의 '……지 아니하면 안 되'는 의무를 늘 생각하고 있다. 그러나 이 '……지 아니하면 안 된다'라는 것이 도덕상에 있어 어떠한 좌표 위에 놓여 있는 것인가를 생각해 볼 수는 없었다―따라서 이 그의 소위 '의무'라는 것이 참말 의미의 '죄악'과 얼마나 한 거리에 떨어져 있는 것인가를 생각해 볼 수 없었는 것도 물론이다.

사람은 도덕의 근본성을 고구하기 전에 우선 자기의 일신을 관념 위에 세워놓고 주위의 사물에 당한다. 그러므로 그들의 최후적 실망과 공허를 어느 때고 반드시 가져온다. 그러나 그것이 왔을 때에 그가 모든 근본 착오를 깨닫는다 하여도 때는 그에게 있어 이미 너무 늦어지고야 말고 하는 것이다.

인류의 역사가 시작될 때부터 사람은 얼마나 오류를 반복하여 왔던가. 이 점에 있어서 인류의 정신적 진보는 실로 가엾을 만치 지지遲遲한 것이라고 아니할 수 없다.

'주위를 나의 몸으로써 사랑함으로써 나의 일생을 바치자……'

그는 이 '사랑'이라는 것을 아무 비판도 없이 실행을 '결정'하여 버리고 말았다.

'그러나 내가 아까 그 신사를 따라갔던들? 나는 속을는지도 모른다. 그러나 반드시 속을 것을 보증할 사람이 또 누구냐―그 신사에게 나의 마음과 같은 참마음이 없다는 것을 보증할 사람은 또 누구냐.'

이러한 자기 반역도 그에게 있어서는 관념에 상쇄될 만큼도 없는 극히 소규모의 것이었다―집을 떠나 천애를 떠다닌 저 십여 년, 그는 한 번도 이만큼이라도 깊이 생각해 본 적이 없었다. 그의 머리는 냉수에 담갔다 꺼낸 것같이 맑고 투명하였다. 모든 것은 이상하였다.

'밤이라는 것은 사람이 생각하여야만 할 시간으로 신이 사람에게 준 것이다.'

그는 새삼스러이 이 밤의 신비를 느꼈다.

'그 여자는 누구며 지금쯤은 어디 가서 무엇을 생각하고는 울고 있을까?'

그의 눈앞에는 그 인상 없는 여자의 얼굴이 희미하게 떠올랐다. 얼굴의 평범이라는 것은 특이(못생긴 편으로라도)보다 얼마나 못한 것인가를 그는 그 여자의 경우에서 느꼈다.

'그 여자를 따라갔어도.'

이것은 그에게 탈선 같았다. 그리하여 그는 생각하기를 그쳤다. 그는 몸 괴로운 듯이(사실에) 한번 자리 속에서 돌아누웠다. 방 안은 여전히 단조로이 시간만 삭이고 있다. 그때 그의 눈은 건너편 벽에 걸린 조그마한 일력 위에 머물렀다.

'DECEMBER 12.'

이 숫자는 확실히 그의 일생에 있어서 기념하여도 좋을 만한 (그 이상의) 것인 것 같았다.

'무엇하러 내가 여기를 돌아왔나?'

그러나 그곳에는 벌써 그러한 '이유'를 캐어보아야 할 아무 이유도 없었다. 그는 말 안 듣는 몸을 억지로 가만히 일으켰다. 그리하고는 손을 내밀어 일력의 '12' 쪽을 떼어냈다.

'벌써 간 지 오래다.'

머리맡에 벗어놓은 웃옷의 포켓 속에서 지갑을 꺼내어서는 그 일력 쪽을 집어넣었다―마치 그는 정신을 잃은 사람이 무의식으로 하는 꼴로―

천장을 향하여 눈을 꽉 감고 누웠다. 그의 혈관에는 인제 피가 한 방울씩 두 방울씩 돌기를 시작한 것 같았다. 완전히 편안한 상태였다.

주위는 침묵 속에서 단조로운 음악을 연주하고 있는 것 같았다.

'생명은 의지다.'

무의미한 자연 속에 오직 자기의 생명만이 넘치는 힘을 소유한 것 같은 것이 그에게는 퍽 기뻤다. 그때에 퍽 가까운 곳에서 닭이 홰를 탁탁 몇 번 겹쳐 치더니 청신한 목소리로 이튿날의 첫 번 울음을 울었다. 그 소리가 그에게는 얼마나 생명의 기쁨과 의지의 힘을 표상하는 것 같았는지 몰랐다. 그는 소리 안 나게 속으로 마음껏 웃었다―

조금 후에는 아까 그 소리 난 곳보다도 더 가까운 곳에서 더한층이나 우렁찬 목소리로의 '꼬끼오'가 들려왔다. 그는 더없이 기뺐다. 어찌할 수도 없이 기뻤다. 그가 만일 춤출 수 있었다 하면 그는 반드시 일어나서 춤추었을 것이다. 그는 견딜 수 없었다.

"T— T— 집에서 닭을 치나?"

"T— 업아— 집에서……"

그러나 아무 대답도 없었다. 다만 T 씨의 코 고는 소리와 업의 가냘픈 숨소리가 전과 조금도 다름없이 계속되고 있을 뿐이었다. 그곳에는 다시 아무 일도 일어나지 아니한 때와 도로 마찬가지로·변하였다(사실에 아무 일이고 일어나지는 않았으나).

'승리! 승리!'

어언간 그는 또다시 괴로운 꿈속으로 들어가 버렸다—해가 미닫이에 꽤 높았을 때까지—

× × ×

아무리 그는 찾아보았으나 나무도 없는 마른 풀밭에는 천 개나 만 개나 한 모양의 무덤들이 일면으로 널려 있기만 할 뿐이었다. 찾을 수 없으리라는 것을 나서기 전부터도 모르는 것은 아니었다. 그러나 그는 나섰다. 또 찾을 수가 있었대야 아무 소용도 없을 것이었으나 그러나 그의 마음 가운데는 무엇이나 영감이 있을 것만 같았다.

'반가이 맞아주겠지! 적어도 반갑기는 하겠지!'

지팡이를 쥔 손—손등은 바람에 터져 새빨간 피가 흘렀으나 손바닥에는 축축이 식은땀이 배었다. 수건을 꺼내어 손바닥을 닦을 때마다 하염없는 눈물에 젖은 눈가와 뺨을 씻는 것도 잊지는 않았다. 눈물은 뺨에 흘러서 그대로 찬 바람에 어는지 싸늘하였다—두 줄기만이 더욱이나—

"왜 눈물이 흐를까—무엇이 설울까?"

그에게는 다만 찬 바람 때문인 것만 같았다. 바람이 소리 지르며 불 때마다 그의 눈은 더한층이나 젖었다. 키 작은 잔디의 벌판은 소리 날 것도 없이 다만 바람과 바람이 서로 어여드는 칼날 같은 비명이 있을 뿐이었다.

해가 훨씬 높았을 때까지 그는 그대로 헤매었다. 손바닥의 땀과 눈의 눈물을 한 번씩 더 씻어낸 다음 그는 아무 데고 그럴 법한 자리에 가 앉았다.

그곳에도 한 개의 큰 무덤과 그 옆에 작은 무덤이 어깨를 마주 댄 것처럼 놓여 있었다. 그는 한참 동안이나 물끄러미 그것을 내려다보았다.

'세상에 또 나와 같이 젊은 아내와 어린 자식을 한꺼번에 갖다 파묻은 사람이 또 있는가 보다.'

그는 그러한 남과 이러한 자기를 비교하여 보았다.

'그러한 사람도 있다면 그 사람도 지금은 나같이 세상을 떠돌아다닐 터이지. 그리고 또 지금쯤은 벌써 그 사람도 죽어 세상에서 없어져 버렸는지도 모르지.'

그는 자기가 지금 무엇하러 이곳에 와 있는지 몰랐다. 반가워하여 주는 사람이 없는 것은 그래도 고사하고라도 그에게 반가운 것의 아무것을 찾을 수도 없다. 그렇게 마른 풀밭에 앉아 있는 그의 모양이 그의 눈으로도 '남이 보이듯이' 보이는 것 같았다.

'가자—가—이곳에 오래 있을 필요는 없다—아니 처음부터

올 필요도 없다―

　사람은 살아야만 한다―그러다가 어느 날이고는 반드시 죽고야 말 것이다―그러나 사람은 어디까지라도 살아야만 할 것이다.

　죽는 것은 사람의 사는 것을 없이하는 것이므로 사람에게는 중대한 일이겠다―죽는 것―죽는 것―과연 죽는 것이란 사람이 사는 가운데에는 가장 두려운 것이다―그러나―

　죽는 것은 사는 것의 크나큰 한 부분이겠으나 그러나 죽는 것은 벌써 사는 것과는 아무 관계도 없는 것이다. 사람은 죽는 것에 철저하여야 할 것이다. 그러나 죽는 것에는 벌써 눈이라도 주어볼 아무 값도 없어지는 것이다.

　죽는 것에 대한 미적지근한 미련은 깨끗이 버리자―그리하여 죽는 것에 철저하도록 살아볼 것이다―'

　인생은 결코 실험이 아니다. 실행이다.

　사람은 놀랄 만한 긴장 속에서 일각의 여유조차도 가지지 아니하였다.

　'보아라, 이 언덕에 널려 있는 수도 없는 무덤들을. 그들이 대체 무엇이냐, 그것들은 모든 점에 있어서 무無 이하의 것이다.'

　해는 비칠 땅을 가졌으므로 행복이다. 그러나 땅은 해의 비침을 받는 것만으로는 행복되지 않다. 그곳에 무엇이 있을까?

　'보아라, 해의 비침을 받고 있는 저 무덤들은 무엇이 행복되랴―해는 무엇이 행복되며!'

　그것은 현상이 아니다. 존재도 아니다. 의의 없는 모양(?)이다 (만일 이러한 말이 통할 수 있다면).

　'생성하고 자라나고 살고―아―그리하여 해도 땅도 비로소

행복된 것이 아니라!'

그의 머리 위를 비스듬히 비추고 있는, 그가 사십 년 동안을 낯익게 보아오던 그 해가 오늘에 있어서는 유달리도 숭엄하여 보였고 영광에 빛나는 것만 같았다. 더욱이나 따뜻한 것만 같았고 더욱이나 밝은 것만 같았다.

십여 년 전에 M 군과 함께 어린것을 파묻고 힘없는 몸이 다시 집을 향하여 걷던 이 좁고 더러운 길과 그리고 길가의 집들은 오늘 역시 조금도 변한 곳은 없었다.

'사람이란 꽤 우스운 것이야.'

그는 의식 없이 발길을 아무 데로나 죽은 것들을 피하여 옮겼다. 어디를 어느 곳으로 헤맸는지 그가 이 촌락(?)을 들어설 수가 있었을 때에는 세상은 벌써 어둠컴컴한 암혹 속에 잠긴 지 오래였다.

집에는 피곤한 사람들의 코 고는 무거운 소리가 흐릿한 등광과 함께 찢어진 들창으로 새어 나왔다. 바람은 더한층이나 불고 그대로 찼다. 다 쓰러져 가는 집들이 작은 키로 늘어선 것은 그곳이 빈민굴인 것을 말하는 것이었다. 그러나 그에게는 그래도 이곳이 얼마나 '사람 사는 것' 같고 따스해 보이는지 몰랐다.

× × ×

그는 도무지 그들의 마음을 짐작할 수가 없었다. 어느 때에는 그에게 무한히 호의를 보여주는 것같이 하다가도 또 어느 때에는 쓸쓸하기 짝이 없었다. 그는 도무지 갈피를 잡을 수조차 없었다. 일로 보아 하여간 그들이 그에게 무엇이나 불평이 있는 것만은 분명하였다. 어느 날 밤에 그는 그들을 모두 불렀다. 이야기라도 같이 하여보자는 뜻으로,

"T! 의가 좋으니 나쁘니 하여도 지금 우리에게 누가 있나. 다만 우리 두 형제가 있지 않나―아주머니(T 씨의 아내를 그는 이렇게 불렀다), 그렇지 않소. 또 그리고 업아, 너도 그렇지 아니하냐. 우리 외에 설령 M 군이 있다 하더라도―하기야 M 군은 우리들 가족과 마찬가지로 친밀한 사이겠지만 그래도 M 군은 '남'이 아닌가."

그는 여기서 말을 뚝 끊고 한번 그들의 얼굴들을 번갈아 들여다보았다. 그들의 얼굴에는 기쁜 표정은 없었다. 그러나 적어도 근심스럽거나 어두운 표정은 아니었다. 그리고 그뿐만 아니라 무엇이나 그들은 그에게 요구하고 있는 듯한 빛도 어렴풋이 볼 수 있었다.

"자! 우리 일을 우리끼리 의논하지 아니하고 누구하고 의논하나―나에게는 벌써 먹은 바 생각이 있어! 그것은 내 말하겠으되―또 자네들에게도 좋은 생각이 있으면 나에게 말하여 주었으면 좋겠어. 하여간 이 돈은 남의 것이 아닌가. 남의 것을 내가 억지로(?) 얻은 것은―죽은 사람의 뜻을 어기듯 하여 이렇게 내가 차지한 것은 다 우리들도 한번 남부럽지 않게 잘살아 보자는 생각에서 그런 것이 아닌가. 지금 이 돈에 내 것 남의 것이 있을 까닭이 없어. 내 것이라면 제각기 다 내 것이 될 수 있겠고 남의 것이라면 다 각기 누구에게나 남의 것이니깐. 자! 내 눈에 띄지 못한 나에게 대한 불평이 있다든지 또 어떻게 하였으면 좋겠다든

가 하는 생각이 있다든지 하거든 우리가 같이 서로 가르쳐주며 의논하여 보는 것도 좋지 아니한가?"

그는 또 한 번 고개를 돌려가며 그들의 얼굴빛을 살펴보았다. 그러나 아무 변화도 찾아낼 수 없었다.

"그러면 내가 생각하고 있다는 것을 이야기하여 보자! 내 생각 같아서는—이 돈을 반에 탁 갈라서 자네하고 나하고 반분씩 노놔 갖는 것도 좋을 것 같으나 기실 얼마 되지 않는 것을 또 반에 나누고 말면 더욱이나 적어지겠고 무슨 일을 해볼 수도 없겠고 그럴 것 같아서! 생각다 생각 끝에 나는 이런 생각을 했어!"

그의 얼굴에는 무슨 이야기!? 못 할 것을 이야기하는 것 같은 어려운 표정이 보였다.

"즉 반분을 하고 고만두는 것보다도 그것을 그대로 가지고 같이 무슨 일이고 한번 하여보자는 말이야. 그러는 데는 우리는 M 군의 힘도 빌 수밖에는 없어. 또 우리 둘의 힘만으로는 된다 하더라도—생각하면 우리는 옛날부터 M 군의 신세를 끔찍이 져왔으니까. 지금은 거의 가족과 마찬가지로 친밀한 사이가 되어 있지 않은가—그러한 사람과 함께 협력해 보는 것도 좋지 아니할까 하는데—또 M 군은 요사이 자네들도 아다시피 매우 곤궁한 속에서 지내고 있지 않은가 말이야—하면 여지껏 신세 진 은혜도 갚아보는 셈으로!"

"M 군은 의사이지. 하기는 나도 그 생각으로 그랬다는 것은 아니로되 어쨌든 의학 공부를 약간 해둔 경력도 있고 하니—M 군의 명의로 병원을 하나 내는 것이 어떠할까 하는 말이거든—!"

그는 이 말을 뚝 떨어뜨린 다음 입 안에 모인 군은 침을 한 모금 꿀떡 삼켰다.

"그야 누구의 이름으로 하든지 상관이야 없겠지만 그래도 M 군은 그 방면에 있어서는 상당히 연조도 있고 또 이름도 있지 않은가―즉 그것은 우리의 편리한 점을 취하는 방침상 그러는 것이고―무슨 그 사람이 반드시 전부의 주인이라는 것은 아니거든― 그래서는 수입이 얼마가 되든지 삼분하여 논키로!―어떤가? 어떤가? 의향이."

그들의 얼굴에는 여전히 아무 다른 표정도 찾아낼 수는 없었다. 꽉 다물고 있는 그들의 입을 아무리 들여다보아도 열릴 것 같지도 않았다.

"자― 좋으면 좋겠다고, 또 더 좋은 방책이 있으면 그것을 말하여 주게! 불만인가―덜 좋은가."

방 안은 고요하다. 밖에도 아무 소리도 나지 않았다―버러지소리의 한결같은 리듬 외에는 방 안은 언제까지라도 침묵이 계속하려고만 들었다.

그날 밤에 그는 밤이 거의 밝도록 잠들지 못하였다. 끝없는 생각의 줄이 뒤를 이어서 새어 나오는 것이었다.

'모든 사람의 일들은 불행이다. 그러나 사람은 사람이 그렇게도 불행하므로 행복된 것이다.'

그에게는 불행의 쾌미가 알려진 것도 같았다.

'이대로 가자―이대로 가는 수밖에는 아무 도리도 없다. 이제부터는 내가 여지껏 찾아오던 '행복'이라는 것을 찾기도 고만두고 다만 '삶'을 값있게 만들기에만 힘쓰자. 행복이라는 것은 없다―있을 가능성이 없는 것이다―나는 이 있을 수 없는 것을 여지껏 찾았다.

나는 그릇 '겨냥' 대었다―그러므로 나는 확실히 '완전한 인간의 패배자'였다―때는 이미 늦은 것 같다. 그러나 또 생각하면 때라는 것이 있을 것 같지도 않다―나는 다만 삶에 대한 굳은 의지를 가질 따름이어야만 한다―그 삶이라는 것이 싸움과 슬픔과 피로 투성이 된 것이라 할지라도―그곳에는 불행도 없다―다만 힘 세찬 '삶'의 의지가 그냥 그 힘을 내어 휘두르고 있을 따름이다.'

인간은 실로 인간 외에는 아무것도 아니었다. 그들은 얼마나 애를 썼나, 하늘도 쌓아보고 지옥도 파보았다. 그리고 신도 조각하여 보았다. 그러나 그들은 땅 이외에 그들의 발 하나를 세울 만한 곳을 찾아내지 못하였고 사람 이외에 그들의 반려도 찾아낼 수 없었다. 그들은 땅 위와 사람들의 얼굴들을 번갈아 바라다보았다. 그리고는 결국 길게 한숨 쉬었다.

'벗도 갈 곳도 없다―이 괴로운 몸을 그래도 이 험악한 싸움터에서 질질 끌고 돌아다녀야 할 것인가―그밖에 도리가 없다면! 사람아 힘 풀린 다리라도 최후의 힘을 주어 세워보자. 서로 서로 다 같이 또 다 각기 잘 싸우자! 이것이다. 그리고 이것이 있을 따름이고나―'

그는 그의 몸이 한층이나 더 피곤한 듯이 자리 속에서 한번 돌쳐 누웠다. 피곤함으로부터 오는 옅은 쾌감이 전신에 한꺼번에 스르르 기어 올라옴을 그는 느낄 수 있었다.

'하여간 나는 우선 T의 집에서 떨어지자. 그것은 내가 T의 집에 머물러 있는 것이 피차에 고통을 가져온다는 이유로부터라느니보다도―

그까짓 일로 마음을 귀찮게 굴어 진지한 인간 투쟁을 방해시

킬 수는 없다─'

밤이 거의 밝게쯤 되어서야 겨우 그는 최후의 결정을 얻었다. 설령 그가 T 씨의 집을 떠난다 하여도 그는 지금의 형편으로 도저히 혼자 살아갈 수는 없다. 그리하여 그는 M 군과 함께 있기로 결정하였다. 그리고 T 씨가 좋아하든지 말든지 그의 방침대로 병원을 낸 다음 수입은 삼분할 것도 결정하였다.

지금 M 군의 집은 전일의 대가(大家)를 대신하여 눈에 띄지도 아니할 만한 오막살이였다. 모든 것이 결정되는 대로 병원 가까이 좀 큰 집을 하나 산 다음 M 군의 명의로 자기도 M 군의 가족이 될 것도 결정하였다. 또 병원을 신축하기에 넉넉하다면 아주 그 건물 한 모퉁이에다 주택까지 겸할 수 있도록 하여볼까도 생각하였다. 그러나 그것은 그에게는 될 것 같지도 않게 생각되었다.

× × ×

햇해는 왔다. 그의 생활도 한층 새로운 활기를 띠어오는 것 같았다. 즐겁지도 슬프지도 않은 새해였으나 그에게는 다시 몹시 의미 깊은 새해였던것만은 사실이었다.

─1930. 5. 어(於) 의주통 공사장.

생물은 다 즐거웠다. 적어도 즐거운 것같이 보였다. 그가 봄을 만났을 때 봄을 보았을 때 죽을힘을 다 기울여가며 긍정하였던 '생'이라는 것에 대한 새로운 회의와 그에 좇는 실망이 그를 찾았다. 진행하며 있는 온갖 물상 가운데에서 그 하나만이 뒤에 떨어져 남아 있는 것만 같았다. '벌써 도태되었을' 그를 생각하고 법칙이라는 것의 때로의 기발한 예외를 자신에서 느꼈다. 그러나 그에게는 아직도 여력이 있었다. 긍정에서 부정에 항거하는 투쟁―최후의 피투성이의 일전이 남아 있었다. 그것은 '용납되지 않는 애愛' '눈먼 애'―그것을 조건 없이 세상에 헌상하는 그것이었다.

인간 낙선자의 힘은 오히려 클 때도 있다. 봄을 보았을 때, 지상에 엉키는 생을 보았을 때, 증대되는 자아 이외의 열락을 보았을 때 찾아오는 자살적 절망에 충돌당하였을 때 그래도 그는 의연히 차라리 더한층 생에 대한 살인적 집착과 살신성인적 애愛를 지불하는 데 용감하였다. 봄을 아니 볼 수 없이 볼 수밖에 없었을 때 그는 자신을 혜성이라 생각하여도 보았다. 그러나 그가 혜성이기에는 너무나 광채가 없었고 너무나 무능하였다. 다시 한번 자신을 일 평범 이하의 인간에 내려뜨려 보았을 때 그가 그렇기에는 너무나 열락과 안정이 없었다. 이 중간적 (실로 아무것도 아닌) 불만은 더욱이나 그를 광란에 가깝게 심술 내도록 하는 것이었다.

× × ×

T 씨에 관한 그의 관심은 그가 그의 생에 대한 신조의 안으로 깊이 들어가면 들어갈수록 커가기만 하는 것이었다. 그 원인이 어느 곳에 있는지는 하여간 그가 T 씨의 집을 나온 것은 한낱 도의적으로만 생각할 때에는 한 '잘못'이라고도 할 수 있겠으나 그의 그러

한 결정적 일이 동인動因에 있어서는 추호의 '잘못'도 섞이지 아니 하였다는 것은 그가 변명할 수 있을 뿐만 아니라 나아가 역설할 수 까지 있는 것이었다. 그의 인상이 몹시 나빠서 그랬던지 M 군의 가족으로부터도 그는 환영받지 못하였을 뿐만 아니라 M 군의 어린아이들까지도 따르지는 않았다. 그러나 그는 그 때문에 자신의 불복을 느끼거나 혹은 M 군의 집을 떠날 생각이나 다시 T 씨의 집으로 들어갈 생각 같은 것은 하지도 아니하였다. 그까짓 것들은 그에게 있어 별로 문제 안 되는, 자기는 그 이상 더 크나큰 문제에 조우하여 있는 것으로만 여겼다. 밤이면 밤마다 자신의 실추된 인생을 명상하고 멀지 아니한 병원을 아침마다 또 저녁마다 오고 가는 것이 어찌 그다지 단조할 것 같았으나 그에게 있어서는 실로 긴장 그것이었다. 언제나 저는 다리를 이끌고서 홀로 그 길과 그 길을 오르내리는 것은 부근 사람들에게 한 철학적 인상까지 주는 것 같았다. 그러나 누구 하나 그에게 말 한 마디나 한 번의 주의를 베풀어보려는 사람은 없었다.

그는 그러한 똑같은 모양으로 가끔 T 씨의 집을 방문한다. 그것은 대개는 밤이었다. 그가 넉 달 동안 T 씨의 문지방을 넘어 다녔으나 T 씨를 설복할 수는 없었다.

"오너라, 같이 가자!"

"형님에게 신세 끼치고 싶지 않소."

그들의 회화는 일상에 이렇게 간단하였다. 그리고는 그 뒤에 반드시 길다란 침묵이 끝까지 끼어들고 말고는 하였다. 때로는 그가 눈물까지 흘려가며 T 씨의 소매에 매달려 보았으나 T 씨의 따뜻한 대답을 얻어들을 수는 없었다.

× × ×

늦은 봄의 저녁은 어지러웠다. 인간과 온갖 물상과 그리고 그런 것들 사이에 끼어들어 있는 공기까지도 느른한 난무를 하고 싶은 대로 하고 있는 것만 같았다. 젖빛 하늘은 달을 중심으로 하여 타기만만한 폭죽을 계속하여 방사하고 있으며 마비된 것 같은 별들은 조잡한 회화會話를 계속하고 있는 것 같았다. 온갖 것들은 한참 동안의 광란에 지쳐서 고요하다. 그러나 대지는 넘치는 자기 열락을 이기지 못하여 몸 비트는 것같이 저음의 아우성소리를 그대로 단조로이 헤뜨리고만 있는 것도 같았다. 그 속에 지팡이를 의지하여 T 씨의 집으로 걸어가는 그의 모양은 전연히 세계에 존재할 만한 것이 아닌 만치 타계에서 꾸어 온 괴존재와도 같았다. 물론 그 자신은 그런 것을 인식할 수 없었으나(또 없었어야 할 것이다. 만일 그가 그런 것을 인식할 수 있었던들 그가 첫째 그대로 살아 있을 수가 없는 것이니까) 때로 맹렬한 기세로 그의 가슴을 습격하는 치명적 적요는 반드시 그것을 상증한 것이거나 적어도 그런 것에 원인되는 것이었다. 보는 것과 듣는 것과 그리고 생각하는 것에 피곤한 그의 이마 위에는 그의 마음과 살을 한데 쥐어 짜내어 놓은 것과도 같은 무색투명의 땀이 몇 방울인가 엉키었다. 그는 보기 싫게 절며 움직이는 다리를 잠시 동안 멈추고 땀을 씻어가면서는 '후―' 한숨을 쉬었다.

'아― 인생은 극도로 피로하였다.'

T 씨의 문지방을 그는 그날 밤에 또한 넘어섰다. 그리고는 세상의 모든 것을 다― 사양하는 듯한 옅은 목소리로,

'업이야 ― 업이야'를 불렀다.

T 씨는 아직 일터에서 돌아오지 아니하였다. 업이도 어디를 나갔는지 보이지 아니하였다. T 씨의 아내만이 희미한 불 밑에서 헐어빠진 옷자락을 주무르고 앉아 있었다. 편리하지 아니한 침묵이 어디까지라도 두 사람의 사이에 심연을 지었다. 그는 생각과 생각 끝에 준비하였던 주머니의 돈을 꺼내어 T 씨의 아내 앞에 놓았다.

"자 ― 그만하면 ― 그만큼이나 하였으면 나의 정성을 생각해 주실게요 ― 자 ―"

몇 번이었던가. 이러한 그의 피와 정성을 한데 뭉치어(그 정성은 오로지 T 씨 한 사람에 향하여 바치는 정성이었다느니보다도 그가 인간 전체에게 눈물로 헌상하는 과연 살신적 정성이었다) T 씨들의 앞에 드린 이 돈이 그의 손으로 다시금 쫓겨 돌아온 것이 헤아려서 몇 번이었던가. 그 여러 번 가운데 T 씨들이 그것을 받기만이라도 한 일이 단 한 번이라도 있었던가. 그러나 참으로 개와 같이 충실한 그는 이것을 바치기를 잊어버리지는 아니하였다. 일어나는 반감의 힘보다도 자기의 마음이 부족하였음과 수만의 무능하였음을 회오하는 힘이 도리어 더 컸던 것이다.

T 씨의 아내는 주무르던 옷자락을 한편에 놓고 핏기 없는 두 팔을 아래로 축 처뜨리었다. 그러나 입은 열릴 것 같기도 하면서 한 마디의 말은 없었다.

"자 ― 그만하였으면 ― 자 ―"

두 사람의 고개는 말없는 사이에 수그러졌다. 그의 눈에서 굵다란 눈물이 더 뚝뚝 떨어졌을 때에 T 씨의 아내의 눈에서도 그만 못지아니한 눈물이 흘렀다. 대기는 여전히 단조로이 울었다.

"자— 그만하면—"

"네—"

그대로 계속되는 침묵이 그들의 주위의 모든 것을 점령하였다.

× × ×

그가 일어서자 T 씨가 들어왔다. 그는 나가려던 발길을 멈칫하였다. 형제의 시선은 마주친 채 잠시 동안 계속하였다. 그사이에 그는 T 씨의 안면 전체에서부터 퍼져 나오는 강한 술의 취기를 인식할 수 있었다.

"T! 내 마음이 그르지 않은 것을 알아다고!"

"하…… 하…….."

T 씨는 그대로 얼마든지 웃고만 서 있었다. 몸의 땀내와 입의 술내를 맡을 수 없이 퍼뜨리면서!

"T야…… 네가 내 말을 이렇게나 안 들을 것은 무엇이냐? T! 나의…….."

"자, 이것을 좀 보시오! 형님! 이 팔뚝을!"

"본다면!"

"아직도 내 팔로 내가…… 하…… 굶어 죽을까 봐 그리 근심이오? 하…….."

T 씨가 팔뚝을 걷어든 채 그의 얼굴을 뚫어질 듯이 들여다볼 때 그의 고개는 아니 수그러질 수 없었다.

"T! 나는 지금 집으로 도로 가는 길이다—어쨌든 오늘 저녁에라도 좀 더 깊이 생각하여 보아라."

아직도 초저녁 거리로 그가 나섰을 때에 그는 T 씨의 아직도 선웃음 소리를 그의 뒤에서 들을 수 있었다. 걷는 사이에 그는 무엇인가 이제껏 걸어오던 길에서 어떤 다른 터진 길로 나올 수 있었던 것과 같은 감을 느꼈다. 그러나 또한 생각하여 보면 그가 새로 나온 그 터진 길이라는 것도 종래의 길과는 그다지 다름없는 협착하고 괴벽한 길이라는 것 같은 느낌도 느껴졌다.

× × ×

C라는 간호부에게 대하여 그는 처음부터 적지 않게 마음을 이끌려왔다. 그가 C 간호부에게 대하여 소위 호기심이라는 것은 결코 이성적 그 어떤 것이 아닐 것은 말할 것도 없다. 그가 C 간호부의 얼굴을 마주할 때마다 그는 이상한 기분이 날 적도 있었다.

'도무지 어디서―본 듯해―'

C는 일상 그와 가까이 있었다. 일상에 말이 없이 침울한 기분의 여자였다. 언제나 축축이 젖은 것 같은 눈이 아래로 깔려서는 무엇인가 깊은 명상에 잠겨 있었다. 그러다가는 묵묵히 잡고만 있던 일거리도 한데로 제쳐놓고는 곱게 살 속으로 분이 스며 들어간 얼굴을 두 손으로 가리우고는 그대로 고개를 숙여버리고는 하는 것이다. 더욱 그 두 손으로 얼굴을 가리울 때,

'어디서 본 듯해―도무지.'

생각날 듯 날 듯 하면서도 종시 그에게는 생각나지 아니하였다. 다른 사람들에게 생소한 C가 그에게 많은 친밀의 뜻을 보여주

고 있는 것도 같았으나 각별히 간절한 회화 한 번이라도 바꾸어 본 일은 없다. 늘 그의 앞에서 가장 종순하고 머리 숙이고 일하고 있었다.

첫여름의 낮은 땅 위의 초목들까지도 피곤의 빛을 보이고 있었다. 창밖으로 내려다보이는 종횡으로 불규칙하게 얽힌 길들은 축축한 생기라고는 조금도 찾아볼 수는 없고 메마른 먼지가 포플러 머리의 흔들릴 적마다 일고 일고 하는 것이 마치 극도로 쇠약한 병자가 병상 위에서 가끔 토하는 습기 없는 입김과도 같이 보였다. 고색창연한 늙은 도시의 부정연한 건축물 사이에 소밀도로 끼어 있는 공기까지도 졸음 졸고 있는 것같이 벙―하니 보였다. C는 건너편 책상에 의지하여 무슨 책인지 열심히 읽고 있었다. 그는 신문 조각을 뒤적거리다 급기 졸고 앉아 있었다. 피곤해 빠진 인생을 생각할 때 그의 졸음 조는 것도 당연한 일이었다.

"선생님! 졸으십니까? 아 ― 저도!"

그 목소리도 역시 피곤한 한 인생의 졸음 조는 목소리에 지나지 않았다.

"선생님! 선생님! 선생님! 선생님!"

최면술사가 어슴푸레한 푸른 전등 밑에서 한 사람에게 무슨 한 마디고를 무한히 시진하도록 리피트시키고 있는 것과도 같이 꿈속같이 고요하고 어슴푸레하였다.

"선생님! 선생님! 저도 한때는 신이라는 것을 믿었던 일이 있답니다!"

"……."

"선생님 신은 있는 것입니까? 있을 수 있는 것입니까? 있어도 관계치 않는 것입니까?"

"흥…… C 씨! 소설에 그런 말이 있습니까?"

"여기서도! 그들은 신을 믿으려고 애를 쓰고 있습니다그려! 한때의 저와 같이!"

"……."

또한 졸음 조는 것 같은 침묵이 그 사이에 한참이나 놓여 있었다.

"앵도지리—버찌—."

어린 장사의 목소리가 자꾸만 그들의 쉬려는 귀를 귀찮게 굴고 있었다.

"선생님! 저를 선생님의 곁에다—제가 있고 싶어 하는 때까지 두어주시지요."

"그것은? 그러면? 그렇다면?"

"선생님! 선생님은 저를 전연 모르셔도 저는 선생님을 잘 알고 있습니다."

그의 들려는 잠은 일시에 냉수 끼얹은 것같이 깨어버리고 말았다.

"즉! 안다면?"

"선생님! 8년!—어쨌든 그전—나고야의 생활을 기억하십니까?"

"나고야?—하— 나고야?"

"선생님! 제가— 죽은 ○○의 아우올습니다."

"응! ○○? 그— 아!"

고향을 떠나 두 형매兄妹는 오랫동안 유랑의 생활을 계속하였다. 죽음으로만 다가가는 그들을 찾아오는 극도의 곤궁은 과연 그들에게는 차라리 죽음만 같지 못한 바른[17] 삶이었다. 차차 움돋기 시작하는 세상에 대한 조소와 증오는 드디어 그들의 인간성까지도 변형시켜 놓지 않고는 마지아니하였다. ○○는 그의 본명은 아니었다. 그가 이십이 조금 넘었을 때 그는 극도의 주림을 이기지 못하여 남의 대야 한 개를 훔친 일이 있었다. 물론 일순간 후에는 무한히 참회의 눈물을 흘렸으나 한번 엎질러 놓은 물은 다시 어찌할 수도 없었다. 첫째로 법의 눈을 피한다느니보다도 여지껏의 자기를 깨끗이 장사 지낸다는 의미 아래에서 자기의 본명을 버린 다음 지금의 ○○라는 이름을 가지게 된 것이다. 청정된 새로운 생활을 영위하여 나아가기 위하여 어린 누이의 C를 이끌고 그의 발길이 돌아 들어선다는 곳이 곧 나고야—○—그 이삼년 외국 생활을 겪어보던 그 식당이었다. 우연한 인연으로 만난 이 두 신생에 발길 들여놓은 인간들은 곧 가장 친밀한 우인友人이 되었었다.

"참회! 자기가 자기의 과거에 대하여 참으로 참회의 눈물을 흘렸다 하면 그는 그의 지은 죄에 대하여 속죄받을 수 있을까?"

그는 ○○로부터 일상에 이러한 말을 침울한 얼굴을 하고는 하는 것을 들었다.

"만인의 신은 없다. 그러나 자기의 신은 있다."

그는 늘 이러한 대답을 하여왔었다.

"지금이라도 내가 그 대야를 가지고 그 주인 앞에 엎드려 울며 사죄한다면 그 주인은 나를 용서할 것인가? 신까지도 나를 용서할 것인가."

17 바르다. 흔하지 않거나 충분할 정도에 이르지 못하다.

어느 밤에 ○○는 자기가 도적하였다는 것과 같은 모양이라는 대야를 한 개 사가지고 돌아온 일까지도 있었다. ○○의 얼굴에는 취소할 수 없는 어두운 구름이 가득히 끼어 있는 것을 그는 볼 수 있었다.

"아무리 생각하여도—이 상처를 두고두고 앓는 것보다는—○○! 내일은 내가 그 주인을 찾아가겠소. 그리고는 그 앞에서 울어보겠소."

그는 죽을힘을 다하여 ○○를 말렸다.

"이왕 이처럼 새로운 생활을 하기 시작하여 놓은 이상—이렇게 하는 것은 자기를 옛날 그 죄악의 속으로 다시 돌려보내는 것이 되지 않을까! 참회가 있는 사람에게는 그 순간에 벌써 모든 것으로부터 용서받았어! 지난날을 추억하느니보다는 새 생활을 근심할 것이야!"

○○의 친구 중에 A라는 대학생이 있었다. C는 A에게 부탁되어 있었다. A는 아직도 나어린 C였으나 은근히 장래의 자기의 아내 만들 것까지도 생각하고 있었다. C도 A를 극히 따르고 존경하여 인류의 깊은 정의를 맺고 있었다.

늦은 가을 하늘이 맑게 개인 어느 날 ○○와 A는 엽총을 어깨에—즐거운 수렵의 하루를 어느 깊은 산중에서 같이 보내게 되었다. 운명은 악희라고만은 보아버릴 수 없는 악희를 감히 시작하였으니 A의 겨냥 대인 탄환은 ○○의 급처에 명중하고 말았다. 모든 일은 꿈이 아니었다. 기막힌 현실일 뿐이랴! 어떻게 할 수도 없는 엄연한 과거였다. A는 며칠의 유치장 생활을 한 다음 머리 깎은 채 어디론지 종적을 감춘 후 이 세상에서 그의 소식을 아는 사람은 한 사람도 없게 그의 자취는 이 세상에서 사라져버리고 말았다. 일시에 두 사람을 잃어버린 C는 A가 우편으로 보내준 얼마의 돈을 수중에 한 다음 그대로 넓은 벌판에 발길을 들여놓았다.

"그동안 칠 년—팔 년의 저의 삶에 대하여서 어떤 국어로 이야기할 수 있겠습니까?"

이곳까지 이야기한 C의 눈에는 몇 방울의 눈물이 분 먹은 뺨에 가느다란 두 줄의 길을 내어놓고까지 있었다.

"제가 선생님을 뵈옵기는 오라버님을 뵈오러 갔을 때 몇 번밖에는 없었습니다—그러나 제가 생각해도 이상히 선생님의 얼굴만은 저의 기억에 가장 인상 깊은 그이였나 보아요!"

이곳까지 들은 그는 여지껏 꼼짝할 수도 없이 막혔던 그의 호흡을 비로소 회복한 듯이 길다란 심호흡을 한번 쉬었다.

"C 씨—그래 그 A 씨는 그 후 한 번도 만나지 못하셨소?"

"선생님! 제가 누가 있겠습니까? 이렇게 천하를 헤매는 것도 A 씨를 찾아보겠다는 일념입니다—A 씨는 벌써 죽었는지도 모릅니다—다행히 오늘—돌아가신 오라버님의 기념처럼 ○ 선생님을 이렇게 만나 모시게 되니—선생님이 아무쪼록 죽은 오라버님을 생각하시고 저를 선생님 곁에 제가 싫증 나는 날까지 두어주세요. 제가 싫증이 났을 때에는 또—선생님, 가엾은 이 새를 저 가고 싶은 대로 가게 내버려 두어두세요. 저는—"

수그러지는 고개에 두 손이 올라가 가리워질 때에,

'도무지 어디서 본 듯해!'

그 기억은 아무리 생각하여도 나고야에서의 기억은 아니었고 분명히 다른 어느 곳에서의 기억에 틀림없는 것이었다. 그러나 종시 그의 기억에 떠올라 오지는 아니하였다.

"선생님! A 씨나 오라버님이나—그들을 위하여서라도 저는 죽을힘을 다하여 신을 믿어보려고 하였습니다. 그러나 지금은 신의 존재커녕은 신의 존재의 가능성까지도 의심합니다."

"만인을 위한 신은 없습니다. 그러나 자기 한 사람의 신은 누구나 있습니다."

창밖의 길 먼지 속에서는 구세군 행려도의 복음과 찬미가 소리가 가장 저음으로 들려왔다.

× × ×

사람들은 놀래어 T 씨를 둘러쌌다. 그리고 떠들었다. 인사불성 된 T 씨의 어깨와 팔 사이로는 붉은 선혈이 옷 바깥으로 배어 흘러 떨어지고 있었다.

"이 사람 형님이 병원을 한답디다."

"어딘고? 누구 아는 사람 있나."

"내 알아—어쨌든 메고들 갑시다."

폭양은 대지를 그대로 불살라 버릴 듯이 내리쬐고 있었다. 목쉰 지경 노래[18]와 목도[19] 소리가 무르녹은 크나큰 공사장 한 귀퉁이에서는 자그마한 소동이 일어났었다. 그러나 잠시 후에는 '그까짓 것이 다 무엇이냐'는 듯이 도로 전 모양으로 돌아가 버렸다.

---

18 지경 다짐 노래. 즉 일정한 테두리 안의 땅을 다질 때 부르는 노래.
19 두 사람 이상이 짝이 되어 무거운 물건이나 돌덩이를 얽어맨 밧줄에 몽둥이를 꿰어 어깨에 메고 나르는 일.

× × ×

　T 씨는 거의 일주야 만에야 의식이 회복되었다. 상처는 그다지 큰 것이 아니었으나 높은 곳에서 떨어지느라고 몹시 놀란 것인 듯하였다. T 씨의 아내는 곧 달려와서 마음껏 간호하였다. 그러나 업의 자태는 나타나지 아니하였다. 그가 T 씨의 병실 문을 열었을 때 T 씨 부부의 무슨 이야기 소리를 들었다. 그러나 그의 얼굴을 보자마자 곧 그처버린 듯한 표정을 그는 읽을 수 있었다. T 씨의 아내의 아래로 숙인 근심스러운 얼굴에는 '적빈' 두 글자가 새긴 듯이 뚜렷이 나타나 있었다.

　"T야! 상처는 대단치 않으니 편안히 누워 있어라. 다아― 염려는 말고―"

　"……."

　그는 자기 방에서 또 무엇인가 깊이 깊은 것을 생각하고 있었다. 그 생각하고 있는 자기조차 무엇을 생각하고 있는지 모를 만큼 그의 두뇌는 혼란―쇠약하였다.

　'아― 극도로 피곤한 인생이여!'

　세상에 바치려는 자기의 '몫'의 가는 곳―혹 이제는 이 몫을 비록 세상이 받아라도 하여주는 때가 돌아왔나 보다―하는 생각도 떠올랐다. 험상스러운 손가락 사이에 끼어 단조로운 곡선으로 피어 올라가고 있는 담배 연기와도 같이 그의 피곤해 빠진 뇌수에서도 피비린내 나는 흑색의 연기가 엉겨 올라오는 것 같았다.

　'오냐, 만인을 위한 신이야 없을망정 자기 하나를 위한 신이 왜―없겠느냐?'

그의 손은 책상 위의 신문을 집었다. 그리고 그의 눈은 무의식적으로 지면 위의 활자를 읽어 내려가고 있는 것이었다.

'교회당에 방화! 범인은 진실한 신자!'

그의 가슴에서는 맺혔던 화산이 소리 없이 분화하기 시작하였다. 그러나 그는 아무 뜨거운 느낌도 느낄 수는 없었다. 다만 무엇인가 변형된(혹은 사각형의) 태양이 적갈색의 광선을 방사하며 붕괴되어 가는 역사의 때아닌 여명을 고하는 것을 그는 볼 수 있는 것도 같았다.

× × ×

T 씨는 저녁때 드디어 병원을 나서서 그의 집으로 돌아갔다. T 씨의 아내만이 변명 못 할 신세의 눈초리를 그에게 보여주며 쓸쓸히 T 씨의 인력거 뒤를 따라갔다. 그는 모든 것을 이해하여 버렸다.

"T야— T야—"

그는 그 뒤의 말을 이을 수 있는 단어를 찾아낼 수 없었다. T 씨의 얼굴에는 전연 표정이 없었다. 그저 병원을, 의식이 회복되자 형의 병원인 줄을 알은 다음에 있을 곳이 아니니까 나간다는 그것이었다. 세상 사람들은 그를 비웃기도 하였고 욕하는 이까지도 있었다.

"그 형인지 무엇인지 전 구두쇤가 봅디다."

"이 염천에 먹고사는 것은 고사하고 하도 집에서 아무리 한대야 상처가 낫기는 좀 어려울걸!"

그의 귀는 이러한 말들에 귀머거리였다.

"그저 그렇게 내보내면 어떻게 사—노? 굶어 죽지."

그 뒤로도 그의 발길이 T 씨의 집 문지방을 아니 넘어선 날은 없었다. 또 수입의 삼분의 일을 여전히 T 씨의 아내에게 전하는 것도 게을리하지는 아니하였다. 뿐만 아니라 다른 의사를 대게 하여(그와 M 군은 T 씨로부터 거절하였으므로) 치료는 나날이 쾌유의 쪽으로 진척되어 가고 있었다.

수입의 삼분의 일이 무조건으로 T 씨의 손으로 돌아가는 데 대하여 M 군은 적지 않게 불평을 가졌었다. 그러나 물론 M 군이 그러한 불평을 입 밖에 낼 리는 없었다. 그가 또한 이러한 것을 눈치 못 챌 리는 없었다. 그러나 그 역시 어찌할 수도 없는 일이었다. 어떤 때에는 이러한 것을 터놓고 M 군의 앞에 하소하여 볼까도 한 적까지 있었으나 그러지 못한 채로 세월에게 질질 끌려가고 있었다.

'다달이 나는 분명히 T의 아내에게 그것을 전하여 주었거늘! 그것이 다시 돌아오지 아니하기 시작한 지가 이미 오래거든—그러면 분명히 T는 그것을 자기 손에 다달이 넣고 써왔을 것을—T의 태도는 너무 과하다—극하다—'

그는 더 참을 수 없는 것을 느꼈다. 그러나 더 참을 수 없는 것을 참아 넘기는 것이 그가 세상에 바치고자 하는 그의 참마음이라는 것을 깊이 자신하고 모든 유지되어 오던 현상을 게을리 아니할 뿐 아니라 한층 더 부지런히 하였다.

× × ×

오늘도 또한 그의 절름발이의 발길은 T 씨의 집 문지방을 넘어섰다. T 씨의 아내만이 만면한 수색으로 그를 대하여 주었다. 물론 이야기 있을 까닭이 없었다. 비스듬히 열린 어둠컴컴한 방문 속에서는 T 씨의 앓는 소리 섞인 코 고는 소리가 들렸다.

"좀 어떤가요?"

"차차 나아가는 것 같습니다."

"의사는?"

"다녀갔습니다."

"무어라고 그럽니까요?"

"염려할 것 없다고."

그만하여도 그의 마음은 기뻤다. 마루 끝에 걸터앉아 이마에 맺힌 땀을 씻으려 할 때 그의 머리 위 하늘은 시커멓게 흐려 들어오고 있었다. 그런가 보다 하는 사이에 주먹 같은 빗방울이 마당의 마른 먼지를 폭발시키기 시작하였다. 서늘한 바람이 한번 획 불어 스치더니 지구를 싸고 있는 대기는 별안간 완연 전쟁을 일으킨 것 같았다. T 씨의 초가지붕에서는 물이라고 생각할 수도 없는 더러운 액체가 줄줄 쏟아지기 시작하였다. 그는 고개를 들어 하늘을 쳐다보았다. 그저 무한히 검기만 하였다. 다만 가끔 번쩍거리는 번개가 푸른빛의 절선折線을 큰 소리와 함께 그리고 있을 뿐이었다. 세상 사람들에게 이 기다리고 기다리던 비가 얼마나 새롭고 감사의 것일 것이었으랴만은—그에게는 다만 그의 눈과 귀에 감각되는 한 현상에 지나지 않는 것이었다. 새로울 것도 감사할 것도 아무것도 없었다. 피곤한 인생—그는 얼마 동안이나 멀거니 앉아 있다가 정말 인간들이 내다 버린 것 모양으로 앉아 있는 T 씨의 앞에 예의 것을 내밀었다. T 씨의 아내는 그저 고개를 숙였을 뿐이었고 여전히 아무 말도 없었다. 그는 또 거북한 기분 속에서 벗어나려고,

"업이는 어딜 갔나요? 요새는 도무지 볼 수가 없으니ㅡ더러 들어앉아서 T 간병도 좀 하고 하지."

"벌써 나간 지가 닷새ㅡ도무지 말을 할 수도 없고."

"왜 말을 못 하시나요?"

"……."

우연한 회화의 한 토막이 그에게 적지 아니한 의아의 파문을 일으켰다(속으로는 분하였다).

"에ㅡ 못된 자식ㅡ애비가 죽어 드러누웠는데."

그는 비 오는 속으로 그대로 나섰다. 머리 위에는 우레와 번개가 여전히 끊이지 아니하고 일었다.

'신은 이제 나를 징벌하려 드는 것인가…….'

'나는 죄가 없다ㅡ자ㅡ내가 무슨 죄가 있는가 좀 보아라ㅡ나는 죄가 없다!'

그는 자기의 선인임을 나아가 역설하기에는 너무나 약한 인간이었다. 자기의 오직 죄 없음을 죽어가며 변명하는 데 그칠 줄밖에 몰랐다.

'만인의 신! 나의 신! 아! 무죄!'

모든 것은 걷잡을 수 없이 뒤죽박죽이었다. 자동차의 헤드라이트가 빗속에서 번개와 어우러져서 번쩍였다.

그것이 벌써 찌는 듯한 여름 어느 날의 일이었다면 세월은 과연

빠른 것이다. 축 늘어진 나뭇잎에는 윤택이랄 것이 없었다. 영원히 윤택이 나지 못할 투명한 수증기가 세계에 차 있는 것 같았다.

꼬박꼬박 오는 졸음을 참을 수 없어 그는 창밖을 바라보았다. 사람들은 여전히 무거운 발길을 옮겨놓으며 있었다. 서로 만나는 사람은 담화를 하는 것도 같았다. 장사도 지나갔다. 무엇이라고 소리 높이 외쳤을 것이다. 그러나 모든 사람들은 입만 뻥긋거리는 데에 그치는 것같이 소리 나지 아니하였다. '고요한 담화인가', 그에게는 그렇게 생각이 되었다. 벽돌집의 한 덩어리는 구름이 해를 가렸다 터놓을 때마다 흐렸다 개였다 하였다. 그러나 그것도 지극히 고요한 이동이었다. 그의 윗눈썹은 차차 무게를 늘리는 것 같았다. 얼마 가지 아니하여는 아랫눈썹 위에 가만히 얹혔다. 공기가 겨우 통할 만한 작은 그 틈에서는 참을 수 없는 졸음이―그것도 소리 없이―새어 나왔다.

병원은 호흡을―불규칙한 호흡을 무겁게 계속하고 있었다. 그 불규칙한 호흡은 그의 졸음에 혼화되어 적이 얼마간 규칙적인 것같이 보였다.

어린아이 울음소리가 아래층에서 들렸다. 그러나 그것도 그의 엿가락처럼 늘어진 졸음의 줄을 건드려볼 수도 없었다. 한번 지나가는 바람과 같았다. 그 뒤에는 또 피곤한 그의 졸음이 그대로 계속되어 갔을 뿐이다.

그가 있는 방 도어가 이상한 음향을 내며 가만히 열렸다. 둔한 슬리퍼 소리가 둘, 셋, 넷 하고 하나가 끝나기 전에 또 하나가 났다. 저절로 돌아가는 도어의 경첩은 도어를 도어 틀 틈 사이에―무거운 짐을 내려놓는 모양으로 갖다 끼웠다. 그리고는 가느다란 숨소리—혹 전연 침묵이었는지도 모를—나마 날 듯한 비중 늘은 공기가 실내에 속도 더딘 파도를 장난하고 있었다.

일분— 이분— 삼분—

"선생님! 선생님! 주무세요? 선생님."

C 간호부는 몇 번이나 그의 어깨를 흔들어보았다. 그의 어깨에 닿은 C 간호부의 손은 젊디젊은 것이었다. 그는 쾌감 있는 탄력을 느꼈는지도 모른다. 그러나 그것은 그 때문에 더욱이나 졸음은 두께 두꺼운 것이 되어갔다.

"선생님! 잠에 취하셨세요? 선생님!"

구루마 바퀴 도는 소리—매미 잡으러 몰려다니는 아이들의 소리—이런 것들은 아직도 그대로 그의 귓바퀴에 붙어 남아 있어서 손으로 몰래 훑으면 우수수 떨어질 것도 같았다. 그렇게 그의 잠! 졸음은 졸음 그것만으로 단순한 것이었다.

장주莊周의 꿈과 같이—눈을 비벼보았을 때 머리는 무겁고 무엇인가 어둡기가 짝이 없는 것이었다. 그 짧은 동안에 지나간 그의 반생의 축도를 그는 졸음 속에서도 피곤한 날개로 한번 휘 거쳐 날아보았는지도 몰랐다. 꿈을 기억할 수는 없었으나 꿈을 꾸었는지도 혹은 안 꾸었는지도 그것까지도 알 수는 없었다. 그는 어딘가 풍경 없는 세계에 가서 실컷 울다 그 울음이 다하기 전에 깨워진 것만 같은 모든 그의 사고의 상태는 무겁고 어두운 것이었다.

"선생님! 잠에 취하셨세요? 퍽 곤하시지요. 깨워드려서—곤하신데 주무시게 둘걸!"

그는 하품을 한번 큼직하게 하여보았다. 머리와 그리고 머리에 딸리지 아니하면 아니 될 모든 것은 한 번에 번쩍 가벼워졌다. 동시에 짧은 동안의 기다란 꿈도 한 번에 다─ 날아간 것과 같았다. 그리고는 그의 몸은 또다시 어찌할 수도 없는 현실의 한 모퉁이로 다시금 돌아온 것 같았다.

"선생님! 그러기에 저는 선생님께 아무런 짓을 하여도 관계치 않지요! 다 용서해 주세요."

"그야!"

"선생님 졸리셔서 단잠이 푹 드신 걸 깨워놓아─서 그래도 선생님은 저를 용서해 주시지요."

"글쎄!"

"용서하여 주시고 싶지 않으세요? 선생님."

"혹시!"

"선생님 오늘 일은 용서하여 주시지 않으셔도 좋습니다. 그렇지만 한 가지 청이 있습니다. 더위에 괴로우신 선생님을 잠깐만 버려도 그것은 정말 선생님 용서해 주실는지요?"

"즉 그렇다면!"

"며칠 동안만 선생님 곁을 떠나 더위의 선생님을 내버리고 저만 선선한 데를 찾아서 정말 잠깐 며칠 동안만─선생님 혹시 용서해 주실 수가 있을는지요? 정말 며칠 동안만!"

"선선한 데가 있거든 가오. 며칠 동안만이랄 것이 아니라 선선한 것이 싫어질 때까지 있다 오오. 제 발로 걷겠다 용서 여부가 붙겠소? 하하."

그의 얼굴에서는 웃을 때에 움직이는 근육이 확실히 움직이고는 있었다. 그러나 평상시에 아니 보이던 몇 줄기의 혈관이 뚜렷이 새로 보였다.

"선생님 그렇게 하시는 것은 싫습니다. 선생님 저를 미워하십니까? 저를 미워하시지는 않으시지요. 절더러 어디로 가라고 그러시는 것입니까? 그러시는 것은 아니시겠지요?"

"그 회화에는 나는 관계가 없는 것 같소 하하. 그러나 다 천만의 말씀이오."

"그러시면 못 가게 하시는 걸 제가 조르다 조르다 겨우 허락―용서를 받게―이렇게 하셔야 저도 가는 보람도 있고 또 가도 얼른 오고―선생님도 보내시는― 용서하시는 보람이 계시지 않습니까?"

"허락할 것은 얼른 허락하는 것이 질질 끄는 것보다 좋지."

"그것은 그렇지만 재미가 없습니다."

"나는 늙어서 아마 그런 재미를 모르는 모양이오."

"선생님은!"

"늙어서! 하하……."

돌아앉은 C 간호부는 품속에서 손바닥보다도 작은 원형의 거울을 끄집어내어 또 무엇으로인지 뺨, 이마를 싹싹 문지르고 있었다. 있지 않은 동안 같이 있던 그들 사이였건만 그로서는 실로 처음 보는 일이요, 그의 눈에는 한 이상한 광경으로 비쳤다.

× × ×

미목수려한 한 청소년이 이리로 걸어오는 것이 보였다. 양편 손에는 여러 개의 상자가 매달려 있었다. 흑과 백으로만 장속한 그 청소년의 몸에서는 거의 광채를 발하다시피 눈부셨다. 들창에 매달려 바깥만을 내다보고 있던 C 간호부는 그때에 그의 방에서 나갔다. 거의 의식을 잃은 그는 C 간호부의 풍부한 발이 층계를 내려가는 여러 음절의 소리 가운데의 몇 토막을 들었을 뿐이었다. 아래층에서는 가벼운—그러나 퍽 명랑한 웃음소리가 알아듣지 못할 정도로 흐려진 그러나 퍽 짤막한 담화 소리에 섞여 들려왔다. 쿵—쿵—쿵쿵, 분명히 네 개의 발이 층계를 올라오고 있었다.

"큰아버지!"

"선생님!"

고개를 숙인 채 그의 앞에 나란히 서 있는 이 두 청춘을 바라볼 때에 그의 눈에서는 번개가 났다. 혹은 어린양들에게 백년의 가약을 손수 맺게 하여주는 거룩한 목사와도 같았다. 그의 가슴에서는 형상 없는 물결이 흔들렸다. 그 위에 뜬 조그만 사색의 배를 파선시키려는 듯이,

"업아, 내가 너를 본 지 몇 달이 되는지?"

고개를 숙인 업의 입술은 떨어질 것 같지도 아니하였다.

"업아, 네가 입은 옷은 감도 좋거니와 꼭 맞는다."

그의 시선은 푸른빛을 내며 업의 입상을 오르내렸다.

"업아, 네가 가지고 온 이 상자 속에 든 것은 무슨 좋은 물건이냐. 혹시 그 가운데에는 나에게 줄 선물도 섞여 있는지. 하나, 둘, 셋—넷—다섯—"

그의 시선은 다시금 판자 위에 나란히 놓여 있는 여러 개의 상자 위를 하나 둘 거쳐가며 산보하였다.

"업아, 아버지의 상처는 좀 나은가? 아니 너 최근에 너의 집을 들른 일이 혹 있는가?"

"……."

"내가 보는 대로 말하고 보면 아마 지금 여행의 길을 떠나는 모양이지 아마?"

"……."

방 안에는 찬바람이 돌았다. 들창을 새어 들어오는 훈훈한 바람도 다 이 방 안에 들어오자마자 바깥 온도를 잃어버리는 것과 같았다.

"C 씨! C 씨는 언제부터 나의 업이와 친하였는지 모르겠으나―자―두 사람에게 내가 물을 말은 이렇게 두 사람이 내 앞에 함께 나타난 뜻은 무슨 뜻인지? 이야기할 것이 있는지 청할 것이 있는지 혹 나에게 무엇을 줄 것이 있는지―"

C 간호부는 고개를 숙인 채 좌우를 두어 번 둘러보더니 무슨 생각이 급히 떠올랐는지 황황히 그 방을 나갔다. 남아 있는 업 한 사람만이 교의에 걸터앉은 그 앞에 깎아 세운 장승과 같이 부동자세로 서 있었다. 그는 교의에서 몸을 일으키며 담배를 한 개 피워 물었다. 연기의 빛은 신선한 청색이었다.

"업아―이리 와서 앉아라. 큰아버지는 결코 너에게 악의를 가지지 아니하였다. 나의 묻는 말을 속이지 말고 대답하여라."

"네가 돈이 어디서 생기니? 네가 버는 것은 아니겠지."

"어머님이 주십니다."

"아범에게서는 얻어본 일이 없니?"

"없습니다."

"그만하면 알았다."

업은 처음으로 그의 얼굴을 한번 쳐다보았다.

"C 양은 어떻게 언제부터 알았니?"

"우연히 알았습니다. 사귄 지는 아직 한 달도 못 됩니다."

"저것들은 다 무엇이냐?"

"해수욕에 쓰는 것입니다. 옷―그런 것."

"해수욕―그러면 해수욕을 가는데 하하…… 작별을 하러 온 것이로군. 물론 C 양과 둘이서?"

"네. 제 생각은 큰아버지를 뵈옵고 가지 않으려 하였습니다만 C 간호부의 말이 우리 둘이서 그 앞에 나가 간곡히 용서를 빌면 반드시 용서하여 주시리라고―그 말을 제가 믿은 것은 아닙니다. 그러나 저는 아니 올 수 없었습니다. 또 C 간호부는 큰아버지께서는 우리 두 사람의 사이도 반드시 이해하여 주시리라는 말도 하였습니다만 물론 그 말도 저는 믿지 않았습니다."

"잘 알았어. 나는―그러면 나로서는 혹 용서하여 줄 점도 있겠고 혹 용서하지 아니할 점도 있을 테니까."

"그럼 무엇을 용서하시고 무엇은 용서하지 아니하실 터인지요?"

"그것은 보면 알 것 아닌가."

그의 말끝에는 가벼운 경련이 같이 따랐다. 책상 위에 끄집어 내어 쌓아놓은 해수욕 도구는 꽤 많은 것이었다. 그는 그 자그마한 산 위에 알코올의 소낙비를 내렸다. 성냥 끝에서 옮겨붙은 불은 검붉은 화염을 발하며 그의 방 천장을 금시로 시꺼멓게 그슬어놓았다. 소리 없이 타오르는 직물류, 고무류의 그 자그마한 산은 보는 동안에 무너져 가고 무너져 가고 하였다. 그 광경은 마치 꿈이 아니면 볼 수 없는, 동작이 있고 음향이 없는 반 환영과 같았다. 벽 위의 시계가 가만히 새로 한시를 쳤다. 업의 얼굴은 초일초 분일분 새파랗게 질려갔다.

입술은 파래지며 심히 떨었다. 동구睛球를 싸고 있는 눈 윗두덩도 떨었다. 눈의 흰자위는 빛깔을 잃으며 회갈색으로 변하고 검은자위는 더욱더욱 칠흑으로 변하며 전광 같은 윤택을 방사하였다. 그러나 동상 같은 업의 부동자세는 조금도 변형되려고 하지 않았다.

'푸지직' 소리를 남기고 불은 꺼졌다. 책상을 덮어 쌌던 클로스도 책상의 바니시도 나타나고 눌었다. 그 위에 해수욕 도구들의 타고 남은 몇 줌의 검은 재가 엉기어 있었다. 꼭 닫은 도어가 바깥으로부터 열렸다.

"선생님!"

오직 한 마디—잠시 나붓거리는 그 입술이 달려 있는 C 간호부의 얼굴은 심야의 정령의 그것과도 같이 창백하고도 가련하였다. 그뿐만 아니었다. 그러한 C 간호부의 서 있는 등 뒤에 부동명왕의 얼굴과 같이 흑연 화염 속에 인쇄되어 있는 T 씨의 그것도 그는 볼 수 있었다. 일순 후에는 그의 얼굴도 창백화하지 아니할 수 없었고 그의 입술도 조금씩 조금씩 그리하여 커다랗게 떨리기 시작하였다.

× × ×

흐르는 세월이 조락의 가을을 이 땅 위에 방문시켰을 때는 그가 나뭇잎 느껴 우는 수림을 산보하고 업의 병세를 T 씨의 집 대문간에 물어버릇하기 시작하였는 지도 이미 오래인 때였다.

업은 절대로 그를 만나지 아니하려는 것이었다. 그는 업의 병세를 부득이 T 씨의 집 대문간에서 묻지 아니하면 아니 되었다. 오직 T 씨의 아내가 근심과 친절을 함께하여 그를 맞아주었다.

"좀 어떻습니까? 그 떠는 증세가 조금도 낫지 않습니까?"

"그저 마찬가지예요. 어떡하면 좋을지요."

"무엇 먹고 싶다는 것, 가지고 싶다는 것은 없습니까? 하고 싶다는 것은 또 없습디까?"

"해수욕복을 사주랍니다. 또 무슨 아루꼬(알코올?)—."

"네네, 알았습니다."

천 가지 만 가지 궁리를 가슴 가운데에 왕래시키려 그는 병원으로 돌아왔다. 필요 이외의 회화를 바꾸어본 일이 없는 사이쯤 된 M 군에게 그는 간곡한 어조로 말을 붙여보았다.

"M 군, 도무지 모를 일이야. 모든 죄가 결국은 내게 있다는 것이 아닐까? M 군, 자네가 아무쪼록 좀 힘을 써주게."

"힘이야 쓰고 싶지만 자네도 마찬가지로 나도 만나지 않겠다는 환자의 고집을 어떻게 하느냐는 말일세. 청진기 한 번이라도 대어보아야 성의 무성의 여부가 생기지 않겠나?"

"내 생각 같아서는 그 업에게는 청진기의 필요도 없을 것 같건만……."

"그것은 자네가 밤낮 하는 소리, 마찬가지 소리."

그에게는 이 이상 더 말을 계속시킬 용기조차도 힘조차도 없었다. 책상 위에 놓인 한 장의 편지—발신인 주소도 성명도 그

겉봉에는 씌어 있지만―가 있었다.

선생님! 가을바람이 부니 인생이라는 더욱이나 어두운 것이라는 것이 생각됩니다.

표연히 야속한 마음을 가슴에 품은 채 선생님의 곁을 떠난 후 벌써 철 하나가 바뀌었습니다. 이처럼 흐르는 광음 속에서 우리는 무엇을 속절없이 찾고만 있을까요?

그동안 한 장의 글월을 올리지 않다가 이제 새삼스레 이 펜을 날려보는 저의 심사를 혹은 선생님은 어찌나 생각하실는지는 저도 모르겠습니다. 그렇습니다. 세상은 즉 오해 속에서 오해로만 살아가는 것인가 합니다. 선생님이 우리들을 이해하셨기에 우리들은 선생님의 거룩한 사랑까지도 오해하였습니다. 그리하여 병상에 누워 있는 업 씨를―그리고 또 표연히 선생님의 곁을 떠난 저도 선생님께서 오해하셨습니다. 제가 드리고자 하는 이 그다지 짧지 않은 글도 물론 전부가 다 오해투성이겠지요. 그러니 선생님께서 제가 이 글을 드리는 태도나 또는 그 글의 내용을 오해하실 것도 물론이겠지요. 아―세상은 어디까지나 오해의 갈고리로 연쇄되어 있는 것이겠습니까? 저의 오라버님의 최후도 또 그이(대학생―C 간호부의 내면)도 그때의 일도 그 후의 일도 모든 것이 다 오해 때문에―가 아니었습니까? 제가 저의 신세를 이 모양으로 만든 것도, 이처럼 세상을 집 삼아 표랑의 삶을 영위하게 된 것도 전부 다― 그 기인은 오해―우리 어리석은 인간들의 무지로부터 출발된 오해 때문이 아니었으면 무엇이었던가 합니다(어폐를 관대히 보아주세요). (중략)

선생님이 저에게 끼쳐주신 하해 같은 은혜에 치하의 말씀이 어찌 이에서 다하겠습니까만 덧없는 붓끝이 오직 선생님의 고명과 종이의 백색을 더럽힐 따름입니다.

선생님, 이제 저는 과거에 제가 가졌던 모든 오해를 오해 그대로 적어 올려보겠습니다. 그것은 제가 지금도 그 오해를 그 오해째 그대로 가지고 있는 까닭이겠습니다.

선생님! 선생님께서는 업 씨와 저 두 사람 사이를 과연 어떠한 색채로 관찰하시었는지요(어폐를 아무쪼록 관대히 보아주십시오). 아닌 것이 아니라 저는 업 씨를 마음으로 사랑하였습니다. 또 업 씨도 저를 좀 더 무겁게 사랑하여 주었습니다. 이제 생각하여 보면—업 씨의 나이 이제 스물한 살—저 스물여섯—과연 우리 두 사람의 사랑이 철저한 사랑이었다 할지라도 이와 같은 연령의 상태의 아래에서는 그 사랑이란 그래도 좀 더 좀 더 빛다른 그 무엇이 있지 아니하면 아니 되지 않겠습니까?

두 사람의 만남—무엇이라 할까—하여간 우연 중에도 너무 우연이겠습니다. 그것은 말씀 올리기 꺼립니다. 혹시 병상에 누워 계신 업 씨의 신상에 어떠한 이상이라도 있지나 아니할까 하여 다만 저희들 두 사람의 사랑의 내용을 불구자적 병적이면 불구자적 병적 그대로라도 사뢰어볼까 합니다

(아—끝없는 오해 아직도—아직도) 선생님! 제가 업 씨를 사랑한 이유는 업 씨의 얼굴—면영이 세상에서 자취를 감추고 만 그이의 면영과 흡사하였다는—다만 그 한 가지에 지나지 않습니다. 그이는—지금쯤은 퍽 늙었겠지요! 혹 벌써 이 세상 사람이 아닌지도 모릅니다. 그러나 저의 기억에 남아 있는 그이의 면영은 그

이와 제가 갈리지 아니하면 아니 되었던 그 순간의 그것째로 신선하게 남아 있습니다.

남의 사랑을 받는 것은 행복입니다―남을 사랑하는 것은 적어도 기쁨입니다. 남을 사랑하는 것이나 남의 사랑을 받는 것이나 인간의 아름다움의 극치이겠습니다.

저는 생각하였습니다. 저의 업 씨에 대한 사랑도 과연 인간의 아름다움의 하나로 칠 수 있을까를. 그러나 저는 저로도 과연 저의 업 씨에 대한 사랑에는 너무나 많은 아욕이 품겨 있는 것을 발견하였습니다. 그리하여 곧― 저는 저의 업 씨에 대한 사랑을 주저하였습니다.

그러나 또 한 가지 아뢰올 것은 업 씨의 저에 대한 사랑입니다. 경조부박한 생활, 부피 없는 생활을 하여오던 업 씨는 저에게서 비로소 처음으로 인간의 내음 나는 역량 있는 사랑을 느낄 수 있었다 합니다. 업 씨의 말을 들으면 업 씨의 저에 대한 사랑은 적극적으로 업 씨가 저에게 제공하는 그러한 사랑이라느니보다도 저의 사랑이 깃이 있다면 업 씨는 업 씨 자신의 저에 대한 사랑을 신선한 대로 그대로 소지한 채 그 깃 밑으로 기어들고 싶은 그러한 사랑이었다고 합니다.

하여간 업 씨의 저에 대한 사랑도 우리가 항상 볼 수 있는 시정 간의 사랑보다는 무엇인가 좀 더 깊이가 있었던 듯하며 성스러운 것이었던가 합니다. 여러 가지 점으로 주저하던 저는 업 씨의 저에 대한 사랑의 피로 말미암아 무던한 용기를 얻을 수 있었습니다. 선생님― 저희들은 어쨌든 이제는 원인을 고구할 것 없이 서로 사랑하여 자유로 사랑하여 가기로 하였습니다. 이만큼 저희들은 삽시간 동안에 눈멀어 버리고 말았습니다. 선생님— 저희들의 사랑 꼴은 생리적으로도 한 불구자적 현상에 속하겠지요. 더욱, 사회적으로는 한 가련한 탈선이겠지요. 저희들도 이것만은 어렴풋이나마 느꼈습니다. 그러나 사람이 자기의 심각한 추억의 인간과 면영이 같은 사람에게 적어도 호의를 갖는 것은 사람의 본능의 하나가 아닐까요. 생리학에나 혹은 심리학에나 그런 것이 어디 없습니까. 또 사회적으로도 영靈끼리만이 충돌하여 발생되는 신성한 사랑의 결합체가 존재할 수 있다는 것이 그다지 해괴한 사건에 속할까요! (중략)

선생님! 해수욕장도 저의 제의였습니다. 해수욕 도구도 제 돈으로 산 것입니다. 업 씨는 헤엄도 칠 줄 모른다 합니다. 또 물을 그다지 즐기는 것도 아니었습니다. 그러나 저의 말이라면 어디라도 가고 싶다 하였습니다. 그것을 한 계집의 간사한 유혹이라느니보다도 모성의 갸륵한 애무와도 같은 느낌이었다 합니다.

선생님! 너무나 가혹하시지나 아니하셨던가요. 그것을 왜 살라 버리셨습니까? 업 씨에게도 기쁨이 있었습니다. 저도 모성애와 같은 사랑을 업 씨에게 베푸는 것이 또 사랑을 달게 받아주는 것이 무한한 기쁨이었습니다.

그 기쁨을 선생님은 검붉은 화염 속에 불살라 버리시었습니다. 그 이상한 악취를 발하며 타오르는 불길은 오직 그 책상 위에 목면과 고무만을 태운 데 그친 줄 아십니까? 도어 뒤에 서 있던 저의 심장도(확실히), 또 그리고 업 씨의 그것도, 업 씨의 아버님의 그것도 다 살라버린 것이었을 것입니다.

저의 등 뒤에 사람이 있는지 알 길이 있었겠습니까. 하물며 그 사람이 누구인가를 알 길은 더욱이나 있었겠습니까. 얼마 후에, 참으로 긴 동안의 얼마 후에 그이가 업 씨 아버님인 것을 알 수 있었습니다(저는 업 씨의 아버님을 모릅니다. 그러나 그때에 처음으로 알았습니다). 선생님께서도 의외이셨겠지요? 업 씨의 아버님이 그곳에 와 계신데 대하여는…… 그러나 저는 업 씨의 아버님이 그곳에 와 계신데 대하여서 업 씨의 아버님 자신으로부터 그 전말을 자세히 들었습니다. 그것은 이곳에서 아뢸 만한 것은 못 됩니다. (중략)

병석에서도 늘 해수욕복을 원한다는 소식을 저는 업 씨의 친구 되는 이들에게서 얻어들을 수 있었습니다. 선생님도 물론 잘 아시겠지요. 선생님! 감상이 어떠십니까? 무엇을 의미함이었든지 저는 업 씨의 원을 풀어드리고자 합니다.

선생님! 나머지 저의 월급이 몇 푼 있을 줄 생각합니다. 좌기 주소로 송부하여 주십시오.

오해 속에서 나온 오해의 글인 만큼 저는 당당히 닥쳐오는 오해를 인수할 만한 준비를 갖추어가지고 있습니다. 너무 기다란 글이 혹시 선생님께 폐를 끼치지 아니하였나 합니다. 관대하신 용서와 선생님의 건강을 빌며.

　　　　　　　　—○○통 ○정목 ○○ C 변명變名 ○○ 올림.

× × ×

그는 어디까지라도 자신을 비판하여 보았고 반성하여 보았다. 그는 다달이 잊지 않고 적지 않은 돈을 T 씨의 아내 손에 쥐여

주었다. T 씨의 아내는 그것을 차마 T 씨의 앞에 내놓지 못하였으리라. T 씨의 아내는 그것을 업에게 그대로 내주었으리라. 업은 그것을 가지고 경조부박한 도락에 탐하였으리라. 우연히 간호부를 만나 해수욕행까지 결정하였으리라. 애비(T 씨가) 다쳐서 드러누웠건만 집에는 한 번도 들르지 않는 자식, 그 돈을—그 피가 나는 돈을 그대로 철없고 방탕한 자식에게 내주는 어머니—그는 이런 것들이 미웠다. C 간호부만 하더라도 반드시 유혹의 팔길을 업의 위에 내밀었을 것이다. 그는 이것이 괘씸하였다.

그러나 한 장 C 간호부의 그 편지는 모든 그의 추측과 단안을 전복시키고도 오히려 남음이 있었다.

"역시 모—든 죄는 나에게 있다."

그의 속주머니에는 적지 아니한 돈이 들어 있었다. C 간호부는 삼층 한 귀퉁이 조그만 다다미방에 누워 있었다. 그 품에 전에 볼 수 없던 젖먹이 갓난아이가 들어 있었다.

"C 양! 과거는 어찌 되었든 지금에 이것은 도무지 어찌 된 일이오?"

"선생님! 아무것도 저는 말하고 싶지는 않습니다. 사람의 일생은 이렇게 죄악만으로 얽어서 놓지 아니하면 안 되는 것입니까?"

"C 양! 나는 그 말에 대답할 아무 말도 가지지 못하오. 오해와 용서! 그러기에 인류 사회는 그다지 큰 풍파가 없이 지지되어 가지 않소?"

"선생님! 저는 지금 아무것도 후회하지 않습니다. 모든 것을 다 후회하지 아니하면 아니 될 것이니까요. 선생님! 이것을 부탁합니다."

C 간호부의 눈에서는 맑은 눈물방울이 흘렀다. 그는 C 간호부의 내미는 젖먹이를 의식 없이 두 손으로 받아 들었다. 따뜻한 온기가 얼고 식어빠진 그의 손에서 전하여 왔다. 그때에 그는 누워 있는 C 간호부의 초췌한 얼굴에서 십여 년 전에 저세상으로 간 아내의 면영을 발견하였다. 그는 기쁨, 슬픔이 교착된 무한한 애착을 느꼈다. 그리고 C 간호부의 그 편지 가운데의 어느 구절을 생각 내어보기도 하였다. 그리고는 모든 C 간호부의 일들에 조건 없는 용서―라느니보다도 호의를 붙였다.

"선생님! 오늘 이곳을 떠나가시거든 다시는 저를 찾지는 말아 주셔요. 이것은 제가 낳은 것이라 생각하셔도 좋고, 안 낳은 것이라 생각하셔도 좋고, 아무쪼록 선생님 이것을 부탁합니다."

하려던 말도 시키려던 계획도 모두 허사로 다만 그는 그의 포켓 속에 들었던 돈을 C 간호부 머리 밑에 놓고는 뜻도 아닌 선물을 품에 안은 채 첫눈 부실거리는 거리를 나섰다.

'사람이란 그 추억의 사람과 같은 면영의 사람에게서 어떤 연연한 정서를 느끼는 것인가.'

이런 것을 생각하여도 보았다.

× × ×

업의 병세는 겨울에 들어서 오히려 점점 더하여 가는 것이었다. 전신은 거의 뼈만 남고 살아 있다고 볼 수 있는 것은 눈과 입, 이 둘뿐이었다. 그 방에는 윗목에는 철 아닌 해수욕 도구로 차 있었다. 업은 앉아서나 누워서나 종일토록 눈이 빠지게 그것만 바라보고 앉아 있었다.

"아버지—말쑥한 새 기와집 안방에 가 누워서 앓았으면 병이 나을 것 같애—아버지 기와집 하나 삽시다. 말쑥하고 정결한……."

업의 말이었다는 이 말이 그의 귀에 들자 어찌 며칠이라는 날짜가 갈 수 있으랴. 즉시 업의 유원有願은 풀릴 수 있었다. 새집에 간 지 이틀, 업은 못 먹던 밥도 먹었다. 집안사람들과 그는 기뻐하였다. 그저 한없이—

그러나 이미 때는 돌아왔다. 사흘 되던 날 아침(그 아침은 몹시 추운 아침이었다) 업은 해수욕을 가겠다는 출발이었다. 새 옷을 갈아입고 방문을 죄다 열어놓고 방 윗목에 쌓여 있는 해수욕 도구를 모두 다 마당으로 끄집어내게 하였다. 그리고는 그 위에 적지 않은 해수욕 도구의 산에 알코올을 들이부으라는 업의 명령이었다.

"큰아버지께 작별의 인사를 드리겠으니 좀 오시라고 그래주시오. 어서어서 곧—지금 곧."

그와 업의 시선이 오래—참으로 오래간만에 서로 마주쳤을 때 쌍방에서 다 창백색의 인광을 발사하는 것 같았다.

"불! 인제 게다가 불을 지르시오."

몽몽한 흑연이 둔한 음향을 반주시키며 차고 건조한 천공을 향하여 올라갔다. 그것은 한 괴기를 띤 그다지 성스럽지 않은 광경이었다.

가련한 백부의 그를 입회시킨 다음 업은 골수에 사무친 복수를 수행하였다(이것은 과연 인세의 일이 아닐까? 작자의 한 상상의 유희에서만 나올 수 있는 것일까?). 뜰 가운데에 타고 남아 있는 재 부스러기와 조금도 못함이 없을 때까지 그의 주름살 잡힌 심장도 아주 새까맣도록 다 탔다.

그날 저녁때 업은 드디어 운명하였다. 동시에 그의 신경의 전부도 다 죽었다. 지금의 그에게는 아무것도 없었다. 다만 아득하고 캄캄한 무한대의 태허가 있을 뿐이었다.

여―요에혜―요―그리고 종소리, 상두꾼의 입 고운 소리가 차고 높은 하늘에 울렸다.

그의 발은 마치 공중에 떠서 옮겨지는 것만 같았다. 심장이 타고, 전신의 신경이 운전을 정지하고―그의 그 힘없는 발은 아름다운 생기에 충만한 지구 표면에 부착될 만한 자격도 없는 것 같았다.

그의 눈앞에서는 그 몽몽한 흑연―업의 새집 마당에서 피어오르던 그 몽몽한 흑연의 인상이 언제까지라도 아른거려 사라지려고는 하지 않았다.

뼈만 남은 가로수도 넘어가고 나머지 빈약한 석양에 비추어가며 기운 시진해하는 건축물들도 공중을 횡단하는 헐벗은 참새의 떼들도―아니 가장 창창하여야만 할 대공大空 그것까지도―다―한 가지 흑색으로밖에는 그의 눈에 보이지 아니하였다. 그의 호흡하고 있는 산소와 탄산가스의 몇 리터도 그의 모세관을 흐르는 가느다란 핏줄의 그 어느 한 방울까지도 다― 흑색―그 몽몽한 흑연과 조금도 다름이 없는―이 아니라고는 그에게 느껴지지 않았다.

'나는 지금 어디를 향하여 가고 있는 것일까.'

'아니아니―이것이 나일까―이것이 무엇일까. 나일까, 나일

수가 있을까.'

가로등, 건축물, 자동차, 피곤한 마차와 짐 구루마―하나도 그의 눈에 이상치 아니한 것은 없었다.

'저것들은 다― 무슨 맛에 저 짓들이람!'

그러나 그의 본기를 상실치는 아니한 일신의 제 기관들은 그로 하여금 다시 그의 집으로 돌아가게 하지 않고는 두지 않았다.

손을 들어 그의 집 문을 밀어 열려 하여보았으나 팔뚝의 관절은 굳었는지 조금도 들리지는 않았다. 소리를 질러 집안사람들을 불러보려 하였으나 성대는 진동 관성을 망각하였는지 음성은 나오지 아니하였다.

'창조의 신은 나로부터 그 조종의 실줄을 이미 거두었는가?'

눈썹 밑에는 굵다란 눈물방울이 맺혀 있었다. 그러나 그 자신도 그것을 감각할 수 없었다. 그의 등 뒤에서 웬 사람인지 외투에 내려앉은 눈을 터느라고 옷자락을 흔들고 있었다.

"무엇을 그렇게 생각하고 있나?"

"응? 누구― 누구요."

"왜 그렇게 놀라나? 날세 나야."

M 군이었다. 병원에서 이제 돌아오는 길이었다.

"업이가 갔어―"

"응? 기어코?"

두 사람은 이 이상 더 이야기하지 않았다. 어둠침침한 그의 방 안에는 몇 권의 책이 시체와 같이 이곳저곳에 조리 없이 산재하여 있을 뿐이었다.

외풍이 반자[20]를 울리며 획 스쳤다.

"으아―."

"하하, 잠이 깼구나. 잘 잤느냐. 아아 울지 마라. 울 까닭은 없지 않으냐. 젖 달라고―아이, 고무젖꼭지가 어디 갔을까. 우유를 뎁혀놓았는지 원― 아아아, 울지 마라, 울지 말아야 착한 아이지― 아―이런 이런!"

가슴에 끓어오르는 무량한 감개를 그는 억제할 수 없었다. 그저 쏟아져 흐르기만 하는 그 뜨거운 눈물을 그 어린것의 뺨에 부비며 씻었다. 그리고 힘껏힘껏 그것을 껴안았다. 어린것은 젖을 얻어먹을 수 있을 때까지는 염치없는 울음을 그치지는 않았다.

× × ×

T 씨는 그대로 그 옆에 쓰러졌다. 구덩이는 벌써 반이나 팠다. 그때 T 씨는 그 옆에 쓰러졌다.

언 땅을 깨쳐가며 파는 곡괭이 소리―이리 뒤치적 저리 뒤치적 나가떨어지는 얼어 굳은 흙덩어리―다시는 모두어질 길 없는 만가輓歌의 토막과도 같이 처량한 것이었다.

사람들은 달려들어 T 씨를 일으켰다. T 씨의 콧구멍과 입 속으로는 속도 빠른 허―연 입김이 드나들었다. 그 옆에 서 있는 그의 서 있는 그의 모양―그 부동자세는 이 북망산 넓은 언덕에 헤어져 있는 수많은 묘표나 그렇지 아니하면 까막까치 앉아 날개 쉬는 헐벗은 마른나무의 그 모양과도 같았다.

20 지붕 밑이나 위층 바닥 밑을 편평하게 하여 치장한 각 방의 윗면.

관은 내려갔다. T 씨와 그 아내와 그리고 그의 울음은 이때 일시에 폭발하였다. 북망산 석양천에는 곡직착종曲直錯綜[21]된 곡성이 처량히 떠올랐다. 업의 시체를 이 모양으로 갖다 파묻고 터덜터덜 가던 그 길을 돌아 들어오는 그들의 모양은 창조주에게 가장 저주받은 것과도 같았고 도주하던 카인의 일행들의 모양과도 같았다.

× × ×

그는 잊지 아니하고 T 씨의 집을 찾았다. 그러나 업이 죽은 뒤의 T 씨의 집에는 한 바람이 하나 불고 있었다. 또 그러나 그가 T 씨의 집을 찾기는 결코 잊지는 않았다.

T 씨는 무엇인가 깊은 명상에 빠져서는 누워 있었다. T 씨는 일터에도 나가지 아니하였다. 다만 누워서 무엇을 생각하고 있을 뿐이었다.

"T!⋯⋯"

"⋯⋯."

그는 T 씨를 불러보았다. 그러나 T 씨는 대답이 없었다. 또 그러나 그에게도 무슨 할 말이 있어서 부른 것은 아니었다. 그는 쓸쓸히 그대로 돌아오기는 하였다. 그러나 이러한 방문이나마 그는 결코 게을리하지 아니하였다.

---

21 굽고 곧은 것이 복잡하게 뒤얽힘.

× × ×

　북부에는 하룻밤에 두 곳—거의 동시에 큰 화재가 있었다. 북풍은 집집의 풍령을 못 견디게 흔드는 어느 날 밤은 이 뜻하지 아니한 두 곳의 화재로 말미암아 일면의 불바다로 화하고 말았다. 바람 차게 불고 추운 밤임에도 불구하고 사람들은 원근에서 몰려 들어와서 북부 시가의 모든 길들은 송곳 한 개를 들어 세울 틈도 없을 만치 악머구리 끓듯 야단이었다. 경성의 소방대는 비상의 경적을 난타하며 총동원으로 두 곳에 나누어 모여들었다. 그러나 충천의 화세는 밤이 깊어갈수록 점점 더하여 가기만 하는 것이었다. 소방수들은 필사의 용기를 다하여 진화에 노력하였으나 연소의 구역은 각각으로 넓어만 가고 있을 뿐이었다. 기와와 벽돌은 튀고 무너지고 나무는 뜬숯이 되고 우지직 소리는 끊일 사이 없이 나고 기둥과 들보를 잃은 집들은 착착으로 무너지고 한 채의 집이 무너질 적마다 불똥은 천길만길 튀어 오르고 완연히 인간 세계에 현출된 활화 지옥이었다. 잎도 붙지 아니한 수목들은 헐벗은 채로 그대로 다 타 죽었다.

　불길이 삽시간에 자기 집으로 옮겨붙자 세간기명은 꺼낼 사이도 없이 한길로 뛰어나온 주민들은 어디로 갈 곳을 알지 못하고 갈팡질팡 방황하였다.

　"수길아!"

　"복동아!"

　"금순아!"

　다 각기 자기 자식을 찾았다. 그 무리들 가운데에는,

"업아! 업아!"

이렇게 소리 높이 외치며 쏘다니는 한 사람도 있었다. 그러나 정신의 조리를 상실한 그들 무리는 그 소리 하나쯤은 귓등에 담을 여지조차도 없었다. 두 구역을 전멸시킨 다음 이튿날 새벽에 맹렬하던 그 불도 진화되었다. 게다가 그 닭이 울던 이 두 동리는 검은 재의 벌판으로 변하고 말았다.

이같이 큰일에 이르기까지 한 그 불의 출화 원인에 대하여는 아무도 아는 사람이 없었다. 다만 그날 밤에는 북풍이 심하였던 것, 수 개의 소화전은 얼어붙어서 물이 나오지 아니하였던 까닭에 많은 소방수의 필사적 노력도 허사로 수수방관치 아니하면 아니 되었던 곳이 있었던 것 등을 말할 수 있을 뿐이었다.

× × ×

M 군과 그 가족은 인명이야 무사하였지만 M 군은 세간기명을 구하러 드나들다가 다리를 다쳤다.

이재민들은 가까운 곳 어느 학교 교사에 수용되었다. M 군과 그 가족도 그곳에 수용되었다.

M 군이 병들어 누운 옆에는 거의 전신이 허물이 벗다시피 된 그가 말뚝 모양으로 서 있었다. 초췌한 그들의 안모에는 인세의 괴로운 물질이 주름살 져 있었다.

그가 그 맹화 가운데에서 이리저리 날뛰었을 때,

'무엇을 찾으러―무슨 목적으로 내가 이러나.'

물론 자기도 그것을 알 수는 없었다. 첨편에 불이 붙어도 오히려 부동자세로 저립하고 있는 전신주와 같이 그는 멍멍히 서 있었다. 그때에 그의 머리에 벽력같이 떠오르는 그 무엇이 있었다. 얼마 전에 그가 간호부를 마지막 찾았을 때 C 간호부의 '이것을 잘 부탁합니다' 하던 그것이었다. 그는 그대로 맥진적으로 맹렬히 붙어 오르는 화염 속을 헤치고 뛰어 들어갔다. 그리하여 그 젖먹이를 가슴에 꽉 안은 채 나왔다. 어린것은 아직 젖이 먹고 싶지는 않았던지 잠은 깨어 있었으나 울지는 않았다. 도리어 그의 가슴에 이상히 힘차게 안겼을 제 놀라서 울었다.

'그렇지. 네 눈에는 이 불길이 이상하게 보이겠지.'

그러나 그의 옷은 눌었다. 그의 얼굴과 팔뚝을 데었다. 그러나 그는 뜨거운 것을 느낄 사이도 없었고 신경도 없었다. 타오르는 M 군과 그의 집, 병원, 그것들에 대하여는 조그만 애착도 없었다. 차라리 그에게는,

'벌써 타버렸어야 옳을 것이 여지껏 남아 있었지.'

이렇게 그의 가슴은 오래오래 묵은 병을 떠나버리는 것과 같이 그 불길이 시원하게 느껴졌다. 다만 한 가지 생명과도 바꿀 수 없는 보배를 건진 것과 같은 쾌감을 그 젖먹이에게서 맛볼 수 있었다.

× × ×

한 사람 중년 노동자가 자수하였다. 대화재에 싸여 있던 중첩한 의문은 일시에 소멸되었다.

'희유의 방화범!'

신문의 이 기사를 읽고 있는 그의 가슴 가운데에는 그 대화에 못지아니한 불길이 별안간 타오르고 있었다.

"T야! T야!"

T 씨는 그날 밤 M 군과 그의 집, 병원 두 곳에 그길로 불을 놓았다. 타오르지 않을까를 염려하여 병원에서 많은 알코올을 훔쳐 내어 부었다. 불을 그어 댄 다음 그길로 자수하려 하였으나 타오르는 불길이 너무도 재미있는 데 취하였고 또 분주 수선한 그때에 경찰에 자수를 한대야 신통할 것이 조금도 없을 것 같아서 그 이튿날 하기로 하였다.

날이 새자 T 씨는 곧 불터를 보러 갔다. 그것은 T 씨의 마음 가운데 상상한 이상 넓고 큰 것이었다. T 씨는 놀라지 아니할 수 없었다. 하루 이틀— T 씨는 차츰차츰 평범한 인간의 궤도로 복구하지 아니하면 아니 되게 되었다. 그러나 이대로 언제까지라도 끌고 갈 수는 없었다.

'희유의 방화범!'

경찰에 나타난 T 씨에게 세상은 의외에도 이러한 대명찰을 수여하였다.

× × ×

(모든 사건이라는 이름 붙일 만한 것들은 다— 끝났다. 오직 이제 남은 것은 '그'라는 인간의 갈 길을, 그리하여 갈 곳을 선택하며 지정하여 주는 일뿐이다. '그'라는 한 인간은 이제 인간의 인간에서 넘어야만 할 고개의 최후의 첨편에 저립하고 있다. 이

제 그는 그 자신을 완성하기 위하여 인간의 한 단편으로서의 종식을 위하여 어느 길이고 걷지 아니하면 아니 될 단말마다.

작자는 '그'로 하여금 인간 세계에서 구원받게 하여보기 위하여 있는 대로 기회와 사건을 주었다. 그러나 그는 구조되지 않았다. 작자는 영혼을 인정한다는 것이 아니다. 작자는 아마 누구보다도 영혼을 믿지 아니하는 자에 속할는지도 모른다. 그러나 그에게 영혼이라는 것을 부여치 아니하고는―즉 다시 하면 그를 구하는 최후에 남은 한 방책은 오직 그에게 영혼이라는 것을 부여하는 것 하나가 남았다)

황막한 벌판에는 흰 눈이 일면으로 덮여 있었다. 곳곳에 떨면서 있는 왜소한 마른나무는 대지의 동면을 수호하는 가련한 패잔병과도 같았다. 그 위를 하늘은 쉴 사이도 없이 함박눈을 떨구고 있다. 소와 말은 오직 외양간에서 울었다. 사람은 방 안으로 이렇게 세계를 축소시키고 있었다.

길을 걷는 사람이 있다. 다른 사람들이 걷기를 그친 황막한 이 벌판길을 걷는 사람이 있다.

그는 지금 어디로 가는지, 어디로부터 왔는지 알 길이 없었다. 벌판 가운데 어디로부터 어디까지나 늘어서 있는지 전신주의 전선은 찬 바람에 못 견디겠다는 듯이 '윙' 소리를 지르며 이 나라의 이 끝에서 이 나라의 저 끝까지라도 방 안에 들어앉아 있는 사람과 사람의 음신音信을 전하고 있다.

'기쁜 일도 있겠지. 그러나 또 생각하여 보면 몹시 급한 일도 있으렷다. 아무런 기쁜 일도 아무런 쓰라린 일도 다― 통과시켜

전할 수 있는 전신주에 늘어져 있는 전선이야말로 나의 혈관이나 모세관과도 같다고나 할까?'

까마귀는 날았다. 두어 조각 남아 있는 마른 잎은 두서너 번 조그만 재주를 넘으며 떨어졌다.

"깍! 깍!"

"왜 우느냐?"

그는 가슴을 내려다보았다. 어린것은 어느 사이엔지 그 품 안에 잠이 들었다.

"배나 고프지 않은지 원!"

도홍색 그 조그마한 일면 피부에는 두어 송이 눈이 떨어져서는 하잘것없이 녹아버렸다. 그러나 어린것은 잠을 깨려고도 차갑다고도 아니하는 채 숱한 눈썹은 아래로 덮여 추잡한 안계를 폐쇄시켰고 두 조그만 콧구멍으로는 찬 공기가 녹아서 드나들고 있었다.

선로가 나타났다. 잠들은 대지의 무장과도 같았다. 희푸르게 번쩍이는 그 쌍줄의 선로는 대지가 소유한 예리한 칼이 아니라고는 볼 수 없었다. 그는 선로를 건너서 단조로이 뻗쳐 있는 그 칼날을 쫓아서 한없이 걸었다.

"꽝! 꽝!"

수많은 곡괭이가 언 땅을 내리찍는 소리였다. 신작로 한편에는 모닥불이 피어 있었다. 푸른 연기는 건조 투명한 하늘로 뭉겨 올랐다. 추위는 별안간 몸을 엄습하는 것 같았다.

"꽝! 꽝!"

청등한 금속의 음향은 아직도 계속되었다. 그 소리는 이쪽으로 점점 가까이 들려온다. 그리고 그는 그 소리 나는 곳을 향하여 걷고 있었다. 그는 모닥불 가에 가 섰다. 확 끼치는 온기가 죽은 사람을 살릴 것같이 훈훈하였다.

'우선 살 것 같다—'

오므라들었던 전신의 근육이 조금씩 조금씩 풀어지는 것 같았다.

'불! 흥! 불—내 심장을 태우고 내 전신의 혈관과 신경을 불사르고 내 집 내 세간 내 재산을 불살라 버린 불! 이 불이 지금 나의 몸을, 이 얼어 죽게 된 나의 몸을 덥혀주다니! 장작을 하나씩 뜬숯을 만들고 있는 조그만 화염들! 장래에는 또 무엇 무엇을 살라 뜬숯을 만들려는지! 그것은 한 물체가 탄소로 변하는 현상에만 그칠까—산화 작용? 아하 좀 더 의미가 있지나 않을까? 그렇게 단순한 것인가?'

그의 눈앞에는 이제 한 새로운 우주가 전개되고 있었다. 그곳은 여지껏 그가 싸여 있던 그 검은빛의 분위기를 대신하여 밝은 빛의 정화된 공기가 있었다. 차디찬 무관심을 대신하여 동정이 있었고 사랑이 있었다. 그는 지금 일보 일보 그 세계를 향하여 전진을 계속하고 있는 것이었다.

'이리 오너라. 그대 배고픈 자여!'

이러한 소리가 들려왔다.

'이리 오너라, 그대 심혈의 노력에 보수 받지 못하는 자여!'

이러한 소리도 들렸다.

'그대는 노력을 버리지 말 것이야. 보수가 있을 것이니!'

이러한 소리가 또 들려오기도 하였다.

"꽝! 꽝!"

그때 이 소리는 그의 귀밑까지 와서 뚝 그쳤다. 그리하고는 왁자지껄하는 소리와 함께 많은 사람들이 그의 서 있는 모닥불 가에 모여들었다.

"불이 다― 꺼졌네!"

"장작을 좀 더 가져오지!"

굵은 장작이 징겨졌다. 마른 장작은 푸지직 소리를 지르며 타올랐다. 그리하여 검푸른 연기가 부근을 흐려놓았다.

"에―추워―에―뜨시다."

모든 사람들의 곱은 입술에서는 이런 소리가 흘러나왔다.

연기는 검고 불길은 붉었다. 푸지직 소리는 여전히 났다. 이제 그의 눈앞에 나타났던 새로운 우주는 어느 사이엔지 소멸되고 해수욕 도구를 불사르던 어느 장면이 환기되었다.

"불이냐! 불이냐!"

그의 심장은 높이 뛰었다. 그 고동은 가슴에 안겨 있는 어린것을 눌러 죽일 것 같았다. 그는 품 안의 것을 끌러서는 모닥불 곁에 내려놓았다. 그리고는 가슴을 확 풀어 헤치고 마음껏 그 불에 안겨보았다. 새로이 끼쳐오는 불기운은 그의 뛰는 가슴을 한층이나 더 건드려놓는 것 같았다.

무슨 동기로인지 그의 머리에는 알코올이라는 것이 연상되었다.

"엣? 불? 불이냐?"

어린것을 모닥불 곁에 놓은 채 그는 일직선으로 그 선로를 밟아 뛰어 달아나기를 시작하였다. 그의 시야를 속속으로 스쳐 지나가는 선로 침목이 끝없이 늘어놓여 섰을 뿐이었다. 그의 전신의 혈관은 이제 순환을 시작한 것 같았다.

"누구야, 누구야."

"앗!"

"누구야 — 어디 가는 거야?"

"아 — 저 불! 불!"

"하, , , !"

그의 전신은 사시나무 떨리듯 떨렸다.

"아 — 인제 죽을 때가 돌아왔나 보다! 아니 참으로 살아야 할 날이 돌아왔나 보다!"

그는 이렇게 생각하였다. 그 사람은 그의 그 모양을 조소와 경멸의 표정으로만 내려다보고 있었다. 그러나 이제야 최후로 새 우주가 그의 앞에는 전개되었던 것이다.

"여보십시오!"

그는 수작하기 곤란한 이 자리에서 이렇듯 입을 열어보았으나 별로 그 사람에 대하여 할 말은 없었다. 그는 몹시 머뭇머뭇하였다.

"왜 그러오?"

"저 — 오늘이 며칠입니까?"

"오늘? 12월 12일?"

"네!"

기적 일성과 아울러 부근의 시그널은 내려졌다. 동시에 남행 열차의 기다란 장사長蛇가 그들의 섰는 곳으로 향하여 달려왔다.

"여보, 여보, 기차! 기차!"

"……."

"여보, 여보, 저거! 이리 비켜!"

"……."

"앗!"

그는 지금 모―든 세상에 끼치는 많은 노력에도 불구하고 보수 받지 못하였던 모든 거룩한 성도들과 함께 보조를 맞추어 새로운 우주의 명랑한 가로를 걸어가고 있는 것이었다.

그의 눈에는 일상에 볼 수 없었던 밝고 신선한 자연과 상록수가 보였고, 그의 귀에는 일상에 들을 수 없었던 유량한 우아한 음악이 들려왔다. 그리고 그가 호흡하는 공기는 맑고 따스하고 투명하였고, 그가 마시는 물은 영겁을 상징하는 영험의 생명수였다. 그는 지금 논공행상에 선택되어 심판의 궁정을 향하여 걷고 있는 것이었다.

순간 후에 그의 머리에 얹혀질 월계수의 황금관을 생각할 때에 피투성이 된 그의 일신은 기쁨에 미쳐 뛰었다. 대자유를 찾아서 우주애를 찾아서 그는 이미 선택된 길을 걷고 있는 데 다름없었다.

그러나 또한 생각하여 보면 불을 피하여 선로 위에 떨고 섰던 그는 과연 어디로 갔던가.

그는 확실히 새로운 우주의 가로를 보행하였을 것이다. 그러나 또 그의 영락한 육체 위로는 무서운 에너지의 기관차의 차륜이 굴러 넘어갔는지도 모른다. 그리하여 그의 피곤한 뼈를 분쇄시키고 타고 남은 근육을 산산이 저며놓았는지도 모른다. 그리하여 기관차의 피스톤은 그의 해골을 이끌고 그의 심장을 이끌고 검붉은 핏방울을 칼날로 희푸르러 있는 선로 위에 뿌리며 십 리나 이십 리 밖에 있는 어느 촌락의 정거장까지라도 갔는지도 모른다. 모닥불을 쬐던 철로 공사의 인부들도 부근 민가의 사람들도 황황히 그곳으로 달려들었다. 그러나 아까에 불을 피하여 달아나던 그의 면영은 찾을 수도 없었다. 떨어진 팔과 다리, 동구眼球, 간장肝臟, 이것들을 차마 볼 수 없다는 가애로운 표정으로 내려다보며 새로운 우주의 가로를 걸어가는 그에게 전별의 마지막 만가를 쓸쓸히 들려주었다.

그 사람은 그가 십유여 년 방랑 생활 끝에 고국의 첫 발길을 실었던 그 기관차 속에서 만났던 그 철도국에 다닌다던 사람인지도 모른다. 사람은 이 너무나 우연한 인과를 인식지 못하는지도 모른다. 그러나 사람이 알거나 모르거나 인과는 그 인과의 법칙에만 충실스러이 하나에서 둘로, 그리하여 셋째로 수행되어 가고만 있는 것이었다.

"오늘이 며칠입니까?"

이 말을 그는 그 같은 사람에게 우연히 두 번이나 물었는지도 모른다. 따라서,

"12월 12일!"

이 대답을 그는 같은 사람에게서 두 번이나 들었는지도 모른다. 그러나 모든 것은 다― 그들에게 다만 모를 것으로만 나타나기도 하였다.

인과에 우연이 되는 것이 있을 수 있을까? 만일 인과의 법칙 가운데에서 우연이라는 것을 찾을 수 없다 하면 그 바퀴가 그의 허리를 넘어간 그 기관차 가운데에는 C 간호부가 타 있었다는 것을 어떻게나 사람은 설명하려 하는가? 또 그 C 간호부가 왁자지껄한 차창 밖을 내다보고 그리고 그 분골쇄신된 검붉은 피의 지도를 발견하였을 때 끔찍하다 하여 고개를 돌렸던 것은 어떻게나 설명하려 하는가? 그리고 C 간호부가 닫힌 차창에는 허연 성

에가 슬어 있었다는 것은 어찌나 설명하려는가? 이뿐일까. 우리
는 더욱이나 근본적 의아에 봉착할 수도 있다는 것이다.

만일 지금 이 C 간호부가 타고 있는 객차의 그 칸이 그적에 그
가 타고 오던 그 칸일 뿐만 아니라 그 자리까지도 역시 그 같은
자리였다 하면 그것은 또한 어찌나 설명하려느냐?

북풍은 마른나무를 흔들며 불어왔다. 먹을 것을 찾지 못한 참
새들은 전선 위에서 배고픔으로 추운 날개를 떨며 쉬고 있었다.

그가 피를 남기고 간 세상에는 이다지나 깊은 쇠락의 겨울이
었으나 그러나 그가 논공행상을 받으려 행진하고 있는 새로운
우주는 사시장춘이었다.

한 영혼이 심판의 궁정을 향하여 걸어가기를 이미 출발한 지
오래니 인생의 어느 한 구절이 끝난 것인지도 모른다. 그러나 사
람들 다 몰려가고 난 아무도 없는 모닥불 가에는 그가 불을 피하
여 달아날 때 놓고 간 그 어린 젖먹이가 그대로 놓여 있었다.

끼쳐오는 온기가 퍽 그 어린것의 피부에 쾌감을 주었던지 구
름 한 점 없이 맑게 개어 있는 깊이 모를 창공을 그 조그마한 눈
으로 뜻있는 듯이 쳐다보며 소리 없이 누워 있었다. 강보 틈으로
새어 나와 흔들리는 세상에도 조그맣고 귀여운 손은 일만 년의
인류 역사가 일찍이 풀지 못하고 그만둔 채의 대우주의 철리를
설명하고 있는 것인지도 모른다.

그러나 그 부근에는 그것을 알아들을 수 있는 《파우스트》의
노철학자도 없었거니와 이것을 조소할 범인들도 없었다.

어린것은 별안간 사람이 그리웠던지 혹은 배가 고팠던지 '으
아' 울기를 시작하였다. 그것은 동시에 시작되는 인간의 백팔번

뇌를 상징하는 것인지도 몰랐다.

"으아!"

과연 인간 세계에 무엇이 끝났는가. 기막힌 한 비극이 그 종막을 내리기도 전에 또 한 개의 비극은 다른 한쪽에서 벌써 그 막을 열고 있지 않은가?

그들은 단조로운 이 비극에 피곤하였을 것이나 그러나 그들은 그것을 연출하기도 결코 잊지는 아니하여 또 그것을 구경하기에도 결코 배부르지는 않는다.

"으아!"

어떤 사람은 이 소리를 생기에 충만하였다 일컬을는지도 모른다. 또한 그러할는지도 모른다. 그러나 이것이 확실히 인생극의 첫 막을 여는 사이렌인 것에도 틀림은 없다.

"으아!"

한 인간은 또 한 인간의 뒤를 이어 또 무슨 단조로운 비극의 각본을 연출하려 하는고.

그 소리는 오늘에만 '단조'라는 일컬음을 받을 것인가.

"으아!"

여전히 그 소리는 그치지 아니하려는가.

"으아!"

너는 또 어느 암로를 한번 걸어보려느냐. 그렇지 아니하면 일찍이 이곳을 떠나려는가. 그렇다. 그 모닥불이 다 꺼지고 그리고 맹렬한 추위가 너를 엄습할 때에는 너는 아마 일찍감치 행복의 세계를 향하여 떠날 수 있을는지도 모른다.

"으아!"

"으아!"

이 소리가 약하게 그리하여 점점 강하게 들려오고 있을 뿐이
었다.

— 〈조선〉, 1930. 2~12.

지도의 암실

기인 동안 잠자고 짧은 동안 누웠었던 것이 짧은 동안 잠자고 기인 동안 누웠었던 그이다. 네시에 누우면 다섯 여섯 일곱 여덟 아홉 그리고 아홉시에서 열시까지 이상—나는 이상이라는 한 우스운 사람을 안다. 물론 나는 그에 대하여 한쪽 보려 하는 것이거니와—은 그에서 그의 하는 일을 떼어 던지는 것이다. 태양이 양지짝처럼 내려쪼이는 밤에 비를 퍼붓게 하여 그는 레인코트가 없으면 그것은 어쩌나 하여 방을 나선다.

離三茅閣路到北停車場 坐黃布車去[1]

어떤 방에서 그는 손가락 끝을 걸린다. 손가락 끝은 질풍과 같이 지도 위를 걷는데 그는 많은 은광을 보았건만 의지는 걷는 것

1 이삼모각로도북정거장 좌황포차거. 삼모각로에서 북정거장까지 황포차를 타고 간다.

을 엄격케 한다. 왜 그는 평화를 발견하였는지 그에게 묻지 않고 으레 한 K의 바이블 얼굴에 그의 눈에서 나온 한 조각만의 보자기를 한 조각만 덮고 가버렸다.

옷도 그는 아니고 그의 하는 일이라고 그는 옷에 대한 귀찮은 감정의 버릇을 늘 하루에 한 번씩 벗는 것으로 이렇지 아니하냐 누구에게도 없이 반문도 하며 위로도 하여가는 것으로도 보아 안 버린다.

친구를 편애하는 야속한 고집이 그의 발간 몸덩이를 친구에게 그는 그렇게도 쉽사리 내어맡기면서 어디 친구가 무슨 짓을 하기도 하나 보자는 생각도 않는 못난이라고도 하기는 하지만 사실에 그에게는 그가 그의 발간 몸덩이를 가지고 다니는 무거운 노역에서 벗어나고 싶어 하는 갈망이다. 시계도 치려거든 칠 것이다 하는 마음보로는 한 시간 만에 세 번을 치고 삼분이 남은 후에 육십삼분 만에 쳐도 너 할 대로 내버려 두어버리는 마음을 먹어버리는 관대한 세월은 그에게 이때에 시작된다.

앙뿌르[2]에 봉투를 씌워서 그 감소된 빛은 어디로 갔는가에 대하여도 그는 한 번도 생각하여 본 일은 없이 그는 이러한 준비와 장소에 대하여 관대하니라 생각하여 본 일도 없다면 그는 속히 잠들지 아니할까 누구라도 생각지는 아마 않는다. 인류가 아직 만들지 아니한 글자가 그 자리에서 이랬다저랬다 하니 무슨 암시이냐가 무슨 까닭에 한번 읽어 지나가면 도무소용인인[3] 글자의 고정된 기술 방법을 채용하는 흡족지 않은 버릇을 쓰기를 버리지 않을까

---

2 ampoule. 전구.
3 '도무지 소용없는'의 뜻으로 보임.

를 그는 생각한다. 글자를 저것처럼 가지고 그 하나만이 이랬다저랬다 하면 또 생각하는 것은 사람 하나 생각 둘 말 글자 셋 넷 다섯 또 다섯 또또 다섯 또또또 다섯 그는 결국에 시간이라는 것의 무서운 힘을 믿지 아니할 수는 없다. 한번 지나간 것이 하나도 쓸데없는 것을 알면서도 하나를 버리는 묵은 짓을 그도 역시 거절치 않는지 그는 그에게 물어보고 싶지 않다. 지금 생각나는 것이나 지금 가지는 글자가 이따가 가질 것 하나 하나 하나 하나에서 모두씩 못쓸 것인 줄 알았는데 왜 지금 가지느냐. 안 가지면 고만이지 하여도 벌써 가져버렸구나. 벌써 가져버렸구나. 벌써 가졌구나. 버렸구나. 또 가졌구나. 그는 아파오는 시간을 입은 사람이든지 길이든지 걸어버리고 걷어차고 싸워대고 싶었다. 벗겨도 옷 벗겨도 옷 벗겨도 옷 벗겨도 옷인 다음에야 걸어도 길 걸어도 길인 다음에야 한군데 버티고 서서 물러나지만 않고 싸워대기만이라도 하고 싶었다.

앙뿌르에 불이 확 켜지는 것은 그가 깨이는 것과 같다. 하면 이렇다. 즉 밝은 동안에 불佛인지 마魔인지 하는 얼마쯤이 그의 다섯 시간 뒤에 흐리멍덩히 달라붙은 한 시간과 같다. 하면 이렇다. 즉 그는 봉투에 싸여 없어진지도 모르는 앙뿌르를 보고 침구 속에 반쯤 강잃아진 그의 몸뚱이를 보고 봉투는 침구다 생각한다. 봉투는 옷이다. 침구와 봉투와 그는 무엇을 배웠느냐. 몸을 내다 버리는 법과 몸을 주워 들이는 법과 미닫이에 광선 잉크가 암시적으로 쓰는 의미가 그는 그의 몸뚱이에 불이 확 켜진 것을 알라는 것이니까. 그는 봉투를 입는다. 침구를 입는 것과 침구를 벗는 것이다. 봉투는 옷이고 침구 다음에 그의 몸뚱이가 뒤집어쓰는 것으로 닳는다. 발갛게 앙뿌르에 습기 제하고 젖는다. 받아서는 내어던지고 집어서는 내어버리는 하루가 불이 들어왔다. 불이 꺼지자 시작된다. 역시 그렇구나. 오늘은 카렌더의 붉은빛이 내어 배었다고 그렇게 카렌더를 만든 사람이나 떼이고 간 사람이나가 마련하여 놓은 것을 그는 위반할 수가 없다. K는 그의 방의 카렌더의 빛이 K의 방의 카렌더의 빛과 일치하는 것을 좋아하는 선량한 사람이니까 붉은빛에 대하여 겸하여 그에게 경고하였느냐 그는 몹시 생각한다. 일요일의 붉은빛은 월요일의 흰빛이 있을 때에 못쓰게 된 것이지만 지금은 가장 쓰이는 것이로구나. 확실치 아니한 두 자리의 숫자가 서로 맞붙들고 그가 웃는 것을 보고 웃는 것을 흉내 내어 웃는다. 그는 카렌더에게 지지는 않는다. 그는 대단히 넓은 웃음과 대단히 좁은 웃음을 운반에 요하는 시간을 초인적으로 가장 짧게 하여 웃어버려 보여줄 수 있었다.

인사는 유쾌한 것이라고 하여 그는 게으르지 않다 늘. 투스브러시는 그의 이 사이로 와보고 물이 얼굴 그중에도 뺨을 건드려본다. 그는 변소에서 가장 먼 나라의 호외를 가장 가깝게 보며 그는 그동안에 편안히 서술한다. 지난 것은 버려야 한다고. 거울에 열린 들창에서 그는 이상―이상히 이 이름은 그의 그것과 똑같거니와―을 만난다. 이상은 그와 똑같이 운동복의 준비를 차렸는데 다만 이상은 그와 달라서 아무것도 하지 않는다 하면 이상은 어디 가서 하루 종일 있단 말이오 하고 싶어 한다.

그는 그 책임의무체육 선생 이상을 만나면 곧 경의를 표하여 그의 얼굴을 이상의 얼굴에다 문질러주느라고 그는 수건을 쓴다. 그는 이상의 가는 곳에서 하는 일까지를 묻지는 않았다. 섭섭한 글자가 하나씩 하나씩 섰다가 쓰러지기 위하여 나앉는다.

你上那兒去 而且 做甚麼[4]

슬픈 먼지가 옷에 옷을 입혀가는 것을 못 하여나가게 그는 얼른얼른 쫓아버려서 픽 다행하였다.

그는 에로센코[5]를 읽어도 좋다. 그러나 그는 본다. 왜 나를 못 보는 눈을 가졌느냐. 차라리 본다. 먹은 조반은 그의 식도를 거쳐서 바로 에로센코의 뇌수로 들어서서 소화가 되든지 안 되든지 밀려 나가던 버릇으로 가만가만히 시간관념을 그래도 아니 어기면서 앞선다. 그는 그의 조반을 남의 뇌에 떠맡기는 것은 견딜 수 없다고 견디지 않아버리기로 한 다음 곧 견디지 않는다. 그는 찾을 것을 곧 찾고도 무엇을 찾았는지 알지 않는다.

태양은 제 온도에 조을릴 것이다. 쏟아뜨릴 것이다. 사람은 딱 장벌러지처럼 뛸 것이다. 따뜻할 것이다. 넘어질 것이다. 새까만 팟조각이 뗑그렁 소리를 내며 떨어져 깨어질 것이다. 땅 위에 눌어붙을 것이다. 내음새가 날 것이다. 굳을 것이다. 사람은 피부에 검은빛으로 도금을 올릴 것이다. 사람은 부딪칠 것이다. 소리가 날 것이다.

사원에서 종소리가 걸어올 것이다. 오다가 여기서 놀고 갈 것이다. 놀다가 가지 아니할 것이다.

그는 여러 가지 줄을 잡아다니라고 그래서 성났을 때 내어거는 표정을 장만하라고 그래서 그는 그렇게 해 받았다. 몸덩이는 성나지 아니하고 얼굴만 성나 자기는 얼굴 속도 성나지 아니하고 살 껍데기만 성나 자기는 남의 모가지를 얻어다 붙인 것 같아

---

4 이상나아거 이차 주심마. 너는 어디 가서 무엇을 하려느냐?
5 러시아의 시인(1889~1952).

꽤 제 멋쩍었으나 그는 그래도 그것을 앞세워 내세우기로 하였다. 그렇게 하지 아니하면 아니 되게 다른 것들 즉 나무 사람 옷 심지어 K까지도 그를 놀리려 드는 것이니까. 그는 그와 관계없는 나무 사람 옷 심지어 K를 찾으러 나가는 것이다. 사실 바나나의 나무와 스케이팅 여자와 스커트와 교회에 가고 만 K는 그에게 관계없었기 때문에 그렇게 되는 자리로 그는 그를 옮겨놓아 보고 싶은 마음이다. 그는 K에게 외투를 얻어 그대로 돌아서서 입었다. 뿌듯이 쾌감이 어깨에서 잔등으로 걸쳐 있어서 비키지 않는다. 이상하고나 한다.

그의 뒤는 그의 천문학이다. 이렇게 작정되어 버린 채 그는 별에 가까운 산 위에서 태양이 보내는 몇 줄의 볕을 압정으로 꼭 꽂아놓고 그 앞에 앉아 그는 놀고 있었다. 모래가 많다. 그것은 모두 풀이었다. 그의 산은 평지보다 낮은 곳에 처져서 그뿐만 아니라 움푹 오므라들어 있었다. 그가 요술가라고 하자 별들이 구경을 온다고 하자 오리온의 좌석은 조기라고 하자 두고 보자 사실 그의 생활이 그로 하여금 움직이게 하는 짓들의 여러 가지라고는 무슨 몹쓸 흉내이거나 별들에게나 구경시킬 요술이거나이지 이쪽으로 오지 않는다.

너무나 의미를 잃어버린 그와 그의 하는 일들을 사람들 사는 사람들 틈에서 공개하기는 끔찍끔찍한 일이니까 그는 피난 왔다. 이곳에 있다. 그는 고독하였다. 세상 어느 틈사구니에서라도 그와 관계없이나마 세상에 관계없는 짓을 하는 이가 있어서 자꾸만 자꾸만 의미 없는 일을 하고 있어주었으면 그는 생각 아니할 수는 없었다.

JARDIN ZOOLOGIQUE[6]

CETTE DAME EST—ELLE LA FEMME DE MONSIEUR
LICHAN?[7]

앵무새 당신은 이렇게 지껄이면 좋을 것을 그때에 나는

OUI![8]

라고 그러면 좋지 않겠습니까 그렇게 그는 생각한다.

원숭이와 절교한다. 원숭이는 그를 흉내 내고 그는 원숭이를
흉내 내고 흉내가 흉내를 흉내 내는 것을 흉내 내는 것을 흉내
내는 것을 흉내 내는 것을 흉내 내다 견디지 못한 바쁨이 있어서
그는 원숭이를 보지 않았으나 이리로 와버렸으나 원숭이도 그를
아니 보며 저기 있어버렸을 것을 생각하면 가슴이 터지는 것과
같았다. 원숭이 자네는 사람을 흉내 내는 버릇을 타고난 것을 자
꾸 사람에게도 그 모양대로 되라고 하는가. 참지 못하여 그렇게
하면 자네는 또 하라고 참지 못해서 그대로 하면 자네는 또 하라
고 그대로 하면 또 하라고 그대로 하면 또 하라고 그대로 하여도
그대로 하여도 하여도 또 하라고 하라고. 그는 원숭이가 나에게
무엇이고 시키고 흉내 내고 간에 이것이 고만이다 딱 마음을 굳
게 먹었다. 그는 원숭이가 진화하여 사람이 되었는 데 대하여 결
코 믿고 싶지 않았을 뿐만 아니라 같은 에호바[9]의 손에 된 것이라
고도 믿고 싶지 않았으나 그의?

그의 의미는 대체 어디서 나오는가. 먼 것 같아서 불러오기 어

6 동물원.
7 이 부인은 귀하의 부인입니까?
8 예!
9 여호와.

164

려울 것 같다. 혼자 사는 것이 가장 혼자 사는 것이 되리라 하는 마음은 낙타를 타고 싶어 하게 하면 사막 너머를 생각하면 그곳에 좋은 곳이 친구처럼 있으리라 생각하게 한다. 낙타를 타면 그는 간다. 그는 낙타를 죽이리라. 시간은 그곳에 아니 오리라. 왔다가도 도로 가리라 그는 생각한다. 그는 트렁크와 같은 낙타를 좋아하였다. 백지를 먹는다. 지폐를 먹는다. 무엇이라고 적어서 무엇을 주문하는지 어떤 여자에게의 답장이 여자의 손이 포스트[10] 앞에서 한 듯이 봉투째 먹힌다. 낙타는 그런 음란한 편지를 먹지 말았으면. 먹으면 괴로움이 몸의 살을 무르게 하리라는 것을 낙타는 모르니 하는 수 없다는 것을 생각한 그는 연필로 백지에 그것을 얼른 뱉어놓으라는 편지를 써서 먹이고 싶었으나 낙타는 괴로움을 모른다.

정오의 사이렌이 호스와 같이 뻗쳐 뻗으면 그런 고집을 사원의 종이 땅땅 때린다. 그는 튀어 오르는 고무 뿔[11]과 같은 종소리가 아무 데나 함부로 헤어져 떨어지는 것을 보아갔다. 마즈막에는 어떤 언덕에서 종소리와 사이렌이 한데 젖어서 미끄러져 내려 떨어져 한데 쏟아져 쌓였다가 확 헤어졌다. 그는 시골 사람처럼 서서 끝난 뒤를까지 구경하고 있다. 그때 그는.

풀엄 위에 누워서 봄 내음새 나는 졸음을 주판에다 놓고 앉아있었다. 하나 둘 셋 넷 다섯 여섯 일곱 여덟 일곱 여섯 일곱 여섯 다섯 넷 다섯 여섯 일곱 여덟 아홉 여덟 아홉 여덟 아홉. 잠은 턱 밑에서 눈으로 들어가지 않는 것은 그는 그의 눈으로 물끄러미

10 우체통.
11 ball. 공.

바라다보면 졸음은 벌써 그의 눈알맹이에 회색 그림자를 던지고 있으나 등에서 비치는 햇볕이 너무 따뜻하여 그런지 잠은 번적번적한다. 왜 잠이 아니 오느냐. 자나 안 자나 마찬가지인 바에야 안 자도 좋지만 안 자도 좋지만 그래도 자는 것이 나았다고 하여도 생각하는 것이 있으니 있다면 그는 왜 이런 앵무새의 외국어를 듣느냐 원숭이를 가게 하느냐 낙타를 오라고 하느냐 받으면 내어버려야 할 것들을 받아 가지느라고 머리를 괴롭혀서는 안 되겠다. 마음을 몹시 상케 하느냐 이런 것인데 이것이나마 생각 아니하였으면 그나마 나을 것을 구태여 생각하여 본댔자 이따가는 소용없을 것을 왜 씨근씨근 몸을 달리노라고 얼굴과 수족을 달려가면서 생각하느니 잠을 자지 잔댔자 아니다 잠은 자야 하느니라 생각까지 하여놓았는데도 잠은 죽어라 이쪽으로 자그만큼만 더 왔으면 되겠다는데도 더 아니 와서 아니 자기만 하려 들어 아니 잔다. 아니 잔다면.

차라리 길을 걸어서 살 내어보이는 스커트를 보아서 의미를 찾지 못하여 놓고 아무것도 아니 느끼는 것을 하는 것이 차라리 나으니라. 그렇지만 어디 그렇게 번번이 있나 그는 생각한다. 버스는 여섯 자에서 조금 위를 떠서 다니면 좋다. 많은 사람이 탄 버스가 많으니 걸어가는 많은 사람의 머리 위를 지나가면 퍽 관계가 없어서 편하리라 생각하여도 편하다. 잔등이 무거워 들어온다. 죽음이 그에게 왔다고 그는 놀라지 않아본다. 죽음이 묵직한 것이라면 나머지 얼마 안 되는 시간은 죽음이 하자는 대로 하게 내버려 두어 일생에 없던 가장 위생적인 시간을 향락하여 보는 편이 그를 위생적이게 하여주겠다고 그는 생각하다가 그러면 그는 죽음에 견디는 세음이냐. 못 그러는 셈인 것을 자세히 알아내기 어려워 괴로워한다. 죽음은 평행사변형의 법칙으로 보일 샤를의 법칙으로 그는 앞으로 앞으로 걸어 나가는데도 왔다. 떠밀어 준다.

活胡同是死胡同 死胡同是活胡同[12]

그때에 그의 잔등 외투 속에서.

양복저고리가 하나 떨어졌다. 동시에 그의 눈도 그의 입도 그의 염통도 그의 뇌수도 그의 손가락도 외투도 잠뱅이도 모두 얼러 떨어졌다. 남은 것이라고는 단추 넥타이 한 리터의 탄산와사[13] 부스러기였다. 그러면 그곳에 서 있는 것은 무엇이었더냐 하여도 위치뿐인 폐허에 지나지 않는다. 그는 그런다. 이곳에서 흩어진 채 모든 것을 다 끝을 내어버려 버릴까 이런 충동이 땅 위에 떨어진 팔에 어떤 경향과 방향을 지시하고 그러기 시작하여 버리는 것이다. 그는 무서움이 일시에 치밀어서 성낸 얼굴의 성낸 성낸 것들을 헤치고 홱 앞으로 나선다. 무서운 간판 저 뒤에서 기웃이 이쪽을 내어다보는 틈틈이 들여다보이는 성내었던 것들의 싹둑싹둑된 모양이 그에게는 한없이 가엾어 보여서 이번에는 그러면 가엾다는 데 대하여 가장 적당하다고 생각하는 것은 무엇이니 무엇을 내어걸까 그는 생각하여 보고 그렇게 한참 보다가 웃음으로 하기로 작정한 그는 그도 모르게 얼른 그만 웃어버려서 그는 다시 걷어들이기 어려웠다. 앞으로 나선 웃음은 화석과 같

---

12 활호동시사호동 사호동시활호동. 사는 것이 어찌 죽은 것과 같고, 죽은 것이 어찌 사는 것과 같은가.
13 탄산가스.

이 화려하였다.

笑 怕 怒[14]

　시가지 한복판에 이번에 새로 생긴 무덤 위로 딱정벌러지에
묻은 각국 웃음이 헤뜨려 떨어뜨려져 모여들었다. 그는 무덤 속
에서 다시 한 번 죽어버리려고 죽으면 그래도 또 한 번은 더 죽
어야 하게 되고 하여서 또 죽으면 또 죽어야 되고 또 죽어도 또
죽어야 되고 하여서 그는 힘들여 한번 몹시 죽어보아도 마찬가
지지만 그래도 그는 여러 번 여러 번 죽어보았으나 결국 마찬가
지에서 끝나는 끝나지 않는 것이었다. 하느님은 그를 내어버려
두십니까. 그래 하느님은 죽고 나서 또 죽게 내어버려 두십니까.
그래 그는 그의 무덤을 어떻게 치울까 생각하던 끄트머리에 그
는 그의 잔등 속에서 떨어져 나온 근거 없는 저고리에 그의 무덤
파편을 주섬주섬 싸 그러모아 가지고 터벅터벅 걸어가 보기로
작정하여 놓고 그렇게 하여도 하느님은 가만히 있나를 또 그다
음에는 가만히 있다면 어떻게 되고 가만히 있지 않다면 어떻게
할 작정인가 그것을 차례차례 보아 내려가기로 하였다.

　K는 그에게 빌려주었던 저고리를 입은 다음 서양 시가렛처럼 극
장으로 몰려갔다고 그는 본다. K의 저고리는 풍기 취체 탐정처럼.

　그에게 무덤을 경험케 하였을 뿐인 가장 간단한 불변색이다.
그것은 어디를 가더라도 까마귀처럼 트릭을 웃을 것을 생각하는
그는 그의 모자를 벗어 땅 위에 놓고 그 가만히 있는 모자가 가
만히 있는 틈을 타서 그의 구두 바닥으로 힘껏 내려 밟아보아 버

---

14 소 파 노. 웃음 두려움 분노.

리고 싶은 마음이 종아리 살구뼈까지 내려갔건만 그곳에서 장엄히도 승천하여 버렸다.

남아 있는 박명의 영혼 고독한 저고리의 폐허를 위한 완전한 보상 그의 영적 산술 그는 저고리를 입고 길을 길로 나섰다. 그것은 마치 저고리를 안 입은 것과 같은 조건의 특별한 사건이다. 그는 비장한 마음을 가지기로 하고 길을 그 길대로 생각 끝에 생각을 겨우겨우 이겨가면서 걸었다. 밤이 그에게 그가 갈 만한 길을 잘 내어주지 아니하는 협착한 속을―그는 밤은 낮보다 빽빽하거나 밤은 낮보다 되다랗거나 밤은 낮보다 좁거나 하다고 늘 생각하여 왔지만 그래도 그에게는 별일 별로 없이 좋았거니와―그는 엄격히 걸으며도 유기된 그의 기억을 안고 초초(悄悄)히 그의 뒤를 따르는 저고리의 영혼의 소박한 자태에 그는 그의 옷깃을 여기저기 적시려 건설되지도 항해되지도 않는 한 성질 없는 지도를 그려서 가지고 다니는 줄 그도 모르는 채 밤은 밤을 밀고 밤은 밤에게 밀리고 하여 그는 밤의 밀집 부대의 속으로 속으로 점점 깊이 들어가는 모험을 모험인 줄도 모르고 모험하고 있는 것 같은 것은 그에게 있어 아무것도 아닌 그의 방정식 행동은 그로 말미암아 집행되어 나가고 있었다. 그렇지만.

그는 왜 버려야 할 것을 버리는 것을 버리지 않고서 버리지 못하느냐 어디까지라도 괴로움이었음에 변동은 없었구나 그는 그의 행렬의 마지막의 한 사람의 위치가 끝난 다음에 지긋지긋이 생각하여 보는 것을 할 줄 모르는 그는 그가 아닌 그이지 그는 생각한다. 그는 피곤한 다리를 이끌어 불이 던지는 불을 밟아가며 불로 가까이 가보려고 불을 자꾸만 밟았다.

我是二. 雖說沒給得三也我是三[15]

그런 바에야 그는 가자 그래서 스커트 밑에 번적이는 조그만 메탈에 의미 없는 베제[16]를 붙인 다음 그 자리에 서 있음 직이 있으려 하던 의미까지도 잊어버려 보자는 것이 그가 그의 의미를 잊어버리는 경과까지도 잘 잊어버리는 것이 되고 마는 것이라고 생각하게 되는 그는 그렇게 생각하게 되자 그렇게 하여지게 그를 그런 데로 내어던져 버렸다. 심상치 아니한 음향이 우뚝 섰던 공기를 몇 개 넘어뜨렸는데도 불구하고 심상치는 않은 길이어야만 할 것이 급기해하에는 심상하고 만 것은 심상치 않은 일이지만 그 일에 이르러서는 심상해도 좋다고 그래도 좋으니까 아무래도 좋게 되니까 아무렇다 하여도 좋다고 그는 생각하여 버리고 말았다.

LOVE PARRADE[17]

그는 답보를 계속하였는데 페이브먼트[18]는 후울훌 날으는 초콜릿처럼 훌훌 날아서 그의 구두 바닥 밑을 미끄러이 쏙쏙 빠져나가고 있는 것이 그로 하여금 더욱더욱 답보를 시키게 한 원인이라면 그것도 원인의 하나가 될 수도 있겠지만 그 원인의 대부분은 음악적 효과에 있다고 아니 볼 수 없다고 단정하여 버릴 만치 이날 밤의 그는 음악에 적지 아니한 편애를 가지고 있지 않을 수 없을 만치 안개 속에서 라이트는 스포츠를 하고 스포츠는 그에게 있어서는 마술에 가까운 기술로밖에는 아니 보이는 것이었다.

---

15 아시이 수설몰급득삼아아시삼. 나는 둘이다 비록 셋을 얻지 못했더라도 나는 셋이다.
16 baiser. 프랑스어로 '키스'를 뜻함.
17 영화 〈The Love Parade〉에서 유래함.
18 pavement. 인도·도로.

도어가 그를 무서워하며 뒤로 물러서는 거의 동시에 무거운 저기압으로 흐르는 고기압의 기류를 이용하여 그는 그 레스토랑으로 넘어졌다 하여도 좋고 그의 몸을 게다가 내어버렸다 틀어박았다 하여도 좋을 만치 그는 그의 몸뚱이의 향방에 대하여 아무러한 설계도 하여놓지는 아니한 행동을 직접 행동과 행동이 가지는 결정되어 있는 운명에 내어맡겨 버리고 말았다. 그는 너무나 돌연적인 탓에 그에게서 빠져 벗어져서 엎질러졌다. 그는 이것은 이 결과는 그가 받아서는 내어던지는 그의 하는 일의 무의미에서도 제외되는 것으로 사사오입 이하에 쓸어내었다.

그의 사고력을 그는 도막도막 내어놓고 난 다음에는 그 사고력 그가 도막도막 낸 것은 아니게 되어버린 다음에 그는 슬그머니 없어지고 단편들이 춤을 한 개씩만 추고 그가 물러 있음 직이 생각히는 데로 차례로 차례 아니로 물러버리니까 그의 지껄이는 것은 점점 깊이를 잃어버려지게 되니 무미건조한 그의 한 가지씩의 곡예에 경청하는 하나도 물론 없을 것이었지만 있었으나 그러나 K는 그의 새빨갛게 찢어진 얼굴을 보고 곧 나가버렸으니까 다른 사람 하나가 있다. 그가 늘 산보를 가면 그곳에는 커다란 바윗돌이 돌연히 있으면 그는 늘 그곳에 기대는 버릇인 것처럼 그는 한 여자를 늘 찾는데 그 여자는 참으로 위치를 변하지 아니하고 있으니까 그는 곧 기대인다. 오늘은 나도 화나는 일이 썩 많은데 그도 화가 났습니까 하고 물으면 그는 그렇다고 대답하기 전에 그러냐고 한번 물어보는 듯이 눈을 여자에게로 흘깃 떠보았다가 고개를 끄떡끄떡하면 여자도 곧 또 고개를 끄떡끄떡하지만 그 의미는 퍽 다른 줄을 알아도 좋고 몰라도 좋지만 그는 알지 않는다. 오늘 모두 놀러 갔다가 오는 사람들뿐이 퍽 많은데 그도 놀러 갔었더랍니까 하고 여자는 그의 쪽 들어간 뺨을 쏙 씻겨 쓰다듬어주면서 물어보면 그래도 그는 그렇다고 그래버린다. 술을 먹는 것은 그의 눈에는 수은을 먹는 것과 같이밖에는 아니 보이게 아파 보이기 시작한 지는 퍽 오래되었는데 물론 그러니까 그렇지만 그는 술을 먹지 아니하며 커피를 마신다. 여자는 싫다는 소리를 한 번도 하지 아니하고 술을 마시면 얼굴에 있는 눈가앗이 대단히 벌게지면 여자의 눈은 대단히 성질이 달라지면 마음은 사자와 같이 사나워져 가는 것을 그가 가만히 지키고 앉아 있노라면 여자는 그에게 별짓을 다 하여도 그는 변하려는 얼굴의 표정의 먹살을 꽉 붙들고 다시는 놓지 않으니까 여자는 성이 나서 이빨로 입술을 꽉 깨물어서 피를 내고 축음기와 같은 국어로 그에게 향하여 가느다랗고 길게 막 퍼부어도 그에게는 아무렇지도 않다. 여자는 운다. 누가 그 여자에게 그렇게 하는 버릇이 여자에게 붙어 있는 줄 여자는 모르는지 그가 여자의 검은 꽃 꽂힌 머리를 가만히 쓰다듬어주면 너는 고생이 자심하냐는 말을 의례히 하는 것이라 그렇게 그도 한 줄 알고 여자는 그렇다고 고개를 테이블 위에 엎드려 올려놓은 채 좌우로 조금 흔드는 것은 그렇지 않다는 말은 아니고 상하로 흔들 수는 없는 까닭인 증거는 여자는 곧 눈물이 글썽글썽한 얼굴을 들어 그에게로 주면서 팔뚝을 훌훌 걷으면서 자 보십시오 이렇게 마르지 않았습니까 하고 암만 내어밀어도 그에게는 얼마큼에서 얼마큼이나 말랐는지 도무지 알 수가 없어서 그렇겠다고 그저 간단히 건드려만 두면 분한 듯이 여자는 막 운다.

아까까지도 그는 저고리를 이상히 입었었지만 지금은 벌써 그는 저고리를 입은 평상시를 걷는 그이고 말아버리게 되어서 길을 걷는다. 무시무시한 하루의 하루가 차츰차츰 끝나 들어가는구나 하는 어둡고도 가벼운 생각이 그의 머리에 씌운 모자를 쓰면 벗기고 쓰면 벗기고 하는 것과 같이 간질간질 상쾌한 것이었다. 조금 가만히 있으라고 앙뿌르의 씌워진 채로 있는 봉투를 벗겨 놓은 다음 책상 위에 있는 여러 가지 책을 하나씩 둘씩 셋씩 넷씩 트럼프를 섞을 때와 같이 섞기 시작하는 것은 무엇을 찾기 위한 섞은 것을 차곡차곡 추리는 것이 그렇게 보이는 것이지만 얼른 나오지 않는다. 시계는 여덟시 불빛이 방 안에 환하여도 시계는 친다든가 간다든가 하는 버릇을 조금도 변하지는 아니하니까 이때부터쯤 그의 하는 일을 시작하면 저녁밥의 소화에는 그다지 큰 지장이 없으리라 생각하는 까닭은 그는 결코 음식물의 완전한 소화를 바라는 것은 아니고 대개 웬만하면 그저 그대로 잊어버리고 내어버려 두리라 하는 그의 음식물에 대한 관념이다.

백지와 색연필을 들고 덧문을 열고 문 하나를 연 다음 또 문 하나를 연 다음 또 열고 또 열고 또 열고 또 열고 인제는 어지간히 들어왔구나 생각되는 때쯤 하여서 그는 백지 위에다 색연필을 세워놓고 무인지경에서 그만이 하다가 고만두는 아름다운 복잡한 기술을 시작하니 그에게는 가장 넓은 이 벌판 이 밝은 밤이어서 가장 좁고 갑갑한 것인 것 같은 것은 완전히 잊어버릴 수 있는 것이다. 나날이 이렇게 들어갈 수 있는 데까지 들어갈 수 있는 한도는 점점 늘어가니 그가 들어갔다가는 언제든지 처음 있던 자리로 도로 나올 수는 염려 없이 있다고 믿고 있지만 차즘차

즘 그렇지도 않은 것은 그가 알면서도는 그러지는 않을 것이니까 그는 확실히 모르는 것이다.

이런 때에 여자가 와도 좋은 때는 그의 손에서 피곤한 연기가 무럭무럭 기어오르는 때이다. 그 여자는 그 고생이 자심하여서 말랐다는 넓적한 손바닥으로 그를 뚜덕뚜덕 두드려주어서 잠자라고 하지만 그는 여자는 가도 좋다 오지 않아도 좋다고 생각하는 것이지만 이렇게 가끔 정말 좀 와주었으면 생각도 한다. 그가 만일 여자의 뒤로 가서 바지를 걷고 서면 그는 있는지 없는지 모르게 되어버릴 만큼 화가 나서 말랐다는 여자는 넓적한 체격을 그는 여자뿐 아니라 아무에게서도 싫어하는 것이다. 넷―하나 둘 셋 넷 이렇게 그 거추장스러이 굴지 말고 산뜻이 넷만 쳤으면 여북 좋을까 생각하여도 시계는 그러지 않으니 아무리 하여도 하나 둘 셋은 내어버릴 것이니까 인생도 이럭저럭하다가 그만일 것인데 낯모를 여인에게 웃음까지 산 저고리의 지저분한 경력도 흐지부지 다 스러질 것을 이렇게 마음 졸일 것이 아니라 앙뿌르에 봉투 씌우고 옷 벗고 몸덩이는 침구에 떠내어 맡기면 얼마나 모든 것을 다 잊을 수 있어 편할까 하고 그는 잔다.

— 〈조선〉, 1932. 3.

휴업과 사정

　삼 년 전이 보산과 SS와 두 사람 사이에 끼어 들어앉아 있었다. 보산에게 다른 갈 길 이쪽을 가르쳐주었으며 SS에게 다른 갈 길 저쪽을 가르쳐주었다. 이제 담 하나를 막아놓고 이편과 저편에서 인사도 없이 그날그날을 살아가는 보산과 SS 두 사람의 삶이 어떻게 하다가는 가까워졌다 어떻게 하다가는 멀어졌다 이러는 것이 퍽 재미있었다. 보산의 마당을 둘러싼 담 어떤 점에서부터 수직선을 끌어놓으면 그 선 위에 SS의 방의 들창이 있고 그 들창은 그 담의 맨 꼭대기보다도 오히려 한 자와 가웃을 더 높이 나 있으니까 SS가 들창에서 내어다보면 보산의 마당이 환히 다 들여다보이는 것을 보산은 적지 아니 화를 내며 보아 지내왔던 것이다. SS는 때때로 저의 들창에 매달려서는 보산의 마당의 임의의 한 점에 침을 뱉는 버릇을 한두 번 아니 내는 것을 보산은 SS가 들키는 것을 본 적도 있고 못 본 적도 있지만 본 적만 쳐서 헤어도 꽤 많다. 어째서 남의 집 기지에다 대고 함부로 침을 뱉느냐 대체 생각이 어떻게 들어가야 남의 집 마당에다 대고 침을 뱉고 싶은 생각이 먹힐까를 보산은 알아내기가 퍽 어려워서 어떤 때에는 그럼 내가 어디 한번 저 방 저 들창에 가 매달려 볼까 그러면 끝끝내는 나도 이 마당에다 대고 침을 뱉고 싶은 생각이 떠오르고야 말 것인가 이렇게까지 생각하고 하고는 하였지만 보산은 아직 한 번도 실제로 그 들창에 가 매달려 본 적은 없다고는 하여도 보산의 SS의 그런 추잡스러운 행동에 대한 악감이나 분노는 조금도 덜어지지는 않은 채로 이전이나 마찬가지다. 아침 오후 두시―보산의 아침 기상 시간은 대개 오후에 들어가서야 있는데 그러면 아침이라고 할 수는 없지만 그날로서는 제일 첫 번 일어나는 것이니까 아침이라고 하는 것이 좋다―에 일어나서 투스브러시를 입에 물고 뒤지를 손아귀에 꽉 쥐고 마당에 내려서면 보산은 위선 SS의 얼굴을 찾아보면 의례히 그 들창에서 눈에 띄는 법이었다. SS는 보산을 보자마자 기다렸던 듯이 침을 큼직하게 한입 뿌듯이 그러모아서 이쪽 보산의 졸음 든 얼깨인 얼굴로 머뭇거리는 근처를 겨냥 대어서 한 번에 뱉는다. 그 소리는 퍽 완전한 것으로 처음 SS의 입을 떠날 때로부터 보산의 마당 정해진 어느 한군데 땅―흙 위에 떨어져 약간의 여운 진동을 내며 흔들리다가 머물러 주저앉아 버릴 때까지 거의 교묘한 사격이 완료된 것과 같은 모양으로 듣(고보)는 사람으로 하여금 부족한 감이 없을 만하게 얌전한 것이다. 단번에 보산은 얼이 빠져버려서 벙하니 장승 모양으로 섰다가는 다시 정신을 잘 가다

들어가지고 증오와 모욕이 가득 찬 눈초리로 그 무례한 침략자 SS의 침 가까이로 가만가만히 다가서는 것이다. 빛깔은 거의 SS의 소화 작용의 일부분을 담당하는 타액선의 분비물이라고는 볼 수 없을 만치 주제가 남루하며 거의 침이라는 체면을 유지하지 못하고 있는 꼴이 보산의 마음을 비록 잠시 동안이나마 몹시 센티멘털하게 한다.

SS는 그의 귀중한 침으로 하여 나의 앞에 이다지 사나운 주제를 노출시켜 사사로이 명예의 몇 부분을 훼손시키는 딱한 일이 무엇이 SS에게 기쁨이 되는 것일까 보산은 때마침 탄식하였다.

변소에서 보산의 앞에 막혀 있는 널 담벼락은 보산에게 있어서는 종이를 얻는 시간이 널이 얻는 시간보다도 훨씬 더 많을 만치 의례히 변소에 들어온 보산에게 맡겨서는 종이 노릇을 하는 것이다. 종이 노릇을 하노라면 보산은 여지없이 여러 가지 글을 썼다가 여지없이 여러 번 지우고 말아버린다. 어떤 때에는 사람 된 체면으로서는 도저히 적을 수 없는 끔찍끔찍한 사건을 만들어서 단연히 그 위에다 적어놓고 차곡차곡 내려 읽는다. 그리고 난 다음에는 또 짓는다. 보산은 SS의 그런 나날이 의좋지 못한 도전적 태도에 대하여서 생각하여 본다. 결코 SS에게는 보산에게 대하여 악의가 없는 것을 보산이 알기는 쉬웠으나 그러나 그러면 왜 그 들창에서 앞으로 백팔십 도의 넓은 전개를 가졌으면서도 구태여 이 마당을 향하여 침을 뱉느냐. 그리고도 아주 천연스러운 시치미를 딱 뗀 얼굴로 앞 전망을 내어다보거나 들창을 닫거나 하는 것은 누가 보든지 혹은 도전적 태도라고 오해하기 쉽지 않은가를 SS는 알 만한데도 모르는가 모르는 체하는가 그것을 물어보고 싶지만 나는 그까짓 뚱뚱보 SS 같은 자와는 말을 주고받기는 싫으니까 그러면 나는 그대로 내어버려 두겠느냐 날마다 똑같은 일이 똑같은 정도로 계속되는 것은 인생을 심심하게 하는 것이니까 나에게 있어서 그보다도 더 무서운 일은 다시 없겠으니 하루바삐 그것을 물리쳐야 할 것인데 그러면 나는 SS의 부인에게 편지를 쓰리라. SS 군에게.

군은 그사이 안녕한지에 대하여 소생은 이미 다 짐작하였노라. 그것은 날마다 때때로 그 들창에 나타나는 군의 얼굴의 산 문어와 같은 붉은빛과 그리고 나날이 작아 들어가는 군의 눈이 속히속히 나에게 군의 건강 상태의 일진월장을 증명하며 보여주는 것이다. 나의 건강 상태에 대하여서는 말할 것 없고 다만 한 가지 항의하는 것은 다른 것이 아니라 군은 대체 어찌하여 그 들창에 매달린 즉은 반드시 나의 집 마당에다 대고—그것도 반드시 나의 똑바로 보고 섰는 앞에서—침을 뱉는가. 군은 도무지가 외면에 나타나서 사람의 심리를 지배하지 아니치 못하는 미관이라는 데 대하여 한 번이라도 고려하여 본 일이 있는가. 또는 위생이라는 관념에서 불결이 여하히 사람의 육체뿐만 아니라 정신적으로도 사람에게 해를 끼치는가를 아는가 모르는가. 바라건댄 군은 속히 그 비신사적 근성을 버리는 동시에 침 뱉는 짓을 근신하라. 이만—

이런 편지를 써서는 떡 SS의 부인에게 먼저 전하여 주면 SS의 부인은 반드시 이것을 읽으리라. 읽고 난 다음에는 마음 가운데에 이는 분노와 모욕의 염을 이기지 못하여 반드시 남편 SS에게 육박하리라—여보 대체 이런 창피를 왜 당하고 있단 말이오 당신은 도야지만도 못한 사람이오 하고 들이대면 뚱뚱보 SS는 반드시 황겁하여 아아 그런가 그렇다면 오늘부터라도 그 침 뱉는 것만은 고만두지. 뱉을지라도 보산의 집 마당에다 대고 뱉지 않으면 고만이지 창피할 것이야 무엇이 있나. 이러면 SS의 부인은 화가 막 법곡[1]까지 치받쳐서 편지를 짝짝 찢어버리고 그만 울고 말 것이니까 SS는 그러면 내 다시는 침 뱉지 않으리라 그래가면서 드디어 항복하고 말 것이다. 아아 그러면 된다. 보산은 기쁜 생각이 아침의 기분을 상쾌히 한 것을 좋아하면서 변소를 나서면 삼십분이라는 적지 아니한 시간이 없어졌다. 나와보면 아직도 SS는 들창에 매달려 있으며 보산이 이리로 어슬렁어슬렁 걸어오면서 싱글싱글 웃는 것을 보자마자 또 침을 큼직하게 한번 탁 뱉었다. 역시 이번에도 보산의 마당의 가까운 한 점에 가래가 떨어진다. 그것을 보는 보산은 다시 화가 치뻗쳐서 어찌할 길을 모르고 투스브러시를 빼서 던지고 물을 한입 문 다음 움질움질하여 가지고 SS의 들창 쪽을 향하여 확 뿜어본다. 이리하기를 서너 번이나 하다가 나중에는 목젖에다 넘겨가지고 그렁그렁해 가지고는 여러 번 해매내이면 SS도 견딜 수 없다는 듯이 마지막으로 침을 한번 탁 뱉은 다음에 들창을 홱 닫쳐버리고 SS의 그 보산의 두 곱절이나 되는 큰 대가리는 자취를 감춰버리고야 말았다. 보산은 세숫대야에다 손을 꽂아 담그고는 오늘 싸움에는 대체 누가 이겼나 자칫하면 저 뚱뚱보 SS가 이긴 것인지도 모른다 그렇지만 십상팔구는 내가 이긴 것이다. 그렇게 생각하여 버리면 상쾌하기

---

1 보꾹. 지붕의 안쪽. 여기서는 화가 머리끝까지 났다는 의미.

는 하나 도무지 한구석에 꺼림칙한 생각이 남아 있어 씻겨 나가지를 않아서 보산은 세수를 하는 동안에 몹시도 고생을 한다. 노랫소리가 들려온다. SS의 오지 뚝배기 긁는 소리 같은 껄껄한 목소리다. 아하 그러면 SS가 이긴 모양이다. 그렇지 않고야 저렇게 유쾌한 목소리로 상규를 일한[2] 높고 소란한 목소리로 유유히 노래를 부를 수야 있을 수가 있을까. 보산은 사지가 별안간 저상㶗하여 초췌한 얼굴빛을 차마 남에게 보여줄 수가 없어서 뜨거운 물에다 야단스럽게 문질러대인다. 문득 보산을 기쁘게 할 수 있는 죽어가는 보산을 살려낼 수 있는 생각 하나가 보산의 머릿속에 떠오른다. 옳다 되었다. 나도 저렇게 노래를 부르면 고만이 아닌가 나도 개선가를 부르면.

삭풍은 나무 끝에 불고 명월은 눈 위에 찬데
만리변성에 일장검 짚고 서서
수파람 한 큰 소리에 거칠 것이 없어라.

꼭 한 시간만 자고 일어날까. 그러면 네시 또 조금 있다가는 밥을 먹어야지 아니지 다섯시 왜 그러냐 하면 소화가 안 되니까 한 시간은 앉았다가 네시에 드러누우면 아니지 여섯시 왜 그러냐 하면 얼른 잠이 들지 아니하고 적어도 다섯시까지 한 시간을 끌 것이니까 여섯시 여섯시에 일어나서야 전깃불이 모두 들어와 있을 것이고 해도 져서 도로 밤이 되어 있을 터이고 저녁 밤 끼

2 '상규'란 널리 적용되는 규칙. 또는 사물의 표준. 따라서 일상 규범을 벗어났다는 뜻.

도 벌써 지났을 것이니 그래서야 낮에 일어났다는 의의가 어느 곳에 있는가. 공원으로 산보를 가자. 나무도 보고 바위도 보고 소학교 아이들도 보고 빨래하는 사람도 보고 산도 보고 시가지를 내려다도 보고 매우 효과적이고 의미심장한 일이 아닐까. 보산은 곧 일어나서 문간을 나선다.

공원은 가까이 바로 산 밑에서 산과 닿아 있으니 시가지에서 찾을 수 없는 신선한 공기와 청등한 경치가 늘 사람을 기다리고 있는 곳으로 보산은 그러한 훌륭한 장소가 자기 집 바로 가까이 있다는 것을 퍽 기뻐하여 믿음직하게 여겨오는 것이다. 가지는 않지만 언제라도 가고 싶으면 곧 갈 수 있지 않으냐. 이다지 불결한 공기 속에서 살아간다고 하지만 신선한 공기가 필요한 때에는 늘 곁에 있다는 것을 생각할 수 있으며 또 곧 가서 충분히 마시고 올 수가 있지 아니하냐. 마시지는 않는다 하여도 벌써 심리적으로는 마신 것과 마찬가지가 아니냐. 사람에게는 생리적으로보다도 심리적으로 위생이 더 필요한 것이 아닐까. 그런고로 보산은 늘 건강 지대에서 살고 있는 것과 조금도 다름이 없는 것이 아닐까. 아니 차라리 더한층 나은 것이 아닐까. 때로는 비록 보산일망정 이렇게 신선한 공기를 마시러 공원으로 산보를 가고 있지 아니하냐. 보산의 마음은 기뻐졌다.

문간을 나서자 보산은 SS를 만났다. 느니보다도 SS가 SS의 집 문간에 나와 있는 것을 보지 않을 수 없었다. SS는 그 바위만 한 가슴과 배 사이 체내로 치면 횡격막의 위치 부근에다 SS의 딸 어린아이를 안고 나와 서 있다. 느니보다도 어린아이는 바위 위에

열렸거나 올려놓아 앉아 있거나 달라붙어 매달려 있거나의 어느
하나이었다.

　——에 끔찍끔찍이도 흉한 분장이로군 저것이 가면이라면?

　엣 엣 에엣——

　뚱뚱보 SS의 뇌는 대단히 나쁠 것은 정한 이치다. 그렇지 아니
하고야 그런 혹은 이런 추태를 평연히 노출시키지는 대개 아니
할 것이니까. 보산은 이렇게 생각하며 못내 그 딸 어린아이를 불
쌍히 여기노라고 한참이나 애를 쓴 이유는 어린아이도 따라서
뇌가 나쁘리라 장래 어린아이의 시대가 돌아왔을 때에는 뇌가
나쁜 사람은 오늘의 뇌가 나쁜 사람보다도 훨씬 더 불행할 것이
틀림없을 것이니까. SS는 어린아이의 장래 같은 것은 꿈에도 생
각할 줄 모르는가. 왜 스스로 뇌를 개량치를 않는가. 아니 그것은
이미 할 수 없는 일이라고 하자 하여도 왜 피임법을 써서 불행함
에 틀림없을 딸 어린아이를 낳기를 미연에 막지 않았는가. 그것
도 SS가 뇌가 나쁜 까닭이겠지만 참으로 딱하고도 한심한 일이라
고 볼 수밖에 없을 것이다. SS의 딸 어린아이는 벌써 세 살 딸 어
린아이의 시대도 머지 아니하였으니 SS나 나이나 그 어린아이의
얼마나 불행한가를 눈으로 바로 볼 것이니 그것은 견딜 수 없는
일이다. 차라리 SS에게 자살을 권할까. 그렇지만 뇌가 나쁜 SS로
서는 이것을 나의 살인 행위로밖에는 해석지 아니할 것이니 SS가
자살할 수 있을까는 쉽지도 않은 일이다. 보산은 다시는 SS의 딸
어린아이를 안고 문간에 나와 선 사나운 모양은 보지 아니하리
라 결심하려 하였으나 그것은 도저히 보산의 마음대로 되는 일

은 아닐 터이니까고 결심하는 것까지는 고만두기로 하였으나 될 수 있으면 피할 도리를 강구할 것을 깊이 마음 가운데에 먹어두기로 하였다. 또 하나 옳다 그러면 SS에게 그렇지 아니하면 SS의 부인에게 피임법에 관한 비결을 몇 가지만 적어서 보낼까. 그렇게 하자면 나는 흥미도 없는 피임법에 관한 책을 적어도 몇 권은 읽어야 할 터이니 그것도 도무지 귀찮은 일이다 고만두자. 그러자니 참으로 SS의 부부와 딸 어린아이는 불행하고 나를 생각하면 보산은 또 한 번 마음이 센티멘털하여 들어오는 것을 느끼지 아니할 수는 없었다.

밤이 이슥히 보산의 한낮이 다다라 와 있었다. 얼마 있으면 보산의 오정이 친다. 보산은 고인의 말대로 보산이 얼마나 음양에 관한 이치를 잘 이해하여 정신 수양을 하고 있는 것인가를 다른 사람들은 하나도 모르는 것이 섭섭하기도 하였으며 또는 통쾌하기도 하였다. 보산은 보산의 정신 상태가 얼마나 훌륭히 수양되어 있는 것인가 모른다는 것을 마음속에 굳게 믿어오고 있는 것이었다. 양의 성한 때를 잠자며 음의 성한 때를 깨어 있어 학문하는 것이 얼마나 이치에 맞는 일인가 세상 사람들아 왜 모르느냐 도탄에 묻힌 현대 도시의 시민들이 완전히 구조되기에는 그들이 빠져 있는 불행의 깊이가 너무나 깊어버리고 만 것이로구나 보산은 가엾이 여긴다. 읽던 책을 덮으며 그는 종이를 내어놓아 시를 쓴다.

세상에서 땅바닥에 달라붙어 뜯어먹고 사는 천하 인간들의 쓰는 시와는 운소로 차가 나는 훌륭한 시를 보산은 몇 편이나 몇 편이나 써놓는 것이건만 그 대신 세상 사람들은 그의 시를 이해하여 줄 리가 없는 과대망상으로밖에는 볼 수 없는 것이었다. 이것을 보산 혼자만이 설워하고 있으니 누가 보산이 이것을 설워하고 있다는 것조차 알아줄 이가 있을까. 보산은 보산이야말로 외로운 사람이라고 그렇게 정하여 놓고 앉아 있노라면 눈물 나는 한 구 고인의 글이 그의 머리에 떠오른다. 보산을 위로한답시고 보산아 보산아 들어보아라.

德不孤 必有隣[3]

보산의 방 안에 걸린 여러 가지 그림틀들은 똑바로 걸려서 있지 아니하면 안 된다. 보산은 곧 일어나서 똑바로 서 있지 아니한 것을 똑바로 세워놓는다. 보산은 보산의 방 안에 있는 무엇이든지 이고는 반드시 보산을 본받아야 할 것이라고 생각하자마자 고단한 몸 불편한 몸을 비스듬히 담벼락에 기대고 있던 것을 얼른 놀란 듯이 고쳐서는 똑바로 앉는다. 그리고는 그림틀들은 다 보산을 본받은 것이 아니냐라고 생각하며 흔연히 기뻐하는 것이었다.

시계가 세시를 쳤다. 보산은 오후 같았다. 밤은 너무나 고요하여서 때로는 시계도 제꺽거리기를 꺼리는 듯이 그네질을 자꾸 고만두려고만 드는 것 같았다. 보산은 피곤한 몸을 자리 위에 그대로 잠깐 눕혀본다. 이제부터 누우면 잠이 들 수 있을까 없을까를 시험하여 보기 위하여. 그러나 잠은 보산에게서는 아직도 먼 것으로 도무지가 보산에게 올까 싶지는 않았다. 보산은 다시 몸을

---

3 덕불고 필유린. 덕이 있으면 따르는 사람이 따르므로 외롭지 않다.(《논어》 '이인편')

일으켜 책상머리에 기대면 가만가만히 들려오는 노랫소리는 분명히 SS의 노랫소리에 틀림이 없는데 아마 SS도 저렇게 밤을 낮으로 삼아서 지내는가. 그러면 SS도 음양의 좋은 이치를 터득하였단 말인가. 아니다. 그따위 뚱뚱보 SS의 나쁜 뇌를 가지고는 도저히 그런 것을 깨달아낼 수가 있다고는 추측되지 않는 일이다. 저것은 분명히 SS의 불섭생으로 말미암아 일어나는 불면증이다. 병이다 잠이 아니 오니까 저렇게 청승스럽게 일어나 앉아서 가장 신비로운 것을 보기나 하는 듯이 노래를 부르고 있는 것이다. 그러나 그것은 그렇다고 하여두겠지만 아까 낮에 들리던 개선가의 SS의 목소리는 들을 수 없을 만치 지저분히 흉한 것이었음에 반대로 이 밤중의 SS의 목소리의 무엇이라고 저렇게 아름다움이여. 하고 보산은 감탄하지 아니할 수 없었을 만치 가늘고 길고 떨리고 흔들리고 얇고 멀고 얕고 한 것을 듣고 앉아 있는 보산은 금시로 모든 것을 다 잊어버릴 수밖에 없었을 만치 멍하니 앉아서 듣기는 듣고 있지만 그것이 과연 SS의 목소리일까 뚱뚱보 SS의 나쁜 뇌로써 저만치 고운 목소리를 자아낼 만한 훌륭한 소질이 어느 구석에 박혀 있었던가 그렇다면 뚱뚱보 SS는 그다지 업수이 여길 수는 없는 뚱뚱보 SS가 아닐까 목소리가 저만하면 사람을 감동시킬 만한 자격이 넉넉히 있지만 그까짓 것쯤 두려울 것은 없다 하여버리더라도 하여간에 SS가 이 한밤중에 저만큼 아름다운 목소리를 낼 수 있다는 것은 참 신기한 일이라고 아니 칠 수 없지만 그렇다고 이 보산이 그에게 경의를 별안간 표하기 시작하게 된다거나 할 일이야 천부당만부당에 있을 법한 일도 아니련만 보산이 그래도 SS의 노랫소리에 이렇게도 감격하고 있는 것은 공연히 여태까지 가지고 오던 SS에 대한 경멸감과 우월감을 일시에 무너트려 버리는 것이 되고 말지나 않을까 그것이 퍽 불안하면서도 보산은 가만히 SS의 노랫소리에 귀를 기울이고 앉아 있다.

오늘은 대체 음력으로 며칟날쯤이나 되나. 아니 양력으로 물어도 좋다 달은 음력으로만 뜨는 것이 아니고 양력으로 뜨는 것이 아니냐. 하여간 날짜가 어떻게 되어 있기에 이렇게 달이 밝을까. 달이 세시가 지내었는데 하늘 거의 한복판에 그대로 남아 있을까. 보산의 그림자는 보산을 닮지 아니하고 대단히 키가 작고 뚱뚱하다느니보다도 뚱뚱한 것이 거의 SS를 닮았구나. 불유쾌한 일이로구나. 왜 하필 그까짓 뇌가 나쁜 뚱뚱보 SS를 닮는단 말이냐. 그렇지만 뚱뚱한 것과 뚱뚱한 것은 대단히 다른 것이니까 하필 닮았다고 말할 것도 아니니까 그까짓 것은 아무래도 좋지 않으냐 하더라도 웬일로 이렇게 SS의 목소리가 아름다울까 하고 보산은 그 SS가 매달리기만 하면 반드시 이 마당에다 대고 침을 뱉는 불결한 들창이 있는 담 밑으로 가까이 가서 가만히 그쪽 SS의 방 노랫소리가 흘러나오는 것이 과연 여기인가 아닌가 하고 자세히 엿들어 보아도 분명히 노랫소리가 나오는 곳은 여기인데 그렇다면 그 노래는 SS의 노랫소리에는 틀림이 없을 것을 생각하니 더욱더욱 이상하다는 생각만이 보산의 여러 가지 생각의 앞을 서는 것이었다. 그러나 보산은 또다시 생각하여 보면 그 노랫소리는 SS의 부인의 노랫소리가 아닌지도 모르지만 그렇다고 SS와 SS의 부인은 한방에 있는지 그렇다면 딸 어린아이가 세 살 먹었는데 피곤한 어머니의 몸이 여태껏 잠이 들지 않았다고는이야 생각할 수는 없는 사정이 아니냐. 잠이 안 들었다 하여도 어린아이가 잠에서 깰까 봐 결코 노래를 부르거나 할 리는 없지만 또 누가 남의 속을 아느냐. 혹은 어린아이가 도무지 잠이 들지 아니하므로 자장가를 부르는 것이나 아닐까 하지만 보산이 아무리 아무것도 모른다 한대야 불리우는 노래가 자장가이고 아닌 것쯤이야 구별하여 낼 수 있음 직한데 그래도 누가 아나 때가 때인 만큼. 그렇지만 보산의 귀에는 분명히 일본 〈야스기부시〉[4]에 틀림없었다. 설마 SS의 부인이 일본 〈야스기부시〉를 한밤중에 부르려 하여도 그런 것들은 하여간 SS와 SS의 부인이 한방에 있다는 것은 대단히 문란한 일이라고 생각한다. 더욱이 둘이 한방에 있다는 것을 보산에게 알린다는 것은 다시없이 말 들을 만한 문란한 일이다 보산은 이렇게 여러 가지로 생각하며 그 담 밑에서 노랫소리에 귀를 기울이고 있다.

한 개의 밤 동안을 잤는지 두 개의 밤 동안을 잤는지 보산에게는 똑똑히 나서지 않았을 만하니 시계가 아홉시를 가리키고 있더라는 우연한 일이다. 마당에 나서는 보산의 마음은 아직 자리 가운데에 있었는데 아침은 이상한 차림차림으로 보산은 놀라게 하였을 때에 보산의 방 안에 있던 마음이 냉큼 보산의 몸뚱아리 가운데로 튀어들고 보니 그리고 난 다음의 보산은 아침의 흔히 보지 못하던 경치에 놀라지 아니할 수 없었다. 지붕 위에 까치가 한 마리가 있는데 그것이 어떻게도 마음 놓고 머물러 있는 것같이

4 일본 시마네현 야스기의 대표 민요.

보이는지 그곳은 마치 까치의 집으로밖에 아니 여겨진다면 또 왜 까치는 늘 보산이 일어나는 시간인 오후 세시가량 해서는 어디를 가고 없느냐 하면 그것은 까치는 벌이를 하러 나간 것으로 아직 돌아오지 아니한 탓이라고 그렇게 까닭을 붙여놓고 나면 보산에게는 그럴듯하게 생각하게 되니 보산이 일어날 때마다 보살펴 보지도 아니하는 지붕 위의 한 자리는 까치가 사는 집—사람으로 치면—이 있는 것을 보산은 몰랐구나 생각하노라면 보산은 웃고 싶었는데 그럼 까치는 어느 때에 벌이 자리를 향하여 떠나서는 집을 뒤에 두고 나서는 것일지가 좀 알고 싶어서 한참이나 서서 자꾸만 치어다보아도 까치는 영영 날아가지는 않으니 아마 까치가 집을 나설 시간은 아직 아니 되고 먼 모양이로구나 한즉 보산은 오늘은 나도 꽤 일찍 일어났나 생각을 먹는 것이 부끄럽지 않고 무엇 거리낌한 일도 없어서 퍽 상쾌한 기분이다. 그러나 SS가 여전히 그 들창에 매달려서는 이쪽 보산의 마당을 노려보고 있는 것을 본 보산은 가슴이 꽉 막히는 것 같아지며 별안간 앞이 팽팽 돌아 들어오는 것을 못 그러게 할 수 없었다. 대체 SS가 이 이른 아침에 웬일일까. SS는 이렇게 일찍 일어날 수 있는 사람은 물론 보산에게는 아니었고 아침으로부터 보산이 일어나서 처음 SS를 만나는 시간까지 그동안은 SS는 죽은 사람이라고 쳐도 관계치 않을 것인데 인제 보니 SS는 있구나. 밤 네시로부터 아침 이맘때까지는 구태여 SS를 없는 사람이라고 치지는 않는다. 피차에 잠자는 시간이라고 치고라도 이것은 천만에 뜻하지 못한 일이다. SS는 보산을 향하여 예언자와 같은 엄숙한 얼굴을 하더니 떡 큼직하게 하품을 한번 하고 나서는 소프라노에 가까운 목소리로 소가 영각할 때

하는 소리와 같은 기성을 한번 내어보더니 입맛을 쩍쩍 다시면서 지난밤에 아름다운 노랫소리를 그대는 들었는지 과연 그것이 이 SS라면 그대는 바야흐로 놀라지 아니하려는가 하는 듯이 보산의 표정이 내어걸린 간판의 무슨 빛깔인가를 기다린다는 듯이 흠뻑 해야 그것이 그것이지 하는 듯이 보산을 내려 보며 어디 다른 곳에서 얻어 온 것 같은 아름다운 미소를 얼굴에 띠는 것이었다. 보산은 그다음은 그러면 무엇이냐는 듯이 SS를 바라다보면 SS는 아아 그것은 네가 왜 잘 알고 있지 아니하냐는 듯이 침을 입 하나 가득히 거의 보산의 발 가까운 한 점에다 배알아놓고는 만족하다는 데 가까운 표정을 쓱 하여 보이면 보산은 저것이 아마 SS가 만족해서 못 견디는 때에 하는 얼굴인가 보다 끔찍이도 변변치 못하다 생각하였다는 체하는 표정을 보산은 SS에게 대항하는 뜻으로 하여 보여도 SS는 그까짓 것은 몰라도 좋다는 듯이 한번 해놓은 표정을 변경치―좀체로는―않는다.

횡포한 마술사 보산이 나타나자 그 널조각은 또 종이 노릇을 하노라면 종이가 상상할 수 있는 바 글자라는 글자 말이라는 말 쳐놓고 안 쓰이는 것이 없다. SS야 나는 너에게 도저히 경의를 표할 수는 없다.

너의 그 동물적 행동은 무엇이냐. 나의 자조의 너에게 대한 모멸적 표정을 너는 눈이 있거든 보느냐 못 보느냐 보고 나서는 노하느냐 웃느냐. 너도 사람이거든 좀 노할 줄도 알아두어라. 모르거든 너의 부인에게 물어보아라. 빨리 노하라. 그리하여 다시는 그와 같은 파렴치적 행동을 거듭하지 말기를 바란다. 그러면 SS는 보산아 노하는 것이란 다 무엇이냐. 나는 적어도 그까짓 일에 노하고 싶지는 않다. 따라서 나의 그 동물적 행동이란 대체 나의 어떠한 행동을 가리켜 말하는 것인지는 모르나 나의 행동의 어느 하나라도 너를 위하여 변경할 수는 없다. 이렇게 답장이 오면 SS야 나는 너에게 최후통첩을 보낸다. 너 같은 사회적 저능아를 그대로 두어서는 인류의 해독이 될 것이니까 나는 너를 내일 아침 네가 또 그따위 짓을 개시하는 것과 동시에 총살을 하여버리리라. 총 총 총 총 총은 나의 친한 친구가 공기총을 가진 것을 나는 잘 알고 있으니까 그는 그것을 얼른 빌려줄 줄로 믿는다. 너는 그래도 조금도 무섭지 않은가. 네가 즉사까지는 하지 않을지 모르지만 얼굴에 생길 무서운 험을 무엇으로 가리려는가. 너는 그 흉한 험으로 말미암아 일생을 두고 결혼할 수 없는 불행을 맛보리라. 그러면 보산아 너는 무슨 정신이냐. 나는 이미 결혼하였다는 것을 모르느냐. 나의 아내는 너를 미워하리라. 그러면 SS 들어보아라. 나는 너의 부인에게 편지를 하여버릴 것이다. 너의 그 더러운 행동을 사실대로 일일이 적어서는. 그러면 너의 부인은 너를 얼마나 모욕하며 혐오할 것인가를 너 같은 뚱뚱보의 나쁜 뇌를 가지고는 아마 추측해 내기는 어려울 것이다. 그러면 보산아 너는 무엇이라고 나를 놀리느냐. 너는 나의 아내를 탐내는 자인 것이 분명하다. 나는 너를 살인죄로 고소할 것이다. 법률이 너에게 가할 고통을 너는 무서워하지 않느냐 그러면.

보산은 적을 물리치기 준비에 착수하였다. 잉크와 펜 원고지에 적히는 첫 자가 오자로 생겨먹고 마는 것을 화를 내는 것 잡히지 않는 보산의 마음에 매달려 데룽데룽하는 보산의 손이 종이를 꼬깃꼬깃 구겨서는 마당 한가운데에 홱 내어던진다는 것이 공교스러이도 SS가 오늘 아침에 배앝아놓은 침에서 대단히 가까운 범위 안에 떨어지고 만 것이 보산을 불유쾌하게 하여서 보산은 얼른 일어나 마당으로 내려가서는 그 구긴 종이를 다시 집어서는 보산이 인제 이만하면 적당하겠지 생각하는 자리에 갖다 떡 놓고 나서 생각하여 보니 그것은 버린 것이 아니라 갖다가 놓은 것이라 보산의 이 종이에 대한 본의를 투철치 못한 위반된 것이 분명하므로 그러면 이것을 방 안으로 가지고 돌아가서 다시 한 번 버려보는 수밖에 없다 하여 그렇게 이번에야 하고 하여보니 너무나 공교스러운 일에 공교스러운 일이 계속되는 것은 이것도 공교스러운 일인지 아닌지 자세히 모르는 것 같은 것쯤은 그대로 내버려 두어도 관계치 않고 위선 이것을 내가 적당하다고 인정할 때까지 고쳐 하는 것이 없는 시간에 급선무라 하여 자꾸 해도 마찬가지고 고쳐 해도 마찬가지였다. 하다가는 흥분한 정신에 몇 번이나 했는지 도무지 모르는 동안에 일이 성공이 되고 보니 상쾌하지 않은지 그것도 도무지 보산 자신으로서는 판단하기 어려운 일이었는데 그렇다면 당할 사람이라고는 아무도 없지 아니하냐고 하지만 위선 편지부터 써야 하지 않겠느냐 생각나니까 보산은 편지부터 써서 이번에는 그런 고생은 안 하리라 하고 정신을 차려 썼다는 것이 겨우 다음과 같은 것이었다.

　—SS야 내가 어떠한 사람인가 너의 부인에게 물어보아라 너의 부인은 조금도 미인은 아니다—

오늘은 분명히 무슨 축제일인가 보다 하고 이상한 소리에 무슨 일이 생겼을까 하고 생각하며 귀를 기울이고 있노라면 보산의 방에 걸린 세계에 제일 구식인 시계가 장엄한 격식으로 시계가 칠 수 있는 제일 많은 수효를 친다. 보산은 일어나 문간을 나섰다가 편지를 SS의 집 문간에 넣으려는 생각이 막 일기 전에 이상스러운 것을 본 것이 있다. SS의 집 대문을 가로질러 매어진 새끼줄에는 숯과 붉은 고추가 매달려 있었다. 이런 세상에 추태가 어디 있나. SS는 참으로 이 세상에서 제일 가엾은 사람이니까 나는 SS에게 절대 행동을 하는 것만은 고만두겠다고 결심하고 난 다음에는 보산은 그대로 대단히 슬픈 마음도 있기는 있는 것이다 하면서 어슬렁어슬렁 걸어서는 간다는 것이 와보니 보산의 마당이다.

— 〈조선〉, 1932. 4.

지팡이 역사 轢死

아침에 깨기는 일찍 깨었다는 증거로 닭 우는 소리를 들었는데 또 생각하면 여관으로 돌아오기를 닭이 울기 시작한 후에— 참 또 생각하면 그 밤중에 달도 없고 한 시골길을 닷 마장이나 되는 읍내에서 어떻게 걸어서 돌아왔는지 술을 먹어서 하나도 생각이 안 나지만 둘이 걸어오면서 S가 코를 곤 것은 기억합니다. 여관 주인아주머니가 아주 듣기 싫은 여자 목소리로 "김상! 오정이 지났는데 무슨 잠이요, 어서 일어나요" 그러는 바람에 일어나 보니까 잠은 한잠도 못 잔 것 같은데 시계를 보니까 아홉시 반이니까 오정이란 말은 여관 주인아주머니 에누리가 틀림없습니다. 곁에서 자던 S는 벌써 담배로 꽁다리 네 개를 만들어놓고 어디로 나갔는지 없고 내가 늘 흉보는 S의 인생관을 꾸려 넣어 가지고 다니는 것 같은 참 궁상스러운 가방이 쭈굴쭈굴하게 놓여 있고 그 속에는 S의 저서가 들어 있을 것이 분명합니다. 양말을 신지 않은 채로 구두를 신었더니 좀 못 박인 모서리가 아파서 안 되겠길래 다시 양말을 신고 구두를 신고 툇마루에 걸터앉아서 S가 어데로 갔나 하고 생각하고 있으려니까 건너편 방에서 묵고 있는 참 뚱뚱한 사람이 나를 자꾸 보길래 좀 계면쩍어서 문밖으로 나갔더니 문 앞에 늑대같이 생긴 시골뜨기 개가 두 마리가 나를 번갈아 흘낏흘낏 쳐다보길래 그것도 싫어서 도로 툇마루로 오니까 그 뚱뚱한 사람은 부처님처럼 아까 앉았던 고대로 앉은 채 또 나를 보길래 참 별사람도 다 많군 왜 내 얼굴에 무에 묻었나 그런 생각에 또 대문간으로 나가니까 그때야 S가 어슬렁어슬렁 이리로 오면서 내 얼굴을 보더니 공연히 싱글벙글 웃길래 나는 또 나대로 공연히 한번 싱글벙글 웃었습니다. 대체 어디를 갔다 왔느냐고 그랬더니 참 새벽에 일어나서 수십 리 길을 걸었는데 그것도 모르고 여태 잤느냐고 나더러 게으른 사람이라고 그러길래 대체 어디 어디를 갔다 왔는지 일러바쳐 보라고 그랬더니 문무정에 가서 영감님하고 기생이 활 쏘는 것을 맨 처음에 보고—그래서 무슨 기생이 새벽부터 활을 쏘느냐고 그랬더니 대답은 아니하고 또 문회서원에 가서 팔선생八先生의 사당을 보고 기운정에 가서 약물을 먹고 오는 길이라고 그러길래 내가 가만히 쳐다보니까 참 수십 리 길에 틀림은 없지만 그게 원 정말인지 곧이들리지는 않는다고 그랬더니 에하가키[1]를 내놓으면서 저 건너 천일각 식당에 가서 커피를 한잔 먹고 왔으니까 탐승 비용은 십

1 일본어로 '그림 엽서'를 뜻함.

전이라고 그러길래 나는 내가 이렇게 싱겁게 S에게 속은 것은 잠이 덜 깨었거나 잠이 모자라는 까닭이라고 그랬더니 참 그렇다고 나도 잠이 모자라서 죽겠다고 S는 그랬습니다.

밥상이 들어왔습니다. 반찬이 열 가지가 되는데 풋고추로 만든 것이 다섯 가지—내 마음에 꼭 들었습니다. 여관 주인아주머니가 오더니 찬은 없지만 많이 먹으라고 그러길래 구첩반상이 찬이 없으면 찬 있는 밥상은 그럼 찬을 몇 가지나 놓아야 되느냐고 그랬더니 가짓수는 많지만 입에 맞지 않을 것이라고 그러면서 여전히 많이 먹으라고 그러길래 아주머니는 공연히 천만에 말씀이라고 그랬더니 그렇지만 소고기만은 서울서 얻어먹기 어려운 것이라고 그러길래 서울서도 소고기는 팔아도 경찰서에서 꾸지람하지 않는다고 그랬더니 그런 게 아니라 송아지 고기가 어디 있겠냐고 그럽니다. 나는 상에 놓인 송아지 고기를 다 먹은 뒤에 냉수를 청하였더니 아주머니가 손수 가져오는지라 죄송스럽다고 그러니까 이 냉수 한 지게에 오 전 하는 줄은 김상이 서울 살아도—서울 사니까 모르리라고 그러길래 그것은 또 어째서 그렇게 냉수가 값이 비싸냐고 그랬더니 이 온천 일대가 어디를 파든지 펄펄 끓는 물밖에는 안 솟는 하느님한테 죄받은 땅이 되어서 냉수가 먹고 싶으면 보통 같으면 거저 주는 온천물을 듬뿍 길어다가 잘 식혀서 냉수를 만들어서 먹을 것이로되 유황 냄새가 몹시 나는 고로 서울서 수돗물만 홀짝홀짝 마시고 살아오던 손님들이 딱 질색들을 하는 고로 부득이 지게를 지고 한 마장이나 넘는 정거장까지 냉수를 한 지게에 오 전씩을 주고 사서 길어다 먹는데 너무 거리가 멀어서 물통이 좀 새든지 하면 오 전어치를 사도 이 전어치밖에 못 얻어먹으니 셈을 따지고 보면 이 냉수는 한 대접에 일 전씩은 받아야 경우가 옳은 것이 아니냐고 아주머니는 그러는지라 그것 참 수고가 많으시다고 그럼 이 냉수는 특별히 조심조심하여서 마시겠다고 그랬더니 그렇지만 냉수는 얼마든지 거저 드릴 것이니 염려 말고 굴떡굴떡 먹으라고 그러는 말을 듣고서야 S와 둘이 비로소 마음 놓고 먹었습니다.

발동기 소리가 온종일 밤새도록 탕탕탕탕 나는 것이 하릴없이 항구에 온 것 같은 기분이 난다고 S가 그러는데 알고 보니까 그게 바로 한 지게에 오 전씩 하는 질기고 튼튼한 냉수를 길어 올리는 펌프 모터 소리인 줄 누가 알았겠습니까?

밥값을 치르려고 얼마냐고 그러니까 엊저녁을 안 먹었으니까 칠십 전씩 일 원 사십 전만 내라고 그러는지라 일 원짜리 두 장을 주니까 거스를 돈이 없는데 나가서 다른 집에 가서 바꾸어가지고 오겠다고 그러는 것을 말리면서 그만두라고 그만두라고 나머지는 아주머니 왜떡을 사 먹으라고 그리고 나서 생각을 하니까 아주머니더러 왜떡을 사 먹으라는 것도 좀 우습기도 하고 하지만 또 돈 육십 전을 가지고 파라솔을 사 가지라고 그럴 수도 없고 말인즉 잘한 말이라고 생각하고 나니까 생각나는 것이 주인아주머니에게는 슬하에 일점혈육으로 귀여운 따님이 한 분 계신데 나이는 세 살입니다. 깜박 잊어버리고 따님 왜떡을 사주라고 그렇게 가르쳐주지 못한 것은 퍽 유감입니다. 주인 영감을 못 보고 가는 것 같은데 섭섭하다고 그러면서 주인 영감은 어디를 이렇게 볼일을 보러 갔냐고 그러니까 세루[2] 양복을 입고 넥타이를 매고 읍내에 들어갔다고 아주머니는 그러길래 나는 안녕히 계시라고 인사를 하고 곧 두 사람은 정거장으로 나갔습니다.

대체로 이 황해선이라는 철도의 레일 폭은 너무 좁아서 똑 토로코 레일 폭만 한 것이 참 앙증스럽습니다. 그리로 굴러다니는 기차 그 기차를 끌고 달리는 기관차야말로 가여워서 눈물이 날 지경입니다. 그야말로 사람이 치이면 사람이 다칠는지 기관차가 다칠는지 참 알 수 없을 만치 귀엽고도 갸륵한 데다가 그래도 크로싱[3]에 오면 말뚝에다가 간판을 써서 가로되 '기차에 조심' 그것을 읽은 다음에 나는 S더러 농담으로 그 간판을 사람에게 보이는 쪽에는 '기차에 조심' 그렇게 쓰고 기차에서 보이는 쪽에는 '사람에 조심' 그렇게 따로따로 썼으면 여러 가지 의미로 보아 좋겠다고 그래보았더니 뜻밖에 S도 찬성하였습니다. S의 그 인생관을 집어넣어 가지고 다니는 가방은 캡을 쓴 여관 심부름꾼 녀석이 들고 벌써 플랫폼에 들어서서 저쪽 기차가 올 쪽을 열심으로 바라보고 섰는지라 시간은 좀 남았는데 혹 그 갸꾸비끼[4] 녀석이 그 가방 속에 든 인생관을 건드리지나 않을까 겁이 나서 얼른 그 가방을 이리 빼앗으려고 얼른 우리도 개찰을 통과하여서 플랫폼으로 가는데 여관 보이나 갸꾸비끼나 호텔 자동차 운전수들은 일 년간 입장권을 한꺼번에 샀는지는 모르지만 함부로 드나드는데 다른 사람은 전송을 하려 플랫폼에 들어가자면 입장권을 사야 된다고 역부가 강경하게 막는지라 그럼 입장권 값은 얼마냐고 그랬더니 십 전이라고 그것 참 비싸다고 그랬더니 역부가 힐끗 십 전이

2　모직물의 한 가지. '세루'는 프랑스어 서지Serge에서 나옴.
3　십자로·네거리·횡단보도·건널목.
4　일본어로 '호객행위 하는 사람'을 뜻함.

무엇이 호되어서 그러느냐는 눈으로 그 사람을 보니까 그 사람은 그만 십 전이 아까워서 그 사람의 친한 사람의 전송을 플랫폼에서 하는 것만은 중지하는 모양입니다. 장난감 같은 시그널이 떨어지더니 갸륵한 기관차가 연기를 제법 펄석펄석 뿜으면서 기적도 슥 한번 울려보면서 들어옵니다. 금테를 둘이나 두른 월급을 많이 타는 높은 역장과 금테를 하나밖에 아니 두른 월급을 좀 적게 타는 조역이 나와 섰다가 그 의례히 주고받고 하는 굴렁쇠를 이 얌전하게 생긴 기차도 역시 주고받는지라 하도 어쭙잖아서 S와 나와는 그래도 이 기차를 타기는 타야 하겠지만도 원체 겁도 나고 가엾기도 하여서 몸뚱이가 조그마해지는 것 같아서 간지러운 것처럼 남 보기에 좀 쳐다보일 만치 웃었습니다. 종이 울리고 호루라기가 불리우고 하는 체는 다 하느라고 기적이 쓱 한번 울리고 기관차에서 픽— 소리가 났습니다. 기차가 떠납니다. 십 전이 아까워서 플랫폼에 들어오지 아니한 맥고자를 쓴 사람이 누구를 향하여 그러는지 쭈글쭈글한 정하지도 못한 손수건을 흔드는 것이 보였습니다. 칙칙푹팍 칙칙푹팍 그러면서 징검다리로도 넉넉한 개천에 놓인 철교를 건너갈 때 같은 데는 제법 흡사하게 기차는 소리를 낼 줄 아는 것이 아닙니까.

그 불쌍한 기차가 객차를 세 개나 끌고 왔습니다. S와 우리 두 사람이 탄 객차는 맨 꼴찌 객차인데 그 객차의 안에 멤버는 다음과 같습니다. 물론 정말 기차처럼 박스가 있을 수 없는 것이니까 똑 전차처럼 가로 길다랗게 나란히 앉는 것입니다. 우선 내외가 두 쌍인데 썩 젊은 사람이 썩 젊은 부인을 거느리고 부인은 새빨간 핸드백을 들었는데 바깥양반은 구두가 좀 해졌습니다. 또 하나는 꽤 늙수그레한 사람이 썩 젊은 부인을 데리고 부인은 뿔로 만든 값이 많아 보이는 부채 하나를 들었을 뿐인데 바깥어른은 뚱뚱한 트렁크 하나를 낑낑대어 가면서 들고 들어왔습니다. 그 트렁크 속에는 무엇이 들었는지 도무지 알 수 없습니다. 그 바깥어른은 실례지만 좀 미련하게 생겼는 데다가 무테안경을 넓적한 코에 걸쳐놓고 신문을 참 재미있게 보고 있는 곁에 부인은 깨끗하고 살결은 희고 또 눈썹은 검고 많고 머리 밑으로 솜털이 퍽 많고 팔에 까만 솜털이 나시르르하고 입술은 얇고 푸르고 눈에는 쌍꺼풀이 지고 머리에서는 젓나무 냄새가 나고 옷에서는 우유 냄새가 나는 미인입니다. 눈알은 사금파리로 만든 것처럼 번쩍이고 차디찬 것 같고 아무 말도 없이 부채도 곁에 놓고 이 거러지 같은 기차 들창 바깥 경치 어디를 그렇게 보는지 눈이 깜작이는 일이 없습니다. 또 다른 한 쌍의 비둘기로 말하면 바깥양반은 앉았는데 부인은 섰습니다. 부인 저고리는 얇다란 항라 홑껍데기가 되어서 대패질한 소나무에 니스 칠한 것 같은 도발적인 살결이 환하게 들여다보이고 내다보이는데 구두는 여러 조각을 누덕누덕 찍어 맨 크림 빛깔 나는 복스[5] 새 구두에 마점산馬占山[6] 씨 수염 같은 구두끈이 늘어져 있고 바깥양반은 별안간 양복 웃옷을 활활 벗길래 더워서 그러나 보다 그랬더니 꾸기꾸기 뭉쳐서 조그맣게 만들더니 다리를 쭉 뻗고 저고리를 베게 삼아 기다랗게 드러누우니까 부인이 한참 바깥양반 얼굴에다 대고 부채질을 하여주니까 바깥양반은 바람은 안 나고 코로 먼지가 들어간다는

---

5 무두질한 송아지 가죽.
6 마잔산(1884~1950). 중국의 군인.

의미의 표정을 부인에게 한번 하여 보이니까 부인은 그만둡니다.

그 외에는 조끼에 금 시곗줄을 늘어뜨린 특색밖에는 아무런 특색도 없는 젊은 신사 한 사람 또 진흙투성이가 된 흰 구두를 신은 신사 한 사람 단것 장사 같은 늙수그레한 마나님이 하나 가방을 잔뜩 끼고 앉아서 신문을 보고 있는 S 구르몽[7]의 시몬[8] 같은 부인의 프로필만 구경하고 앉아 있는 말라빠진 나 이상과 같습니다.

마루창 한복판 꽤 큰 구멍이 하나 뚫려서 기차가 달아나는 대로 철로바탕이 들여다보이는 것이 이상스러워서 S더러 이것이 무슨 구멍이겠느냐고 의논하여 보았더니 S는 그게 무슨 구멍일까 그러기만 하길래 나는 이것이 아마 이렇게 철로바탕을 내려다보라고 만든 구멍인 것 같기는 같은데 그런 장난 구멍을 만들어놓을 리는 없으니까 내 생각 같아서는 기차 바퀴에 기름 넣는 구멍일 것에 틀림없다 그랬더니 S는 아아 이것을 참 깜빡 잊어버렸었구나 이것은 침을 뱉으라는 구멍이라고 그러면서 침을 한번 뱉어보라고 그러기에 나는 그 '모나리자' 앞에서 침을 뱉기는 좀 마음에 꺼림칙하여서 나는 그만두겠다고 그러면서 참 아가리가 여실히 타구같이 생겼구나 그랬습니다. 상자 개비로 만든 것 같은 정거장에서 고무장화를 신은 역장이 굴렁쇠를 들고 나오더니 기차가 정거를 하고 기관수와 역장이 무엇이라고 커다란 목소리로 서너 마디 이야기를 하더니 기적이 울리고 동리 어린아이들이 대여섯 기차 떠나는 것을 보고 박수갈채를 하는 소리가 성대하게 들리고 나면 또 위험한 전진입니다. 어느 틈에 내 곁에 갓

7 프랑스의 평론가·시인·소설가(1858~1915).
8 구르몽의 시 〈낙엽〉에 나오는 이름.

쓴 해태처럼 생긴 영감님 하나가 내 즐거운 백통색 시야를 가려 놓고 앉았습니다.

내가 너무 모나리자만을 바라다보니까 맞은편에 앉았는 항라 적삼을 입은 비둘기가 참 못난 사람도 다 많다는 듯이 내 얼굴을 보고 나는 그까짓 일에 부끄러워할 일은 아니니까 막 모나리자를 보고 싶은 대로 보고 모나리자는 내 얼굴을 보는 비둘기 부인을 또 좀 조소하는 듯이 바라보고 드러누워 있는 바깥 비둘기가 가만히 보니까 건너편에 앉아 있는 모나리자가 자기 아내를 그렇게 업신여겨 보는 것이 마음에 좀 흡족하지 못하여서 화를 내는 기미로 벌떡 일어나 앉는 바람에 드러눕느라고 벗어놓은 구두에 발이 잘 들어맞지 않아서 그만 양말로 담배 꽁다리를 밟은 것을 S가 보고 싱그레 웃으니까 나도 그 눈치를 채고 S를 향하여 마주 싱그레 웃었더니 그것이 대단히 실례 행동 같고 또 한편으로 무슨 음모나 아닌가 퍽 수상스러워서 저편에 앉아 있는 금 시곗줄과 진흙 묻은 구두가 눈을 뚱그렇게 뜨고 이쪽을 노려보니까 단것 장수 할머니는 또 이쪽에 무슨 괴변이나 나지 않았나 해서 역시 눈을 두리번두리번하다가 아무 일도 없으니까 싱거워서 눈을 도로 그 맞은편의 금 시곗줄로 옮겨놓을 적에 S는 보던 신문을 척척 접어서 인생관 가방 속에다가 집어넣더니 정식으로 모나리자와 비둘기는 어느 편이 더 어여쁜가를 판단할 작정인 모양으로 안경을 바로잡더니 참 세계에 이런 기차는 다시없으리라고 한마디 하니까 비둘기와 모나리자가 S 쪽을 일시에 보는지라 나는 또 창 바깥 논 속에 허수아비 같은 황새가 한 마리 내려앉았으니 저것 좀 보라고 소리를 질렀더니 두 미인은 또 일시에 시선을 나 있는 창 바깥으로 옮겨보았는데 결국 아무것도 보이지 않으니까 싱그레 웃으면서 내 얼굴을 한 번씩 보더니 모나리자는 생각난 듯이 곁에 비프스테이크 같은 바깥어른의 기름기 흐르는 콧잔등이 근처를 한번 들여다보는 것을 본 나는 속마음으로 참 아깝도다 그렇게 생각하고 있는데 S는 무슨 생각으로 알았는지 개발에 편자라는 말이 있지 않느냐고 그러면서 나에게 해태[9] 한 개를 주는지라 성냥을 그어서 불을 붙이려니까 내 곁에 앉았는 갓 쓴 해태가 성냥을 좀 달라고 그러길래 주었더니 서울서 주머니에 넣어 가지고 간 카페 성냥이 되어서 이상스럽다는 듯이 두어 번 뒤집어 보더니 짚고 들어온 길고도 굵은 얼른 보면 몽둥이 같은 지팡이를 방해 안 되도록 한쪽으로 치워놓으려고 놓자마자 꽤 크게 와지끈하는 소리가 나면서 그 길다란 지팡이가 간 데 온 데가 없습니다. 영감님은 그것도 모르고 담뱃불을 붙이고 성냥을 나에게 돌려보내더니 건너편 부인도 웃고 곁에 앉아 있는 부인도 수건으로 입을 가리고 웃고 S도 깔깔 웃고 젊은 사람도 웃고 나만이 웃지 않고 앉았는지라 좀 이상스러워서 영감은 내 어깨를 꾹 찌르더니 요다음 정거장은 어디냐고 은근히 묻는지라 요다음 정거장은 요다음 정거장이고 영감님 무어 잃어버린 거 없느냐고 그랬더니 또 여러 사람이 웃고 영감님은 위선 쌈지 괴불주머니 등속을 만져보고 보따리 한 귀퉁이를 어루만져 보고 또 잠깐 내 얼굴을 쳐다보더니 참 내 지팡이를 못 보았느냐고 그럽니다. 또 여러 사람은 웃는데 나만이 웃지 않고 그 지팡이는 이 구멍으로 빠져 달

---

9 일제 강점기 때 담배의 한 종류.

아났으니 요다음 정거장에서는 꼭 내려서 그 지팡이를 찾으러 가
라고 이 철둑으로 쭉 따라가면 될 것이니까 길은 아주 찾기 쉽지
않느냐고 그리니까 그 지팡이는 돈 주고 산 것은 아니니까 잃어
버려도 좋다고 그러면서 태연자약하게 담배를 뻑뻑 빨고 앉았다
가 담배를 다 먹은 다음 담뱃대를 그 지팡이 집어먹은 구멍에다
대고 딱딱 떠는 바람에 나는 그만 전신에 소름이 쫙 끼쳤습니다.
다른 사람들도 물론 이때만은 웃을 수도 없는 업신여길 수도 없는
참 아깃자기한 마음에서 역시 소름이 끼쳤으리라고 생각합니다.

— 〈월간 매신〉, 1934. 8.

지주회시 蜘蛛會豕

1

그날 밤에 그의 아내가 층계에서 굴러떨어지고—공연히 내일 일을 글탄 말라고 어느 눈치 빠른 어른이 타일러 놓셨다. 옳고말고다. 그는 하루치씩만 잔뜩 산[生]다. 이런 복음에 곱신히 그는 벙어리(속지 말라)처럼 말이 없다. 잔뜩 산다. 아내에게 무엇을 물어보리오? 그러니까 아내는 대답할 일이 생기지 않고 따라서 부부는 식물처럼 조용하다. 그러나 식물은 아니다. 아닐 뿐 아니라 여간 동물이 아니다. 그래서 그런지 그는 이 귤 궤짝만 한 방 안에 무슨 연줄로 언제부터 이렇게 있게 되었는지 도무지 기억에 없다. 오늘 다음에 오늘이 있는 것. 내일 조금 전에 오늘이 있는 것. 이런 것은 영 따지지 않기로 하고 그저 얼마든지 오늘 오늘 오늘 오늘 하릴없이 눈 가린 마차 말의 동강 난 시야다. 눈을 뜬다. 이번에는 생시가 보인다. 꿈에는 생시를 꿈꾸고 생시에는 꿈을 꿈꾸고 어느 것이나 재미있다. 오후 네시. 옮겨 앉은 아침—여기가 아침이냐. 날마다. 그러나 물론 그는 한 번씩 한 번씩이다. (어떤 거대한 모체가 나를 여기다 갖다 버렸나)—그저 한없이 게으른 것—사람 노릇을 하는 체 대체 어디 얼마나 기껏 게으를 수 있나 좀 해보자—게으르자— 그저 한없이 게으르자—시끄러워도 그저 모른 체하고 게으르기만 하면 다 된다. 살고 게으르고 죽고—가로대 사는 것이라면 떡 먹기다. 오후 네시. 다른 시간은 다 어디 갔나. 대수냐. 하루가 한 시간도 없는 것이라기로서니 무슨 성화가 생기나.

또 거미. 아내는 꼭 거미. 라고 그는 믿는다. 저것이 어서 도로 환퇴幻退를 하여서 거미 형상을 나타내었으면—그러나 거미를 총으로 쏘아 죽였다는 이야기는 들은 일이 없다. 보통 발로 밟아 죽이는데 신발 신기커녕 일어나기도 싫다. 그러니까 마찬가지다. 이 방에 그 외에 또 생각하여 보면—맥이 뼈를 디디는 것이 빤히 보이고, 요 밖으로 내어놓는 팔뚝이 밴댕이처럼 꼬스르하다—이 방이 그냥 거민 게다. 그는 거미 속에 가 넓적하게 드러누워 있는 게다. 거미 내음새다. 이 후덥지근한 내음새는 아하 거미 내음새다. 이 방 안이 거미 노릇을 하느라고 풍기는 흉악한 내음새에 틀림없다. 그래도 그는 아내가 거미인 것을 잘 알고 있다. 가만둔다. 그리고 기껏 게을러서 아내—인ㅅ거미—로 하여금 육체의 자리—(혹或, 틈)를 주지 않게 한다.

방 밖에서 아내는 부시럭거린다. 내일 아침보다는 너무 이르고 그렇다고 오늘 아침보다는 너무 늦은 아침밥을 짓는다. 예이 덧문을 닫는다. (민활하게) 방 안에 색종이로 바른 반닫이가 없어진다. 반닫이는 참 보기 싫다. 대체 세간이 싫다. 세간은 어떻게 하라는 것인가. 왜 오늘은 있나. 오늘이 있어서 반닫이를 보아야 되느냐. 어두워졌다. 계속하여 게으르다. 오늘과 반닫이가 없어져라고. 그러나 아내는 깜짝 놀란다. 덧문을 닫는—남편—잠이나 자는 남편이 덧문을 닫았더니 생각이 많다. 오줌이 마려운가—가려운가—아니 저 인물이 왜 잠을 깨었나. 참 신통한 일은—어쩌다가 저렇게 사(生)는지—사는 것이 신통한 일이라면 또 생각하여 보면 자는 것은 더 신통한 일이다. 어떻게 저렇게 자나? 저렇게도 많이 자나? 모든 일이 희한한 일이었다. 남편. 어디서부터 어디까지가 부부람—남편—아내가 아니라도 그만 아내이고 마는 거야. 그러나 남편은 아내에게 무엇을 하였느냐—담벼락이라고 외풍이나 가려주었더냐. 아내는 생각하다 보니까 참 무섭다는 듯이—또 정말이지 무서웠겠지만—이 닫은 덧문을 얼른 열고 늘 들어도 처음 듣는 것 같은 목소리로 어디 말을 건네본다. 여보—오늘은 크리스마스요—봄날같이 따뜻(이것이 원체 틀린 화근이다)하니 수염 좀 깎소.

　도무지 그의 머리에서 그 거미의 어렵디어려운 발들이 사라지지 않는데 들은 크리스마스라는 한 마디 말은 참 서늘하다. 그가 어쩌다가 그의 아내와 부부가 되어버렸나. 아내가 그를 따라온 것은 사실이지만 왜 따라왔나? 아니다. 와서 왜 가지 않았나—그것은 분명하다. 왜 가지 않았나 이것이 분명하였을 때—그들이 부부 노릇을 한 지 일 년 반쯤 된 때—아내는 갔다. 그는 아내가 왜 갔나를 알 수 없었다. 그 까닭에 도저히 아내를 찾을 길이 없었다. 그런데 아내는 왔다. 그는 왜 왔는지 알았다. 지금 그는 아내가 왜 안 가는지를 알고 있다. 이것은 분명이 왜 갔는지 모르게 아내가 가버릴 징조에 틀림없다. 즉 경험에 의하면 그렇다. 그는 그렇다고 왜 안 가는지를 일부러 몰라버릴 수도 없다. 그냥 아내가 설사 또 간다고 하더래도 왜 안 오는지를 잘 알고 있는 그에게로 불쑥 돌아와 주었으면 하고 바라기나 한다.

수염을 깎고 첩첩이 닫아버린 번지에서 나섰다. 딴은 크리스마스가 봄날같이 따뜻하였다. 태양이 그동안에 퍽 자란가도 싶었다. 눈이 부시고—또 몸이 까칫까칫도 하고—땅은 힘이 들고 두꺼운 벽이 더덕더덕 붙은 빌딩들을 쳐다보는 것은 보는 것만으로도 넉넉히 숨이 차다. 아내 흰 양말이 고동색 털양말로 변한 것—기절期節은 방 속에서 묵는 그에게 겨우 제목만을 전하였다. 겨울—가을이 가기도 전에 내닥친 겨울에서 처음으로 인사 비슷이 기침을 하였다. 봄날같이 따뜻한 겨울날—필시 이런 날이 세상에 흔히 있는 공일 날이나 아닌지—그러나 바람은 뺨에도 콧방울에도 차다. 저렇게 바쁘게 씨근거리는 사람 무거운 통 짐 구두 사냥개 야단치는 소리 안 열린 들창 모든 것이 견딜 수 없이 답답하다. 숨이 막힌다. 어디로 가볼까. (A 취인점取引店) (생각나는 명함) (오嗚 군) (자랑 마라) (24일 날 월급이던가) 동행이라도 있는 듯이 그는 팔짱을 내저으며 싹둑싹둑 썰어붙인 것같이 얄팍한 A 취인점 담벼락을 뺑뺑 싸고돌다가 이 속에는 무엇이 있나. 공기? 사나운 공기리라. 살을 저미는—과연 보통 공기가 아니었다. 눈에 핏줄—새빨갛게 달은 전화—그의 허섭수룩한 몸은 금시에 타 죽을 것 같았다. 오는 어느 회전의자에 병마개 모양으로 뭉쳐

있었다. 꿈과 같은 일이다. 오는 장부를 뒤져 주소 씨명을 차국차
국 써 내려가면서 미남자인 채로 생동생동 (살고) 있었다. 조사부
라는 패가 붙은 방 하나를 독차지하고 방 사벽에다가는 빈틈없이
방안지에 그린 그림 아닌 그림을 발라놓았다. "저런 걸 많이 연
구하면 대강은 짐작이 났으렷다" "도통허면 돈이 돈 같지 않어지
느니" "돈 같지 않으면 그럼 방안지 같은가" "방안지?" "그래 도
통은?" "흐흠 — 나는 도로 그림이 그리고 싶어지데" 그러나 오는
야위지 않고는 배기기 어려웠던가 싶다. 술 — 그럼 색? 오는 완
전히 오 자신을 활활 열어 젖혀놓은 모양이었다. 흡사 그가 오 앞
에서나 세상 앞에서나 그 자신을 첩첩이 닫고 있듯이. 오냐 왜 그
러니 나는 거미다. 연필처럼 야위어가는 것 — 피가 지나가지 않
는 혈관 — 생각하지 않고도 없어지지 않는 머리 — 칵 막힌 머리 —
코 없는 생각 — 거미 거미 속에서 안 나오는 것 — 내다보지 않는
것 — 취하는 것 — 정신없는 것 — 방 — 버선처럼 생긴 방이었다. 아
내였다. 거미라는 탓이었다.

　오는 주소 씨명을 멈추고 그에게 담배를 내밀었다. 그러자 연
기를 가르면서 문이 열렸다. (퇴사 시간) 뚱뚱한 사람이 말처럼
달려들었다. 뚱뚱한 신사는 오와 깨끗하게 인사를 한다. 가느다
란 몸집을 한 오는 굵은 목소리를 굵은 몸집을 한 신사는 가느다
란 목소리로 주고받고 하는 신선한 회화다. "사장께서는 나가셨
나요?" "네 — 참 이백 명이 좀 넘는데요" "넉넉합니다 먼저 오시
겠지요" "한 시간쯤 미리 가지요" "에 — 또 에 — 또 에또 에또 그
럼 그렇게 알고" "가시겠습니까"

　툭탁하고 나더니 뚱뚱한 신사는 곁에 앉은 그를 흘긋 보고 고

개를 돌리고 그저 나갈 듯하다가 다시 흘깃 본다. 그는—내 인사를 하면 어떻게 되더라? 하고 망싯망싯하다가 그만 얼떨결에 꾸뻑 인사를 하여버렸다. 이 무슨 염치없는 짓인가. 뚱뚱 신사는 인사를 받더니 받아가지고는 그냥 씽긋 웃듯이 나가버렸다. 이 무슨 모욕인가. 그의 귀에는 뚱뚱 신사가 대체 누군가를 생각해 보는 동안에도 "어떠십니까"는 그 뚱뚱 신사의 손가락질 같은 말 한 마디가 남아서 웽웽한다. 어떠냐니 무엇이 어떠냐누—아니 그게 누군가—옳아 옳아. 뚱뚱 신사는 바로 그의 아내가 다니고 있는 카페 R 회관 주인이었다. 아내가 또 온 것 서너 달 전이다. 와서 그를 먹여 살리겠다는 것이었다. 빚 '백 원'을 얻어 쓸 때 그는 아내를 앞세우고 이 뚱뚱이 보는 데 타원형 도장을 찍었다. 그때 유까다[1] 입고 내려다보던 눈에서 느낀 굴욕을 오늘이라고 잊었을까. 그러나 그는 이게 누군지도 채 생각나기 전에 어언간 이 뚱뚱에게 고개를 수그리지 않았나. 지금. 지금. 골수에 스미고 말았나 보다. 칙칙한 근성이—모르고 그랬다고 하면 말이 될까? 더럽구나. 무슨 구실로 변명하여야 되나. 에잇! 에잇—아무것도 차라리 억울해하지 말자—이렇게 맹서하자. 그러나 그의 뺨이 화끈화끈 달았다. 눈물이 새금새금 맺혀들어 왔다. 거미—분명히 그 자신이 거미였다. 물부리처럼 야위어 들어 가는 아내를 빨아먹는 거미가 너 자신인 것을 깨달아라. 내가 거미다. 비린내 나는 입이다. 아니 아내는 그럼 그에게서 아무것도 안 빨아먹느냐. 보렴—이 파랗게 질린 수염 자국—퀭한 눈—늘씬하게 만연되나 마나 하는 형용 없

---

1 일본인들의 겉옷. 아래위에 걸쳐 입는, 두루마기 모양의 긴 무명 홑옷.

는 영양榮養을—보아라. 아내가 거미다. 거미 아닐 수 있으랴. 거미와 거미 거미와 거미냐. 서로 빨아먹느냐. 어디로 가나. 마주 야위는 까닭은 무엇인가. 어느 날 아침에나 뼈가 가죽을 찢고 내밀리려는지—그 손바닥만 한 아내의 이마에는 땀이 흐른다. 아내의 이마에 손을 얹고 그래도 여전히 그는 잔인하게 아내를 밟았다. 밟히는 아내는 삼경이면 쥐 소리를 지르며 찌그러지곤 한다. 내일 아침에 펴지는 염낭처럼. 그러나 아주까리 같은 사치한 꽃이 핀다. 방은 밤마다 홍수가 나고 이튿날이면 쓰레기가 한 삼태기씩이나 났고—아내는 이 묵직한 쓰레기를 담아가지고 늦은 아침—오후 네시—뜰로 내려가서 그도 대리하여 두 사람 치의 해를 보고 들어온다. 금 긋듯이 아내는 작아 들어갔다. 쇠와 같이 독한 꽃—독한 거미—문을 닫자. 생명에 뚜껑을 덮었고 사람과 사람이 사귀는 버릇을 닫았고 그 자신을 닫았다. 온갖 벗에서—온갖 관계에서—온갖 희망에서—온갖 욕欲에서—그리고 온갖 욕에서—다만 방 안에서만 그는 활발하게 발광할 수 있었다. 미역 핥듯 핥을 수도 있었다. 전등은 그런 숨결 때문에 곧잘 꺼졌다. 밤마다 이 방은 고달팠고 뒤집어엎었고 방 안은 기어 병들어 가면서도 빠득빠득 버티고 있다. 방 안은 쓰러진다. 밖에 와 있는 세상—암만 기다려도 그는 나가지 않는다. 손바닥만 한 유리를 통하여 꿋꿋이 걸어가는 세월을 볼 수 있을 따름이었다. 그러나 밤이 그 유리 조각마저도 얼른얼른 닫아주었다. 안 된다고.

그러자 오는 그의 무색해하는 것을 볼 수 없다는 듯이 들창 셔터를 내렸다. 자 나가세. 그는 여기서 나가지 않고 그냥 그의 방으로 돌아가고 싶었다. (육 원짜리 셋방) (방밖에 없는 방) (편한 방)

그럴 수는 없나. "그 뚱뚱이 어떻게 아나?" "그저 알지" "그저라니" "그저" "친헌가" "천만에—대체 그게 누군가" "그거—그건 가부꾼이지—우리 취인점허구는 돈 만 원 거래나 있지" "흠" "개천에서 용이 나려니까" "흠"

R 카페는 뚱뚱의 부업인 모양이었다. 내일 밤은 A 취인점이 고객을 초대하는 망년회가 R 카페 삼층 홀에서 열릴 터이고 오는 그 준비를 맡았단다. 이따가 느지막해서 오는 R 회관에 좀 들른단다. 그들은 차점에서 위선 홍차를 마셨다. 크리스마스트리 곁에서 축음기가 깨끗이 울렸다. 두루마기처럼 기다란 털외투—기름 바른 머리—금시계—보석 박힌 넥타이핀—이런 모든 오의 차림차림이 한없이 그의 눈에 거슬렸다. 어쩌다가 저 지경이 되었을까. 아니. 내야말로 어쩌다가 이 모양이 되었을까. (돈이었다) 사람을 속였단다. 다 털어먹은 후에는 볼품 좋게 여비를 주어서 쫓는 것이었다. 삼십까지 백만 원. 주체할 수 없이 달라붙는 계집. 자네도 공연히 꾸물꾸물하지 말고 청춘을 이렇게 대우하라는 것이었다. (거침없는 오 이야기) 어쩌다가 아니—어쩌다가 나는 이렇게 훨씬 물러앉고 말았나를 알 수가 없었다. 다만 모든 이런 오의 저속한 큰소리가 맹탕 거짓말 같기도 하였으나 또 아니 부러워하려야 아니 부러워할 수 없는 형언 안 되는 것이 확실히 있는 것도 같았다.

지난봄에 오는 인천에 있었다. 십 년—그들의 깨끗한 우정이 꿈과 같은 그들의 소년 시대를 그냥 아름다운 것으로 남기게 하였다. 아직 싹 트지 않은 이른 봄 건강이 없는 그는 오와 사직공원 산기슭을 같이 걸으며 오가 긴히 이야기해야겠다는 이야기를 듣고 있었다. 너무나 뜻밖의 일은—오의 아버지는 백만의 가산을 날리고 마지막 경매가 완전히 끝난 것이 바로 엊그제라는—여러 형제 가운데 이 오에게만 단 한 줄기 촉망을 두는 늙은 기미期※ 호걸의 애끊는 글을 오는 속주머니에서 꺼내 보이고—저버릴 수 없는 마음이—오는 운다—우리 일생의 일로 정하고 있던 화필을 요만 일에 버리지 않으면 안 되겠느냐는—전에도 후에도 한 번밖에 없은 오의 종종淙淙한[2] 고백이었다. 그때 그는 봄과 함께 건강이 오기만 눈이 빠지게 고대하던 차—그도 속으로 화필을 던진 지 오래였고—묵묵히 머지않아 쪼개질 축축한 지면을 굽어보았을 뿐이었다. 그리고 뒤미처 태풍이 왔다. 오너라—내 생활을 좀 보아라—이런 오의 부름을 빙그레 웃으며 그는 인천에 오를 들렀다. 사사四四—벅적대는 해안통—K 취인점 사무실—어디로 갔는지 모르는 오의 형용 깎은 듯한 오의 집무 태도를 그는 여전히 건강이 없는 눈으로 어이없이 들여다보고 오는 날을 오는 날을 탄식하였다. 방은 전화 자리 하나를 남기고 빽빽이 방안지로 메꿔져 있었다. 낡기도 전에 갈리는 방안지 위에 붉은 선 푸른 선의 높고 낮은 것—오의 얼굴은 일시 일각이 한결같지 않았다. 밤이면 오를 따라 양철 조각 같은 바[3]로 얼마든지 쏘다닌 다음—(시끼시마[4])—나날이 축가는 몸을 다스릴 수 없었건만 이상스럽게 오는 여섯시면 깼었고 깨어서는 화등잔 같은 눈알을 이리 굴리고 저리 굴리고 빨간 뺨이 까딱하지 않고 아홉시까지는 해안통 사무실에 낙자

---

2 물이 흐르는 듯한.
3 bar.
4 '일본'을 가리키는 또 다른 이름. 여기서는 카페 이름으로 쓰임.

없이 있었다. 피곤하지 않는 오의 몸이 아마 금강력과 함께—필연—무슨 도道고 도를 통하였나 보다. 낮이면 오의 아버지는 울적한 심사를 하나 남은 가야금에 붙이고 이따금 자그마한 수첩에 믿는 아들에게서 걸리는 전화를 만족한 듯이 적는다. 미닫이를 열면 경인 열차가 가끔 보인다. 그는 오의 털외투를 걸치고 월미도 뒤를 돌아 드문드문 아직도 덜 진 꽃나무 사이 잔디 위에 자리를 잡고 반듯이 누워서 봄이 오고 건강이 아니 온 것을 끌탕하였다. 내다보이는 바다—개흙밭 위로 바다가 한벌 드나들드니 날이 저물고 저물고 하였다. 오후 네시 오는 휘파람을 불며 이 날마다 같은 잔디로 그를 찾아온다. 천막 친 데서 흔들리는 포터블⁵을 들으며 차를 마시고 사슴을 보고 너무 긴 방축 중간에서 좀 선선한 아이스크림을 사 먹고 굴 캐는 것 좀 보고 오 방에서 신문과 저녁이 정답게 끝난다. 이러한 달—5월—그는 바로 그 잔디 위에서 어느덧 〈배따라기〉를 배웠다. 흉중에 획책하던 일이 날마다 한 켜씩 바다로 흩어졌다. 인생에 대한 끝없는 주저를 잔뜩 지니고 인천서 돌아온 그의 방에서는 아내의 자취를 찾을 길이 없었다. 부모를 배역한 이런 아들을 아내는 기어이 이렇게 잘 떵겨주는구나—(문학) (시) 영구히 인생을 망설거리기 위하여 길 아닌 길을 내디뎠다 그러나 또 튀려는 마음—삐뚤어진 젊음 (정치) 가끔 그는 투어리스트 뷰로⁶에 전화를 걸었다. 원양 항해의 배는 늘 방 안에서만 기적도 불고 입항도 하였다. 여름이 그가 땀 흘리는 동안에 가고—그러나 그의 등의 땀이 걷히기 전에 왕복 엽서 모양으로 아내가 초

5 여기서는 휴대용 라디오를 가리킴.
6 여행사·관광국.

조히 돌아왔다. 낡은 잡지 속에 섞여서 배고파하는 그를 먹여 살
리겠다는 것이다. 왕복 엽서―없어진 반牒―눈을 감고 아내의 살
에서 허다한 지문 내음새를 맡았다. 그는 그의 생활의 서술에 귀
찮은 공을 쳤다. 끝났다. 먹어라 먹으마―머리도 잘라라―머리
지지는 십 전짜리 인두―속옷밖에 필요치 않은 하루―R 카페―
뚱뚱한 유까다 앞에서 얻은 백 원―그러나 그 백 원을 그냥 쥐
고 인천 오에게로 달려가는 그의 귀에는 지난 5월 오가―백 원
을 가져오너라 위선 석 달 만에 백 원 내놓고 오백 원을 주마―
는 분간할 수 없지만 너무 든든한 한마디 말이 쟁쟁하였던 까닭
이다. 그리고 도전盜電하는 그에게 아내는 제 발이 저려 그랬겠지
만 잠자코 있었다. 당하였다. 신문에서 배 시간표를 더러 보기도
하였다. 오는 두서너 번 편지로 그의 그런 생활 태도를 여간 칭찬
한 것이 아니다. 오가 경성으로 왔다. 석 달은 한 달 전에 끝이 났
는데―오는 인천서 오에게 버는 족족 털어 바치던 아내(라고 오
는 결코 부르지 않았지만)를 벗어버리고―그까짓 것은 하여간에
오의 측량할 수 없는 깊은 우정은 그 넉 달 전의 일도 또 한 달 전
에 의례히 있었어야 할 일도 광풍제월같이 잊어버린―참 반가운
편지가 요 며칠 전에 그의 닫은 생활을 뚫고 들어왔다. 그는 가을
과 겨울을 잤다. 계속하여 자는 중이었다.―예이 그래 이 사람아
한번 파치가 된 계집을 또 데리고 살다니 하는 오의 필시 그럴 공
연한 쑤석질도 싫었고―그러나 크리스마스―아니다. 어디 그 꿩
구워 먹은 좋은 얼굴을 좀 보아두자―좋은 얼굴―전날의 오―그
런 것이지―주체할 수 없게 되기 전에 여기다가 동그라미를 하나
쳐두자―물론 아내는 아무것도 모른다.

2

그날 밤에 아내는 멋없이 층계에서 굴러떨어졌다. 못났다.

도저히 알아볼 수 없는 이 긴가민가한 오와 그는 어디서 술을 먹었다. 분명히 아내가 다니고 있는 R 회관은 아닌 그러나 역시 그는 그의 아내와 조금도 틀린 곳을 찾을 수 없는 너무 많은 그의 아내들을 보고 소름이 끼쳤다. 별의별 세상이다. 저렇게 해놓으면 어떤 것이 어떤 것인지―오―가는 것을 보면 알겠군―두시에는 남편 노릇 하는 사람들이 일일이 영접하러 오는 그들 여급의 신기한 생활을 그는 들어 알고 있다. 아내는 마중 오지 않는 그를 애정을 구실로 몇 번이나 책망하였으나 들키면 어떻게 하려느냐― 누구에게―즉―상대는 보기 싫은 넓적하게 생긴 세상이다. 그는 이 왔다 갔다 하는 똑같이 생긴 화장품―사실 화장품의 고하가 그들을 구별시키는 외에는 표 난 데라고는 영 없었다―얼쑹덜쑹 한 아내들을 두리번두리번 돌아보았다. 헤헤―모두 그렇겠지―가 서는 방에서―(참 당신은 너무 닮았구려)―그러나 내 아내는 화장품을 잘 사용하지 않으니까―아내의 파리한 바탕 주근깨―코보다 작은 코, 입보다 얇은 입―(화장한 당신이 화장 안 한 아내를 닮았다면?)―"용서하오"―그러나 내 아내만은 왜 그렇게 야위나. 무엇 때문에 (네 죄) (네가 모르느냐) (알지) 그러나 이 여자를 좀 보아라. 얼마나 이글이글하게 살이 알차냐 잘 쪘다. 곁에 와 앉기만 하는데도 후끈후끈하구나. 오의 귓속말이다. "이게 마유미야 이 뚱뚱보가―하릴없이 양돼진데 좋아 좋단 말이야―금알 낳는 게사니 이야기 알지 (알지) 즉 화수분이야―하루저녁에 삼 원 사

원 오 원—잡힐 물건이 없는데 돈 주는 전당국이야(정말?) 아—나의 사랑하는 마유미거든" 지금쯤은 아내도 저 짓을 하렸다. 아프다. 그의 찌푸린 얼굴을 얼른 오가 껄껄 웃는다. 흥—고약하지—하지만 들어보게—소바[7]에 계집은 절대 금물이다. 그러나 살을 저며 먹이려고 달겨드는 것을 어쩌느냐 (옳다 옳다) 계집이란 무엇이냐 돈 없이 계집은 무의미다—아니, 계집 없는 돈이야말로 무의미다. (옳다 옳다) 오야 어서 다음을 계속하여라. 따면 따는 대로 금시계를 산다 몇 개든지, 또 보석, 털외투를 산다, 얼마든지 비싼 것으로. 잃으면 그놈을 끄린다. 옳다. (옳다 옳다) 그러나 이 짓은 좀 안타까운걸. 어떻게 하는고 하니 계집을 하나 찰짜로 골라가지고 쓱 시계 보석을 사주었다가 도로 빼앗아다가 끄리고 또 사주었다가 또 빼앗아다가 끄리고—그러니까 사주기는 사주었는데 그놈이 평생 가야 제 것이 아니고 내 것이거든—쓱 얼마를 그런 다음에는—그러니까 꼭 여급이라야만 쓰거든—하루저녁에 아따 얼마를 벌든지 버는 대로 털거든—살을 저며 먹이려 드는데 하루에 아 삼사 원 털기쯤—보석은 또 여전히 사주니까 남는 것은 없어도 여러 번 사준 폭 되고 내가 거미지, 거민 줄 알면서도—아니야, 나는 또 제 요구를 안 들어주는 것은 아니니까—그렇지만 셋방 하나 얻어가지고 같이 살자는 데는 학질이야—여보게 거기까지 가면 삼십까지 백만 원 꿈은 세봉이지. (옳다? 옳다?) 소바란 놈 이따가 부자 되는 수효보다는 지금 거지 되는 수효가 훨씬 더 많으니까, 다, 저런 것이 하나 있어야 든든하지. 즉

---

7 そうば. 현물로 거래하지 않고 시세 변동에 따른 매매 차액으로 이익을 얻는 투기 거래.

배수진을 쳐놓자는 것이다. 오는 현명하니까 이 금알 낳는 게사니 배를 가를 리는 천무 만무다. 저 더덕더덕 붙은 볼따구니 두껍다란 입술이 생각하면 다시없이 귀엽기도 할밖에.

그의 눈은 주기로 하여 차차 몽롱하여 들어왔다 개개풀린 시선이 그 마유미라는 고깃덩어리를 부러운 듯이 살피고 있었다. 아내―마유미―아내―자꾸 말라 들어가는 아내―꼬챙이 같은 아내―그만 좀 마르지―마유미를 좀 보려무나―넓적한 잔등이 푼더분한 폭, 폭, 폭을―세상은 고르지도 못하지―하나는 옥수수과자 모양으로 무럭무럭 부풀어 오르고 하나는 눈에 보이듯이 오그라들고―보자 어디 좀 보자―인절미 굽듯이 부풀어 올라오는 것이 눈으로 보이렷다. 그러나 그의 눈은 어항에 든 금붕어처럼 눈자위 속에서 그저 오르락내리락 꿈틀거릴 뿐이었다. 화려하게 웃는 마유미의 복스러운 얼굴이 해초처럼 느리게 움직이는 것이 희미하게 보일 뿐이었다. 오는 이런 코를 찌르는 화장품 속에서 웃고 소리 지르고 손뼉을 치고 또 웃었다.

왜 오에게만 저런 강력한 것이 있나. 분명히 오는 마유미에게 야위지 못하도록 금하여 놓았으리라. 명령하여 놓았나 보다. 장하다. 힘. 의지―? 그런 강력한 것―그런 것은 어디서 나오나. 내―그런 것만 있다면 이 노릇 안 하지―일하지―하여도 잘하지―들창을 열고 뛰어내리고 싶었다. 아내에게서 그 악착한 끄나풀을 끌러 던지고 훨훨 줄달음박질을 쳐서 달아나 버리고 싶었다. 내 의지가 작용하지 않는 온갖 것아, 없어져라. 닫자. 첩첩이 닫자. 그러나 이것도 힘이 아니면 무엇이랴―시뻘겋게 상기한 눈이 살기를 띠고 명멸하는 황홀경 담벼락에 숨 쉴 구멍을 찾았다. 그냥 벌벌 떨었다. 텅 빈 골속에 회오리바람이 일어난 것같이 완전히 전후를 가리지 못하는 일개 그는 추잡한 취한으로 화하고 말았다.

그때 마유미는 그의 귀에다 대고 속삭인다. 그는 목을 움찔하면서 혀를 내밀어 널름널름하여 보였다. 그러나저러나 너무 먹었나 보다—취하기도 취하였거니와 이것은 배가 좀 너무 부르다. 마유미 무슨 이야기요. "저이가 거짓말쟁인 줄 제가 모르는 줄 아십니까. 알아요(그래서) 미술가라지요. 생딴전을 해놓겠지요. 좀 타일러 주세요—어림없이 그리지 말라구요—이 마유미는 속는 게 아니라구요—제가 이러는 게 그야 좀 반허긴 반했지만—선생님은 아시지오(알고말고) 으쨌든 저따위 끄나풀이 한 마리 있어야 삽니다. (뭐? 뭐?) 생각해 보세요—그래 하룻밤에 삼사 원씩 벌어야 뭣에다 쓰느냐 말이에요—화장품을 사나요? 옷감을 끊나요. 허긴 한두 번 아니 열아믄 번꺼지는 아주 비싼 놈으로 골라서 그 짓도 허지오—허지만 허구헌 날 화장품을 사나요 옷감을 끊나요? 거 다 뭐하나요—얼마 못 가서 싫증이 납니다—그럼 거지를 주나요? 아이구 참—이 세상에서 제일 미운 게 거집니다. 그래두 저런 끄나풀을 한 마리 가지는 게 화장품이나 옷감보다는 훨씬 낫습니다. 좀처럼 싫증 나는 법이 없으니까요—즉 남자가 외도하는—아니—좀 다릅니다. 하여간 싸움을 해가면서 벌어다가 그날 저녁으로 저 끄나풀한테 빼앗기고 나면—아니 송두리째 갖다 바치고 나면 속이 시원합니다. 구수합니다. 그러니까 저를 빨아먹는 거미를 제 손으로 길르는 세음이지요. 그렇지만 또 이 허전한 것을 저 끄나풀이 다 수굿이 채워주거니 하면 아까운 생각은커녕 즈이가 되려 거민가 싶습니다. 돈을 한 푼도 벌지 말면 그만이겠지만 인제 그만해도 이 생활이 살에 척 배어버려서 얼른 그만두기도 어렵고 허자니 그러기는 싫습니다. 이를 북북 갈아 제쳐가면서 기를 쓰고 빼았습니다"

양말—그는 아내의 양말을 생각하여 보았다. 양말 사이에서는 신기하게도 밤마다 지폐와 은화가 나왔다. 오십 전짜리가 딸랑 하고 방바닥에 굴러떨어질 때 듣는 그 음향은 이 세상 아무것에도 비길 수 없는 가장 숭엄한 감각에 틀림없었다. 오늘 밤에는 아내는 또 몇 개의 그런 은화를 정강이에서 뱉어놓으려나 그 북어와 같은 종아리에 난 돈 자국—돈이 살을 파고 들어가서—고놈이 아내의 정기를 속속들이 빨아내나 보다. 아—거미—잊어버렸던 거미—돈도 거미—그러나 눈앞에 놓여 있는 너무나 튼튼한 쌍거미—너무 튼튼하지 않으냐. 담배를 한 대 피워 물고—참—아내야. 대체 내가 무엇인 줄 알고 죽지 못하게 이렇게 먹여 살리느냐—죽는 것—사는 것—그는 천하다. 그의 존재는 너무나 우스꽝스럽다. 스스로 지나치게 비웃는다.

그러나—두시—그 황홀한 동굴—방—을 향하여 그의 걸음은 빠르다. 여러 골목을 지나—오냐 너는 너 갈 데로 가거라—따듯하고 밝은 들창과 들창을 볼 적마다—닭—개—소는 이야기로만—그리고 그림엽서—이런 펄펄 끓는 심지를 부여잡고 그 화끈화끈한 방을 향하여 쏟아지듯이 몰려간다. 전신의 피—무게—와 있겠지—기다리겠지—오래간만에 취한 실없는 사건—허리가 녹아나도록 이 녀석—이 녀석—이 엉뚱한 발음—숨을 힘껏 들이쉬어 두자. 숨을 힘껏 쉬어라. 그리고 참자 에라. 그만 아주 미쳐버려라.

그러나 웬일일까. 아내는 방에서 기다리고 있지 않았다. 아하—그날이 왔구나. 왜 갔는지 모르는데 가버리는 날—하필? 그러나 (왜 왔는지 알기 전에) 왜 갔는지 모르고 지내는 중에 너는 또 오려느냐—내친걸음이다. 아니—아주 닫아버릴까. 수챗구멍에 빠져서라도 섣불리 세상이 업신여기려도 업신여길 수 없도록—트집거리를 주어서는 안 된다. R 카페—내일 A 취인점이 고객을 초대하는 망년회를 열—아내—뚱뚱 주인이 받아가지고 간 내 인사—이 저주받아야 할 R 카페의 뒷문으로 하여 주춤주춤 그는 조바[8]에 그의 협수룩한 꼴을 나타내었다. 조바 내 다 안다—너희들이 얼마에 사다가 얼마에 파나—알면 무엇을 하나—여보 안경 쓴 부인 말 좀 물읍시다. (아이구 복작거리기도 한다 이 속에서 어떻게들 사누) 부인은 통신부같이 생긴 종잇조각에 차례차례 도장을 하나씩만 찍어준다. 아내는 일상 말하였다. 얼마를 벌든지 일 원씩만 갚는 법이라고—딴은 무이자다—어째서 무이자냐—(아느냐)—돈이—같지 않더냐—그야말로 도통을 하였느냐. 그래 "나미꼬가 어디 있습니까" "댁에서 오셨나요 지금 경찰서에 가 있습니다" "뭘 잘못했나요" "아아니—이거 어째 이렇게 칠칠치가 못할까"는 듯이 칼을 들고 나온 쿡이 똑똑히 좀 들으라는 이야기다. 아내는 층계에서 굴러떨어졌다. 넌 왜 요렇게 빼빼 말랐니—아야 아야 노세요 말 좀 해봐 아야 아야 노세요. (눈물이 핑 돌면서) 당신은 왜 그렇게 양돼지 모양으로 살이 쪘소오—뭐이, 양돼지?—양돼지가 아니고—에이 발칙한 것. 그래서 발길

---

8 (상점·여관·요정 등의) 계산대. 또는 그곳에서 일하는 사람. 카운터.

로 차였고 채여서는 층계에서 굴러떨어졌고 굴러떨어졌으니 분하고—모두 분하다. "과히 다치지는 않았지만 그런 놈은 버릇을 좀 가르쳐주어야 하느니 그래 경관은 내가 불렀소이다" 말라깽이라고 그런 점잖은 손님의 농담에 어찌 외람히 말대꾸를 하였으며 말대꾸도 유분수지 양돼지라니—그래 생각해 보아라 네가 말라깽이가 아니고 무엇이냐—암—내라도 양돼지 소리를 듣고는—아니 말라깽이 소리를 듣고는—아니 양돼지 소리를 듣고는—아니다 아니다 말라깽이 소리를 듣고는—나도 사실은 말라깽이지만—그저 있을 수 없다—양돼지라 그래줄밖에—아니 그래 양돼지라니 그런 괘씸한 소리를 듣고 내가 손님이라면—아니 내가 여급이라면—당치 않은 말—내가 손님이라면 그냥 패주겠다. 그렇지만 아내야 양돼지 소리 한 마디만은 잘했다 그러니까 걷어차였지—아니 나는 대체 누구 편이냐 누구 편을 들고 있는 세음이냐. 그 대그락대그락하는 몸이 은근히 다쳤겠지—접시 깨지듯 했겠지—아프다. 아프다. 앞이 다 캄캄하여지기 전에 사부로가 씨근씨근 왔다. 남편 되는 이더러 오란단다. 바로 나요—마침 잘되었습니다. 나쁜 놈입니다 고소하세요. 여급들과 보이들과 이다바[9]들의 동정은 실로 나미꼬 일신 위에 집중되어 형세 자못 온건치 않은 것이었다.

경찰서 숙직실—이상하다—우선 경부보와 순사 그리고 오 R 카페 뚱뚱 주인 그리고 과연 양돼지와 같은 범인(저건 내라도 양돼지라고 자칫 그러기 쉬울걸) 그리고 난로 앞에 새파랗게 질린

9 일본어로 '조리사·요리사'를 뜻함.

채 쪼크리고 앉아 있는 새앙쥐만 한 아내—그는 얼빠진 사람 모양으로 이 진기한—도저히 있을 법하지 않은 콤비네이션을 몇 번이고 두루 살펴보았다. 그는 비철비철 그 양돼지 앞으로 가서 그 개기름 흐르는 얼굴을 한참이나 들여다보더니 떠억 "당신입디까" "당신입디까" 아마 안면이 무던히 있나 보다 서로 쳐다보며 빙그레 웃는 속이—그러나 아내야 가만있자—제발 울음을 끄쳐라 어디 이야기나 좀 해보자꾸나. 후 한숨을 내쉬고 났더니 멈췄던 취기가 한꺼번에 치밀어 올라오면서 그는 금시로 그 자리에 쓰러질 것 같았다. 와이샤쓰 자락이 바지 밖으로 꾀져 나온 이 양돼지에게 말을 건넨다. "뵈옵기에 퍽 몸이 약하신데요" "딴 말씀" "딴 말씀이라니" "딴 말씀이지" "딴 말씀이시라니" "허 딴 말씀이라니까" "허 딴 말씀이라니까라니" 그때 참다못하여 경부보가 소리를 질렀다. 그리고 그대가 나미꼬의 정당한 남편인가 이름은 무엇인가 직업은 무엇인가 하는 질문에는 질문마다 그저 한없이 공손히 고개를 숙여주었을 뿐이었다. 고개만 그렇게 공연히 숙였다 치켰다 할 것이 아니라 그대는 그래 고소할 터인가 즉 말하자면 이 사람을 어떻게 하였으면 좋겠는가. 그렇습니다. (당신들 눈에 내가 구더기만큼이나 보이겠소? 이 사람을 어떻게 하였으면 좋을까는 내가 모르면 경찰이 알겠거니와 그래 내가 하라는 대로 하겠다는 말이오?) 지금 내가 어떻게 하였으면 좋을까는 누구에게 물어보아야 되나요. 거기 섰는 오 그리고 내 아내의 주인 나를 위하여 가르쳐주소, 어떻게 하였으면 좋으리까. 눈물이 어느 사이에 뺨을 흐르고 있었다. 술이 점점 더 취하여 들어온다. 그는 이 자리에서 어떻다고 차마 입을 벌릴 정신도 용기도 없었다. 오와 뚱뚱 주인이 그의 어깨를 건드리며 위로한다. "다른 사람이 아니라 우리 A 취인점 전무야. 술 취한 개라니 그렇게만 알게나그려. 자네도 알다시피 내일 망년회에 전무가 없으면 사장이 없는 것 이상이야. 잘 화해할 수는 없나" "화해라니 누구를 위해서" "친구를 위하야" "친구라니" "그럼 우리 점을 위해서" "자네가 사장인가" 그때 뚱뚱 주인이 "그럼 당신의 아내를 위하야" 백 원씩 두 번 얻어 썼다. 남은 것이 백오십 원― 잘 알아들었다. 나를 위협하는 모양이구나. "이건 동화지만 세상에는 어쨌든 이런 일도 있소 즉 백 원이 석 달 만에 꼭 오백이 되는 이야긴데 꼭 되었어야 할 오백 원이 그게 넉 달이었기 때문에 감쪽같이 한 푼도 없어져 버린 신기한 이야기요. (오야 내가 좀 치사스러우냐) 자 이런 일도 있는데 일개 여급 발길로 차는 것쯤이야 팥고물이 아니고 무엇이겠소? (그러나 오야 일없다 일없다) 자 나는 가겠소 왜들 이렇게 성가시게 구느냐, 나는 아무것에도 참견하기 싫다. 이 술을 곱게 삭이고 싶다. 나를 보내주시오 아내를 데리고 가겠소. 그리고는 다 마음대로 하시오"

밤―홍수가 고갈한 최초의 밤―신기하게도 건조한 밤이었다. 아내야 너는 이 이상 더 야위어서는 안 된다 절대로 안 된다 명령해 둔다. 그러나 아내는 참새 모양으로 깽깽 신열까지 내어가면서 날이 새도록 앓았다. 그 곁에서 그는 이것은 너무나 염치없이 씨근씨근 쓰러지자마자 잠이 들어버렸다. 안 골던 코까지 골고― 아―정말 양돼지는 누구냐 너무 피곤하였던 것이다. 그냥 기가 막혀버렸던 것이다.

그동안―긴 시간.

아내는 아침에 나갔다. 사부로가 부르러 왔기 때문이다. 경찰서로 간단다. 그도 오란다. 모든 것이 귀찮았다. 다리 저는 아내를 억지로 내어보내 놓고 그는 인간 세상의 하품을 한번 커다랗게 하였다. 한없이 게으른 것이 역시 제일이구나. 첩첩이 덧문을 닫고 앓는 소리 없는 방 안에서 이번에는 정말―제발 될 수 있는 대로 아내는 오래 걸려서 이따가 저녁때나 되거든 돌아왔으면 그러든지―경우에 따라서는 아내가 아주 가버리기를 바라기조차 하였다. 두 다리를 쭉 뻗고 깊이깊이 잠이 좀 들어보고 싶었다.

오후 두시―십 원 지폐가 두 장이었다. 아내는 그 앞에서 연해 해죽거렸다. "누가 주더냐" "당신 친구 오 씨가 줍디다" 오 오 역시 오로구나(그게 네 백 원 꿀떡 삼킨 동화의 주인공이다) 그리운 지난날의 기억들 변한다 모든 것이 변한다. 아무리 그가 이 방 덧문을 첩첩 닫고 일 년 열두 달을 수염도 안 깎고 누워 있다 하더래도 세상은 그 잔인한 '관계'를 가지고 담벼락을 뚫고 숨어든다. 오래간만에 잠다운 잠을 참 한참 늘어지게 잤다. 머리가 차츰 맑아 들어온다. "오가 주드라 그래 뭐라고 그러면서 주드냐" "전무가 술이 깨서 참 잘못했다고 사과하드라고" "너 대체 어디까지 갔다 왔느냐" "조바까지" "잘한다, 그래 그걸 넙적 받았느냐" "안 받으려다가 정 잘못했다고 그러드라니까" 그럼 오의 돈은 아니다. 전무? 뚱뚱 주인 둘 다 있을 법한 일이다. 아니, 십 원씩 추렴인가. 이런 때 왜 그의 머리는 맑은가. 그냥 흐려서 아무것도 생각할 수 없이 되어버렸으면 작히 좋겠나. 망년회 오후. 고소. 위자료. 구더기. 구더기만도 못한 인간 아내는. 아프다면서 재재대인다. "공돈이 생겼으니 써버립시다. 오늘은 안 나갈 테야 (멍든 데 고약 사 바를 생각은 꿈에도 하지 않고) 내일 낮에 치마가 한 감 저고리가 한 감 (뭣이 하나 뭣이 하나) (그래서 십 원은 까불린 다음) 남저지 십 원은 당신 구두 한 켤레 맞춰주기로" 마음대로 하려무나. 나는 졸리다. 졸려 죽겠다. 코를 풀어버리더라도 내게 의논 마라. 지금쯤 R 회관 삼층에 얼마나 장중한 연회가 열렸을 것이며 양돼지 전무는 와이샤쓰를 집어넣고 얼마나 점잖을 것인가. 유치장에서 연회로(공장에서 가정으로) 이십 원짜리—이백여 명—칠면조—햄—소시지—비계—양돼지—일 년 전 이 년 전 십 년 전—수염—냉회와 같은 것—남은 것—뼈다귀—지저분한 자국—과 무엇이 남았느냐—닫은 일 년 동안—산 채 썩어 들어가는 그 앞에 가로놓인 아가리 딱 벌린 1월이었다.

위로가 될 수 있었나 보다. 아내는 혼곤히 잠이 들었다. 전등이 딱들 하다는 듯이 물끄러미 내려다보고 있다. 진종일을 물 한 모금 마시지 않았다. 이십 원 때문에 그들 부부는 먹어야 산다는 철칙을—그 장중한 법률을 완전히 거역할 수 있었다.

이것이 지금 이 기괴망측한 생리 현상이 즉 배가 고프다는 상태렷다. 배가 고프다. 한심한 일이다. 부끄러운 일이었다. 그러나 오 네 생활에 내 생활을 비교하여 아니 내 생활에 네 생활을 비교하여 어떤 것이 진정 우수한 것이냐. 아니 어떤 것이 진정 열등한 것이냐. 외투를 걸치고 모자를 얹고—그리고 잊어버리지 않고 그 이십 원을 주머니에 넣고 집—방을 나섰다. 밤은 안개로 하여 흐릿하다. 공기는 제대로 썩어 들어가는지 쉬적지근하여. 또—과연 거미다. (환퇴)—그는 그의 손가락을 코밑에 가져다가 가만히 맡아보았다. 거미 내음새는—그러나 이십 원을 요모조모 주무르던 그 새금한 지폐 내음새가 참 그윽할 뿐이었다. 요 새금한 내음새—요것 때문에 세상은 가만있지 못하고 생사람을 더러 잡는다—더러가 뭐냐. 얼마나 많이 축을 내나. 가다듬을 수 없는 어지러운 심정이었다. 거미—그렇지—거미는 나밖에 없다. 보아라. 지금 이 거미의 끈적끈적한 촉수가 어디로 몰려가고 있나—쪽 소름이 끼치고 식은땀이 내솟기 시작이다.

노한 촉수—마유미—오의 자신 있는 계집—끄나풀—허전한 것—수단은 없다. 손에 쥔 이십 원—마유미—십 원은 술 먹고 십 원은 팁으로 주고 그래서 마유미가 응하지 않거든 예이 양돼지라고 그래버리지. 그래도 그만이라면 이십 원은 그냥 날아가—헛되다—그러나 어떠냐 공돈이 아니냐. 전무는 한 번 더 아내를 층계에서 굴러 떨어트려 주려무나. 또 이십 원이다. 십 원은 술값 십 원은 팁. 그래도 마유미가 응하지 않거든 양돼지라고 그래주고 그래도 그만이면 이십 원은 그냥 뜨는 것이다. 부탁이다. 아내야 또 한 번 전무 귀에다 대고 양돼지 그래라. 걷어차거든 두 말 말고 층계에서 내려 굴러라.

—〈중앙〉, 1936. 6.

날개

'박제가 되어버린 천재'를 아시오? 나는 유쾌하오. 이런 때 연애
까지가 유쾌하오.

육신이 흐느적흐느적하도록 피로했을 때만 정신이 은화처럼
맑소. 니코틴이 내 횟배 앓는 배 속으로 숨으면 머릿속에 의례히
백지가 준비되는 법이오. 그 위에다 나는 위트와 패러독스를 바
둑 포석처럼 늘어놓소. 가공할 상식의 병이오.

　나는 또 여인과 생활을 설계하오. 연애 기법에마저 서먹서먹해
진, 지성의 극치를 흘낏 좀 들여다본 일이 있는 말하자면 일종의
정신분일자精神奔逸者 말이오. 이런 여인의 반—그것은 온갖 것의
반이오—만을 영수領受하는 생활을 설계한다는 말이오. 그런 생활
속에 한 발만 들여놓고 흡사 두 개의 태양처럼 마주 쳐다보면서

낄낄거리는 것이오. 나는 아마 어지간히 인생의 제행이 싱거워서 견딜 수가 없게쯤 되고 그만둔 모양이오 굿바이.

―굿바이. 그대는 이따금 그대가 제일 싫어하는 음식을 탐식하는 아이러니를 실천해 보는 것도 좋을 것 같소 위트와 패러독스와……

그대 자신을 위조하는 것도 할 만한 일이오. 그대의 작품은 한 번도 본 일이 없는 기성품에 의하여 차라리 경편하고 고매하리라.

19세기는 될 수 있거든 봉쇄하여 버리오. 도스트엡스키 정신이란 자칫하면 낭비인 것 같소. 위고를 불란서의 빵 한 조각이라고는 누가 그랬는지 지언인 듯싶소. 그러나 인생 혹은 그 모형에 있어서 디테일 때문에 속는다거나 해서야 되겠소? 화藥를 보지 마오. 부디 그대께 고하는 것이니……

(테이프가 끊어지면 피가 나오. 생채기도 머지않아 완치될 줄 믿소. 굿바이)

감정은 어떤 포스. (그 포스의 소素[1]만을 지적하는 것이 아닌지나 모르겠소.) 그 포스가 부동자세에까지 고도화할 때 감정은 딱 공급을 정지합네.

나는 내 비범한 발육을 회고하여 세상을 보는 안목을 규정하

---

1 핵심 요소.

였소.

　여왕봉과 미망인—세상의 하고많은 여인이 본질적으로 이미 미망인 아닌 이가 있으리까? 아니! 여인의 전부가 그 일상에 있어서 개개 '미망인'이라는 내 논리가 뜻밖에도 여성에 대한 모독이 되오? 굿바이.

　그 33번지라는 것이 구조가 흡사 유곽이라는 느낌이 없지 않다. 한 번지에 18가구가 죽― 어깨를 맞대고 늘어서서 창호가 똑같고 아궁이 모양이 똑같다. 게다가 각 가구에 사는 사람들이 송이송이 꽃과 같이 젊다. 해가 들지 않는다. 해가 드는 것을 그들이 모른 체하는 까닭이다. 턱살밑에다 철줄을 매고 얼룩진 이부자리를 널어 말린다는 핑계로 미닫이에 해가 드는 것을 막아버린다. 침침한 방 안에서 낮잠들을 잔다. 그들은 밤에는 잠을 자지 않나? 알 수 없다. 나는 밤이나 낮이나 잠만 자느라고 그런 것은 알 길이 없다. 33번지 18가구의 낮은 참 조용하다.

　조용한 것은 낮뿐이다. 어둑어둑하면 그들은 이부자리를 걷어 들인다. 전등불이 켜진 뒤의 18가구는 낮보다 훨씬 화려하다. 저물도록 미닫이 여닫는 소리가 잦다, 바빠진다. 여러 가지 내음새가 나기 시작한다. 비웃 굽는 내 탕고도란² 내 뜨물 내 비누 내…….

　그러나 이런 것들보다도 그들의 문패가 제일로 고개를 끄덕이게 하는 것이다. 이 18가구를 대표하는 대문이라는 것이 일각이

2　1930년대 여성들이 많이 쓰던 화장품의 하나.

져서 외따로 떨어지기는 했으나 있다. 그러나 그것은 한 번도 닫힌 일이 없는 행길이나 마찬가지 대문인 것이다. 온갖 장사치들은 하루 가운데 어느 시간에라도 이 대문을 통하여 드나들 수가 있는 것이다. 이네들은 문간에서 두부를 사는 것이 아니라 미닫이만 열고 방에서 두부를 사는 것이다. 이렇게 생긴 33번지 대문에 그들 18가구의 문패를 몰아 다 붙이는 것은 의미가 없다. 그들은 어느 사이엔가 각 미닫이 위 백인당이니 길상당이니 써 붙인 한 곁에다 문패를 붙이는 풍속을 가져버렸다.

내 방 미닫이 위 한 곁에 칼표[3] 딱지를 넷에다 낸 것만 한 내— 아니! 내 아내의 명함이 붙어 있는 것도 이 풍속을 좇은 것이 아닐 수 없다.

나는 그러나 그들의 아무와도 놀지 않는다. 놀지 않을 뿐만 아니라 인사도 않는다. 나는 내 아내와 인사하는 외에 누구와도 인사하고 싶지 않았다.

내 아내 외의 다른 사람과 인사를 하거나 놀거나 하는 것은 내 아내 낯을 보아 좋지 않은 일인 것만 같이 생각이 들었기 때문이다. 나는 이만큼까지 내 아내를 소중히 생각한 것이다.

내가 이렇게까지 내 아내를 소중히 생각한 까닭은 이 33번지 18가구 가운데서 내 아내가 내 아내의 명함처럼 제일 작고 제일 아름다운 것을 안 까닭이다. 18가구에 각기 별러 든 송이송이 꽃들 가운데서도 내 아내는 특히 아름다운 한 떨기의 꽃으로 이 함

---

3 일제 강점기의 담뱃갑 상표 도안.

석지붕 밑 볕 안 드는 지역에서 어디까지든지 찬란하였다. 따라서 그런 한 떨기 꽃을 지키고—아니 그 꽃에 매달려 사는 나라는 존재가 도무지 형언할 수 없는 거북살스러운 존재가 아닐 수 없었던 것은 물론이다.

나는 어디까지든지 내 방이—집이 아니다. 집은 없다.—마음에 들었다. 방 안의 기온은 내 체온을 위하여 쾌적하였고 방 안의 침침한 정도가 또한 내 안력을 위하여 쾌적하였다. 나는 내 방 이상의 서늘한 방도 또 따뜻한 방도 희망하지는 않았다. 이 이상으로 밝거나 이 이상으로 아늑한 방을 원하지 않았다. 내 방은 나 하나를 위하여 요만한 정도를 꾸준히 지키는 것 같아 늘 내 방이 감사하였고 나는 또 이런 방을 위하여 이 세상에 태어난 것만 같아서 즐거웠다.

그러나 이것은 행복이라든가 불행이라든가 하는 것을 계산하는 것은 아니었다. 말하자면 나는 내가 행복되다고도 생각할 필요가 없었고 그렇다고 불행하다고도 생각할 필요가 없었다. 그냥 그날그날을 그저 까닭 없이 펀둥펀둥 게을르고만 있으면 만사는 그만이었던 것이다.

내 몸과 마음에 옷처럼 잘 맞는 방 속에서 뒹굴면서 축 처져 있는 것은 행복이니 불행이니 하는 그런 세속적인 계산을 떠난 가장 편리하고 안일한 말하자면 절대적인 상태인 것이다. 나는 이런 상태가 좋았다.

이 절대적인 내 방은 대문간에서 세어서 똑— 일곱째 칸이다. 러키세븐의 뜻이 없지 않다. 나는 이 일곱이라는 숫자를 훈장처럼 사랑하였다. 이런 이 방이 가운데 장지로 말미암아 두 칸으로 나뉘어 있었다는 그것이 내 운명의 상징이었던 것을 누가 알랴?

아랫방은 그래도 해가 든다. 아침결에 책보만 한 해가 들었다가 오후에 손수건만 해지면서 나가버린다. 해가 영영 들지 않는 윗방이 즉 내 방인 것은 말할 것도 없다. 이렇게 볕 드는 방이 아내 해이오 볕 안 드는 방이 내 방이오 하고 아내와 나 둘 중에 누가 정했는지 나는 기억하지 못한다. 그러나 나에게는 불평이 없다.

아내가 외출만 하면 나는 얼른 아랫방으로 와서 그 동쪽으로 난 들창을 열어놓고 열어놓으면 들이비치는 볕살이 아내의 화장대를 비쳐 가지각색 병들이 아롱이 지면서 찬란하게 빛나고 이렇게 빛나는 것을 보는 것은 다시없는 내 오락이다. 나는 조끄만 '돋보기'를 꺼내가지고 아내만이 사용하는 지리가미⁴를 끄슬러가면서 불장난을 하고 논다. 평행 광선을 굴절시켜서 한 초점에 모아가지고 고 초점이 따끈따끈해지다가 마지막에는 종이를 끄스르기 시작하고 가느다란 연기를 내면서 드디어 구멍을 뚫어놓는 데까지에 이르는 고 얼마 안 되는 동안의 초조한 맛이 죽고 싶을 만치 내게는 재미있었다.

이 장난이 싫증이 나면 나는 또 아내의 손잡이 거울을 가지고 여러 가지로 논다. 거울이란 제 얼굴을 비칠 때만 실용품이다. 그 외의 경우에는 도무지 장난감인 것이다.

이 장난도 곧 싫증이 난다. 나의 유희심은 육체적인 데서 정신적인 데로 비약한다. 나는 거울을 내던지고 아내의 화장대 앞으로 가까이 가서 나란히 늘어놓인 고 가지각색의 화장품 병들을 들여다본다. 고것들은 세상의 무엇보다도 매력적이다. 나는 그중의 하나만을 골라서 가만히 마개를 빼고 병 구멍을 내 코에 가져다 대고 숨죽이듯이 가벼운 호흡을 하여본다. 이국적인 센슈얼한[5] 향기가 폐로 스며들면 나는 저절로 스르르 감기는 내 눈을 느낀다. 확실히 아내의 체취의 파편이다. 나는 도로 병마개를 막고 생각해 본다. 아내의 어느 부분에서 요 내음새가 났던가를…… 그러나 그것은 분명치 않다. 왜? 아내의 체취는 요기 늘어섰는 가지각색 향기의 합계일 것이니까.

아내의 방은 늘 화려하였다. 내 방이 벽에 못 한 개 꽂히지 않은 소박한 것인 반대로 아내 방에는 천장 밑으로 쫙 돌려 못이 박히고 못마다 화려한 아내의 치마와 저고리가 걸렸다. 여러 가지 무늬가 보기 좋다. 나는 그 여러 조각의 치마에서 늘 아내의 동체胴體와 그 동체 될 수 있는 여러 가지 포즈를 연상하고 연상하면서 내 마음은 늘 점잖지 못하다.

그렇건만 나에게는 옷이 없었다. 아내는 내게는 옷을 주지 않았다. 입고 있는 코르덴 양복 한 벌이 내 자리옷이었고 통상복과 나들이옷을 겸한 것이었다. 그리고 하이넥의 스웨터가 한 조각 사철을 통한 내 내의다. 그것들은 하나같이 다 빛이 검다. 그것은 내 짐작 같아서는 즉 빨래를 될 수 있는 데까지 하지 않아도 보기 싫지 않도록 하기 위한 것이 아닌가 한다. 나는 허리와 두 가랑이 세 군

5 sensual. 관능적인.

데 다— 고무 밴드가 끼워 있는 부드러운 사루마다를 입고 그리고 아무 소리 없이 잘 놀았다.

어느덧 손수건만 해졌던 볕이 나갔는데 아내는 외출에서 돌아오지 않는다. 나는 요만 일에도 좀 피곤하였고 또 아내가 돌아오기 전에 내 방으로 가 있어야 될 것을 생각하고 그만 내 방으로 건너간다. 내 방은 침침하다. 나는 이불을 뒤집어쓰고 낮잠을 잔다. 한 번도 걷은 일이 없는 내 이부자리는 내 몸뚱이의 일부분처럼 내게는 참 반갑다. 잠은 잘 오는 적도 있다. 그러나 또 전신이 까칫까칫하면서 영 잠이 오지 않는 적도 있다. 그런 때는 아무 제목으로나 제목을 하나 골라서 연구하였다. 나는 내 좀 축축한 이불 속에서 참 여러 가지 발명도 하였고 논문도 많이 썼다. 시도 많이 지었다. 그러나 그것들은 내가 잠이 드는 것과 동시에 내 방에 담겨서 철철 넘치는 그 흐늑흐늑한 공기에 다— 비누처럼 풀어져서 온데간데가 없고 한잠 자고 깬 나는 속이 무명 헝겊이나 메밀껍질로 띵띵 찬 한 덩어리 베개와도 같은 한벌 신경이었을 뿐이고 뿐이고 하였다.

그러기에 나는 빈대가 무엇보다도 싫었다. 그러나 내 방에서는 겨울에도 몇 마리씩의 빈대가 끊이지 않고 나왔다. 내게 근심이 있었다면 오직 이 빈대를 미워하는 근심일 것이다. 나는 빈대에게 물려서 가려운 자리를 피가 나도록 긁었다. 쓰라리다. 그것은 그윽한 쾌감에 틀림없었다. 나는 혼곤히 잠이 든다.

나는 그러나 그런 이불 속의 사색 생활에서도 적극적인 것을 궁리하는 법이 없다. 내게는 그럴 필요가 대체 없었다. 만일 내가 그런 좀 적극적인 것을 궁리해 내었을 경우에 나는 반드시 내 아내와 의논하여야 할 것이고 그러면 반드시 나는 아내에게 꾸지람을 들을 것이고―나는 꾸지람이 무서웠다느니보다도 성가셨다. 내가 제법 한 사람의 사회인의 자격으로 일을 해보는 것도, 아내에게 사설 듣는 것도 나는 가장 게으른 동물처럼 게으른 것이 좋았다. 될 수만 있으면 이 무의미한 인간의 탈을 벗어버리고도 싶었다.

나에게는 인간 사회가 스스러웠다. 생활이 스스러웠다. 모두 가 서먹서먹할 뿐이었다.

아내는 하루에 두 번 세수를 한다. 나는 하루 한 번도 세수를 하지 않는다. 나는 밤중 세시나 네시 해서 변소에 갔다. 달이 밝은 밤에는 한참씩 마당에 우두커니 섰다가 들어오곤 한다. 그러니까 나는 이 18가구의 아무와도 얼굴이 마주치는 일이 거의 없다. 그러면서도 나는 이 18가구의 젊은 여인네 얼굴들을 거반 다 기억하고 있었다. 그들은 하나같이 내 아내만 못하였다.

열한시쯤 해서 하는 아내의 첫 번 세수는 좀 간단하다. 그러나 저녁 일곱시쯤 해서 하는 두 번째 세수는 손이 많이 간다. 아내는 낮에보다도 밤에 더 좋고 깨끗한 옷을 입는다. 그리고 낮에도 외출하고 밤에도 외출하였다.

아내에게 직업이 있었던가? 나는 아내의 직업이 무엇인지 알 수 없다. 만일 아내에게 직업이 없었다면 같이 직업이 없는 나처럼 외출할 필요가 생기지 않을 것인데―아내는 외출한다. 외출할 뿐만 아니라 내객이 많다. 아내에게 내객이 많은 날은 나는 온종일 내 방에서 이불을 쓰고 누워 있어야만 된다. 불장난도 못 한다. 화장품 내음새도 못 맡는다. 그런 날은 나는 의식적으로 우울해하였다. 그러면 아내는 나에게 돈을 준다. 오십 전짜리 은화다. 나는 그것이 좋았다. 그러나 그것을 무엇에 써야 옳을지 몰라서 늘 머리맡에 던져두고 두고 한 것이 어느 결에 모여서 꽤 많아졌다. 어느 날 이것을 본 아내는 금고처럼 생긴 벙어리를 사다 준다. 나는 한 푼씩 한 푼씩 고 속에 넣고 열쇠는 아내가 가져갔다. 그 후에도 나는 더러 은화를 그 벙어리에 넣은 것을 기억한다. 그리고 나는 게을렀다. 얼마 후 아내의 머리쪽에 보지 못하던 누깔잠[6]이 하나 여드름처럼 돋았던 것은 바로 그 금고형 벙어리의 무게가 가벼워졌다는 증거일까. 그러나 나는 드디어 머리맡에 놓였던 그 벙어리에 손을 대지 않고 말았다. 내 게으름은 그런 것에 내 주의를 환기시키기도 싫었다.

아내에게 내객이 있는 날은 이불 속으로 암만 깊이 들어가도 비 오는 날만큼 잠이 잘 오지는 않았다. 나는 그런 때 아내에게는 왜 늘 돈이 있나 왜 돈이 많은가를 연구했다.

내객들은 장지 저쪽에 내가 있는 것을 모르나 보다. 내 아내와 나도 좀 하기 어려운 농을 아주 서슴지 않고 쉽게 해내 던지는 것이다. 그러나 내 아내를 찾은 서너 사람의 내객들은 늘 비교적 점잖았다고 볼 수 있는 것이 자정이 좀 지나면 의례히 돌아들 갔다. 그들 가운데는 퍽 교양이 옅은 자도 있는 듯싶었는데 그런 자는 보통 음식을 사다 먹고 논다. 그래서 보충을 하고 대체로 무사하였다.

6 비녀의 일종.

나는 위선 내 아내의 직업이 무엇인가를 연구하기에 착수하였으나 좁은 시야와 부족한 지식으로는 이것을 알아내기 힘이 든다. 나는 끝끝내 내 아내의 직업이 무엇인가를 모르고 말려나 보다.

아내는 늘 진솔 버선만 신었다. 아내는 밥도 지었다. 아내가 밥 짓는 것을 나는 한 번도 구경한 일은 없으나 언제든지 끼니때면 내 방으로 내 조석 밥을 날라다 주는 것이다. 우리 집에는 나와 내 아내 외에 다른 사람은 아무도 없다. 이 밥은 분명히 아내가 손수 지었음에 틀림없다.

그러나 아내는 한 번도 나를 자기 방으로 부른 일이 없다. 나는 늘 윗방에서 나 혼자서 밥을 먹고 잠을 잤다. 밥은 너무 맛이 없었다. 반찬이 너무 엉성하였다. 나는 닭이나 강아지처럼 말없이 주는 모이를 넙적넙적 받아먹기는 했으나 내심 야속하게 생각한 적도 더러 없지 않다. 나는 안색이 여지없이 창백해 가면서 말라 들어갔다. 나날이 눈에 보이듯이 기운이 줄어들었다. 영양 부족으로 하여 몸뚱이 곳곳이 뼈가 불쑥불쑥 내어밀었다. 하룻밤 사이에도 수십 차를 돌쳐눕지 않고는 여기저기가 배겨서 나는 배겨낼 수가 없었다.

그렇기 때문에 나는 내 이불 속에서 아내가 늘 흔히 쓸 수 있는 저 돈의 출처를 탐색해 보는 일변 장지 틈으로 새어 나오는 아랫방의 음식은 무엇일까를 간단히 연구하였다. 나는 잠이 잘 안 왔다.

깨달았다. 아내가 쓰는 돈은 그 내게는 다만 실없는 사람들로밖에 보이지 않는 까닭 모를 내객들이 놓고 가는 것에 틀림없으리라는 것을 나는 깨달았다. 그러나 왜 그들 내객은 돈을 놓고 가나 왜 내 아내는 그 돈을 받아야 되나 하는 예의 관념이 내게는 도무지 알 수 없는 것이었다.

그것은 그저 예의에 지나지 않는 것일까. 그렇지 않으면 혹 무슨 대가일까 보수일까. 내 아내가 그들의 눈에는 동정을 받아야만 할 한 가엾은 인물로 보였던가.

이런 것들을 생각하노라면 의례히 내 머리는 그냥 혼란하여 버리고 버리고 하였다. 잠들기 전에 획득했다는 결론이 오직 불쾌하다는 것뿐이었으면서도 나는 그런 것을 아내에게 물어보거나 한 일이 참 한 번도 없다. 그것은 대체 귀찮기도 하려니와 한 잠 자고 일어나는 나는 사뭇 딴사람처럼 이것도 저것도 다 깨끗이 잊어버리고 그만두는 까닭이다.

내객들이 돌아가고, 혹 밤 외출에서 돌아오고 하면 아내는 경편한 것으로 옷을 바꾸어 입고 내 방으로 나를 찾아온다. 그리고 이불을 들치고 내 귀에는 영 생동생동한 몇 마디 말로 나를 위로하려 든다. 나는 조소도 고소도 홍소도 아닌 웃음을 얼굴에 띠고 아내의 아름다운 얼굴을 처다본다. 아내는 방그레 웃는다. 그러나 그 얼굴에 떠도는 일말의 애수를 나는 놓치지 않는다.

아내는 능히 내가 배고파하는 것을 눈치챌 것이다. 그러나 아랫방에서 먹고 남은 음식을 나에게 주려 들지는 않는다. 그것은 어디까지든지 나를 존경하는 마음일 것임에 틀림없다. 나는 배가 고프면서도 적이 마음이 든든한 것을 좋아했다. 아내가 무엇이라고 지껄이고 갔는지 귀에 남아 있을 리가 없다. 다만 내 머리맡에 아내가 놓고 간 은화가 전등불에 흐릿하게 빛나고 있을 뿐이다.

고 금고형 벙어리 속에 고 은화가 얼마큼이나 모였을까. 나는 그러나 그것을 쳐들어 보지 않았다. 그저 아무런 의욕도 기원도 없이 그 단춧구멍처럼 생긴 틈사구니로 은화를 들어트려 둘 뿐이었다.

왜 아내의 내객들이 아내에게 돈을 놓고 가나 하는 것이 풀 수 없는 의문인 것같이 왜 아내는 나에게 돈을 놓고 가나 하는 것도 역시 나에게는 똑같이 풀 수 없는 의문이었다. 내 비록 아내가 내게 돈을 놓고 가는 것이 싫지 않았다 하더라도 그것은 다만 고것이 내 손가락에 닿는 순간에서부터 고 벙어리 주둥이에서 자취를 감추기까지의 하잘것없는 짧은 촉각이 좋았달 뿐이지 그 이상 아무 기쁨도 없다.

어느 날 나는 고 벙어리를 변소에 갖다 넣어버렸다. 그때 벙어리 속에는 몇 푼이나 되는지는 모르겠으나 고 은화들이 꽤 들어 있었다.

나는 내가 지구 위에 살며 내가 이렇게 살고 있는 지구가 질풍신뢰의 속력으로 광대무변의 공간을 달리고 있다는 것을 생각했을 때 참 허망하였다. 나는 이렇게 부지런한 지구 위에서는 현기증도 날 것 같고 해서 한시바삐 내려버리고 싶었다.

이불 속에서 이런 생각을 하고 난 뒤에는 나는 고 은화를 고 벙어리에 넣고 넣고 하는 것조차가 귀찮아졌다. 나는 아내가 손수 벙어리를 사용하였으면 하고 희망하였다. 벙어리도 돈도 사실에는 아내에게만 필요한 것이지 내게는 애초부터 의미가 전연 없는 것이었으니까 될 수만 있으면 그 벙어리를 아내는 아내 방으로 가져갔으면 하고 기다렸다. 그러나 아내는 가져가지 않는다. 나는 내 아내 방으로 가져다 둘까 하고 생각하여 보았으나 그 즈음에는 아내의 내객이 원체 많아서 내가 아내 방에 가볼 기회가 도무지 없었다. 그래서 나는 하는 수 없이 변소에 갖다 집어넣어 버리고 만 것이다.

나는 서글픈 마음으로 아내의 꾸지람을 기다렸다. 그러나 아내는 끝내 아무 말도 나에게 묻지도 하지도 않았다. 않았을 뿐 아니라 여전히 돈은 돈대로 내 머리맡에 놓고 가지 않나? 내 머리맡에는 어느덧 은화가 꽤 많이 모였다.

내객이 아내에게 돈을 놓고 가는 것이나 아내가 내게 돈을 놓고 가는 것이나 일종의 쾌감—그 외의 다른 아무런 이유도 없는 것이 아닐까 하는 것을 나는 또 이불 속에서 연구하기 시작하였다. 쾌감이라면 어떤 종류의 쾌감일까를 계속하여 연구하였다. 그러나 그것은 이불 속의 연구로는 알 길이 없었다. 쾌감 쾌감, 하고 나는 뜻밖에도 이 문제에 대해서만 흥미를 느꼈다.

아내는 물론 나를 늘 감금하여 두다시피 하여왔다. 내게 불평이 있을 리 없다. 그런 중에도 나는 그 쾌감이라는 것의 유무를 체험하고 싶었다.

나는 아내의 밤 외출 틈을 타서 밖으로 나왔다. 나는 거리에서 잊어버리지 않고 가지고 나온 은화를 지폐로 바꾼다. 오 원이나 된다. 그것을 주머니에 넣고 나는 목적을 잃어버리기 위하여 얼마든지 거리를 쏘다녔다. 오래간만에 보는 거리는 거의 경이에 가까울 만치 내 신경을 흥분시키지 않고는 마지않았다. 나는 금시에 피곤하여 버렸다. 그러나 나는 참았다. 그리고 밤이 이슥하도록 까닭을 잊어버린 채 이 거리 저 거리로 지향 없이 헤매었다. 돈은 물론 한 푼도 쓰지 않았다. 돈을 쓸 아무 염두도 나서지 않았다. 나는 벌써 돈을 쓰는 기능을 완전히 상실한 것 같았다.

나는 과연 피로를 이 이상 견디기가 어려웠다. 나는 가까스로 내 집을 찾았다. 나는 내 방으로 가려면 아내 방을 통과하지 아니하면 안 될 것을 알고 아내에게 내객이 있나 없나를 걱정하면서 미닫이 앞에서 좀 거북살스럽게 기침을 한번 했더니 이것은 참 또 너무 암상스럽게 미닫이가 열리면서 아내의 얼굴과 그 등 뒤에 낯선 남자의 얼굴이 이쪽을 내다보는 것이다. 나는 별안간 내 어쏟아지는 불빛에 눈이 부셔서 좀 머뭇머뭇했다.

나는 아내의 눈초리를 못 본 것은 아니다. 그러나 나는 모른 체하는 수밖에 없었다. 왜? 나는 어쨌든 아내의 방을 통과하지 아니하면 안 되니까…….

나는 이불을 뒤집어썼다. 무엇보다도 다리가 아파서 견딜 수가 없었다. 이불 속에서는 가슴이 울렁거리면서 암만해도 까무라칠 것만 같았다. 걸을 때는 몰랐더니 숨이 차다. 등에 식은땀이 쭉 내밴다. 나는 외출한 것을 후회하였다. 이런 피로를 잊고 어서 잠이 들었으면 좋았다. 한잠 잘― 자고 싶었다.

얼마 동안이나 비스듬히 엎드려 있었더니 차츰차츰 뚝딱거리는 가슴 동기動氣가 가라앉는다. 그만해도 위선 살 것 같았다. 나는 몸을 돌쳐 반듯이 천장을 향하여 눕고 쭉― 다리를 뻗었다.

그러나 나는 또다시 가슴의 동기를 피할 수 없게 되었다. 아랫방에서 아내와 그 남자의 내 귀에도 들리지 않을 만치 옅은 목소리로 소곤거리는 기척이 장지 틈으로 전하여 왔던 것이다. 청각을 더 예민하게 하기 위하여 나는 눈을 떴다. 그리고 숨을 죽였다. 그러나 그때는 벌써 아내와 남자는 앉았던 자리를 툭툭 털며 일어섰고 일어서면서 옷과 모자 쓰는 기척이 나는 듯하더니 이어 미닫이가 열리고 구두 뒤축 소리가 나고 그리고 뜰에 내려서는 소리가 쿵 하고 나면서 뒤를 따르는 아내의 고무신 소리가 두어 발자국 찍찍 나고 사뿐사뿐 나나 하는 사이에 두 사람의 발소리가 대문간 쪽으로 사라졌다.

나는 아내의 이런 태도를 본 일이 없다. 아내는 어떤 사람과도 결코 소곤거리는 법이 없다. 나는 윗방에서 이불을 쓰고 누웠는 동안에도 혹 술이 취해서 혀가 잘 돌아가지 않는 내객들의 담화는 더러 놓치는 수가 있어도 아내의 높지도 얕지도 않은 말소리는 일찍이 한 마디도 놓쳐본 일이 없다. 더러 내 귀에 거슬리는 소리가 있어도 나는 그것이 태연한 목소리로 내 귀에 들렸다는 이유로 충분히 안심이 되었다.

그렇던 아내의 이런 태도는 필시 그 속에 여간하지 않은 사정이 있는 듯싶이 생각이 되고 내 마음은 좀 서운했으나 그러나 그보다도 나는 좀 너무 피곤해서 오늘만은 이불 속에서 아무것도 연구치 않기로 굳게 결심하고 잠을 기다렸다. 잠은 좀처럼 오지 않았다. 대문간에 나간 아내도 좀처럼 들어오지 않았다. 그러는 동안에 흐지부지 나는 잠이 들어버렸다. 꿈이 얼쑹덜쑹 종을 잡을 수 없는 거리의 풍경을 여전히 헤매었다.

나는 몹시 흔들렸다. 내객을 보내고 들어온 아내가 잠든 나를 잡아 흔드는 것이다. 나는 눈을 번쩍 뜨고 아내의 얼굴을 쳐다보았다. 아내의 얼굴에는 웃음이 없다. 나는 좀 눈을 비비고 아내의 얼굴을 자세히 보았다. 노기가 눈초리에 떠서 얇은 입술이 바르르 떨린다. 좀처럼 이 노기가 풀리기는 어려울 것 같았다. 나는 그대로 눈을 감아버렸다. 벼락이 내리기를 기다린 것이다. 그러나 쌔근하는 숨소리가 나면서 푸시시 아내의 치맛자락 소리가 나고 장지가 여닫히며 아내는 아내 방으로 돌아갔다. 나는 다시 몸을 돌쳐 이불을 뒤집어쓰고는 개구리처럼 엎드리고, 엎드려서 배가 고픈 가운데에도 오늘 밤의 외출을 또 한 번 후회하였다.

나는 이불 속에서 아내에게 사죄하였다. 그것은 네 오해라고…….
나는 사실 밤이 퍽이나 이슥한 줄만 알았던 것이다. 그것이 네 말마따나 자정 전인 줄은 나는 정말이지 꿈에도 몰랐다. 나는 너무 피곤하였었다. 오래간만에 나는 너무 많이 걸은 것이 잘못이다. 내 잘못이라면 잘못은 그것밖에는 없다. 외출은 왜 하였더냐고?
나는 그 머리맡에 저절로 모인 오 원 돈을 아무에게라도 좋으니 주어보고 싶었던 것이다. 그뿐이다. 그러나 그것도 내 잘못이라면 나는 그렇게 알겠다. 나는 후회하고 있지 않나?
내가 그 오 원 돈을 써버릴 수가 있었던들 나는 자정 안에 집에 돌아올 수 없었을 것이다. 그러나 거리는 너무 복잡하였고 사람은 너무도 들끓었다. 나는 어느 사람을 붙들고 그 오 원 돈을 내어주어야 할지 갈피를 잡을 수가 없었다. 그러는 동안에 나는 여지없이 피곤해 버리고 말았던 것이다.
나는 무엇보다도 좀 쉬고 싶었다. 눕고 싶었다. 그래서 나는 하는 수 없이 집으로 돌아온 것이다. 내 짐작 같아서는 밤이 어지간히 늦은 줄만 알았는데 그것이 불행히도 자정 전이었다는 것은 참 안된 일이다. 미안한 일이다. 나는 얼마든지 사죄하여도 좋다. 그러나 종시 아내의 오해를 풀지 못하였다 하면 내가 이렇게까지 사죄하는 보람은 그럼 어디 있나? 한심하였다.

한 시간 동안을 나는 이렇게 초조하게 굴지 않으면 안 되었다. 나는 이불을 획 젖혀버리고 일어나서 장지를 열고 아내 방으로 비칠비칠 달려갔던 것이다. 내게는 거의 의식이라는 것이 없었다. 나는 아내 이불 위에 없드러지면서 바지 포켓 속에서 그 돈 오 원을 꺼내 아내 손에 쥐어준 것을 간신히 기억할 뿐이다.

이튿날 잠이 깨었을 때 나는 내 아내 방 아내 이불 속에 있었다. 이것이 이 33번지에서 살기 시작한 이래 내가 아내 방에서 잔 맨 처음이었다.

해가 들창에 훨씬 높았는데 아내는 이미 외출하고 벌써 내 곁에 있지는 않다. 아니! 아내는 엊저녁 내가 의식을 잃은 동안에 외출한 것인지도 모른다. 그러나 나는 그런 것을 조사하고 싶지 않았다. 다만 전신이 찌뿌드드한 것이 손가락 하나 꼼짝할 힘조차 없었다. 책보보다 좀 적은 면적의 볕이 눈이 부시다. 그 속에서 수없는 먼지가 흡사 미생물처럼 난무한다. 코가 칵 막히는 것 같다. 나는 다시 눈을 감고 이불을 푹 뒤집어쓰고 낮잠을 자기에 착수하였다. 그러나 코를 스치는 아내의 체취는 꽤 도발적이었다. 나는 몸을 여러 번 여러 번 비비 꼬면서 아내의 화장대에 늘어선 고 가지각색 화장품 병들과 고 병들이 마개를 뽑았을 때 풍기던 내음새를 더듬느라고 좀처럼 잠은 들지 않는 것을 나는 어찌하는 수도 없었다.

견디다 못하여 나는 그만 이불을 걷어차고 벌떡 일어나서 내 방으로 갔다. 내 방에는 다 식어빠진 내 끼니가 가지런히 놓여 있는 것이다. 아내는 내 모이를 여기다 주고 나간 것이다. 나는 위선 배가 고팠다. 한 숟갈을 입에 떠 넣었을 때 그 촉감은 참 너무도 냉회와 같이 써늘하였다. 나는 숟갈을 놓고 내 이불 속으로 들어갔다. 하룻밤을 비워 때린 내 이부자리는 여전히 반갑게 나를 맞아준다. 나는 내 이불을 뒤집어쓰고 이번에는 참 늘어지게 한잠 잤다. 잘—

내가 잠을 깬 것은 전등이 켜진 뒤다. 그러나 아내는 아직도 돌아오지 않았나 보다. 아니! 들어왔다 또 나갔는지도 알 수 없다. 그러나 그런 것을 삼고하여 무엇하나?

정신이 한결 난다. 나는 지난밤 일을 생각해 보았다. 그 돈 오 원을 아내 손에 쥐어주고 넘어졌을 때에 느낄 수 있었던 쾌감을 나는 무엇이라고 설명할 수가 없었다. 그러나 내객들이 내 아내에게 돈 놓고 가는 심리며 내 아내가 내게 돈 놓고 가는 심리의 비밀을 나는 알아낸 것 같아서 여간 즐거운 것이 아니다. 나는 속으로 빙그레 웃어보았다. 이런 것을 모르고 오늘까지 지내온 내 자신이 어떻게 우스꽝스러워 보이는지 몰랐다. 나는 어깨춤이 났다.

따라서 나는 또 오늘 밤에도 외출하고 싶었다. 그러나 돈이 없다. 나는 엊저녁에 그 돈 오 원을 한꺼번에 아내에게 주어버린 것을 후회하였다. 또 고 벙어리를 변소에 갖다 처넣어 버린 것도 후회하였다. 나는 실없이 실망하면서 습관처럼 그 돈 오 원이 들어 있던 내 바지 포켓에 손을 넣어 한번 휘둘러 보았다. 뜻밖에도 내 손에 쥐여지는 것이 있었다. 이 원밖에 없다. 그러나 많아야 맞은 아니다. 얼마간이고 있으면 된다. 나는 그만한 것이 여간 고마운 것이 아니었다.

나는 기운을 얻었다. 나는 그 단벌 다 떨어진 코르덴 양복을 걸치고 배고픈 것도 주제 사나운 것도 다 잊어버리고 활갯짓을 하면서 또 거리로 나섰다. 나서면서 나는 제발 시간이 화살 닫듯 해서 자정이 어서 홱 지나버렸으면 하고 조바심을 태웠다. 아내 에게 돈을 주고 아내 방에서 자보는 것은 어디까지든지 좋았지 만 만일 잘못해서 자정 전에 집에 들어갔다가 아내의 눈총을 맞 는 것은 그것은 여간 무서운 일이 아니었다. 나는 저물도록 길가 시계를 들여다보고 들여다보고 하면서 또 지향 없이 거리를 방 황하였다. 그러나 이날은 좀처럼 피곤하지는 않았다. 다만 시간 이 좀 너무 더디게 가는 것만 같아서 안타까웠다.

경성역 시계가 확실히 자정이 지난 것을 본 뒤에 나는 집을 향 하였다. 그날은 그 일각대문에서 아내와 아내의 남자가 이야기하 고 섰는 것을 만났다. 나는 모른 체하고 두 사람 곁을 지나서 내 방으로 들어갔다. 뒤이어 아내도 들어왔다. 와서는 이 밤중에 평 생 안 하던 쓰레질을 하는 것이다. 조금 있다가 아내가 눕는 기척 을 엿듣자마자 나는 또 장지를 열고 아내 방으로 가서 그 돈 이 원을 아내 손에 덥석 쥐여주고 그리고—하여간 그 이 원을 오늘 밤에도 쓰지 않고 도로 갖져온 것이 참 이상하다는 듯이 아내는 내 얼굴을 몇 번이고 엿보고—아내는 드디어 아무 말도 없이 나 를 자기 방에 재워주었다. 나는 이 기쁨을 세상의 무엇과도 바꾸 고 싶지는 않았다. 나는 편히 잘 잤다.

이튿날도 내가 잠이 깨었을 때는 아내는 보이지 않았다. 나는 또 내 방으로 가서 피곤한 몸이 낮잠을 잤다.

내가 아내에게 흔들려 깨었을 때는 역시 불이 들어온 뒤였다. 아내는 자기 방으로 나를 오라는 것이다. 이런 일은 또 처음이다. 아내는 끊임없이 얼굴에 미소를 띠고 내 팔을 이끄는 것이다. 나는 이런 아내의 태도 이면에 엔간치 않은 음모가 숨어 있지나 않은가 하고 적이 불안을 느끼지 않을 수 없었다.

나는 아내의 하자는 대로 아내 방으로 끌려갔다. 아내 방에는 저녁 밥상이 조촐하게 차려져 있는 것이다. 생각하여 보면 나는 이틀을 굶었다. 나는 지금 배고픈 것까지도 긴가민가 잊어버리고 어름어름하던 차다.

나는 생각하였다. 이 최후의 만찬을 먹고 나자마자 벼락이 내려도 나는 차라리 후회하지 않을 것을. 사실 나는 인간 세상이 너무나 심심해서 못 견디겠던 차다. 모든 일이 성가시고 귀찮았으나 그러나 불의의 재난이라는 것은 즐겁다.

나는 마음을 턱 놓고 조용히 아내와 마주 이 해괴한 저녁밥을 먹었다. 우리 부부는 이야기하는 법이 없었다. 밥을 먹은 뒤에도 나는 말이 없이 그냥 부스스 일어나서 내 방으로 건너가 버렸다. 아내는 나를 붙잡지 않았다. 나는 벽에 기대앉아서 담배를 한 대 피워 물고 그리고 벼락이 떨어질 테거든 어서 떨어져라 하고 기다렸다.

오분! 십분!—

그러나 벼락은 내리지 않았다. 긴장이 차츰 늘어지기 시작한다. 나는 어느덧 오늘 밤에도 외출할 것을 생각하고 있었다. 돈이 있었으면 하고 생각하고 있었다.

　그러나 돈은 확실히 없다. 오늘은 외출하여도 나중에 올 무슨 기쁨이 있나. 나는 앞이 그냥 아뜩하였다. 나는 화가 나서 이불을 뒤집어쓰고 이리 뒹굴 저리 뒹굴 굴렀다. 금시 먹은 밥이 목으로 자꾸 치밀어 올라온다. 메스꺼웠다.

　하늘에서 얼마라도 좋으니 왜 지폐가 소낙비처럼 퍼붓지 않나, 그것이 그저 한없이 야속하고 슬펐다. 나는 이렇게밖에 돈을 구하는 아무런 방법도 알지는 못했다. 나는 이불 속에서 좀 울었나 보다. 돈이 왜 없냐면서…….

　그랬더니 아내가 또 내 방에를 왔다. 나는 깜짝 놀라 아마 인제서야 벼락이 내리려나 보다 하고 숨을 죽이고 두꺼비 모양으로 엎뎌 있었다. 그러나 떨어진 입을 새어 나오는 아내의 말소리는 참 부드러웠다. 정다웠다. 아내는 내가 왜 우는지를 안다는 것이다. 돈이 없어서 그러는 게 아니냔다. 나는 실없이 깜짝 놀랐다. 어떻게 저렇게 사람의 속을 환하게 들여다보는구 해서 나는 한편으로 슬그머니 겁도 안 나는 것은 아니었으나 저렇게 말하는 것을 보면 아마 내게 돈을 줄 생각이 있나 보다, 만일 그렇다면 오죽이나 좋은 일일까. 나는 이불 속에 뚤뚤 말린 채 고개도 들지 않고 아내의 다음 거동을 기다리고 있으니까, 엣소— 하고 내 머리맡에 내려뜨리는 것은 그 가뿐한 음향으로 보아 지폐에 틀림없었다. 그리고 내 귀에다 대고 오늘일랑 어제보다도 좀 더 늦게 들어와도 좋다고 속삭이는 것이다. 그것은 어렵지 않다. 위선 그 돈이 무엇보다도 고맙고 반가웠다.

어쨌든 나섰다. 나는 좀 야맹증이다. 그래서 될 수 있는 대로 밝은 거리로 골라서 돌아다니기로 했다. 그리고는 경성역, 일이 등 대합실 한 곁 티룸에를 들렀다. 그것은 내게는 큰 발견이었다. 거기는 위선 아무도 아는 사람이 안 온다. 설사 왔다가도 곧들 가니까 좋다. 나는 날마다 여기 와서 시간을 보내리라 속으로 생각하여 두었다.

제일 여기 시계가 어느 시계보다도 정확하리라는 것이 좋았다. 섣불리 서투른 시계를 보고 그것을 믿고 시간 전에 집에 돌아갔다가 큰 코를 다쳐서는 안 된다.

나는 한 박스에 아무도 없는 것과 마주 앉아서 잘 끓은 커피를 마셨다. 총총한 가운데 여객들은 그래도 한잔 커피가 즐거운가 보다. 얼른얼른 마시고 무얼 좀 생각하는 것같이 담벼락도 좀 쳐다보고 하다가 곧 나가버린다. 서글프다. 그러나 내게는 이 서글픈 분위기가 거리의 티룸들의 그 거추장스러운 분위기보다는 절실하고 마음에 들었다. 이따금 들리는 날카로운 혹은 우렁찬 기적 소리가 모차르트보다도 더 가깝다. 나는 메뉴에 적힌 몇 가지 안 되는 음식 이름을 치읽고 내리읽고 여러 번 읽었다. 그것들은 아물아물한 것이 어딘가 내 어렸을 때 동무들 이름과 비슷한 데가 있었다.

거기서 얼마나 내가 오래 앉았는지 정신이 오락가락하는 중에 객이 슬며시 뜸해지면서 이 구석 저 구석 걷어치우기 시작하는 것을 보면 아마 닫을 시간이 된 모양이다. 열한시가 좀 지났구나, 여기도 결코 내 안주의 곳은 아니구나, 어디 가서 자정을 넘길까, 두루 걱정을 하면서 나는 밖으로 나섰다. 비가 온다. 빗발이 제법 굵은 것이 우비도 우산도 없는 나를 고생을 시킬 작정이다. 그렇다고 이런 괴이한 풍모를 차리고 이 홀에서 어물어물하는 수는 없고 에이 비를 맞으면 맞았지 하고 나는 그냥 나서버렸다.

대단히 선선해서 견딜 수가 없다. 코르덴 옷이 젖기 시작하더니 나중에는 속속들이 스며들면서 처근거린다. 비를 맞아가면서라도 견딜 수 있는 데까지 거리를 돌아다녀서 시간을 보내려 하였으나 인제는 선선해서 이 이상은 더 견딜 수가 없다. 오한이 자꾸 일어나면서 이가 딱딱 맞부딪는다.

나는 걸음을 재우치면서 생각하였다. 오늘 같은 궂은날도 아내에게 내객이 있을라구. 없겠지 하는 생각이 드는 것이다. 집으로 가야겠다. 아내에게 불행히 내객이 있거든 내 사정을 하리라. 사정을 하면 이렇게 비가 오는 것을 눈으로 보고 알아주겠지.

부리나케 와보니까 그러나 아내에게는 내객이 있었다. 나는 그만 너무 춥고 척척해서 얼떨김에 노크하는 것을 잊었다. 그래서 나는 보면 아내가 좀 덜 좋아할 것을 그만 보았다. 나는 감발자국 같은 발자국을 내면서 덤벙덤벙 아내 방을 디디고 그리고 내 방으로 가서 쭉 빠진 옷을 활활 벗어버리고 이불을 뒤썼다. 덜덜덜덜 떨린다. 오한이 점점 더 심해 들어온다. 여전 땅이 꺼져 들어가는 것만 같았다. 나는 그만 의식을 잃어버리고 말았다.

이튿날 내가 눈을 떴을 때 아내는 내 머리맡에 앉아서 제법 근심스러운 얼굴이다. 나는 감기가 들었다. 여전히 으스스 춥고 또 골치가 아프고 입에 군침이 도는 것이 쓸쓸하면서 다리팔이 척 늘어져서 노곤하다.

아내는 내 머리를 쓱 짚어보더니 약을 먹어야지 한다. 아내 손이 이마에 선뜩한 것을 보면 신열이 어지간한 모양인데 약을 먹는다면 해열제를 먹어야지 하고 속생각을 하자니까 아내는 따뜻한 물에 하얀 정제약 네 개를 준다. 이것을 먹고 한잠 푹— 자고 나면 괜찮다는 것이다. 나는 널름 받아먹었다. 쌉싸름한 것이 짐작 같아서는 아마 아스피린인가 싶다. 나는 다시 이불을 쓰고 단번에 그냥 죽은 것처럼 잠이 들어버렸다.

나는 콧물을 훌쩍훌쩍하면서 여러 날을 앓았다. 앓는 동안에 끊이지 않고 그 정제약을 먹었다. 그러는 동안에 감기도 나았다. 그러나 입맛은 여전히 소태처럼 썼다.

나는 차츰 또 외출하고 싶은 생각이 났다. 그러나 아내는 나더러 외출하지 말라고 이르는 것이다. 이 약을 날마다 먹고 그리고 가만히 누워 있으라는 것이다. 공연히 외출을 하다가 이렇게 감기가 들어서 저를 고생을 시키는 게 아니냔다. 그도 그렇다. 그럼 외출을 하지 않겠다고 맹서하고 그 약을 연복하여 몸을 좀 보해 보리라고 나는 생각하였다.

나는 날마다 이불을 뒤집어쓰고 밤이나 낮이나 잤다. 유난스럽게 밤이나 낮이나 졸려서 견딜 수가 없는 것이다. 나는 이렇게 잠이 자꾸만 오는 것은 내가 몸이 훨씬 튼튼해진 증거라고 굳게 믿었다.

나는 아마 한 달이나 이렇게 지냈나 보다. 내 머리와 수염이 좀 너무 자라서 후틋해서 견딜 수가 없어서 내 거울을 좀 보리라고 아내가 외출한 틈을 타서 나는 아내 방으로 가서 아내의 화장대 앞에 앉아보았다. 상당하다. 수염과 머리가 참 산란하였다. 오늘은 이발을 좀 하리라 생각하고 겸사겸사 고 화장품 병들 마개를 뽑고 이것저것 맡아보았다. 한동안 잊어버렸던 향기 가운데서는 몸이 배배 꼬일 것 같은 체취가 전해 나왔다. 나는 아내의 이름을 속으로만 한번 불러보았다. '연심이' 하고…….

오래간만에 돋보기 장난도 하였다. 거울 장난도 하였다. 창에 든 볕이 여간 따뜻한 것이 아니었다. 생각하면 5월이 아니냐.

나는 커다랗게 기지개를 한번 펴보고 아내 베개를 내려 비고 벌떡 자빠져서는 이렇게도 편안하고 즐거운 세월을 하느님께 흠씬 자랑하여 주고 싶었다. 나는 참 세상의 아무것과도 교섭을 가지지 않는다. 하느님도 아마 나를 칭찬할 수도 처벌할 수도 없는 것 같다.

그러나 다음 순간 실로 세상에도 이상스러운 것이 눈에 띄었다. 그것은 최면약 아달린 갑이었다. 나는 그것을 아내의 화장대 밑에서 발견하고 그것이 흡사 아스피린처럼 생겼다고 느꼈다. 나는 그것을 열어보았다. 똑 네 개가 비었다.

나는 오늘 아침에 네 개의 아스피린을 먹은 것을 기억하고 있었다. 나는 잤다. 어제도 그제도 그끄제도―나는 졸려서 견딜 수가 없었다. 나는 감기가 다 나았는데도 아내는 내게 아스피린을 주었다. 내가 잠이 든 동안에 이웃에 불이 난 일이 있다. 그때에도 나는 자느라고 몰랐다. 이렇게 나는 잤다. 나는 아스피린으로 알고 그럼 한 달 동안을 두고 아달린을 먹어온 것이다. 이것은 좀 너무 심하다.

별안간 아뜩하더니 하마터라면 나는 까무라칠 뻔하였다. 나는 그 아달린을 주머니에 넣고 집을 나섰다. 그리고 산을 찾아 올라갔다. 인간 세상의 아무것도 보기가 싫었던 것이다. 걸으면서 나는 아무쪼록 아내에 관계되는 일은 일체 생각하지 않도록 노력

하였다. 길에서 까무라치기 쉬우니까다. 나는 어디라도 양지가
바른 자리를 하나 골라서 자리를 잡아가지고 서서히 아내에 관
하여서 연구할 작정이었다. 나는 길가에 돌창, 핀 구경도 못 한
진 개나리꽃, 종달새, 돌멩이도 새끼를 까는 이야기, 이런 것만
생각하였다. 다행히 길가에서 나는 졸도하지 않았다.

거기는 벤치가 있었다. 나는 거기 정좌하고 그리고 그 아스피린
과 아달린에 관하여 연구하였다. 그러나 머리가 도무지 혼란하여
생각이 체계를 이루지 않는다. 단 오분이 못 가서 나는 그만 귀찮은
생각이 버쩍 들면서 심술이 났다. 나는 주머니에서 가지고 온 아달
린을 꺼내 남은 여섯 개를 한꺼번에 질겅질겅 씹어 먹어버렸다. 맛
이 익살맞다. 그리고 나서 나는 그 벤치 위에 가로 기다랗게 누웠
다. 무슨 생각으로 내가 그따위 짓을 했나? 알 수가 없다. 그저 그러
고 싶었다. 나는 게서 그냥 깊이 잠이 들었다. 잠결에도 바위틈을
흐르는 물소리가 졸졸 하고 귀에 언제까지나 어렴풋이 들려왔다.

내가 잠을 깨었을 때는 날이 환히 밝은 뒤다. 나는 거기서 일
주야를 잔 것이다. 풍경이 그냥 노랗게 보인다. 그 속에서도 나는
번개처럼 아스피린과 아달린이 생각났다.

아스피린, 아달린, 아스피린, 아달린, 마르크스, 맬서스, 마도
로스, 아스피린, 아달린.

아내는 한 달 동안 아달린을 아스피린이라고 속이고 내게 먹
였다. 그것은 아내 방에서 이 아달린 갑이 발견된 것으로 미루어
증거가 너무나 확실하다.

무슨 목적으로 아내는 나를 밤이나 낮이나 재웠어야 됐나?

나를 밤이나 낮이나 재워놓고 그리고 아내는 내가 자는 동안

에 무슨 짓을 했나?

나를 조금씩 조금씩 죽이려던 것일까?

그러나 또 생각하여 보면 내가 한 달을 두고 먹어온 것은 아스피린이었는지도 모른다. 아내는 무슨 근심되는 일이 있어서 밤 되면 잠 잘 오지 않아서 정작 아내가 아달린을 사용한 것이나 아닌지. 그렇다면 나는 참 미안하다. 나는 아내에게 이렇게 큰 의혹을 가졌었다는 것이 참 안됐다.

나는 그래서 부리나케 거기서 내려왔다. 아랫도리가 홰홰 내저이면서 어찔어찔한 것을 나는 겨우 집을 향하여 걸었다. 여덟 시 가까이었다.

나는 내 잘못 든 생각을 죄다 일러바치고 아내에게 사죄하려는 것이다. 나는 너무 급해서 그만 또 말을 잊어버렸다.

그랬더니 이건 참 너무 큰일 났다. 나는 내 눈으로는 절대로 보아서 안 될 것을 그만 딱 보아버리고 만 것이다. 나는 얼떨결에 그만 냉큼 미닫이를 닫고 그리고 현기증이 나는 것을 진정시키느라고 잠깐 고개를 숙이고 눈을 감고 기둥을 짚고 섰자니까 일초 여유도 없이 홱 미닫이가 다시 열리더니 매무새를 풀어 헤친 아내가 불쑥 내밀면서 내 멱살을 잡는 것이다. 나는 그만 어지러워서 게가 그냥 나동그라졌다. 그랬더니 아내는 넘어진 내 위에 덮치면서 내 살을 함부로 물어뜯는 것이다. 아파 죽겠다. 나는 사실 반항할 의사도 힘도 없어서 그냥 넙적 엎뎌 있으면서 어떻게 되나 보고 있자니까 뒤이어 남자가 나오는 것 같더니 아내를 한 아름에 덥석 안아 가지고 방 안으로 들어가는 것이다. 아내는 아무 말 없이 다소곳이 그렇게 안겨 들어가는 것이 내 눈에 여간 미운 것이 아니다. 밉다.

아내는 너 밤새워 가면서 도적질하러 다니느냐, 계집질하러 다니느냐고 발악이다. 이것은 참 너무 억울하다. 나는 어안이 벙벙하여 도무지 입이 떨어지지를 않았다.

너는 그야말로 나를 살해하려던 것이 아니냐고 소리를 한번 꽥 질러보고도 싶었으나 그런 긴가민가한 소리를 섣불리 입 밖에 내었다가는 무슨 화를 볼는지 알 수 있나. 차라리 억울하지만 잠자코 있는 것이 위선 상책인 듯싶이 생각이 들기에 나는 이것은 또 무슨 생각으로 그랬는지 모르지만 툭툭 털고 일어나서 내 바지 포켓 속에 남은 돈 몇 원 몇십 전을 가만히 꺼내서는 몰래 미닫이를 열고 살며시 문지방 밑에다 놓고 나서는 나는 그냥 줄달음박질을 쳐서 나와버렸다.

여러 번 자동차에 치일 뻔하면서 나는 그래도 경성역을 찾아갔다. 빈자리와 마주 앉아서 이 쓰디쓴 입맛을 거두기 위하여 무엇으로나 입가심을 하고 싶었다.

커피―좋다. 그러나 경성역 홀에 한 걸음을 들여놓았을 때 나는 내 주머니에는 돈이 한 푼도 없는 것을 그것을 깜빡 잊었던 것을 깨달았다. 또 아뜩하였다. 나는 어디선가 그저 맥없이 머뭇머뭇하면서 어쩔 줄을 모를 뿐이었다. 얼빠진 사람처럼 그저 이리 갔다 저리 갔다 하면서……

나는 어디로 어디로 들입다 쏘다녔는지 하나도 모른다. 다만 몇 시간 후에 내가 미쓰꼬시[7] 옥상에 있는 것을 깨달았을 때는 거의 대낮이었다.

7 일제 강점기에 서울 충무로에 있던 백화점.

나는 거기 아무 데나 주저앉아서 내 자라온 스물여섯 해를 회고하여 보았다. 몽롱한 기억 속에서는 이렇다는 아무 제목도 불거져 나오지 않았다.

나는 또 내 자신에게 물어보았다. 너는 인생에 무슨 욕심이 있느냐고. 그러나 있다고도 없다고도, 그런 대답은 하기가 싫었다. 나는 거의 나 자신의 존재를 인식하기조차도 어려웠다.

허리를 굽혀서 나는 그저 금붕어나 들여다보고 있었다. 금붕어는 참 잘들도 생겼다. 작은 놈은 작은 놈대로 큰 놈은 큰 놈대로 다— 싱싱하니 보기 좋았다. 내리비치는 5월 햇살에 금붕어들은 그릇 바탕에 그림자를 내려트렸다. 지느러미는 하늘하늘 손수건을 흔드는 흉내를 낸다. 나는 이 지느러미 수효를 헤어보기도 하면서 굽힌 허리를 좀처럼 펴지 않았다. 등어리가 따뜻하다.

나는 또 회탁의 거리를 내려다보았다. 거기서는 피곤한 생활이 똑 금붕어 지느러미처럼 흐늑흐늑 허비적거렸다. 눈에 보이지 않는 끈적끈적한 줄에 엉켜서 헤어나지들을 못한다. 나는 피로와 공복 때문에 무너져 들어가는 몸뚱이를 끌고 그 회탁의 거리 속으로 섞여 들어가지 않는 수도 없다 생각하였다.

나서서 나는 또 문득 생각하여 보았다. 이 발길이 지금 어디로 향하여 가는 것인가를…….

그때 내 눈앞에는 아내의 모가지가 벼락처럼 내려 떨어졌다. 아스피린과 아달린.

우리들은 서로 오해하고 있느니라. 설마 아내가 아스피린 대신에 아달린의 정량을 나에게 먹여왔을까? 나는 그것을 믿을 수는 없다. 아내가 그럴 대체 까닭이 없을 것이니.

그러면 나는 날밤을 새우면서 도적질을 계집질을 하였나? 정말이지 아니다.

우리 부부는 숙명적으로 발이 맞지 않는 절름발이인 것이다. 내가 아내나 제 거동에 로직[8]을 붙일 필요는 없다. 변해할 필요도 없다. 사실은 사실대로 오해는 오해대로 그저 끝없이 발을 절뚝거리면서 세상을 걸어가면 되는 것이다. 그렇지 않을까?

그러나 나는 이 발길이 아내에게로 돌아가야 옳은가 이것만은 분간하기가 좀 어려웠다. 가야 하나? 그럼 어디로 가나?

이때 뚜― 하고 정오 사이렌이 울었다. 사람들은 모두 네 활개를 펴고 닭처럼 푸드덕거리는 것 같고 온갖 유리와 강철과 대리석과 지폐와 잉크가 부글부글 끓고 수선을 떨고 하는 것 같은 찰나, 그야말로 현란을 극한 정오다.

나는 불현듯이 겨드랑이 가렵다. 아하 그것은 내 인공의 날개가 돋았던 자국이다. 오늘은 없는 이 날개, 머릿속에서는 희망과 야심의 말소된 페이지가 딕셔너리[9] 넘어가듯 번뜩였다.

나는 걷던 걸음을 멈추고 그리고 어디 한번 이렇게 외쳐보고 싶었다.

날개야 다시 돋아라.

날자. 날자. 날자. 한 번만 더 날자꾸나.

한 번만 더 날아보자꾸나.

— 〈조광〉, 1936. 9.

8 logic. 논리.
9 dictionary. 사전.

봉별기逢別記

1

스물세 살이오—3월이오—각혈이다. 여섯 달 잘 기른 수염을
하루 면도칼로 다듬어 코밑에 다만 나비만큼 남겨가지고 약 한
제 지어 들고 B라는 신개지 한적한 온천으로 갔다. 게서 나는 죽
어도 좋았다.

그러나 이내 아직 기를 펴지 못한 청춘이 약탕관을 붙들고 늘
어져서는 날 살리라고 보채는 것은 어찌하는 수가 없다. 여관 한
등 아래 밤이면 나는 늘 억울해했다.

사흘을 못 참고 기어이 나는 여관 주인 영감을 앞장세워 밤에
장고 소리 나는 집으로 찾아갔다. 게서 만난 것이 금홍이다.

"몇 살인구?"

체대體大가 비록 풋고추만 하나 깡그라진 계집이 제법 맛이 맵다. 열여섯 살? 많아야 열아홉 살이지 하고 있자니까,

"스물한 살이에요."

"그럼 내 나인 몇 살이나 돼 뵈지?"

"글쎄 마흔? 서른아홉?"

나는 그저 흥! 그래버렸다. 그리고 팔짱을 떡 끼고 앉아서는 더욱더욱 점잖은 체했다. 그냥 그날은 무사히 헤어졌건만—

이튿날 화우畵友 K 군이 왔다. 이 사람인즉 나와 농하는 친구다. 나는 어쩌는 수 없이 그 나비 같다면서 달고 다니던 코밑수염을 아주 밀어버렸다. 그리고 날이 저물기가 급하게 또 금홍이를 만나러 갔다.

"어디서 뵌 어른 걸은데."

"엊저녁에 왔든 수염 난 냥반 내가 바루 아들이지. 목소리꺼지 닮었지?"

하고 익살을 부렸다. 주석이 어느덧 파하고 마당에 내려서다가 K 군의 귀에다 대고 나는 이렇게 속삭였다.

"어때? 괜찮지? 자네 한번 얼러보게."

"관두게, 자네나 얼러보게."

"어쨌든 여관으로 껄구 가서 짱껭뽕[1]을 해서 정허기루 허세나."

"거 좋지."

그랬는데 K 군은 측간에 가는 체하고 피해버렸기 때문에 나는 부전승으로 금홍이를 이겼다. 그날 밤에 금홍이는 금홍이가 경산

---

1 일본어로 '가위바위보'를 뜻함.

부라는 것을 감추지 않았다.

"언제?"

"열여섯 살에 머리 얹어서 열일곱 살에 낳았지."

"아들?"

"딸."

"어딨나?"

"돌 만에 죽었어."

지어가지고 온 약은 집어치우고 나는 전혀 금홍이를 사랑하는 데만 골몰했다. 못난 소린 듯하나 사랑의 힘으로 각혈이 다 멈췄으니까—

나는 금홍이에게 노름채를 주지 않았다. 왜? 날마다 밤마다 금홍이가 내 방에 있거나 내가 금홍이 방에 있거나 했기 때문에—

그 대신—

우馬라는 불란서 유학생의 유야랑을 나는 금홍이에게 권하였다. 금홍이는 내 말대로 우 씨와 더불어 '독탕'에 들어갔다. 이 '독탕'이라는 것은 좀 음란한 설비였다. 나는 이 음란한 설비 문간에 나란히 벗어놓은 우 씨와 금홍이 신발을 보고 언짢아하지 않았다.

나는 또 내 곁방에 와 묵고 있는 C라는 변호사에게도 금홍이를 권하였다. C는 내 열성에 감동되어 하는 수 없이 금홍이 방을 범했다.

그러나 사랑하는 금홍이는 늘 내 곁에 있었다. 그리고 우, C, 등등에게서 받은 십 원 지폐를 여러 장 꺼내놓고 어리광 섞어 내게 자랑도 하는 것이었다.

그러자 나는 백부님 소상 때문에 귀경하지 않으면 안 되게 되었다. 복숭아꽃이 만발하고 정자 곁으로 석간수가 졸졸 흐르는 좋은 터전을 한 군데 찾아가서 우리는 석별의 하루를 즐겼다. 정거장에서 나는 금홍이에게 십 원 지폐 한 장을 쥐여주었다. 금홍이는 이것으로 전당 잡힌 시계를 찾겠다고 그러면서 울었다.

2

금홍이가 내 아내가 되었으니까 우리 내외는 참 사랑했다. 서로 지나간 일은 묻지 않기로 하였다. 과거래야 내 과거가 무엇 있을 까닭이 없고 말하자면 내가 금홍이 과거를 묻지 않기로 한 약속이나 다름없다.

금홍이는 겨우 스물한 살인데 서른한 살 먹은 사람보다도 나았다. 서른한 살 먹은 사람보다도 나은 금홍이가 내 눈에는 열일곱 살 먹은 소녀로만 보이고 금홍이 눈에 마흔 살 먹은 사람으로 보인 나는 기실 스물세 살이요 게다가 주책이 좀 없어서 똑 여남은 살 먹은 아이 같다. 우리 내외는 이렇게 세상에도 없이 현란하고 아기자기하였다.

부질없은 세월이—

일 년이 지나고 8월, 여름으로는 늦고 가을로는 이른 그 북새통에—

금홍이에게는 예전 생활에 대한 향수가 왔다.

나는 밤이나 낮이나 누워 잠만 자니까 금홍이에게 대하여 심심하다. 그래서 금홍이는 밖에 나가 심심치 않은 사람들을 만나 심심치 않게 놀고 돌아오는—

즉 금홍이의 협착한 생활이 금홍이의 향수를 향하여 발전하고 비약하기 시작하였다는 데 지나지 않는 이야기다.

그런데 이번에는 내게 자랑을 하지 않는다. 않을 뿐만 아니라 숨기는 것이다.

이것은 금홍이로서 금홍이답지 않은 일일밖에 없다. 숨길 것이 있나? 숨기지 않아도 좋지. 자랑을 해도 좋지.

나는 아무 말도 하지 않는다. 나는 금홍이 오락의 편의를 돕기 위하여 가끔 P 군 집에 가 잤다. P 군은 나를 불쌍하다고 그랬던가 싶이 지금 기억된다.

나는 또 이런 것을 생각하지 않았던 것도 아니다. 즉 남의 아내라는 것은 정조를 지켜야 하느니라고!

금홍이는 나를 내 나태한 생활에서 깨우치게 하기 위하여 우정 간음하였다고 나는 호의로 해석하고 싶다. 그러나 세상에 흔히 있는 아내다운 예의를 지키는 체해본 것은 금홍이로서 말하자면 천려의 일실[2]이 아닐 수 없다.

이런 실없는 정조를 간판 삼자니까 자연 나는 외출이 잦았고 금홍이 사업에 편의를 돕기 위하여 내 방까지도 개방하여 주었다. 그러는 중에도 세월은 흐르는 법이다.

하루 나는 제목 없이 금홍이에게 몹시 얻어맞았다. 나는 아파서 울고 나가서 사흘을 들어오지 못했다. 너무도 금홍이가 무서웠다.

---

2 슬기로운 사람이라도 여러 가지 생각 가운데에는 잘못되는 것이 있을 수 있음을 이르는 말.

나흘 만에 와보니까 금홍이는 때 묻은 버선을 윗목에다 벗어 놓고 나가버린 뒤였다.

이렇게도 못나게 홀아비가 된 내게 몇 사람의 친구가 금홍이에 관한 불미한 가십을 가지고 와서 나를 위로하는 것이었으나 종시 나는 그런 취미를 이해할 도리가 없었다.

버스를 타고 금홍이와 남자는 멀리 과천 관악산으로 가는 것을 보았다는데 정말 그렇다면 그 사람은 내가 쫓아가서 야단이나 칠까 봐 무서워서 그런 모양이니까 퍽 겁쟁이다.

3

인간이라는 것은 임시 거부하기로 한 내 생활이 기억력이라는 민첩한 작용을 하지 않았기 때문에 두 달 후에는 나는 금홍이라는 성명 삼 자까지도 말쑥하게 잊어버리고 말았다. 그런 두절된 세월 가운데 하루 길일을 복ㅏ하여 금홍이가 왕복 엽서처럼 돌아왔다. 나는 그만 깜짝 놀랐다.

금홍이의 모양은 뜻밖에도 초췌하여 보이는 것이 참 슬펐다. 나는 꾸짖지 않고 맥주와 붕어과자와 장국밥을 사 먹어가면서 금홍이를 위로해 주었다. 그러나 금홍이는 좀처럼 화를 풀지 않고 울면서 나를 원망하는 것이었다. 할 수 없어서 나도 그만 울어버렸다.

"그렇지만 너무 늦었다. 그만해두 두 달 지간이나 되니 않니? 헤어지자, 응?"

"그럼 난 어떻게 되우, 응?"

"마땅헌 데 있거든 가거라, 응."

"당신두 그럼 장가가나? 응?"

헤어지는 한에도 위로해 보낼지어다. 나는 이런 양식 아래 금홍이와 이별했더니라. 갈 때 금홍이는 선물로 내게 베개를 주고 갔다.

그런데 이 베개 말이다.

이 베개는 이인용이다. 싫대도 자꾸 떠맡기고 간 이 베개를 나는 두 주일 동안 혼자 베어보았다. 너무 길어서 안됐다. 안됐을 뿐 아니라 내 머리에서는 나지 않는 묘한 머리 기름때 내 때문에 안면安眠이 적이 방해된다.

나는 하루 금홍이에게 엽서를 띄웠다.

'중병에 걸려 누웠으니 얼른 오라'고.

금홍이는 와서 보니까 내가 참 딱했다. 이대로 두었다가는 역시 며칠이 못 가서 굶어 죽을 것같이만 보였던가 보다. 두 팔을 부르걷고 그날부터 나서 벌어다가 나를 먹여 살린다는 것이다.

"오케―"

인간 천국―그러나 날이 좀 추웠다. 그러나 나는 대단히 안일하였기 때문에 재채기도 하지 않았다.

이러기를 두 달? 아니 다섯 달이나 되나 보다. 금홍이는 홀연히 외출했다.

달포를 두고 금홍이 홈시크[3]를 기대하다가 진력이 나서 나는

---

3 homesick. 향수병.

기명집물器皿什物을 뚜들겨 팔아버리고 이십일 년 만에 '집'으로 돌아갔다.

와보니 우리 집은 노쇠했다. 이어 불초 이상은 이 노쇠한 가정을 아주 쑥밭을 만들어버렸다. 그동안 이태가량—

어언간 나도 노쇠해 버렸다. 나는 스물일곱 살이나 먹어버렸다.

천하의 여성은 다소간 매춘부의 요소를 품었느니라고 나 혼자는 굳이 신념한다. 그 대신 내가 매춘부에게 은화를 지불하면서는 한 번도 그녀들을 매춘부라고 생각한 일이 없다. 이것은 내 금홍이와의 생활에서 얻은 체험만으로는 성립되지 않는 이론같이 생각되나 기실 내 진담이다.

4

나는 몇 편의 소설과 몇 줄의 시를 써서 내 쇠망해 가는 심신 위에 치욕을 배가하였다. 이 이상 내가 이 땅에서의 생존을 계속하기가 자못 어려울 지경에까지 이르렀다. 나는 하여간 허울 좋게 말하자면 망명해야겠다.

어디로 갈까. 나는 만나는 사람마다 동경으로 가겠다고 호언했다. 그뿐 아니라 어느 친구에게는 전기 기술에 관한 전문 공부를 하러 간다는 둥 학교 선생님을 만나서는 고급 단식 인쇄술을 연구하겠다는 둥 친한 친구에게는 내 5개 국어에 능통할 작정일세 어쩌구 심하면 법률을 배우겠소까지 허담을 탕탕 하는 것이다. 웬만한 친구는 보통들 속나 보다. 그러나 이 헛선전을 안 믿는 사람도 더러는 있다. 하여간 이것은 영영 빈털털이가 되어버린 이상의 마지막 공포에 지나지 않는 것만은 사실이겠다.

어느 날 나는 이렇게 여전히 공포를 놓으면서 친구들과 술을 먹고 있자니까 내 어깨를 툭 치는 사람이 있다. '긴상'이라는 이다.

"긴상(이상도 사실은 긴상이다), 참 오래감만이수. 건데 긴상 꼭 긴상 함번 맞나 뵙자는 사람이 하나 있는데 긴상 어떡허시려우."

"거 누군구. 남자야? 여자야?"

"여자니까 일이 재미있지 않으냐 거런 말야."

"여자라?"

"긴상 옛날 옥상⁴."

금홍이가 서울에 나타났다는 이야기다. 나타났으면 나타났지 나를 왜 찾누?

나는 긴상에게서 금홍이의 숙소를 알아가지고 어쩔 것인가 망설였다. 숙소는 동생 일심이 집이다.

드디어 나는 만나보기로 결심하고 그리고 일심이 집을 찾아가서,

"언니가 왔다지?"

"어유―아제두, 돌아가신 줄 알았구려! 그래 자그만치 인제 온단 말씀유, 어서 들오수."

금홍이는 역시 초췌하다. 생활 전선에서의 피로의 빛이 그 얼굴에 여실하였다.

"네놈 하나 보구져서 서울 왔지 내 서울 뭘 허려 왔다디?"

"그리게 또 난 이렇게 널 찾아오지 않었니?"

---

4 일본어로 남의 '아내'를 높여 부르는 말.

"너 장가갔다드구나."

"얘 듣기 싫다. 그 육모초 겉은 소리."

"안 갔단 말이냐 그럼."

"그럼."

당장에 목침이 내 면상을 향하여 날아 들어왔다. 나는 예나 다름없이 못나게 웃어주었다.

술상을 보았다. 나도 한잔 먹고 금홍이도 한잔 먹었다. 나는 〈영변가〉[5]를 한마디 하고 금홍이는 〈육자배기〉[6]를 한마디 했다.

밤은 이미 깊었고 우리 이야기는 이게 이생에서의 영이별이라는 결론으로 밀려갔다. 금홍이는 은수저로 소반 전을 딱딱 치면서 내가 한 번도 들은 일이 없는 구슬픈 창가를 한다.

"속아도 꿈결 속여도 꿈결 굽이굽이 뜨내기 세상 그늘진 심정에 불 질러버려라 운운."

— 〈여성〉, 1936. 12.

5 평안도 영변 지방의 대표 민요.
6 남도 지방에서 부르는 잡가의 하나.

동해童骸

촉각

촉각이 이런 정경을 도해圖解한다.

유구한 세월에서 눈뜨니 보자, 나는 교외 정건淨乾한 한 방에 누워 자급자족하고 있다. 눈을 들어 방을 살피면 방은 추억처럼 착석한다. 또 창이 어둑어둑하다.

불원간 나는 굳이 지킬 한 개 슈트케이스를 발견하고 놀라야 한다. 계속하여 그 슈트케이스 곁에 화초처럼 놓여 있는 한 젊은 여인도 발견한다.

나는 실없이 의아하기도 해서 좀 쳐다보면 각시가 방긋이 웃는 것이 아니냐. 하하, 이것은 기억에 있다. 내가 열심으로 연구한다 누가 저 새악시를 사랑하던가! 연구 중에는,

"저게 새벽일까? 그럼 저묾일까?"

부러 이런 소리를 했다. 여인은 고개를 끄덕끄덕한다. 하더니 또 방긋이 웃고 부스스 5월 철에 맞는 치마저고리 소리를 내면서 슈트케이스를 열고 그 속에서 서슬이 퍼런 칼을 한 자루만 꺼낸다.

이런 경우에 내가 놀라는 빛을 보이거나 했다가는 뒷갈망하기가 좀 어렵다. 반사적으로 그냥 손이 목을 눌렀다 놓았다 하면서 제법 천연스럽게,

"임재는 자객입니까요?"

서투른 서도西道 사투리다. 얼굴이 더 깨끗해지면서 가느다랗게 잠시 웃더니, 그것은 또 언제 갖다 놓았던 것인지 내 머리맡에서 나쓰미깡¹을 집어다가 그 칼로 싸각싸각 깎는다.

"요곳 봐라!"

내 입 안으로 침이 쫘르르 돌더니 불현듯이 농담이 하고 싶어 죽겠다.

"가시내애요, 날 쭘 보이소, 나캉 결혼할낭기오? 맹서디나? 듸제?"

또—

"융[尹]이 날로 패아주뭉 내사 고마 마자 주을란다. 그람 늬능 우앨랑가? 잉?"

우리 둘이 맛있게 먹었다. 시간은 분명히 밤이 쏟아져 들어온다. 손으로 손을 잡고,

"밤이 오지 않고는 결혼할 수 없으니까."

이렇게 탄식한다. 기대하지 않은 간지러운 경험이다.

---

1 일본어로 '여름밀감'을 뜻함.

낄낄낄낄 웃었으면 좋겠는데―아―결혼하면 무엇하나, 나 따위가 생각해서 알 일이 되나? 그러나 재미있는 일이로다.

"밤이지오?"

"아―냐."

"왜―밤인데―에―우숩다―밤인데 그러네."

"아―냐, 아―냐."

"그러지 마세요, 밤이예요."

"그럼 뭐, 결혼해야 허게."

"그럼요―"

"히히히히―"

결혼하면 나는 임이를 미워한다. 윤? 임이는 지금 윤한테서 오는 길이다. 윤이 내어대었단다. 그래보는 거다. 그런데 임이가 채 오해했다. 정말 그러는 줄 알고 울고 왔다.

(애개―밤일세)

"어떡허구 왔누."

"건 알아 뭐허세요?"

"그래두."

"제가 버리구 왔세요."

"족히?"

"그럼요―"

"히히."

"절 모욕허지 마세요."

"그래라."

일어나더니―나는 지금 일어난 임이를 좀 묘사해야겠는데, 최소한도로 그 차림차림이라도 알아두어야겠는데—임이 슈트케이스를 뒤집어엎는다. 왜 저러누— 하면서 보자니까 야단이다. 죄다 파헤치고 무엇인지 찾는 모양인데 무엇을 찾는지 알아야 나도 조력을 하지, 저렇게 방정만 떠니 낸들 손을 댈 수가 있나, 내버려 두었다. 가도 참다 참다 못해서,

"거 뭘 찾누?"

"엉—엉—반지—엉—엉—"

"원 세상에, 반진 또 무슨 반진구."

"결혼반지지."

"옳아, 옳아, 옳아, 응, 결혼반지렷다."

"아이구 어딜 갔누, 요게, 어딜 갔을까."

결혼반지를 잊어버리고 온 신부. 라는 것이 있을까? 가소롭다. 그러나 모르는 말이다. 라는 것이 반지는 신랑이 준비하라는 것인데—그래서 아주 아는 척하고,

"그건 내 슈트케이스에 들어 있는 게 원칙적으로 옳지!"

"슈트케이스 어딨에요?"

"없지!"

"쯧, 쯧."

나는 신부 손을 붙잡고,

"이리 좀 와봐."

"아야, 아야, 아이, 그러지 마세요, 놓세요."

하는 것을 잘 달래서 왼손 무명지에다 털붓으로 쌍줄 반지를 그려주었다. 좋아한다. 아무것도 끵기운 것은 아닌데 제법 간질간질한 게 천연 반지 같단다.

천연 결혼하기 싫다. 트집을 잡아야겠기에—

"몇 번?"

"한 번."

"정말?"

"꼭."

이래도 안 되겠고 간발을 놓지 말고 다른 방법으로 고문을 하는 수밖에 없다.

"그럼 윤 이외에?"

"하나."

"예이!"

"정말 하나예요."

"말 마라."

"둘."

"잘헌다."

"셋."

"잘헌다, 잘헌다."

"넷."

"잘헌다, 잘헌다, 잘헌다."

"다섯."

속았다. 속아 넘어갔다. 밤은 왔다. 촛불을 켰다. 껐다. 즉 이런 가짜 반지는 탄로가 나기 쉬우니까 감춰야 하겠기에 꺼도 얼른 켰다. 밤이 오래 걸려서 밤이었다.

패배 시작

이런 정경은 어떨까? 내가 이발소에서 이발을 하는 중에—

이발사는 낯익은 칼을 들고 내 수염 많이 난 턱을 치켜든다.

"임재는 자객입니까."

하고 싶지만 이런 소리를 여기 이발사를 보고도 막 한다는 것은 어쩐지 아내라는 존재를 시인하기 시작한 나로서 좀 양심에 안 된 일이 아닐까 한다.

싹둑, 싹둑, 싹둑, 싹둑,

나쓰미깡 두 개 외에는 또 무엇이 채용이 되었던가. 암만해도 생각이 나지 않는다. 무엇일까.

그러다가 유구한 세월에서 쫓겨나듯이 눈을 뜨면, 거기는 이발소도 아무 데도 아니고 신방이다. 나는 엊저녁에 결혼했단다.

창으로 기웃거리면서 참새가 그렇게 의젓스럽게 싹둑거리는 것이다. 내 수염은 조금도 없어지진 않았고.

그러나 큰일 난 것이 하나 있다. 즉 내 곁에 누워서 보통 아침 잠을 자고 있어야 할 신부가 온데간데가 없다. 하하, 그럼 아까 내가 이발소 걸상에 누워 있던 것이 그쪽이 아마 생시더구나, 하다가도 또 이렇게까지 역력한 꿈이라는 것도 없을 줄 믿고 싶다.

속았나 보다. 밑진 것은 없다고 하지만 그동안에 원 세월은 얼마나 유구하게 흘렀을까. 그렇게 생각을 하고 보니까 어저께 만난 윤이 만난 지가 바로 몇 해나 되는 것도 같아서 익살맞다. 이것은 한번 윤을 찾아가서 물어보아야 알 일이 아닐까, 즉 내가 자네를 만난 것이 어제 같은데 실로 몇 해나 된 세음인가, 필시 내가 임이와 엊저녁에 결혼한 것 같은 착각이 있는데 그것도 다 허망된 일이렷다. 이렇게—

그러나 다음 순간 일은 더 커졌다. 신부가 홀연히 나타난다. 5월 철로 치면 좀 덥지나 않을까 싶은 양장으로 차렸다. 이런 임이와는 나는 면식이 없는 것이다. 그나 그뿐인가 단발이다. 혹 이이는 딴 아낙네가 아닌지 모르겠다. 단발 양장의 임이란 내 친근親近에는 없는데, 그럼 이렇게 서슴지 않고 내 방으로 들어올 줄 아는 남이란 나와 어떤 악연일까?

가시내는 손을 툭툭 털더니,

"갖다 버렸지."

이렇다면 임이에는 틀림없나 보니 안심하기로 하고,

"뭘?"

"입구 옹 거."

"입구 옹 거?"

"입고 옹 게 치마조고리지 뭐예요?"

"건 어째 내가 버렸다능 거야."

"그게 바로 그거예요."

"그게 그거라니?"

"어이 참, 아, 그게 바로 그거라니까그래."

초가을 옷이 늦은 봄 옷과 비슷하렷다. 임의 말을 가량 신용하기로 하고 임이가 단 한 번 윤에게—

가만있자, 나는 잠시 내 신세에 대해서 석명釋明해야 할 것 같다. 나는 이를테면 적지 아니 참혹하다. 나는 아마 이 숙명적 업원을 짊어지고 한평생을 내리 번민해야 하려나 보다. 나는 형상 없는 모던 보이다. 라는 것이 누구든지 내 꼴을 보면 돌아서고 싶을 것이다. 내가 이래 뵈도 체중이 십사 관[2]이나 있다고 일러드리면 귀하는 알아차리시겠소? 즉 이 척신瘠身[3]이 총알을 집어먹었기로니 좀처럼 나기 어려운 동굴을 보이는 것은 말하자면 나는 전혀 뇌수에 무게가 있다. 이것이 귀하가 나를 겁낼 중요한 비밀이외다.

그러니까―

어차어피에 일은 운명에 파문이 없는 듯이 이렇게까지 전개하고 말았으니 내 목적이라는 것을 피력할 필요도 있는 것 같다. 그러면―

윤, 임이, 그리고 나,

누가 제일 미운가, 즉 나는 누구 편이냐는 말이다.

어쩔까. 나는 한 번만 똑똑히 말하고 싶지만 또한 그만두는 것이 옳은가도 싶으니 그럼 내 예의와 풍봉을 확립해야겠다.

지난가을 아니 늦은 여름 어느 날―그 역사적인 날짜는 임이 잘 기억하고 있을 것이다만―나는 윤의 사무실에서 이른 아침부터 와 앉아 있는 임이의 가련한 좌석을 발견한 것이다. 그러나 그것은 온 것이 아니라 가는 길인데 집의 아버지가 나가 잤다고 야단치실까 봐 무서워서 못 가고 그렇게 앉아 있는 것을 나는 일찌감치도 와 앉았구나 하고 문득 오해한 것이다. 그때 그 옷이다.

같은 슈미즈, 같은 드로어즈, 같은 머리쪽, 한 남자 또 한 남자,

이것은 안 된다. 너무나 어색해서 급히 내다 버린 모양인데 나는 좀 엄청나다고 생각한다. 대체 나는 그런 부유한 이데올로기

2 1관은 약 3.75kg. 따라서 14관은 약 52kg임.
3 마른 몸.

를 마음 놓고 양해하기 어렵다.

그뿐 아니다. 첫째 나의 태도 문제다. 그 시절에 나는 무엇을 하고 세월을 보냈더냐? 내게는 세월조차 없다. 나는 들창이 어둑어둑한 것을 드나드는 안집 어린애에게 일 전씩 주어가면서 물었다.

"애, 아침이냐, 저녁이냐."

나는 또 무엇을 먹고 살았는지 생각이 나지 않는다. 이슬을 받아먹었나? 설마.

이런 나에게 임이는 부질없이 체면을 차리려 든 것이다. 가련하다.

그런데 이상한 것은 그 시절에 나는 제가 배가 고픈지 안 고픈지를 모르고 지냈다면 그것이 듣는 사람을 능히 속일 수 있나. 거짓부렁이리라. 나는 걷잡을 수 없이 피부로 거짓부렁이를 해버릇하느라고 인제는 저도 눈치채지 못하는 틈을 타서 이렇게 허망한 거짓부렁이를 엉덩방아 찧듯이 해 넘기는 모양인데, 만일 그렇다면 나는 큰일 났다.

그러기에 사실 오늘 아침에는 배가 고프다. 이것으로 미루면 아까 임이가 스커트, 슬립, 드로어즈 등속을 모조리 내다 버리고 들어왔더라는 소개조차가 필연 거짓말일 것이다. 그것은 내 인색한 애정의 타산이 임이더러,

"너 왜 그러지 않았드냐."

하고 암암리에 통명? 심술을 부려본 것일 줄 나는 믿는다.

그러나 발음 안 되는 글자처럼 생동생동한 임이는 내 손톱을 열심으로 깎아주고 있다.

"맹수가 가축이 되려면 이 흉악한 독아 毒牙를 전단 前斷해 버려야

한다."

는 미술적인 권유임에 틀림없다. 이런 일방 나는 못났게도,

"아이 배고파."

하고 여지없이 소박한 얼굴을 임이에게 드밀면서 아침이냐 저녁
이냐 과연 이것만은 묻지 않았다.

신부는 어디까지든지 귀엽다. 돋보기를 가지고 보아도 이 가
련한 일 타화朵花의 나이를 알아내기는 어려우리라. 나는 내 실망
에 수비하기 위하여 열일곱이라고 넉넉잡아 준다. 그러나 내 귀
에다 속삭이기를,

"스물두 살이라나요. 어림없이 그리지 마세요. 그만하면 알 텐
데 부러 그리시지오?"

이 가련한 신부가 지금 적수공권⁴으로 나갔다. 내 짐작에 쌀
과 나무와 숯과 반찬거리를 장만하러 나간 것일 것이다.

그동안 나는 심심하다. 안집 어린 애기 불러서 같이 놀까. 하고
전에 없이 불렀더니 얼른 나와서 내 방 미닫이를 열고,

"아침이에요."

그런다. 오늘부터 일전 안 준다. 나는 다시는 이 어린애와는 놀
수 없게 되었구나 하고 나는 할 수 없어서 덮어놓고 성이 잔뜩 난 얼
굴을 해 보이고는 빰 치듯이 방 미닫이를 딱 닫아버렸다. 눈을 감고
가슴이 두근두근하자니까 으아 하고 그 어린애 우는 소리가 안마당
으로 멀어가면서 들려왔다. 나는 오랫동안을 혼자서 덜덜 떨었다.
임이가 돌아오니까 몸에서 우유 내가 난다. 나는 서서히 내 활력을

---

4 맨손과 맨주먹. 즉 아무것도 가진 게 없음을 뜻하는 말.

정리하여 가면서 임이에게 주의한다. 똑 갓난아기 같아서 썩 좋다.

"목장꺼지 갔다 왔지요."

"그래서?"

카스텔라와 산양유를 책보에 싸가지고 왔다. 집시족 아침 같다. 그리고 나서도 나는 내 본능 이외의 것을 지껄이지 않았나 보다.

"어이, 목말라 죽겠네."

대개 이렇다.

이 목장이 가까운 교외에는 전등도 수도도 없다. 수도 대신에 펌프.

물을 길러 갔다 오더니 운다. 우는 줄만 알았더니 웃는다. 조런―하고 보면 눈에 눈물이 글썽글썽하다. 그러고도 웃고 있다.

"고게 누우 집 아일까. 아, 쪼꾸망 게 나더러 너 담발했구나, 핵교 가니? 그리겠지, 고게 나알 제 동무루 아아나 봐, 참 내 어이가 없어서, 그래, 난 안 간단다, 그랬드니, 요게 또 헌다는 소리가 나발 씻게 물 좀 끼얹어 주려무나 애, 아주 이리겠지, 그래 내 물을 한 통 그냥 막 쫙쫙 끼얹어 줘었지, 그랬드니 너두 발 씻으래, 난 이따가 씻는단다 그러구 왔서, 글세, 내 기가 맥혀."

누구나 속아서는 안 된다. 햇수로 여섯 해 전에 이 여인은 정말이지 처녀대로 있기는 성가셔서 말하자면 헐값에 즉 아무렇게나 내어주신 분이시다. 그동안 만 오 개년 이분은 휴게라는 것을 모른다. 그런 줄 알아야 하고 또 알고 있어도 나는 때마침 변덕이 나서,

"가만있자, 거 얼마 들었드라?"

나쓰미깡이 두 개에 제아무리 비싸야 이십 전, 옳지 깜빡 잊어 버렸다. 초 한 가락에 삼 전, 카스텔라 이십 전, 산양유는 어떻게

해서 그런지 거저,

"사십삼 전인데."

"어이쿠."

"어이쿠는 뭐이 어이쿠예요."

"고놈이 아무 수루두 제해지질 않는군그래."

"소수?"

옳다.

신통하다.

"신통해라!"

걸인 반대

이런 정경마저 불쑥 내어놓는 날이면 이번 복수 행위는 완벽으로 흐지부지하리라. 적어도 완벽에 가깝기는 하리라.

한 사람의 여인이 내게 그 숙명을 공개해 주었다면 그렇게 쉽사리 공개를 받은—참회를 듣는 신부 같은 지위에 있어서 보았다고 자랑해도 좋은—나는 비교적 행복스러웠을는지도 모른다. 그러나 나는 어디까지든지 약다. 약으니까 그렇게 거저먹게 내 행복을 얼굴에 나타내거나 하지는 않는다는 것이다.

이와 같은 로직을 불언실행하기 위하여서만으로도 내가 그 구중중한 수염을 깎지 않은 것은 지당한 중에도 지당한 맵시일 것이다.

그래도 이 우둔한 여인은 내 얼굴에 더덕더덕 붙은 바 추醜를 지적하지 않는다. 그것은 두말할 것도 없이 그 숙명을 공개하던 구실도 헛되거니와 그 여인의 애정이 부족한 탓이리라. 아니 전혀 없다.

나는 바른대로 말하면 애정 같은 것은 희망하지도 않는다. 그러니까 내가 결혼한 이튿날 신부를 데리고 외출했다가 다행히 길에서 그 신부를 잃어버렸다고 하자. 내가 그럼 밤잠을 못 자고 찾을까.

그때 가령 이런 엄청난 글발이 날아들어 왔다고 내가 은근히 희망한다.

'소생이 모월 모일 길에서 줏은 바 소녀는 귀하의 신부임이 확실한 듯하기에 통지하오니 찾아가시오.'

그래도 나는 고집을 부리고 안 간다. 발이 있으면 오겠지, 하고 나의 염두에는 그저 왕양한 자유가 있을 뿐이다.

돈지갑을 어느 포켓에다 넣었는지 모르는 사람만이 용이하게 돈지갑을 잃어버릴 수 있듯이, 나는 길을 걸으면서도 결코 신부 임이에 대하여 주의를 하지 않기로 주의한다. 또 사실 나는 좀 편두통이다. 5월의 교외 길은 좀 눈이 부셔서 실없이 어찔어찔하다.

— 주마가편 —

이런 느낌이다.

임이는 결코 결혼 이튿날 걷는 길을 앞서지 않으니 임이로 치면 이날 사실 가볼 만한 데가 없다는 것일까. 임이는 그럼 뜻밖에도 고독하던가.

달리는 말에 한층 채찍을 내리우는 형상, 임이의 작은 보폭이 어디 어느 지점에서 졸도를 하나 보고 싶기도 해서 좀 심청맞으나 자분참 걸었던 것인데—

아니나 다를까? 떡 없다.

내 상식으로 하면 귀한 사람이 가축을 끌고 소요하려 할 때 의례히 가축이 앞선다는 것이다.

앞서 가는 내가 놀라야 하나. 이 경우에 그러면 그렇지 하고 까딱도 하지 않아야 더 점잖은가.

아직은? 했건만도 어언간 없어졌다.

나는 내 고독과 내 노년을 생각하고 거기는 은행 벽 모퉁인 것도 채 인식하지도 못하는 중 서서 그래도 서너 번은 뒤 혹은 양곁을 둘러보았다. 단발 양장의 소녀는 마침 드물다.

"이만하면 유실이구?"

닥쳐와야 할 일이 척 닥쳐왔을 때 나는 내 갈팡질팡하는 육신을 수습해야 한다. 그러나 임이는 은행 정문으로부터 마술처럼 나온다. 하이힐이 아까보다는 사뭇 무거워 보이기도 하는데, 이상스럽지는 않다.

"십 원째리를 죄다 십 전째리루 바꿨지, 이거 좀 봐, 이망쿰이야, 주머니에다 느세요."

주마가편이라는 상쾌한 내 어휘에 드디어 슬럼프가 왔다는 것이다.

나는 기뻐하지 않는다. 그렇다고 대담하게 그럴 상싶은 표정을 이 소녀 앞에서 하는 수는 없다. 그래서 얼른,

SEUVENIR![5]

---

5 SOUVENIR의 오식으로 보임.

균형된 보조가 똑같은 목적을 향하여 걸었다면 겉으로 보기에 친화하기도 하련만, 나는 내 마음에 인내를 명령하여 놓고 패러독스에 의한 복수에 착수한다. 얼마나 요런 암상은 참나? 계산은 말잔다.

애정은 애초부터 없었다는 증거!

그러나 내 입에서 복수라는 말이 떨어진 이상 나만은 내 임이에게 대한 애정을 있다고 우길 수 있는 것이다.

보자! 얼마간 피곤한 내 두 발과 임이의 한 켤레 하이힐이 윤의 집 문간에 가 서게 되었는데도 감쪽스럽게 임이가 성을 안 낸다. 안차고 겸하여 다라지기도 하다.

윤은 부재요, 그러면 내가 뜻하지 않고 임이의 안색을 살필 기회가 온 것이기에,

"PM 다섯시까지 따이먼드[6]로 오기를."

이렇게 적어서 안잠자기에게 전하고 흘낏 임을 노려보았더니—

얼떨결에 색소가 없는 혈액이라는 설명할 수사학을 나는 내가 마치 임이 편인 것처럼 민첩하게 찾아놓았다.

폭풍이 눈앞에 온 경우에도 얼굴빛이 변해지지 않는 그런 얼굴이야말로 인간고의 근원이리라. 실로 나는 울창한 삼림 속을 진종일 헤매고 끝끝내 한 나무의 인상을 훔쳐 오지 못한 환각의 인ㅅ이다. 무수한 표정의 말뚝이 공동묘지처럼 내게는 똑같아 보이기만 하니 멀리 이 분주한 초조를 어떻게 점잔을 빼어서 구하느냐.

다이아몬드 다방 문 앞에서 너무 머뭇머뭇하느라고 들어가지

---

6 다이아몬드. 여기서는 카페 이름임.

못하고 말기는 처음이다. 윤이 오면―다이아몬드 보이 녀석은 윤과 임이 여기서 그들을 사랑하는 부부인 것까지도 알고, 하니까 나는 다시 내 필적을,

'PM 여섯시까지 집으로 저녁을 토식하려 가리로다. 물경 부처夫妻.'

주고 나왔다. 나온 것은 나왔다 뿐이지,

DOUGHTY DOG[7]

이라는 가증한 장난감을 살 의사는 없다. 그것은 다만 십 원짜리 체인지[8]와 아울러 임이의 분간 못 할 천후天候에서 나온 경증의 도박이리라.

여섯시에 일어난 사건에서 나는 완전히 실각했다.

가령―(내가 윤더러)

"아아 있군그래, 따이먼드에 갔든가, 게다 여섯시에 오께 밥 달라구 적어놨는데, 밥이라면 술이 붙으렷다."

"갔지, 가구말구, 밥은 예펜네가 어딜 가서 아직 안 됐구, 술은 내 미리 먹구 왔구."

첫째 윤은 다이아몬드까지 안 갔다. 고 안잠자기 말이 아이구 댕겨가신 지 오분두 못 돼서 들오세서 여태 기대리셨는데요― PM 다섯시는 즉 말하자면 나를 힘써 만날 것이 없다는 태도다.

"대단히 교만하다."

이러려다 그만두어야 했다. 나는 그 대신 배를 좀 불쑥 앞으로 내어밀고,

7 '용감한 개'라는 뜻. 여기서는 장난감 이름임.
8 거스름돈.

"내 아내를 소개허지, 이름은 임이."

"아내? 허—착각을 일으켰군그래, 내 짐작 같아서는 그게 내 아내 비슷두 헌데!"

"내가 더 미안헌 말 한마디만 허까, 이따위 서푼쩌리 소설을 쓰느라고 내가 만년필을 쥐이지 않았겠나, 추억이라는 건 요컨대 이 만년필망쿰두 손에 직접 잽히능 게 아니란 내 학설이지, 어때?"

"먹다 냉깅 걸 몰르구 집어먹었네그려. 자넨 자고로 귀족 취미는 아니라니까, 아따 자네 위생이 부족헌 체허구 그저 그대루 견디게그려, 내게 암만 퉁명을 부려야 낸들 또 한 번 줏다 버린 만년필을 인제 와서 어쩌겠나."

내 얼굴은 단박 잠잠하다. 할 말이 없다. 핑계 삼아 내 포켓에서,

DOUGHTY DOG

을 꺼내놓고 스프링을 감아준다. 한 마리의 그레이하운드가 제 몸집만이나 한 구두 한 짝을 물고 늘어져서 흔든다. 죽도록 흔들어도 구두대로 개는 개대로 강철의 위치를 변경하는 수가 없는 것이 딱하기가 짝이 없고 또 내가 더럽다.

DOUGHTY

는 더럽다는 말인가. 초조하다는 말인가. 이 글자의 위압에 참 나는 견딜 수 없다.

"아닝 게 아니라 나두 깜짝 놀랬네, 놀랜 것이, 지 애가(안잠자기가) 내 댕겨 두로니까 헌다는 소리가, 한 마흔댓 되는 이가 열칠팔 되는 시액시를 데리구 날 찾어왔드라구, 딸 겉기두 헌데 또 첩 겉기두 허드라구, 종잇조각을 봐두 자네 이름을 안 썼으니 누군지 알 수 없구, 덮어놓구 따이먼드루 찾어갔다가 또 혹시 실수

허지나 않을까 봐, 예끼 그만 내버려 둬라, 제눔이 누구등 간에 날 보구 싶으면 찾아오겠지 허구 기대리든 차에, 하하 이건 좀 일이 제대루 되질 않은 것 겉기두 허예 어째."

나는 좋은 기회에 임이를 한번 어디 돌아다보았다. 어족魚族이나 다름없이 뭉툭한 채 그 이 두 남자를 건드렸다 말았다 한 손을 솜씨 있게 놀려,

DOUGHTY DOG

스프링을 감아주고 있다. 이것이 나로서 성화가 날 일이 아니면 죄罪 씨인[9]이다. 아 — 아 —

나는 아 — 아 — 하기를 면하고 싶어도 다음에 내 무너져 들어가는 육체를 지지할 수 있는 말을 할 수 있도록 공부하지 않고는 이 구중중한 아 — 아 —를 모른 체할 수는 없다.

명시明示

여자란 과연 천혜처럼 남자를 철두철미 처다보라는 의무를 사상의 선결 조건으로 하는 탄성체던가.

다음 순간 내 최후의 취미가,

"가축은 인제는 싫다."

이렇게 쾌히 부르짖은 것이다.

나는 모든 것을 망각의 벌판에다 내다 던지고 얄따란 취미 한

---

9 sin. 죄.

풀만을 질질 끌고 다니는 자기 자신 문지방을 이제는 넘어 나오고 싶어졌다.

우환!

유리 속에서 웃는 그런 불길한 영유靈幽의 웃음은 싫다. 인제는 소리를 가장 쾌활하게 질러서 손으로 만지려면 만져지는 그런 웃음을 웃고 싶은 것이다. 우환이 있는 것도 아니요 우환이 없는 것도 아니요 나는 심야의 차도에 내려선 초연한 성격으로 이런 속된 혼탁에서 돌아서 보았으면—

그러기에는 이번에 적잖이 기술을 요했다. 칼로 물을 베듯이,

"아차! 나는 T가 월급이군그래, 잊어버렸구나(하건만 나는 덜 뱉어놓은 것이 혀에 미꾸라지처럼 걸려서 근실근실한다. 윤은 혹은 식물과 같이 인문人文을 떠난 방탄조끼를 입었나) 그러나 윤! 들어보게, 자네가 모조리 핥았다는 임이의 나체는 그건 임이가 목욕헐 때 입는 비누 드레스나 마찬가질세! 지금 아니! 전무후무하게 임이 벌거숭이는 내게 독점된 걸세, 그리게 자넨 그만큼 해 두구 그 병정 구두 겉은 교만을 좀 버리란 말일세, 알아듣겠나."

윤은 낙조를 받은 것처럼 얼굴이 불쾌하다. 거기 조소가 지방처럼 윤이 나서 만연하는 것이 내 전투력을 재채기시킨다.

윤은 내가 불쌍하다는 듯이,

"내가 이만큼꺼지 사양허는데 자네가 공연이 자꾸 그리면 또 모르네, 내 성가서서 자네 따구 한 대쯤 갈길는지두."

이런 어리석어빠진 논쟁을 왜 내게 재판을 청하지 않느냐는 듯이 그레이하운드가 구두를 기껏 흔들다가 그치는 것을 보아 임이는 무용의 어떤 포즈 같은 손짓으로,

"지이가 됴스[10]의 여신입니다. 둘이 어디 모가질 한번 바꿔 붙여보시지오, 안 되지오? 그러니 그만들 두시란 말입니다. 윤헌테 내어준 육체는 거기 해당한 정조가 법률처럼 붙어 갔든 거구요, 또 지이가 어저께 결혼했다구 여기두 여기 해당한 정조가 따라왔으니까 뽐낼 것두 없능 거구 질투헐 것두 없능 거구, 그러지 말구 겉은 선수끼리 악수나 허시지요, 네?"

윤과 나는 악수하지 않았다. 악수 이상의 통봉이 윤은 몰라도 적어도 내 위에는 내려앉았는 것이니까. 이것은 여기 앉았다가 밴댕이처럼 납작해질 징조가 아닌가. 겁이 차츰차츰 나서 나는 벌떡 일어나면서 들창 밖으로 침을 탁 뱉을까 하다가 자분참,

"그렇지만 자네는 만금을 기울여두 인젠 임이 나체 스냅 하나 보기두 어려울 줄 알게, 조꿈두 사양헐 게 없이 국으로 나허구 병행해서 온전헌 정의를 유지허능 게 어떵가?"

하니까,

"이착二着 열 번 헌 눔이 아무래두 일착一着 단 한 번 헌 눔 앞에서 고갤 못 드는 법일세, 자네두 그만헌 예의쯤 분간이 슬 듯헌데 왜 그리 바들짝바들짝허나 응? 그러구 그 만금이니 만만금이니 허능 건 또 다 뭔가? 나라는 사람은 말일세 자세 듣게, 여자가 날 싫여허면 헐수룩 좋아허는 체허구 쫓아댕기다가두 그 여자가 선불리 그럼 허구 좋아허는 낯을 단 한 번 허는 나날에는, 즉 말허자면 마주막 물건을 단 한 번 건드리구 난 다음엔 당장 눈앞에서 그 여자가 싫여지는 성질일세, 그건 자네가 아주 바루 정의가 어

10 디오스dios.

쩌니 허지만 이거야말루 내 정의에서 우러나오는 걸세. 대체 난 나버덤 낮은 인간이 싫으예. 여자가 한번 제 마주막 것을 구경시킨 다암엔 열이면 열 백이면 백, 밑으루 내려가서 그 남자를 처다보기 시작이거든, 난 이게 견딜 수 없게 싫단 그 말일세."

나는 그제는 사뭇 돌아섰다. 그만침 정밀한 모욕에는 더 견디기 어려워서.

윤은 새로 담배에 불을 붙여 물더니 주머니를 뒤적뒤적한다. 나를 살해하기 위한 흉기를 찾는 것일까. 담뱃불은 이미 붙었는데—

"여기 십 원 있네, 가서 가난헌 T 군 졸르지 말구 자네가 T 군헌테 한잔 사주게나. 자넨 오늘 그 자네 서푼째리 체면 때문에 꽤 우울해진 모냥이니 자네 소위 신부허구 같이 있다가는 좀 위험헐걸, 그러니까 말일세 그 신부는 내 오늘 같이 키네마[11]루 모시구 갈 테니 안 헐 말루 잠시 빌리게, 응? 왜 맘에 꺼림찍헝가?"

"너무 세밀허게 내 행동을 지정허지 말게, 하여간 난 혼자 좀 나가야겠으니 임이, 윤 군허구 키네마 가지 응, 키네마 좋아허지 왜."
하고 말끝이 채 맺기 전에 임이 뿌루퉁하면서—

"임이 남편을 그렇게 맘대루 동정허거나 자선허거나 헐 권리는 남에겐 더군다나 없습니다. 자— 그거 받어서는 안 됩니다. 여깄세요."
하고 내어놓은 무수한 십 전짜리.

'하하 야 이겁 봐라.'

윤은 담뱃불을 재떨이에다 벌레 죽이듯이 꼭꼭 이기면서 좀처

11 cinema. 영화관.

럼 웃음을 얼굴에서 걷지 않는다. 나도 사실 속으로,

"하하 야 요겁 봐라."

안 한 것이 아니다. 그러나 나도 웃어 보였다. 그리고는 임이 등을 어루만져 주고 그 백동화를 한 움큼 주머니에 넣고 그리고 과연 윤의 집을 나서는 길이다.

"이따 파헐 임시해서 내 키네마 문밖에서 기대리지, 어디지?"

"단성사, 헌데 말이 났으니 말이지 난 오늘 친구헌테 술값 꾀주는 권리를 완전히 구속당했능걸! 어— 쯧쯧."

적어도 백 보가량은 앞이 맴을 돌았다. 무던히 어지러워서 비척비척하기까지 한 것을 나는 아무에게도 자랑할 수는 없다.

TEXT

"불장난—정조 책임이 없는 불장난이면? 저는 즐겨합니다. 저를 믿어주시나요? 정조 책임이 생기는 나잘[12]에 벌써 이 불장난의 기억을 저의 양심의 힘이 말살하는 것입니다. 믿으세요."

평評—이것은 분명히 다음에 서술되는 같은 임이의 서술 때문에 임이의 영리한 거짓부렁이가 되고 마는 것이다. 즉,

"정조 책임이 있을 때에도 다음 같은 방법에 의하야 불장난은—주관적으로만이지만—용서될 줄 압니다. 즉 아내면 남편에게, 남편이면 아내에게, 무슨 특수한 전술로든지 감쪽같이 모르게

12 한나절.

그렇게 스무드하게 불장난을 하는데 하고 나도 이렇달 형적을 꼭 남기지 말아야 한다는 것입니다. 네?

그러나 주관적으로 이것이 용납되지 않는 경우에 하였다면 그것은 죄요 고통일 줄 압니다. 저는 죄도 알고 고통도 알기 때문에 저로서는 어려울까 합니다. 믿으시나요? 믿어주세요."

평―여기서도 끝으로 어렵다는 대문 부근이 분명히 거짓부렁이라는 것이다. 그것은 역시 같은 임이의 필적 이런 잠재의식, 탄로 현상에 의하여 확실하다.

"불장난을 못 하는 것과 안 하는 것과는 성질이 아주 다릅니다. 그것은 컨디션 여하에 좌우되지는 않겠지오. 그러니 어떻다는 말이냐고 그러십니까. 일러드리지오. 기뻐해 주세요. 저는 못 하는 것이 아니라 안 하는 것입니다.

자각된 연애니까요.

안 하는 경우에 못 하는 것을 관망하고 있노라면 좋은 어휘가 생각납니다. 구토. 저는 이것은 견딜 수 없는 육체적 형벌이라고 생각합니다. 온갖 자연 발생적 자태가 저에게는 어째 유취만년의 넝마 조각 같습니다. 기뻐해 주세요. 저를 이런 원근법에 좇아서 사랑해 주시기 바랍니다."

평―나는 싫어도 요만큼 다가선 위치에서 임이를 설유하려 드는 대시의 자세를 취소해야 하겠다. 안 하는 것은 못 하는 것보다 교양, 지식 이런 척도로 따져서 높다. 그러나 안 한다는 것은 내가 빚어내는 기후 여하에 빙자해서 언제든지 아무 겸손이라든가 주저 없이 불장난을 할 수 있다는 조건부 계약을 차도 복판에 안전지대 설치하듯이 강요하고 있는 징조에 틀림은 없다.

나 스스로도 불쾌할 에필로그로 귀하들을 인도하기 위하여 다음과 같은 박빙을 밟는 듯한 회화를 조직하마.

"너는 네 말마따나 두 사람의 남자 혹은 사실에 있어서는 그이상 훨씬 더 많은 남자에게 내주었든 육체를 걸머지고 그렇게도 호기 있게 또 정정당당하게 내 성문을 틈입할 수가 있는 것이 그래 철면피가 아니란 말이냐?"

"당신은 무수한 매춘부에게 당신의 그 당신 말마따나 고귀한 육체를 염가로 구경시키셨습니다. 마찬가지지요."

"하하! 너는 이런 사회조직을 깜박 잊어버렸구나. 여기를 너는 서장西藏[13]으로 아느냐. 그렇지 않으면 남자도 포유 행위를 하든 피데칸트롭스[14] 시대로 아느냐. 가소롭구나. 미안하오나 남자에게는 육체라는 관념이 없다. 알아듣느냐?"

"미안하오나 당신이야말로 이런 사회조직을 어째 급속도로 역행하시는 것 같습니다. 정조라는 것은 일대일의 확립에 있습니다. 약탈 결혼이 지금도 있는 줄 아십니까."

"육체에 대한 남자의 권한에서의 질투는 무슨 걸레 조각 같은 교양 나부랭이가 아니다. 본능이다. 너는 아 본능을 무시하거나 그 치기만만한 교양의 장갑으로 정리하거나 하는 재조가 통용될 줄 아느냐?"

"그럼 저도 평등하고 온순하게 당신이 정의하시는 '본능'에 의해서 당신의 과거를 질투하겠습니다. 자— 우리 숫자로 따져보실까요?"

13 티베트.
14 피테칸트로푸스. 현 인류의 조상이며, 약 40만 년 전에 살았으리라 추측됨.

평—여기서부터는 내 교재에는 없다.

신선한 도덕을 기대하면서 내 구태의연하다고 할 만도 한 관록을 버리겠노라.

다만 내가 이제부터 내 부족하나마 노력에 의하여 획득해야 할 것은 내가 탈피할 수 있을 만한 지식의 구매다.

나는 내가 환갑을 지난 몇 해 후 내 무릎이 일어서는 날까지는 내 오크재로 만든 포도송이 같은 손자들을 거느리고 끽다점에 가고 싶다. 내 알라모드[15]는 손자들의 그것과 태연히 맞서고 싶은 현재의 내 비애다.

전질顚跌

이러다가는 내 중립 지대로만 알고 있던 건강술이 자칫하면 붕괴할 것 같은 위구가 적지 않다. 나는 조심조심 내 앉은 자리에 혹 유해한 곤충이나 서식하지 않는가 보살펴야 한다.

T 군과 마주 앉아 싱거운 술을 마시고 있는 동안 내 눈이 여간 축축하지 않았단다. 그도 그럴밖에. 나는 시시각각으로 자살할 것을, 그것도 제 형편에 꼭 맞춰서 생각하고 있었으니—

내가 받은 자결의 판결문 제목은,

"피고는 일조에 인생을 낭비하였느니라. 하루 피고의 생명이 연장되는 것은 이 건곤의 경상비를 구태여 등귀시키는 것이거늘

---

15 à la mode. 프랑스어로 '유행하는·유행의·~양식의'를 뜻함.

피고가 들어가고저 하는 쥐구녕이 거기 있으니 피고는 모름지기 그리 가서 꽁무니 쪽을 돌아다보지는 말지어다."

이렇다.

나는 내 언어가 이미 이 황막한 지상에서 탕진된 것을 느끼지 않을 수 없을 만치 정신은 공동空洞이요, 사상은 당장 빈곤하였다. 그러나 나는 이 유구한 세월을 무사히 수면하기 위하여, 내가 몽상하는 정경을 합리화하기 위하여, 입을 다물고 꿀 항아리처럼 잠자코 있을 수는 없는 일이다.

"몽고르퓌에[16] 형제가 발명한 경기구가 결과로 보아 공기보다 무거운 비행기의 발달을 훼방 놀 것이다. 그와 같이 또 공기보다 무거운 비행기 발명의 힌트의 출발점인 날개가 도리어 현재의 형태를 갖춘 비행기의 발달을 훼방 놓았다고 할 수도 있다. 즉 날개를 펄럭거려서 비행기를 날르게 하려는 노력이야말로 차륜을 발명하는 대신에 말의 보행을 본떠서 자동차를 만들 궁리로 바퀴 대신 기계 장치의 네 발이 달린 자동차를 발명했다는 것이나 다름없다."

억양도 아무것도 없는 사어다. 그럴밖에. 이것은 장 콕토[17]의 말인 것도.

나는 그러나 내 말로는 그래도 내가 죽을 때까지의 단 하나의 절망, 아니 희망을 아마 텐스[18]를 고쳐서 지껄여 버린 기색이 있다.

"나는 어떤 규수 작가를 비밀히 사랑하고 있소이다그려!"

---

16 몽골피에. 프랑스의 발명가(1740~1810).

17 프랑스의 시인·작가·배우·영화감독·화가(1889~1963).

18 tense. 어떤 사건이나 사실이 일어난 시간 선상의 위치를 표시하는 문법 범주.

그 규수 작가는 원고 한 줄에 반드시 한 자씩의 오자를 삽입하는 쾌활한 태만성을 가진 사람이다. 나는 이 여인 앞에서는 내 추한 짓밖에는, 할 수 있는 거동의 심리적 여유가 없다. 이 여인은 다행히 경산부다.

그러나 곧이듣지 마라. 이것은 다음과 같은 내 면목을 유지하기 위해 발굴한 연장에 지나지 않는다.

"내가 결혼하고 싶어 하는 여인과 결혼하지 못하는 것이 결이 나서 결혼하고 싶지도 저쪽에서 결혼하고 싶어 하지도 않는 여인과 결혼해 버린 탓으로 뜻밖에 나와 결혼하고 싶어 하든 다른 여인이 그 또 결이 나서 다른 남자와 결혼해 버렸으니 그야말로— 나는 지금 일조에 파멸하는 결혼 위에 저립하고 있으니—일거에 삼첨三尖[19]일세그려."

즉 이것이다.

T 군은 암만해도 내가 불쌍해 죽겠다는 듯이 나를 물끄러미 바라다보더니,

"자네, 그중 어려운 외국으로 가게, 가서 비로소 말두 배우구, 또 사람두 처음으로 사귀구 그리구 다시 채국채국 살기 시작허게. 그럭허능 게 자네 자살을 구할 수 있는 유일의 방도가 아닌가. 그렇게 생각하는 내가 그럼 박정한가?"

자살? 그럼 T 군이 눈치를 채었든가.

"이상스러워할 것도 없는 게 자네가 주머니에 칼을 넣고 댕기지 않는 것으로 보아 자네에게 자살하려는 의사가 있다는 걸 알

---

19 한 번에 세 가지 좋은 일이 생긴다는 뜻.

수 있지 않겠나. 물론 이것두 내게 아니구 남한테서 꿔 온 에피그람[20]이지만."

여기 더 앉았다가는 복어처럼 탁 터질 것 같다. 아슬아슬한 때 나는 T 군과 함께 바를 나와 알맞추 단성사 문 앞으로 가서 삼분쯤 기다렸다.

윤과 임이가 일조 이조 하는 문장처럼 나란히 나온다. 나는 T 군과 같이 〈만춘晩春〉 시사를 보겠다. 윤은 우물쭈물하는 것도 같더니,

"바통 가져가게."

한다. 나는 일없다. 나는 절을 하면서,

"일착 선수여! 나를 열차가 연선의 소역을 자디잔 바둑돌 묵살하고 통과하듯이 무시하고 통과하야 주시기(를) 바라옵나이다."

순간 임이 얼굴에 독화가 핀다. 응당 그러리로다. 나는 이착의 명예 같은 것은 요새쯤 내다 버리는 것이 좋았다. 그래 얼른 릴레이를 기권했다. 이 경우에도 어휘를 탕진한 부랑자의 자격에서 공구恐懼 요코미쓰 리이치[21] 씨의 〈출세〉를 사글세 내어 온 것이다.

임이와 윤은 인파 속으로 숨어버렸다.

갤러리 어둠 속에 T 군과 어깨를 나란히 앉아서 신발 바꿔 신은 인간 코미디를 내려다보고 있었다. 아랫배가 몹시 아프다. 손바닥으로 꽉 누르면 밀려 나가는 김이 입에서 홍소로 화해 터지려 든다. 나는 아편이 좀 생각났다. 나는 조심도 할 줄 모르는 야인이니까 반쯤 죽어야 껍적대지 않는다.

스크린에서는 죽어야 할 사람들은 안 죽으려 들고 죽지 않아

---

20 epigram. 경구·짧은 풍자시.
21 일본의 소설가(1898~1947).

도 좋은 사람들이 죽으려 야단인데 수염 난 사람이 수염을 혀로 핥듯이 만지작만지작하면서 이쪽을 향하더니 하는 소리다.

"우리 의사는 죽으려 드는 사람을 부득부득 살려가면서도 살기 어려운 세상을 부득부득 살아가니 거 익살맞지 않소?"

말하자면 굽 달린 자동차를 연구하는 사람들이 거기서 이리 뛰고 저리 뛰고 하고들 있다.

나는 차츰차츰 이 객 다 빠진 텅 빈 공기 속에 침몰하는 과실 씨가 내 허리띠에 달린 것 같은 공포에 지질리면서 정신이 점점 몽롱해 들어가는 벽두에 T 군은 은근히 내 손에 한 자루 서슬 퍼런 칼을 쥐어준다.

(복수하라는 말이렷다)

(윤을 찔러야 하나? 내 결정적 패배가 아닐까? 윤은 찌르기 싫다)

(임이를 찔러야 하지? 나는 그 독화 핀 눈초리를 망막에 영상한 채 왕생하다니)

내 심장이 꽁꽁 얼어 들어온다. 빼드득빼드득 이가 갈린다.

(아하 그럼 자살을 권하는 모양이로군, 어려운데―어려워, 어려워, 어려워)

내 비겁을 조소하듯이 다음 순간 내 손에 무엇인가 뭉클 뜨듯한 덩어리가 쥐어졌다. 그것은 서먹서먹한 표정의 나쓰미깡, 어느 틈에 T 군은 이것을 제 주머니에다 넣고 왔던구.

입에 침이 쫘르르 돌기 전에 내 눈에는 식은 컵에 어리는 이슬처럼 방울지지 않는 눈물이 핑 돌기 시작하였다.

― 〈조광〉, 1937. 2.

황소와 도깨비 (동화)

어떤 산골에 돌쇠라는 나무 장사가 살고 있었습니다. 나이 서른이 넘도록 장가도 안 가고 또 부모도 일가친척도 없는 혈혈단신이라 먹을 것이나 있는 동안은 핀둥핀둥 놀고 그러다가 정 궁하면 나무를 팔러 나갑니다.

어디서 해 오는지 아름드리 장작이나 솔나무를 황소 등에다 듬뿍 싣고 장터나 읍으로 팔러 갑니다. 아침 일찍이 해도 뜨기 전에 방울 달린 소를 끌고 이려이려…… 딸랑딸랑…… 이려이려— 이렇게 몇십 리씩 되는 장터로 읍으로 팔릴 때까지 끌고 다니다가 해 저물녘이라야 겨우 다시 집으로 돌아옵니다.

그 방울 단 황소가 또 돌쇠의 큰 자랑거리였습니다. 돌쇠에게는 그 황소가 무엇보다도 소중한 재산이었습니다. 자기 앞으로 있던 몇 마지기 토지를 팔아서 돌쇠는 그 황소를 산 것입니다. 그 황소는 아직 나이는 어렸으나 키가 훨씬 크고 골격도 튼튼하고 털이 또 유난스럽게 고왔습니다. 긴 꼬리를 좌우로 흔들며 나뭇짐을 잔뜩 지고 텁석텁석 걸어가는 양은 보기에도 참 훌륭했습니다. 그 동리에서 으뜸가는 이 황소를 돌쇠는 퍽 귀애하고 위했습니다.

어느 해 겨울 맑게 개인 날 돌쇠는 전과 같이 장작을 한 바리 잔뜩 싣고 읍을 향해서 길을 떠났습니다. 읍에 도착한 것이 오정 때쯤이었습니다. 그날은 운수가 좋았던지 살 사람이 얼른 나서서 돌쇠는 그리 애쓰지 않고 장작을 팔 수 있었습니다. 돌쇠는 마음이 대단히 흡족해서 자기는 맛있는 점심을 사 먹고 소에게도 배불리 죽을 먹였습니다. 그리고 나서 잠깐 쉬고 그날은 일찍 돌아올 작정이었습니다.

얼마쯤 돌아오려니까 별안간 하늘이 흐리기 시작하고 북풍이 내리 불더니 히뜩히뜩 진눈깨비까지 뿌리기 시작합니다. 돌쇠는 소중한 황소가 눈을 맞을까 겁이 나서 길가에 있는 주막에 들어가서 두어 시간 쉬었습니다. 그랬더니 다행히 눈은 얼마 아니 오고 그치고 말았습니다.

아직 저물지는 않았는 고로 돌쇠는 황소를 끌고 급히 길을 떠났습니다. 빨리 가면 어둡기 전에 집에 돌아올 수 있을 것 같았기 때문입니다. 그러나 짧은 겨울 해는 반도 못 와서 어느덧 저물기 시작했습니다. 날이 흐렸기 때문에 더 일찍 어두웠는지도 모릅니다.

"야단났구나."

하고 돌쇠는 야속한 하늘을 쳐다보며 혼자 중얼거리고 가만히 소 등을 쓰다듬었습니다.

"날은 춥구 길은 어둡구 그렇지만 헐 수 있나 자, 어서, 가자."

돌쇠가 혼잣말같이 중얼거리는 말을 소도 알아들었는지 딸랑 딸랑 뚜벅뚜벅 걸음을 빨리합니다.

이렇게 얼마를 오다가 어느 산허리를 돌아서려니까 별안간 길 옆 숲 속에서 고양이만 한 새까만 놈이 깡총 뛰어나오며 눈 위에 가 엎드려 무릎을 꿇고 자꾸 절을 합니다.

"돌쇠 아저씨 제발 살려주십시오."

처음에는 깜짝 놀란 돌쇠도 이렇게 말을 붙이는 고로 발을 멈추고 자세히 바라보니까 사람인지 원숭인지 분간할 수 없는 얼굴에 몸에 비해서는 좀 기름한 팔다리 살결은 까뭇까뭇하고 귀가 우뚝 솟고 작은 꼬리까지 달려서 원숭이 같기도 하고 또 이렇게 보면 개 같기도 했습니다.

"얘, 요게 뭐냐?"

돌쇠는 약간 놀라면서 소리쳤습니다.

"대체 너는 누구냐?"

"제 이름은 산오뚝이에요."

"뭐? 산오뚝이?"

그때 돌쇠는 얼른 어떤 책 속에서 본 그림을 하나 생각해 냈습니다. 그 책 속에는 얼굴은 사람과 원숭이의 중간이요 꼬리가 달리고 팔다리가 길고 귀가 오뚝 일어선 것을 그려놓고 그 옆에는 도깨비라고 씌어 있었던 것입니다.

"거짓말 말어, 요놈아!"

하고 돌쇠는 소리를 버럭 질렀습니다.

"너 요놈 도깨비 새끼지?"

"네, 정말은 그렇습니다. 그렇지만 산오뚝이라구두 합니다."

"하하하하, 역시 도깨비 새끼였구나."

돌쇠는 껄껄 웃으면서 허리를 굽히고 물었습니다.

"그래 대체 도깨비가 초저녁에 왜 나왔으며 또 살려달라는 건 무슨 소리냐?"

도깨비 새끼의 이야기는 이러했습니다.

지금부터 한 일주일 전에 날이 따뜻하기에 도깨비 새끼들은 오륙 마리가 떼를 지어 인가 근처로 놀러 나왔더랍니다. 하루 온종일 재미있게 놀고 막 돌아가려 할 때에 마침 동리의 사냥개한테 붙들려 꼬리를 물리고 말았습니다. 겨우 몸은 빠져나왔으나 개한테 물린 꼬리가 반동강으로 툭 잘라졌기 때문에 여러 가지 재주를 못 피게 되고 말았습니다. 그뿐 아니라 동무들도 다 잊어버리고 혼자 떨어져서 할 수 없이 입때껏 그 산허리 숲 속에 숨어 있었던 것입니다.

도깨비에겐 꼬리가 아주 소중한 물건입니다. 꼬리가 없으면 첫째 재주를 피울 수 없는 고로 먼 산속에 있는 집에도 갈 수 없고 배가 고파서 먹을 것을 찾으러 나가려니 사냥개가 무섭습니다. 날이 추우면 꼬리의 상처가 쑤시고 아프고…… 그래서 꼼짝 못 하고 1주일 동안이나 숲 속에 갇혀 있다가 뛰어나온 것입니다.

"제발 이번만 살려주십시오. 은혜는 평생 잊지 않겠습니다."

이야기를 마치고 나서 도깨비 새끼는 머리를 땅속에 틀어박고 두 손을 싹싹 빕니다.

이야기를 듣고 자세히 보니까 과연 살이 바싹 빠지고 꼬리에는 아직도 상처가 생생하고 추위를 견디지 못해서 온몸을 바들바들 떨고 있었습니다. 돌쇠는 그 정경을 보고 아무리 도깨비 새

끼로소니…… 하는 측은한 생각이 나서,

"살려주기야 어렵지 않다만 대체 어떻게 해달라는 말이냐?"
하고 물었습니다.

"돌쇠 아저씨의 황소는 참 훌륭한 소입니다. 그 황소 배 속을
꼭 두 달 동안만 저에게 빌려주십시오. 더두 싫습니다. 꼭 두 달입
니다. 두 달만 지나면 날두 따뜻해지구 또 상처두 나을 테구 하니
깐 그때는 제 맘대루 돌아다닐 수 있습니다. 그동안만 이 황소 배
속에서 살도록 해주십시오. 절대루 거짓말을 해서 아저씨를 속이
기커녕은 지가 이 소 배 속에 들어가 있는 동안은 이 소를 지금버
덤 열 갑절이나 기운이 세게 해드리겠습니다. 그러니 제발 이번
한 번만 살려주십시오."

이 말을 듣고 돌쇠는 말문이 막히고 말았습니다. 귀엽고 소중
한 황소 배 속에다 도깨비 새끼를 넣고 다닐 수는 없는 일입니다.
그렇다고 그것을 거절하면 도깨비 새끼는 필경 얼어 죽거나 굶
어 죽고 말 것입니다. 아무리 도깨비라기로 그렇게 되는 것을 그
대로 둘 수도 없고 또 소의 힘을 지금보다 열 배나 강하게 해준
다니 그리 해로운 일은 아닙니다.

생각다 못해서 돌쇠는 소의 등을 두드리며 '어떡하면 좋겠니'
하고 물어보니까 소는 그 말귀를 알아들었는지 고개를 끄덕끄덕
합니다.

"그럼 너 허구 싶은 대루 해라. 그렇지만 꼭 두 달 동안이다."
돌쇠는 도깨비 새끼를 보고 이렇게 다짐했습니다.

도깨비 새끼는 좋아라고 펄펄 뛰면서 백번 치사하고 깡충 뛰
어서 황소 배 속으로 들어가고 말았습니다.

돌쇠는 껄껄 웃고 다시 소를 몰기 시작했습니다. 그랬더니 참 놀라운 일입니다. 아까보다 열 배나 소는 걸음이 빨라져서 도저히 따라갈 수가 없었습니다. 할 수 없이 소 등에 올라탔더니 소는 연방 딸랑딸랑 방울 소리를 내며 순식간에 마을까지 뛰어 돌아왔습니다.

과연 도깨비 새끼가 말한 대로 돌쇠의 황소는 전보다 열 배나 힘이 세어졌던 것입니다. 그 이튿날부터는 장작을 산더미같이 실은 구루마라도 끄는지 마는지 줄곧 줄달음질을 쳐서 내뺍니다. 그전에는 하루 종일 걸리던 장터를 이튿날부터는 아무리 장작을 많이 실었어도 하루 세 번씩을 왕래했습니다.

돌쇠는 걸어서는 도저히 따라갈 수가 없어서 새로 구루마를 하나 사서 밤낮 그 위에 올라타고 다녔습니다. 애, 이건 참 굉장하다…… 하고 돌쇠는 하늘에나 오른 듯이 기뻐했습니다. 따라서 전보다도 훨씬 더 소를 귀애하고 소중히 여기게 되었습니다.

자, 이러고 보니 동리에서나 읍에서나 큰 야단입니다. 돌쇠의 황소가 산더미같이 장작을 싣고 하루에 장터를 세 번씩 왕래하는 것을 보고 모두 눈이 뚱그랬습니다. 그중에는 어떻게 해서 그렇게 황소의 힘이 세어졌는지 부득부득 알려는 사람도 있고 또 달래는 대로 돈을 줄 터이니 제발 팔아달라고 청하는 사람도 있었으나 돌쇠는 빙그레 웃기만 하고 대답도 하지 않았습니다.

'어쩐 말이냐, 우리 소가 제일이다.'

그럴 적마다 돌쇠는 이렇게 생각하고 더욱 맛있는 죽을 먹이고 딸랑딸랑 이려이려…… 하고 신이 나서 소를 몰았습니다.

원래 게으름뱅이 돌쇠입니다만 이튿날부터는 소 모는 데 그만 재미가 나서 장작을 팔러 다녀서 돈도 많이 모았습니다. 눈이 오거나 아주 추운 날은 좀 편히 쉬어보려도 소가 말을 안 들었습니다. 첫새벽부터 외양간 속에서 발을 구르고 구슬을 내흔들고…… 넘쳐흐르는 기운을 참지 못해 껑충껑충 뜁니다. 그러면 돌쇠는 할 수 없이 또 황소를 끌어내고 맙니다.

이러는 사이에 어느덧 두 달이 거진 다 지나가고 3월 그믐께가 다가왔습니다. 그때부터 웬일인지 자꾸 소의 배가 부르기 시작했습니다. 돌쇠는 깜짝 놀래어 틈 있는 대로 커다란 배를 문질러주기도 하고 또 약도 써보고 했으나 도무지 효력이 없습니다. 노인네들에게 보여도 무슨 일 때문인지 아는 사람은 없었습니다.

돌쇠는 매일을 걱정과 근심으로 지냈습니다. 아마 이것이 필경 배 속에 있는 도깨비 장난인가 보다 하는 것을 어슴푸레 짐작할 수 있었으나 처음에 꼭 두 달 동안이라고 약속한 일이니 어찌할 수 없는 일입니다. 그뿐 아니라 소는 다만 배가 불러올 뿐이지 별로 기운도 줄지 않고 앓지도 않는 고로,

"제기 그냥 두어라. 며칠 더 기대리면 결말이 나겠지. 죽을 것 살려주었는데 설마 나쁜 짓이야 하겠니."

이렇게 생각하고 4월이 되기만 고대했습니다.

소는 여전히 기운차게 구루마를 끌고 산이든 언덕이든 평지같이 달렸습니다.

그예 3월 그믐이 다가왔습니다.

돌쇠는 겨우 후— 하고 한숨을 내쉬고 그날 하루만은 황소를 편히 쉬게 했습니다. 그리고 이왕이니 오늘 하루만 더 도깨비를 두어두기로 결심하고 소를 외양간에다 맨 후 맛있는 죽을 먹이

고 자기는 일찍부터 자고 말았습니다.

이튿날 4월 초하룻날 첫새벽입니다. 문득 돌쇠가 잠을 깨니까 외양간에서 쿵쾅쿵광하고 야단스러운 소리가 났습니다. 돌쇠는 깜짝 놀래어 금방 잠이 깨어서 뛰처 일어났습니다.

소를 누가 훔쳐 가지나 않나 하는 근심에 돌쇠는 옷도 못 갈아입고 맨발로 마당에 뛰어내려 단숨에 외양간 앞까지 달음질쳤습니다. 그랬더니 웬일인지 돌쇠의 황소는 외양간 속에서 이를 악물고 괴로워 못 견디겠다는 듯이 미친 것 모양으로 경중경중 뜁니다. 가엾게도 황소는 진땀을 잔뜩 흘리고 고개를 내저으며 기진맥진한 모양입니다.

돌쇠는 깜짝 놀래어 미친 듯이 날뛰는 황소 고삐를 붙잡고 늘어졌습니다. 그러나 황소는 좀체로 진정치를 않고 더욱 힘을 내어 괴로운 듯이 날뜁니다.

"대체 이게 웬 영문야?"

할 수 없이 돌쇠는 소의 고삐를 놓고 한숨을 내쉬며 얼빠진 사람같이 그 자리에 우뚝 서고 말았습니다.

"돌쇠 아저씨, 돌쇠 아저씨!"

그때입니다. 어디서인지 자기를 부르는 소리를 돌쇠는 확실히 들었습니다. 돌쇠는 그 소리를 듣고 정신이 번쩍 나서 주위를 돌아보았습니다. 그러나 아무도 보이지는 않습니다. 그때 또 어디서인지 나지막한 목소리가 들려왔습니다.

"돌쇠 아저씨, 돌쇠 아저씨!"

암만해도 그 소리는 황소 입속에서 나오는 것 같았습니다. 그래서 돌쇠는 자세히 들으려고 소 입에다 귀를 갖다 대었습니다.

"돌쇠 아저씨, 저예요. 저를 모르세요?"

그때에야 겨우 돌쇠는 그 목소리를 생각해 내었습니다.

"오…… 너는 도깨비 새끼로구나. 날이 다 새었는데 왜 남의 소 배 속에 입때 들어 있니? 약속한 날짜가 지났으니 얼른 나와야 허지 않겠니?"

그랬더니 황소 속에서 도깨비 새끼는 대답했습니다.

"나가야 할 텐데 큰일 났습니다. 돌쇠 아저씨 덕택으로 두 달 동안 편히 쉰 건 참 고맙습니다만 매일 드러누워 아저씨가 주시는 맛있는 음식을 먹고 있다가 기한이 됐기에 나가려니까 그동안에 굉장히 살이 쪘나 봐요. 소 모가지가 좁아서 빠져나갈 수가 없게 되었단 말이에요. 억지루 나가려면 나갈 수는 있지만 소가 아픈지 막 뛰고 발광을 하는구먼요. 야단났습니다."

돌쇠는 그 말을 듣고 기가 탁 막히고 말았습니다.

"그럼 어떡허면 좋단 말이냐? 그거 참 야단이로구나."

돌쇠는 팔짱을 끼고 생각에 잠기고 말았습니다. 도깨비 새끼에게 황소 배 속을 빌려준 것을 크게 후회했지만 이제 와서 무슨 소용이 있겠습니까? 무엇보다도 소가 불쌍해서 돌쇠는 그만 눈물이 글썽글썽하고 금방 울음이 터질 것 같았습니다.

그때 또 도깨비 새끼 목소리가 들려 나왔습니다.

"아, 돌쇠 아저씨 좋은 수가 있습니다. 어떻게든지 해서 이 소가 하품을 허도록 해주십시오. 입을 딱 벌리고 하품을 할 때에 지가 얼른 뛰어나갈 텝니다. 그렇지 않으면 한평생 이 배 속에서 살거나 또는 뱃가죽을 뚫고 나가는 수밖에 없습니다. 그 대신 하품만 하게 해주시면 이 소의 힘을 지금버덤 백 갑절이나 더 세게 해드리겠습니다."

"옳다! 참 그렇구나. 그럼 내 하품을 허게 헐 테니 가만히 기다려라."

소가 살아날 수 있다는 생각에 돌쇠는 얼른 이렇게 대답은 했으나 가만히 생각해 보니 일은 딱합니다.

대체 어떻게 해야 소가 하품을 하는지 도무지 알 수 없습니다. 그뿐 아니라 소가 하품하는 것을 돌쇠는 입때껏 한 번도 본 일이 없습니다. 그래서 함부로 옆구리도 찔러보고 콧구멍에다 막대기도 꽂아보고 간질러도 보고 콧등을 쓰다듬어 보기도 하고…… 별별 꾀를 다 내나 소는 하품커녕은 귀찮은 듯이 몸을 피하고 도리질을 하고 한 두어 번 연거푸 재채기를 했을 뿐입니다. 도무지 하품을 할 기색은 보이지 않습니다.

그렇다고 이대로 내버려 두었다가는 도깨비 새끼가 배 속에서 자꾸 자라서 저절로 배가 터지거나 그렇지 않으면 물어뜯기어 아까운 황소가 죽고 말 것입니다. 땅을 팔아서 산 황소요, 세상에 다시없는 애지중지하는 귀여운 황소가 그 꼴을 당한다면 그게 무슨 짝입니까. 돌쇠는 답답하고 분하고 슬퍼서 어쩔 줄을 모를 지경입니다.

생각다 못해서 돌쇠는 옷을 갈아입고 동네로 뛰어 내려왔습니다.

"어떡하면 소가 하품하는지 아시는 분 있으면 제발 좀 가르쳐 주십시오."

동네로 내려온 돌쇠는 만나는 사람마다 붙잡고 이렇게 외치며 물었습니다만 아무도 아는 사람은 없었습니다. 동네에서 제일 나이 많고 무엇이든지 안다는 노인조차 고개를 기울이고 대답을 하지 못했습니다.

그렇게 얼마를 묻고 다니다가 결국 다시 빈손으로 돌쇠는 집으로 돌아오고 말았습니다. 인제는 모든 일이 다 틀렸구나 생각하니 앞이 캄캄하고 기가 탁탁 막힙니다. 고개를 푹 숙이고 풀이 죽어서 길게 몇 번씩 한숨을 내쉬며 돌쇠는 외양간 앞으로 돌아와서 얼빠진 사람같이 황소의 얼굴을 쳐다보았습니다.

자기를 위해서 몇 해 동안 힘도 많이 도웁고 애도 많이 쓴 귀여운 황소!

며칠 안 되어 배 속에 있는 도깨비 새끼 때문에 뱃가죽이 터져서 죽고 말 귀여운 황소!

그것을 생각하니 사람이 죽는 것보다 지지 않게 불쌍하고 슬프고 원통합니다.

공연히 그놈에게 속아서 황소 배 속을 빌려주었구나 하고 후회도 하여보고 또 그렇게 미련한 자기 자신을 스스로 매질도 해보고…… 그러나 그것이 인제 와서 무슨 소용입니까. 얼마 안 있어 돌쇠의 둘도 없는 보배이던 황소는 죽고 말 것이요, 돌쇠 자신은 다시 외롭고 쓸쓸한 몸이 되리라는 그것만이 사실입니다.

참다못해서 돌쇠는 눈물을 흘리고 소리 내어 울며 간신히 고개를 쳐들고 다시 한 번 황소의 얼굴을 바라보았습니다. 황소도 자기의 신세를 깨달았는지 또는 돌쇠의 마음속을 짐작했는지 무겁고 육중한 몸을 뒤흔들며 역시 슬픈 듯이 돌쇠의 얼굴을 바라보고 있습니다.

얼마 동안 그렇게 꼼짝 않고 돌쇠는 외양간 앞에 꼬부리고 앉아서 황소의 얼굴만 쳐다보고 있었습니다. 밥 먹을 생각도 없었습니다. 배도 고프지 않았습니다. 다만 귀여운 황소와 이별하는 것이 슬펐습니다. 오정 때 가까이 되도록 돌쇠는 이렇게 황소의 얼굴만 쳐다보고 있었습니다. 그랬더니 차차 몸이 피곤해서 눈이 아프고 머리가 혼몽하고 졸려졌습니다. 그래서 그만 저도 모르는 사이에 입을 딱 벌리고 기다랗게 하품을 하고 말았습니다.

그때입니다. 돌쇠가 하품을 하는 것을 본 황소도 따라서 기다 란 하품을 하기 시작했습니다.

"옳다, 됐다."

그것을 본 돌쇠가 껑충 뛰어 일어나며 좋아라고 손뼉을 칠 때입니다. 벌린 황소 입으로 살이 통통히 찐 도깨비 새끼가 깡충 뛰어나왔습니다.

"돌쇠 아저씨, 참 오랫동안 고맙습니다. 아저씨 덕택에 이렇게 살까지 쪘으니 아저씨 은혜가 참 백골난망입니다. 그 대신 아저 씨 소가 지금보다 백 갑절이나 기운이 세게 해드리겠습니다."

도깨비 새끼는 돌쇠 앞에 엎드려 이렇게 말하고 나서 넙죽 절을 하더니 상처가 나은 꼬리를 저으며 두어 번 재주를 넘었습니다. 그리고 나서 어디로인지 없어지고 말았습니다.

그때에야 돌쇠는 겨우 정신을 차렸습니다. 입때껏 일이 꿈인지 정말인지 잠깐 동안은 분간할 수 없었습니다. 그러다가 고개를 들어 홀쭉해진 황소의 배를 바라보고 처음으로 모든 것을 깨닫고 하하하하 큰 소리를 내어 웃었습니다. 그리고 귀여워 죽겠다는 듯이 황소의 등을 쓰다듬었습니다.

죽게 되었던 황소가 다시 살아났을 뿐 아니라 이튿날부터는 입때보다 백 갑절이나 힘이 세어져서 세상 사람들을 놀래켰습니

다. 돌쇠는 더욱 부지런해져서 이른 아침부터 백 마력의 소를 몰
며 '도깨비 아니라 귀신이라두 불쌍하거든 살려주어야 하는 법
야' 이렇게 속으로 중얼거리고 콧노래를 불렀습니다.

— 〈매일신보〉, 1937. 3. 5~9.

공포의 기록

서장

생활, 내가 이미 오래전부터 생활을 갖지 못한 것을 나는 잘 안다. 단편적으로 나를 찾아오는 '생활 비슷한 것'도 오직 '고통'이란 요괴뿐이다. 아무리 찾아도 이것을 알아줄 사람은 한 사람도 없다.

무슨 방법으로든지 생활력을 회복하려 꿈꾸는 때도 없지는 않다. 그것 때문에 나는 입때 자살을 안 하고 대기의 자세를 취하고 있는 것이다―이렇게 나는 말하고 싶다만.

제2차의 객혈이 있은 후 나는 으슴푸레하게나마 내 수명에 대한 개념을 파악하였다고 스스로 믿고 있다.

그러나 그 이튿날 나는 작은어머니와 말다툼을 하고 맥박 125의 팔을 안은 채, 나의 물욕을 부끄럽다 하였다. 나는 목을 놓고 울었다. 어린애같이 울었다.

남 보기에 픽이나 추악했을 것이다. 그러다 나는 내가 왜 우는가를 깨닫고 곧 울음을 그쳤다.

나는 근래의 내 심경을 정직하게 말하려 하지 않는다. 말할 수 없다. 만신창이의 나이언만 약간의 귀족 취미가 남아 있기 때문이다. 그러나 만약 남 듣기 좋게 말하자면 나는 절대로 내 자신을 경멸하지 않고 그 대신 부끄럽게 생각하리라는 그러한 심리로 이동하였다고 할 수는 있다. 적어도 그것에 가까운 것만은 사실이다.

불행한 계승

4월로 들어서면서는 나는 얼마간 기동할 정신이 났다. 객혈하는 도수도 훨씬 뜨고 또 분량도 훨씬 줄었다. 그러나 침침한 방 안으로 후틋한 공기가 들어와서 미적지근하게 미적지근한 체온과 어울릴 적에 피로는 겨울 동안보다 훨씬 더한 것 같음은 제 팔뚝을 들 힘조차 제게 없는 것이다. 하도 답답하면 나는 툇마루에 볕이 드는 데로 나와 앉아서 반쯤 보이는 닭의장 쪽을 보려고 그래서가 아니라 보이니까 멀거니 보고 있자면 의례히 작은어머니가 그 닭의장을 얼싸안고 얼미적얼미적하는 것이다. 저것은 즉 고 덜 여물어서 알을 안 까는 암탉들을 내려다보면서 언제나 요것들을 길러서 누이를 보나 하는 고약한 어머니들의 제 딸 노리는 그게 아닌가 내 눈에 비치는 것이다.

나는 물론 이래서는 안 된다고 생각한다. 작은어머니 얼굴을 암만 봐도 미워할 데가 어디 있느냐. 넓은 이마, 고른 치아의 열, 알맞은 코, 그리고 작은아버지만 살아 계시면 아직도 얼마든지 연연한 애정의 색을 띨 수 있는 총기 있는 눈하며 다 내가 좋아하는 부분인데 어째 그런지 그런 좋은 부분들이 종합된 '작은어머니'라는 인상이 나로 하여금 증오의 염念을 일으키게 한다.

물론 이래서는 못쓴다. 이것은 분명히 내 병이다. 오래오래 사람을 싫어하는 버릇이 살피고 살펴서 급기야에 이 모양이 되고만 것에 틀림없다. 그렇다고 내 육친까지를 미워하기 시작하다가는 나는 참 이 세상에 의지할 곳이 도무지 없어지는 것이 아니냐. 참 안됐다.

이런 공연한 망상들이 벌써 나을 수도 있었을 내 병을 자꾸 덧들리게 하는 것일 것이다. 나는 마음을 조용히 또 순하게 먹어야 할 것이라고 여러 번 괴로워하는데 그렇게 괴로워하는 것은 도리어 또 겹겹이 짐 되는 것도 같아서 나는 차라리 방심 상태를 꾸미고 방 안에서는 천장만 쳐다보거나 나오면 허공만 쳐다보거나 하재도 역시 나를 싸고도는 온갖 것에 대한 증오의 염이 무럭무럭 구름 일듯 하는 것을 영 막을 길이 없다.

비가 두어 번 왔다. 싹이 트려나 보다. 내려다보는 지면이 갈수록 심상치 않다. 바람이 없이 조용한 날은 툇마루에 드는 볕을 가만히, 잡기만 하면 퍽 따뜻하다. 이렇게 따뜻한 볕을 쪼이면서 이렇게 혼곤한데 하필 사람만을 미워해야 되는 까닭이 무엇이냐.

사람이 나를 싫어할 상싶은데 나도 사실 내가 싫다. 이렇게 저를 사랑할 줄도 모르는 인간이 남을 위할 줄 알 수 있으랴. 없다. 그러면 나는 참 불행하구나.

이런 망상을 시작하면 정말이지 한이 없다. 그러니까 나는 힘이 들고 힘이 드는 것이 싫어도 움직여야 한다. 나는 헌 구두짝을 끌고 마당으로 나가서 담 한 모퉁이를 의지해서 꾸며놓은 닭의 집 가까이 가본다

혹 나는 마음으로 작은어머니에게 사과하려던 것인지도 모른다. 그런데 또 이것은 왜 그러나―작은어머니는 나를 보더니 얼른 안으로 들어가 버린다. 저러기 때문에 안 된다는 것이다. 닭의 집 높이가 내 턱 좀 못 미치기 때문에 나는 거기 가로질린 나무에 턱을 받치고 닭의 집 속을 내려다보고 있자니까 내음새도 어지간한데 제일 그 수탉이 딱해 죽겠다. 공연히 성이 대밑둥까지 나서 모가지 털을 벌컥 일으켜 세워가지고는 숨이 헐레벌떡헐레벌떡 야단법석이다. 제 딴은 그 가운데 막힌 철망을 뚫고 이쪽 암탉들 있는 데로 가고 싶어서 그러는 모양인데 사람 같으면 그만하면 못 넘어갈 줄 알고 그만둠 직하건만 이놈은 참 성벽이 대단하다. 가끔 철망 무너진 구멍에 무작정하고 목을 틀어박았다가 잘 나오지 않아서 눈을 감고 긱 긱 소리를 지르다가 가까스로 빠져나가는 걸 보고 저놈이 그만하면 단념하였다 하고 있으면 그래도 여

전히 야단이다. 나는 그만 그놈의 근기에 진력이 나서 못생긴 놈 미련한 놈 못생긴 놈, 미련한 놈, 하고 혼자서 화를 벌컥 내어보다가도 또 그놈의 그런 미칠 것 같은 정열이 다시없이 부럽기도 하고 존경해야 할 것같이 생각되기도 해서 자세히 본다.

그런데 암탉들은 어떠냐 하면 영 본 숭 만 숭이다. 모른 체하고 그저 모이 주워 먹기에만 열중이다. 아하 저러니까 수탉이란 놈이 화가 더 날밖에 하고 나는 그 새침데기 암탉들을 안타깝게 생각한 것이다. 좀 가끔 수탉 쪽을 한두 번쯤 건너다가도 보아주지원― 하고 나도 실없이 화가 난다. 수탉은 여전히 모이 주워 먹을 생각도 하지 않고 뒤법석을 치는데 좀처럼 허기도 지지 않는다.

이러다가 나는 저 수탉이 대체 요 세 마리 암탉 중의 어떤 놈을 노리는 것인가 좀 살펴보기로 하였다. 물론 수탉이란 놈의 변두가 하도 두리번거리니까 그놈의 시선만 가지고는 알아차리기가 어렵다. 그래서 나는 보통 사람 남자가 여자 보는 그런 눈으로 한번 보아야겠다.

얼른 보기에 사람의 눈으로는 짐승의 얼굴을 사람이 아무개 아무개 하듯 구별하기는 어려운 것같이 보이는데 또 그렇지도 않다. 자세히 보면 저마다 특징다운 특징이 있고 성미도 제각기 다르다. 요 암탉 세 마리도 기뻐하여서 얼른 보기에는 고놈이 고놈 같고 하더니 얼마큼이나 들여다보니까 모두 참 다르다.

키가 작달막하고, 눈 앞이 검고, 털이 군데군데 빠지고 흙투성이의 그중 더러운 암탉 한 마리가 내 눈에 띄었다. 새침한 중에도 새침한 품이 풋고추같이 맵겠다. 그렇게 보니 그럴 상도 싶은 게 모이를 먹다가는 때때로 흘깃흘깃 음분한 계집같이 곁눈질을 곧

잘 한다. 금방 달려들어 모래라도 한 줌 끼얹어 주었으면 하는 공연한 충동을 느끼나 그러나 허리를 굽히기가 싫다. 속 모르는 수탉은 수선도 피는구나.

아무것도 생각 않는 게 상수다. 닭들의 생활에도 그런 갸륵한 분쟁이 있으니 하물며 사람의 탈을 쓴 나에게 수없는 번거로움이 어찌 없으랴. 가엾은 수탉에 내 자신을 비겨보고 비겨보고 나는 다시 헌 구두짝을 질질 끈다. 바람이 없어서 퍽 따뜻하다. 싹이 트려나 보다.

얼굴이 이렇게까지 창백한 것이 웬일일까 하고 내가 번민해서—
내 황막한 의학 지식이 그예 진단하였다.—회충—

그렇지만 이 진단에는 심원한 유서由緖가 있다. 회충이 아니면 십이지장충—십이지장충이 아니면 조충—이러리라는 것이다.

회충약을 써서 안 들으면, 십이지장충약을 쓰고, 십이지장충약을 써서 아니면 조충약을 쓰고 조충약을 써서 안 들으면 그다음은 아직 연구해 보지 않았다.

×

어떤 몹시 불쾌한 하루를 선택하여 위선 회충약을 돈복하였다.

안다. 두 끼를 절식해야 한다는 것도, 복약 후에 반드시 혼도한다는 것도.

대낮이다. 이부자리를 펴고 그 속으로 움푹 들어가서 너부죽이 누워서, 이래도? 하고 그 혼도라는 것이 오기를 기다렸다.

기다리는 마음이 늘 초조한 법, 귀로 위 속이 버글버글하는 소리를 알아듣고 눈으로 방 네 귀가 정말 뒤퉁그러지려나 보고, 옆구리만 좀 근질근질해도 아하 요게 혼도라는 놈인가 보다 하고 긴장한다.

그랬건만 딱한 일은 끝끝내 내가 혼도 않고 그만두었다는 것이다.

세시를 쳐도 역시 그 턱이다. 나는 그만 흥분했다. 혼도커녕은 정신이 말똥말똥하단 말이다. 이럴 리가 없는데.

그렇다고 금방 십이지장충약을 써보기도 싫다. 내 진단이 너무나 허황한 데 스스로 놀라고 또 그 약을 구해야 할 노력이 아깝고 귀찮다.

구름 피듯 뭉게뭉게 불쾌한 감정이 솟아오른다. 이러다가는 저녁 지으시는 작은어머니와 또 싸우겠군 ― 얼마 후에 나는 히죽히죽 모자도 안 쓰고 거리로 나섰다.

×

막 다방에를 들어서니까 수군壽君이 마침 문간을 나서면서 손바닥을 보인다.

"쉬 ― 자네 마누라가 와 있네."

나는 정신이 번쩍 났다.

"얘 요것 봐라."

하고 무작정 그리 들어서려는 것을 수군이 아예 말리는 것이다.

"만좌지중에서 망신 톡톡이 당할 테니 염체 어델."

"그런가—"

입맛을 쩍쩍 다시면서 발길을 돌리기는 돌렸으나 먼발치에서라도 어디 좀 보고 싶었다.

솜옷을 입고 아내가 나갔거늘 이제 철은 홑것을 입어야 하니 넉 달 지간이나 되나 보다.

나를 배반한 계집이다. 삼 년 동안 끔찍이도 사랑하였던 끝장이다. 따귀도 한 대 갈겨주고 싶다. 호령도 좀 하여주고 싶다. 그러나 여기는 몰려드는 사람이 하나도 내 얼굴을 모르는 사람이 없는 다방이다. 장히 모양도 사나우리라.

"자네 만나면 헐 말이 꼭 한마디 있다데."

"어쩌라누."

"사생결단을 허겠대데."

"어이쿠."

나는 몹시 놀라 보이고 레이먼드 하튼[1]같이 빙글빙글 웃었다. '아내—마누라'라는 말이 낮잠과도 같이 옆구리를 간질인다. 그 이미지는 벌써 먼 바다를 건너간다. 이미 파도 소리까지 들리지 않느냐. 이러한 환상 속에 떠오르는 내 자신은 언제든지 광채 나는 루파슈카[2]를 입었고 퇴폐적으로 보인다. 소년과 같이 창백하고도 무시무시한 풍모이다. 어떤 때는 울기도 했다. 어떤 때는 어딘지 모르는 먼 나라의 십자로를 걸었다.

수군에게 끌려 한강으로 나갔다. 목선을 하나 빌려 맥주도 싣

---

1 영화 배우의 이름인 듯.
2 러시아 사람들이 입는 블라우스 같은 상의.

고 상류로 거슬러 동작리 갯가에다 대어놓고 목로³ 찾아 취토록 먹었다. 황혼에 수평은 시야와 어우러져서 아물아물 허공에 놓인 비조飛鳥처럼 이 허망한 슬픔을 참 어디다 의지해야 옳을지 비칠거리지 않을 수 없었다.

"응—넉 달이 지나서 인제? 늬가 내게 헐 말은 뭐냐? 얘 더리고⁴ 더리다."

"이건 왜 벤벤치 못허게 이러는 거야."

"아—니, 아—니, 일테면 그렇다 그 말이지, 고론 앙큼스런 놈의 계집이 또 있을 수가 있나."

"글쎄 관둬 관둬."

"관두긴 허겠지만 어채피 말을 허자구 보면 자연 말이 이렇게쯤 나가지 않겠느냐 그런 말이야."

"이렇게 못생긴 건 내 보길 처엄 보겠네 원—"

"기집이란 놈의 물건이 아무리 독헌 물건이기루 고—게 싹 칼루 어인 듯이 돌아슬 수가 있냐고."

우리들은 술이 살렸다. 나야말로 술 없이 사는 도리가 없었다.

노들서 또 먹었다. 전후불각으로 취하여 의식을 완전히 잃어버려야겠어서 그랬다.

넉 달—장부답지 못하게 뒤끓던 마음이 그만하고 차츰차츰 가라앉기 시작하려는 이 철에 뭐냐 부전附箋 붙은 편지 모양으로 때와 손자국이 잔뜩 묻은 채 돌아오다니.

"요 얌채두 없는 것아 요 요 요."

3 주로 선술집에서 술잔을 놓기 위해 쓰는, 널빤지로 좁고 기다랗게 만든 상.
4 더리다. 격에 맞지 않아 마음에 달갑지 않다. 마음이 더럽고 야비하다.

나는 힘껏 고성질타高聲叱咤로 제 자신을 조소하건만도 이와 따로 밑둥 치운 대목大木 기울듯 자분참 기우는 이 어리석지 않고 들을 소리도 없는 마음을 주체하는 방법이 없는 것이었다.

넉 달—이 동안이 결코 짧지가 않다. 한 사람의 아내가 남편을 배반하고 집을 나가 넉 달을 잠잠하였다면 아내는 그예 용서받을 자격이 없는 것이요 남편은 꿀꺽 참아서라도 용서하여서는 안 된다.

"이 천하의 공규公規를 너는 어쩌려느냐."

와서 그야말로 단죄를 달게 받아보려는 것일까.

어떤 점을 붙잡아 한 여인을 믿어야 옳을 것인가. 나는 대체 종잡을 수가 없어졌다.

하나같이 내 눈에 비치는 여인이라는 것이 그저 끝없이 경조부박한 음란한 요물에 지나지 않는 것이 없다.

생물의 이렇다는 의의를 홀떡 잃어버린 나는 환관이나 무엇이 다르랴. 산다는 것은 내게 따은 필요 이상의 '야유'에 지나지 않는다.

그것은 무슨 한 여인에게 배반당하였다는 고만 이유로 해서 그렇다는 것 아니라 사물의 어떤 포인트로 이 믿음이라는 역학의 지점을 삼아야겠느냐는 것이 전혀 캄캄하여졌다는 것이다.

"믿다니 어떻게 믿으라는 것인구."

함부로 예제 침을 퉤퉤 뱉으면서 보조는 자못 어지럽고 비창한 것이었다. 술을 한 모금이라도 마시고 나면 약삭빨리 내 심경에 아첨하는 이 전신의 신경은 번번이 대담하게도 천변지이가 이 일신에 벼락 치기를 바라고 바라고 하는 것이었다.

"경칠 화물자동차에나 질컥 치여 죽어버리지. 그랬으면 이렇게 후덥지근헌 생활을 면허기래두 허지."

하고 주책없이 중얼거려 본다. 그러나 짜장 화물자동차가 탁 앞으로 닥칠 적이면 덴겁해서 피하는 재조가 세상의 어떤 사람보다도 능히 빠르다고는 못 해도 비슷했다. 그럴 적이면 혀를 쭉 내밀어 제 자신을 조롱하였습네 하고 제 자신을 속여버릇하였다.

이런 넉 달—

이런 넉 달이 지나고 어리석은 꿈을 그럭저럭 어리석은 꿈으로 돌릴 줄 알 만한 시기에 아내는 꿈을 거친 걸음걸이로 역행하여 여기 폭군의 인상으로 나타난 것이다.

—◇—

나는 어떻게 해야 하나? 거암과 같은 불안이 공기와 호흡의 중압이 되어 덤벼든다. 나는 야행 열차와 같이 자야 옳을는지도 모른다.

추악한 화물

그예 찾아내고 말았다.

나는 안을 들여다보았다. 풀칠한 현관 유리창에 거무데데한 내 얼굴의 하이라이트가 비칠 뿐이다. 물론 아무것도 보이지는 않았다.

나는 그 자리에 주저앉고 만다. 내 바로 옆에서 한 마리의 개가 흙을 파고 있다. 드러누웠다. 혀를 내민다. 혀가 깃발같이 굽이치는 게 퍽 고단해 보였다

—온돌방 한 칸과 '이첩간'.

이렇단다. 굳게 못질을 하여놓았다. 분주하게 드나드는 쥐새끼들은 이 집에 관해서 아무것도 나에게 전하지 않는다.

안면 근육이 별안간 바작바작 오그라드는 것 같다. 살이 내리나 보다. 사람은 이렇게 하루에도 몇 번씩 살이 내리고 오르고 하나 보다.

—날라 와야겠다, 그 오물투성이의 대화물을!

절이나 하는 듯이 '대가貸家'라 써 붙인 목패 옆에 조그마한 명함 한 장이 꽂혀 있다. 한○○, 전등료는 ○○정 ○○번지로 받으러 오시오. (거짓말 말어라) 이 한○○란 사나이도 오물투성이의 대화물을 질질 끌고 이리저리 방황했을 것이거늘―○○정이 어디쯤인가?

(거짓말 말어라)

왜 사람들은 이삿짐이란 대화물을 운반해야 할 구차 기구한 책임을 가졌나.

나는 집 뒤로 돌아가 보려 했다. 그러나 길은 곧장 온돌방까지 뚫린 모양이다. 반 칸도 못 되는 컴컴한 부엌이 변소와 마주 붙었다. 나는 기가 막혔다. 거기도 못이 굳게 박혀 있다. 나는 기가 막혔다.

—×—

성격 파산. 무엇 때문에? 나의 교양은 나의 생애와 다름없이 되었다. 헌 누더기 수염도 길렀다. 거리. 땅.

한 번도 아내가 나를 사랑 않는 줄 생각해 본 일조차 없다. 나는 어느 틈에 고상한 국화 모양으로 금시에 수세미가 되고 말았다. 아내는 나를 버렸다. 아내를 찾을 길이 없다.

나는 아내의 구두 속을 들여다본다. 공복―절망적 공허가 나를 조롱하는 것 같다. 숨이 가빴다.

그다음에 무엇이 왔나.

적빈―중요한 오물들은 집안사람들이 하나, 둘 집어내었다. 특히 더러운 상품 가치 없는 오물만이 병균같이 남아 있었다.

하룻날, 탕아는 이 처참한 현상을 내 집이라 생각하고 돌아와 보았다. 뜰 앞에 화초만이 향기롭게 피어 있다. 붉은 열매가 열린 것도 있었다. 그러나 가족들은 여지없이 변형되고 말았고, 기성奇聲을 발하며 욕지거리다.

종시 나는 암말 없었다.

이미 만사가 끝났기 때문이다. 나는 혼자서 손바닥만 한 마당에 내려서서 주위를 둘러본다. 내 손때가 안 묻은 물건은 하나도 없다.

나는 책을 태워버렸다. 산적했던 서신을 태워버렸다. 그리고 나머지 나의 기념을 태워버렸다.

가족들은 나의 아내에 관해서 나에게 질문하거나 하지는 않는다. 나도 말하지 않는다.

밤이면 나는 유령과 같이 흥분하여 거리를 뚫었다. 나는 목표를 갖지 않았다. 공복만이 나를 지휘할 수 있었다. 성격의 파편—그런 것을 나는 꿈에도 돌아보려 않는다. 공허에서 공허로 말과 같이 나는 광분하였다. 술이 시작되었다. 술은 내 몸속에서 향수 같이 빛났다.

바른팔이 왼팔을, 왼팔이 바른팔을 가혹하게 매질했다. 날개가 부러지고 파랗게 멍든 흔적이 남았다.

—×—

몹시 피곤하다. 아방궁을 준대도 움직이기 싫다. 이 집으로 정해버려야겠다.

—빨리 운반해야 한다. 그 악취가 가득한 육신들을 피를 토하는 내가 헌 구루마 위에 걸레짝같이 실어가지고 운반해야 한다.

노동이다. 나에게는 생각할 여유조차 없다.

불행의 실천

나는 닭도 보았다. 또 개도 보았다. 또 소 이야기도 들었다. 또 외국서 섬 그림도 보았다. 그러나 나는 너희들에게 이 행운의 열쇠를 빌려주려고는 않는다. 내가 아니면은—보아라 좀 오래 걸렸느냐—이런 것을 만들어놓을 수는 없다.

책상다리를 하고 앉은 채 그냥 앉아 있기만 하는 것으로 어떻게 이렇게 힘이 드는지 모른다. 벽은 육중한데 외풍은 되고 천장은 여름 모자처럼 이 방의 감춘 것을 뚜껑 젖히고 고자질하겠다는 듯이 선뜻하다. 장판은 뼈가 저리게 하지 않으면 안절부절을 못 하게 달른다. 반닫이에 바른 색종이는 눈으로 보는 폭탄이다.

그저께는 그끄저께보다 여위고 어저께는 그저께보다 여위고 오늘은 어저께보다 여위고 내일은 오늘보다 여윌 터이고—나는 그럼 마지막에는 보숭보숭한 해골이 되고 말 것이다.

이 불쌍한 동물들에게 무슨 방법으로 죽을 먹이나. 나는 방탕한 장판 위에 넘어져서 한없는 '죄'를 섬겼다(종사從事). '죄'—나는 시냇물 소리에서 가을을 들었다. 마개 뽑힌 가슴에 담을 무엇을 나는 찾았다. 그리고 스스로 달래었다. 가만있으라고, 가만있으라고—

그러나 드디어 참다못하여 가을비가 소조하게 내리는 어느 날 나는 화덕을 팔아서 냄비를 사고, 냄비는 팔아서 풍로를 사고, 냉장고를 팔아서 식칼을 사고, 유리그릇을 팔아서 사기그릇을 샀다.

처음으로 먹는 따뜻한 저녁 밥상을 낯선 네 조각의 벽이 에워쌌다. 육 원—육 원어치를 완전히 다 살기 위하여 그는 방바닥에서 섣불리 일어서거나 하지는 않았다. 언제든지 가구와 같이 주저앉거나 서까래처럼 드러누웠거나 하였다. 식을까 봐 연거푸 군불을 때었고, 구들을 어디 흠씬 얼궈보려고 중양重陽이 지난 철에 사날씩 검부러기 하나 아궁이에 안 넣었다.

나는 나의 친구들의 머리에서 나의 번지수를 지워버렸다. 아니 나의 복장까지도 말갛게 지워버렸다. 은근히 먹는 나의 조석이 게으르게 나은 육신에 만연하였다. 나의 영양의 찌꺼기가 나의 피부에 지저분한 수염을 낳았다. 나는 나의 독서를 뾰족하게 접어서 종이비행기를 만든 다음 어린아이와 같이 나의 자기自棄를 태워서 죄다 날려버렸다.

아무도 오지 마라 안 들일 터이다. 내 이름을 부르지 마라. 칠면조처럼 심술을 내기 쉽다. 나는 이 속에서 전부를 살라버릴 작정이다. 이 속에서는 아픈 것도 거북한 것도 동에 닿지 않는 것도 아무것도 없다. 그냥 쏟아지는 것 같은 기쁨이 즐거워할 뿐이다. 내 맨발이 값비싼 향수에 질컥질컥 젖었다.

— × —

한 달―맹렬한 절뚝발이의 세월―그동안에 나는 나의 성격의 서막을 닫아버렸다.

두 달―발이 마저 들어왔다

호흡은 깨끼저고리처럼 찰싹 안팎이 달라붙었다. 탄도를 잃지 않은 질풍이 가리키는 대로 곧잘 가는 황금과 같은 절정의 세월이었다. 그동안에 나는 나의 성격을 서랍 같은 그릇에다 담아버렸다. 성격은 간데온데가 없어졌다.

석 달―그러나 겨울이 왔다. 그러나 장판이 카스텔라 빛으로 타들어 왔다. 얄팍한 요 한 겹을 통해서 올라오는 온기는 가히 비밀을 끄시를 만하다. 나는 마지막으로 나의 특징까지 내어놓았다. 그리고 단 한 가지 재조를 샀다. 송곳과 같은―송곳 노릇밖에 못하는―송곳만도 못한 재조를―과연 나는 녹슨 송곳 모양으로 멋도 없고 말라버리기도 하였다.

— ✕ —

　　혼자서 나쁜 짓을 해보고 싶다. 이렇게 어둠컴컴한 방 안에 표본과 같이 혼자 단좌하여 창백한 얼굴로 나는 후회를 기다리고 있다.

— 〈매일신보〉, 1937. 4. 25~5. 15.

종생기 終生記

극유산호*都遺珊瑚*[1]―요 다섯 자 동안에 나는 두 자 이상의 오자를 범했는가 싶다. 이것은 나 스스로 하늘을 우러러 부끄러워할 일이겠으나 인지가 발달해 가는 면목이 실로 약여하다.

죽는 한이 있더라도 이 산호 채찍을랑 꽉 쥐고 죽으리라. 네 폐포파립 위에 퇴색한 망해 위에 봉황이 와 앉으리라.

나는 내 '종생기'가 천하 눈 있는 선비들의 간담을 서늘하게 해놓기를 애틋이 바라는 일념 아래 이만큼 인색한 내 맵시의 절약법을 피력하여 보인다.

일발 포성에 부득이 영웅이 되고 만 희대의 군인 모某는 아흔에 귀를 단 황송한 일생을 끝막던 날 이렇다는 유언 한 마디를 지

---

1 산호를 버린다는 뜻.

껄이지 않고 그 임종의 장면을 곧잘 (무사히 후— 한숨이 나올 만큼) 넘겼다.

그런데 우리들의 레우오치카—애칭 톨스토이—는 괴나리봇짐을 짊어지고 나선 데까지는 기껏 그럴 상싶게 꾸며가지고 마지막 오분에 가서 그만 잡쳤다. 자지레한 유언 나부랭이로 말미암아 칠십 년 공든 탑을 무너트렸고 허울 좋은 일생에 가실 수 없는 흠집을 하나 내어놓고 말았다.

나는 일개 교활한 옵서버의 자격으로 그런 우매한 성인들의 생애를 방청하여 있으니 내가 그런 따위 실수를 알고도 재범할 리가 없는 것이다.

거울을 향하여 면도질을 한다. 잘못해서 나는 생채기를 낸다. 나는 골을 벌컥 낸다.

그러나 와글와글 들끓는 여러 '나'와 나는 정면으로 충돌하기 때문에 그들은 제각기 베스트를 다하여 제 자신만을 변호하는 때문에 나는 좀처럼 범인을 찾아내기는 어렵다는 것이다.

그러기에 대저 어리석은 민중들은 '원숭이가 사람 흉내를 내네' 하고 마음을 놓고 지내는 모양이지만 사실 사람이 원숭이 흉내를 내고 지내는 바 지당한 전고典故를 이해하지 못하는 탓이리라.

오호라 일거수일투족이 이미 아담 이브의 그런 충동적 습관에서는 탈각한 지 오래다. 반사 운동과 반사 운동 틈바구니에 끼어서 잠시 실로 전광석화만큼 손가락이 자의식의 포로가 되었을 때 나는 모처럼 내 허무한 세월 가운데 한각되어 있는 기암 내 콧잔등이를 좀 만지작만지작했다거나, 고귀한 대화와 대화 늘어선 쇠사슬 사이에도 정히 간발을 허용하는 들창이 있나니 그 서

슬 퍼런 날[刀]이 자의식을 걷잡을 사이도 없이 양단하는 순간 나는 내 명경같이 맑아야 할 지보至寶 두 눈에 혹시 눈곱이 끼지나 않았나 하는 듯이 적절하게 주름살 잡힌 손수건을 꺼내어서는 그 두 눈을 만지작만지작했다거나―

내 혼백과 사대四大의 점잖은 태만성이 그런 사소한 연화煙火들을 일일이 따라다니면서 (보고 와서) 내 통괄되는 처소에다 일러바쳐야만 하는 그런 압도적 망쇄를 나는 이루 감당해 내는 수가 없다.

그러나 나는 내 지중至重한 산호편을 자랑하고 싶다.

'쓰레기' '우거지'

이 구지레한 단자單字의 분위기를 족하는 족히 이해하십니까.

족하는 족하가 기독교식으로 결혼하던 날 네이브 앤드 아일[2]에서 이 '쓰레기' '우거지'에 근이近邇한[3] 감흥을 맛보았으리라고 생각이 되는데 과연 그렇지는 않으십니까.

나는 그런 '쓰레기'나 '우거지' 같은 테이프를―내 종생기 처처에다 가련히 심어놓은 자지레한 치레를 위하여―뿌려보려는 것인데―

다행히 박수하다. 이상以上.

×

'치사[4]한 소녀는', '해동기의 시냇가에 서서', '입술이 낙화 지듯

2 nave and aisle. 교회의 본당 회중석과 통로.
3 가까운.
4 '사치奢侈'를 일부러 거꾸로 씀.

좀 파래지면서', '박빙 밑으로는 무엇이 저리도 움직이는가고', '고개를 갸웃거리는 듯이 숙이고 있는데', '봄 운기를 품은 훈풍이 불어와서', '스커트', 아니 아니, '너무나'. 아니, 아니, '좀', '슬퍼 보이는 홍발紅髪을 건드리면' 그만. 더 아니다. 나는 한 마디 가련한 어휘를 첨가할 성의를 보이자.

'나붓나붓.'

이만하면 완비된 장치에 틀림없으리라. 나는 내 종생기의 서장을 꾸밀 그 소문 높은 산호편을 더 여실히 하기 위하여 위와 같은 실로 나로서는 너무나 과람히 치사스럽고 어마어마한 세간살이를 장만한 것이다.

그런데—

혹 지나치지나 않았나. 천하에 형안炯眼이 없지 않으니까 너무 금칠을 아니했다가는 서툴리 들킬 염려가 있다. 허나—

그냥 어디 이대로 써[用]보기로 하자.

나는 지금 가을바람이 자못 소슬한 내 구중중한 방에 홀로 누워 종생하고 있다.

어머니 아버지의 충고에 의하면 나는 추호의 틀림도 없는 만 25세와 11개월의 '홍안 미소년'이라는 것이다. 그렇건만 나는 확실히 노옹이다. 그날 하루하루가 '인생은 짧고 예술은 길다랗다' 하는 엄청난 평생이다.

나는 날마다 운명하였다. 나는 자던 잠—이 잠이야말로 언제 시작한 잠이더냐—을 깨면 내 통절한 생애가 개시되는데 청춘이 여지없이 탕진되는 것은 이불을 푹 뒤집어쓰고 누웠지만 역력히 목도한다.

나는 노래老來에 빈한한 식사를 한다. 열두 시간 이내에 종생을 맞이하고 그리고 할 수 없이 이리 궁리 저리 궁리 유언다운 어디 유실되어 있지 않나 하고 찾고, 찾아서는 그중 의젓스러운 놈으로 몇 추린다.

그러나 고독한 만년 가운데 한 구의 에피그램을 얻지 못하고 그대로 처참히 나는 물고하고 만다.

일생의 하루—

하루의 일생은 대체 (위선) 이렇게 해서 끝나고 끝나고 하는 것이었다.

자— 보아라.

이런 내 분장扮裝은 좀 과하게 치사스럽다는 느낌은 없을까 없지 않다.

그러나 위풍당당 일세를 풍미할 만한 참신무비嶄新無比[5]한 햄릿(망언다사[6])을 하나 출세시키기 위하여는 이만한 출자는 아끼지 말아야 하지 않을까 하는 느낌도 없지 않다.

나는 가을. 소녀는 해동기.

언제나 이 두 사람이 만나서 즐거운 소꿉장난을 한번 해보리까.

나는 그해 봄에도—

부질없는 세상이 스스러워서 상설霜雪 같은 위엄을 갖춘 몸으로 한심한 불우의 일월日月을 맞고 보내지 않으면 안 되었다.

미문美文, 미문, 애아曖呀! 미문.

미문이라는 것은 적이 조처하기 위험한 수작이니라.

---

5 '비할 데 없이 참신함'으로 해석.
6 자기가 한 말 속에 망언이 있으면 깊이 사과한다는 뜻.

나는 내 감상의 꿀방구리 속에 청산 가던 나비처럼 마취혼사痲醉昏死하기 자칫 쉬운 것이다. 조심조심 나는 내 맵시를 고쳐야 할 것을 안다.

나는 그날 아침에 무슨 생각에서 그랬던지 이를 닦으면서 내 작성 중에 있는 유서 때문에 끙끙 앓았다.

열세 벌의 유서가 거의 완성해 가는 것이었다. 그러나 그 어느 것을 집어내 보아도 다 같이 서른여섯 살에 자수[7]한 어느 '천재' 가 머리맡에 놓고 간 개세蓋世의 일품逸品의 아류에서 일보를 나서지 못했다. 내게 요만 재조밖에는 없느냐는 것이 다시없이 분하고 억울한 사정이었고 또 초조의 근원이었다. 미간을 찌푸리되 가장 고매한 얼굴은 지속해야 할 것을 잊어버리지 않고 그리고 계속하여 끙끙 앓고 있노라니까 (나는 일시 일각을 허송하지는 않는다. 나는 없는 지혜를 끊이지 않고 쥐어짠다) 속달 편지가 왔다. 소녀에게서다.

선생님! 어제저녁 꿈에도 저는 선생님을 만나 뵈었습니다. 꿈 가운데 선생님은 참 다정하십니다. 저를 어린애처럼 귀여워해 주십니다.

그러나 백일 아래 표표하신 선생님은 저를 부르시지 않습니다.

비굴이라는 것이 무슨 빛으로 되어 있나 보시려거든 선생님은 거울을 한번 보아보십시오. 거기 비치는 선생님의 얼굴빛이 바로 비굴이라는 것의 빛입니다.

7 자살.

332

헤어진 부인과 삼 년을 동거하시는 동안에 너 가거라 소리를 한 마디도 하신 일이 없다는 것이 선생님의 유일의 자만이십디다그려! 그렇게까지 선생님은 인정에 구구하신가요.

R과도 깨끗이 헤어졌습니다. S와도 절연한 지 벌써 다섯 달이나 된다는 것은 선생님께서도 믿어주시는 바지요? 다섯 달 동안 저에게는 아무것도 없습니다. 저의 청절淸節을 인정해 주시기 바랍니다.

저의 최후까지 더럽히지 않은 것을 선생님께 드리겠습니다. 저의 희멀건 살의 매력이 이렇게 다섯 달 동안이나 놀고 없는 것은 참 무엇이라고 말할 수 없이 아깝습니다. 저의 잔털 나스르르한 목영靈한 온도가 선생님을 기다리고 있습니다. 선생님이어! 저를 부르십시오. 저더러 영영 오라는 말을 안 하시는 것은 그것 역시 가실 적 경우와 똑같은 이론에서 나온 구구한 인생 변호의 치사스러운 수법이신가요?

영원히 선생님 '한 분'만을 사랑하지요. 어서어서 저를 전적으로 선생님만의 것을 만들어주십시오. 선생님의 '전용'이 되게 하십시오.

제가 아주 어수룩한 줄 오산하고 계신 모양인데 오산치고는 좀 어림없는 큰 오산이리다.

네 딴은 제법 든든한 줄만 믿고 있는 네 그 안전지대라는 것을 너는 아마 하나 가진 모양인데 그까짓 것쯤 내 말 한 마디에 사태가 나고 말리라, 이렇게 일러드리고 싶습니다. 또一

예끼! 구역질 나는 인생 같으니 이러고도 싶습니다.

3월 3일 날 오후 두시에 동소문 버스정류장 앞으로 꼭 와야 되지 그렇지 않으면 큰일 나요. 내 징벌을 안 받지 못하리다.

만 19세 2개월을 맞이하는

정희 올림

이상李箱 선생님께

물론 이것은 죄다 거짓부렁이다. 그러나 그 일촉즉발의 아슬아슬한 용심법用心法이 특히 그중에도 결미의 비견할 데 없는 청초함이 장히 질풍신뢰를 품은 듯한 명문이다.

나는 까무러칠 뻔하면서 혀를 내어둘렀다. 나는 깜빡 속기로 한다. 속고 만다.

여기 이 이상 선생님이라는 허수아비 같은 나는 지난밤 사이에 내 평생을 경력했다. 나는 드디어 쭈글쭈글하게 노쇠해 버렸던 차에 아침(이 온 것)을 보고 이키! 남들이 보는 데서는 나는 가급적 어쭙지않게 (잠을) 자야 되는 것이거늘, 하고 늘 이를 닦고 그리고는 도로 얼른 자버릇하는 것이었다. 오늘도 또 그럴 세음이었다.

사람들은 나를 보고 짐짓 기이하기도 해서 그러는지 경천동지의 육중한 경륜을 품은 사람인가 보다고들 속는다. 그러니까 고렇게 하는 것이 내 시시한 자세나마 유지시킬 수 있는 유일무이의 비결이었다. 즉 나는 남들 좀 보라고 낮에 잔다.

그러나 그 편지를 받고 흔희작약, 나는 개세의 경륜과 유서의 고민을 깨끗이 씻어버리기 위하여 바로 이발소로 갔다. 나는 여간 아니 호걸답게 입술에다 치분齒粉을 허옇게 묻혀가지고는 그 현란한 거울 앞에 가 앉아 이제 호화 장려하게 개막하려 드는 내 종생을 유유히 즐기기로 거기 해당하게 내 맵시를 수습하는 것이었다.

위선 그 작소鵲巢[8]라는 뇌명雷名까지 있는 봉발을 썰어서 상고머

리라는 것을 만들었다. 오각수는 깨끗이 도태해 버렸다. 귀를 우
비고 코털을 다듬었다. 안마도 했다. 그리고 비누 세수를 한 다음
문득 거울을 들여다보니 품 있는 데라고는 한 귀퉁이도 없이 보
이는 듯하면서 또한 태생을 어찌 어기리요, 좋도록 말해서 라파엘
전파 일원같이 그렇게 청초한 백면서생이라고도 보아줄 수 있지
하고 실없이 제 얼굴을 미남자거니 고집하고 싶어 하는 구지레한
욕심을 내심 탄식하였다.

아차! 나에게도 모자가 있다. 겨우내 꾸겨 박질러 두었던 것을
부득부득 끄집어내었다. 십오분간 세탁소로 가지고 가서 멀쩡하
게 만들었다. 그리고 흰 바지저고리에 고동색 대님을 다 치고 차
림차림이 제법 이색이 있다. 공단은 못 되나마 능직 두루마기에
이만하면 고왕금래 모모한 천재의 풍모에 비겨도 조금도 손색이
없으리라. 나는 내 그런 여간 이만저만하지 않은 풍모를 더욱더욱
이만저만하지 않게 모디파이어[9]하기 위하여 가늘지도 굵지도 않
은 고다지 알맞은 단장을 하나 내 손에 쥐여주어야 할 것도 때마
침 잊어버리지는 않았다.

별수 없이—

오늘이 즉 3월 3일인 것이다.

나는 점잖게 한 삼십분쯤 지각해서 동소문 지정받은 자리에
도착하였다. 정희는 또 정희대로 아주 정희답게 한 삼십분쯤 일
찍 와서 있다.

정희의 입상은 제정 러시아 적 우표딱지처럼 적잖이 슬프다.

8 까치집.
9 modifier. 꾸미다·수식하다·변경하다.

이것은 아직도 얼음을 품은 바람이 해토머리답게 싸늘해서 말하자면 정희의 모양을 얼가간 침통하게 해 보일 탓이렷다.

나는 이런 경우에 천만뜻밖에도 눈물이 핑 눈에 그뜩 돌아야 하는 것이 꼭 맞는 원칙으로서의 의표가 아닐까 그렇게 생각하면서 저벅저벅 정희 앞으로 다가갔다.

우리 둘은 이 땅을 처음 찾아온 제비 한 쌍처럼 잘 앙증스럽게 만보하기 시작했다. 걸어가면서도 나는 내 두루마기에 잡히는 주름살 하나에도 단장을 한번 휘두는 곡절에도 세세히 조심한다. 나는 말하자면 내 우연한 종생을 감쪽스럽도록 찬란하게 허식하기 위하여 내 박빙을 밟는 듯한 포즈를 아차 실수로 무너트리거나 해서는 절대로 안 된다는 것을 굳게굳게 명념하고 있는 까닭이다.

그러면 맨 처음 발언으로는 나는 어떤 기절참절奇絶慘絶한 경구를 내어놓아야 할 것인가, 이것 때문에 또 잠깐 머뭇머뭇하기 않을 수도 없었지만 그렇다고 바로 대고 거 어쩌면 그렇게 똑 제정 러시아 적 우표딱지같이 초초하니 어쩌니 하는 수는 차마 없다.

나는 선뜻,

"설마가 사람을 죽이느니."

하는 소리를 저 뱃속에서부터 우러나오는 듯한 그런 가라앉은 목소리에 꽤 명료한 발음을 얹어서 정희 귀 가까이다 대고 지껄여 버렸다. 이만하면 아마 그 경우의 최초의 발성으로는 무던히 성공한 편이리라. 뜻인즉, 네가 오라고 그랬다고 그렇게 내가 불쑥 올 줄은 너 꿈에도 생각하지 못했으리라는 꼼꼼한 의도다.

나는 아침 반찬으로 콩나물을 삼 전어치는 안 팔겠다는 것을 교묘히 무사히 삼 전어치만 살 수 있는 것과 같은 미끈한 쾌감을 맛본다. 내 딴은 다행히 노랑돈 한 푼도 참 용하게 낭비하지는 않은 듯싶었다.

그러나 그런 내 청천에 벽력이 떨어진 것 같은 인사에 대하여 정희는 실로 대답이 없다. 이것은 참 큰일이다.

아이들이 고추 먹고 맴맴 담배 먹고 맴맴 하고 노는 그런 암팡진 수단으로 그냥 단번에 나를 어지러트려서는 넘어트려 버릴 작정인 모양이다.

정말 그렇다면!

이 상쾌한 정희의 확호 부동자세야말로 엔간치 않은 출품이 아닐 수 없다. 내가 내어놓은 바 살인촌철殺人寸鐵은 그만 즉석에서 분쇄되어 가엾은 부작不作으로 내려 떨어지고 마는 것이다 하고 나는 느꼈다.

나는 나로서 할 수 있는 가장 큰 규모의 손짓 발짓을 한벌 해 보이고 이윽고 낙담하였다는 것을 표시하였다. 일이 여기 이른 바에는 내 포즈 여부가 문제 아니다. 표정도 인제 더 써먹을 것이 남아 있을 상싶지도 않고 해서 나는 겸연쩍게 안색을 좀 고쳐가지고 그리고 정희! 그럼 나는 가겠소, 하고 깍듯이 인사하고 그리고?

나는 발길을 돌쳐서 집을 향해 걷기 시작했다. 내 파란만장의 생애가 자자레한 말 한 마디로 하여 그만 회신灰燼으로 돌아가고 만 것이다. 나는 세상에도 참혹한 풍채 아래서 내 종생을 치른 것이다고 생각하면서 그렇다면 그럼 그럴 상싶기도 하게 단장도 한두 번 휘두르고 입도 좀 일기죽일기죽해 보기도 하고 하면서 행차하는 체해 보인다.

오초—십초—이십초—삼십초—일분—

결코 뒤를 돌아다보거나 해서는 못쓴다. 어디까지든지 사심 없이 패배한 체하고 걷는 체한다. 실심한 체한다.

나는 사실은 좀 어지럽다. 내 쇠약한 심장으로는 이런 자약한 체조를 그렇게 장시간 계속하기가 썩 어려운 것이다.

묘지명이라. 일세의 귀재 이상은 그 통생의 대작 〈종생기〉 일 편을 남기고 서력 기원후 1937년 정축 3월 3일 미시 여기 백일 아래서 그 파란만장(?)의 생애를 끝막고 문득 졸하다. 향년 만 25세와 11개월. 오호라! 상심 크다. 허탈이야 잔존하는 또 하나 의 이상 구천을 우러러 호곡하고 이 한산寒山 일 편석을 세우노라. 애인 정희는 그대의 몰후 수삼 인의 비첩 된 바 있고 오히려 장 수하니 지하의 이상아! 바라건댄 명목하라.

그리 칠칠치는 못하나마 이만큼 해가지고 이꼴 저꼴 구지레한 흠집을 살짝 도회하기로 하자. 고만 실수는 여상의 묘기로 검사 겸사 메꾸고 다시 나는 내 반생의 진용陣容 후일에 관해 차근차근 고려하기로 한다. 이상以上.

역대의 에피그램과 경국傾國의 철칙이 다 내에 있어서는 내 위 선을 암장하는 한 스무드한 구실에 지나지 않는다. 실로 나는 내 낙명落命의 자리에서도 임종의 합리화를 위하여 코로[10]처럼 도색 의 팔레트를 볼 수도 없거니와 톨스토이처럼 탄식해 주고 싶은 쥐꼬리만 한 금언의 추억도 가지지 않고 그냥 난데없이 다리를 뼈어 넘어지듯이 스르르 죽어가리라.

거룩하다는 칭호를 휴대하고 나를 찾아오는 '연애'라는 것을

---

10 프랑스의 화가(1796~1875).

응수하는 데 있어서도 어디서 어떤 노소간의 의뭉스러운 선인들이 발라먹고 내어버린 그런 유훈을 나는 헐값에 걸어 들여다가는 제련 재탕 다시 써먹는다.

는 줄로만 알았다가도 또 내게 혼나는 경우가 있으리라.

나는 찬밥 한술 냉수 한 모금을 먹고도 넉넉히 일세를 위압할 만한 '고언苦言'을 적적摘摘할[11] 수 있는 그런 지혜의 실력을 가졌다.

그러나 자의식의 절정 위에 발돋움을 하고 올라선 단말마의 비결을 보통 야시夜市 국수버섯을 팔러 오신 시골 아주머네에게 서너 푼에 그냥 넘겨주고 그만두는 그렇게까지 자신의 에티켓을 미화시키는 겸허의 방식도 또한 나는 무루無漏히 터득하고 있는 것이다. 당목할지어다. 이상以上.

난마亂麻와 같이 갈피를 잡을 수 없는 얼마간 비극적인 자기 탐구.

이런 흙발 같은 남루한 주제는 문벌이 버젓한 나로서 채택할 신세가 아니거니와 나는 태서의 에티켓으로 차 한 잔을 마실 적의 포즈에 대하여도 세심하고 세심한 용의가 필요하다.

휘파람 한 번을 분다 치더라도 내 극비리에 정선精選 은닉된 절차를 온고하여야만 한다. 그런 다음이 아니고는 나는 희망 잃은 황혼에서도 휘파람 한 마디를 마음대로 불 수는 없는 것이다.

동물에 대한 고결한 지식?

사슴, 물오리, 이 밖의 어떤 종류의 동물도 내 애니멀 킹덤[12]에서는 낙탈落脫되어 있어야 한다. 나는 이 수렵용으로 귀여이 가엾이

11 찾아낼·골라낼.
12 동물의 왕국.

되어먹어 있는 동물 외의 동물에 언제든지 무가내하로 무지하다.

또—

그럼 풍경에 대한 오만한 처신법?

어떤 풍경을 묻지 않고 풍경의 근원, 중심, 초점이 말하자면 나하나 '도련님'다운 소행에 있어야 할 것을 방약무인으로 강조한다. 나는 이 맹목적 신조를 두 눈을 그대로 딱 부르감고 믿어야 된다.

자진한 '우매', '몰각'이 참 어렵다.

보아라. 이 자득하는 우매의 절기絶技를! 몰각의 절기를.

백구白鷗는 의백사宜白沙하니 막부춘초벽莫赴春草碧하라.[13]

이태백. 이 전후만고前後萬古의 으리으리한 '화족華族'. 나는 이태백을 닮기도 해야 한다. 그러기 위하여 오언절구 한 줄에서도 한자가량의 태연자약한 실수를 범해야만 한다. 현란한 문벌이 풍기는 가히 범할 수 없는 기품과 세도가 넉넉히 고시古詩 한 절쯤 서슴지 않고 생채기를 내어놓아도 다들 어수룩한 체들 하고 속느니 하는 교만한 미신이다.

곱게 빨아서 곱게 다리미질을 해놓은 한 벌 슈미즈의 꼬빡 속는 청절처럼 그렇게 아담하게 나는 어떠한 질차에서도 거뜬하게 얄미운 미소와 함께 일어나야만 하는 것이니까—

오늘날 내 한 씨족이 분명치 못한 소녀에게 선불리 딴죽을 걸어 넘어진다기로서니 이대로 내 숙망의 호화 유려한 종생을 한 방울 하잘것없는 오점을 내는 채 투시投匙[14]해서야 어찌 초지初志의 만일에 응답할 수 있는 면목이 족히 서겠는가, 하는 허울 좋은 구

---

13 조선 후기의 문신 이상연(1771~1853)의 작품 중 한 구절.
14 숟가락을 던짐. 즉 '죽는다'는 뜻.

실이 영일永日 밤보다도 오히려 한 뼘 짧은 내 전정에 대두하기 시작하는 것이었다.

완만 착실한 서술!

나는 과히 눈에 띠울 상싶지 않은 한 지점을 재재바르게 붙들어서 거기서 공중 담배를 한 갑 사 (주머니에 넣고) 피워 물고 정희의 뻔한 걸음을 다시 뒤따랐다.

나는 그저 일상의 다반사를 간과하듯이 범연하게 휘파람을 불고 내, 구두 뒤축이 아스팔트, 를 디디는 템포 음향, 이런 것들의 귀찮은 조절에도 깔끔히 정신 차리면서 넉넉잡고 삼분, 다시 돌친 걸음은 정희와 어께를 나란히 걸을 수 있었다. 부질없는 세상에 제 심각하면 침통하면 또 어쩌겠느냐는 듯싶은 서운한 눈의 위치를 동소문 밖 신개지 풍경 어디라고 정치 않은 한 점에 두어 두었으니 보라는 듯한 부득부득 지근거리는 자세면서도 또 그렇지도 않을 상싶은 내 묘기 중에도 묘기를 더한층 허겁지겁 연마하기에 골똘하는 것이었다.

일모日暮 창산—

날은 저물었다. 아차! 아직 저물지 않은 것으로 하는 것이 좋을까 보다.

날은 아직 저물지 않았다.

그러면 아까 장만해 둔 세간 기구를 내세워 어디 차근차근 살림살이를 한번 처러볼 천우의 호기가 배 앞으로 다다랐나 보다. 자—

태생은 어길 수 없어 비천한 '티'를 감추지 못하는 딸—(전기前記 치사한 소녀 운운은 어디까지든지 이 바보 이상李箱의 호의에서 나온 곡해다. 모파상의 〈지방 덩어리〉[15]를 생각하자. 가족은 미만

14세의 딸에게 매음시켰다. 두 번째는 미만 19세의 딸이 자진했다. 아— 세 번째는 그 나이 스물두 살이 되던 해 봄에 얹은 낭자를 내리고 게다 다홍 댕기를 드려 늘어트려 편발 처자를 위조하여서는 대거하여 강행으로 매끽하여 버렸다)

비천한 뉘 집 딸이 해빙기의 시냇가에 서서 입술이 낙화 지듯 좀 파래지면서 박빙 밑으로는 무엇이 저리도 움직이는가고 고개를 갸웃거리는 듯이 숙이고 있는데 봄 방향芳香을 품은 훈풍이 불어와서 스커트, 아니 너무나, 슬퍼 보이는, 아니, 좀 슬퍼 보이는 홍발을 건드리면—

좀 슬퍼 보이는 홍발을 나붓나붓 건드리면—

여상如上이다. 이 개기름 도는 가소로운 무대를 앞에 두고 나는 나대로 나답게 가문이라는 자자레한 '투'는 어떤 일이 있더라도 잊어버리지 않고 채석장 희멀건 단층을 건너다보면서 탄식 비슷이,

"지구를 저며내는 사람들은 역시 자연 파괴자리라."

는 둥,

"개아미집이야말로 과연 정연하구나."

라는 둥,

"비가 오면, 아— 천하에 비가 오면."

"작년에 낳든 초목이 올해에도 또 돋으려누, 귀불귀歸不歸란 무엇인가."

라는 둥—

치레 잘하면 제법 의젓스러워도 보일 만한 가장 한산한 과제

---

15 모파상의 대표 단편소설 〈비곗덩어리〉를 가리킴.

로만 골라서 점잖게 방심해 보여놓는다.

정말일까? 거짓말일까. 정희가 불쑥 말을 한다. 한 소리가 "봄이 이렇게 왔군요" 하고 윗니는 좀 사이가 벌어져서 보기 흉한 듯하니까 살짝 가리고 곱다고 자처하는 아랫니를 보이지 않으려고 했지만 부지불식간에 그렇게 내어다보인 것을 또 어쩝니까 하는 듯싶이 가증하게 내어보이면서 또 여간해서 어림이 서지 않는 어중간 얼굴을 그 위에 얹어 내세우는 것이었다.

좋아, 좋아, 좋아, 그만하면 잘되었어,

나는 고개 대신에 단장을 끄떡끄떡해 보이면서 창졸간에 그만 정희 어깨 위에다 손을 얹고 말았다.

그랬더니 정희는 적이 해괴해하노라는 듯이 잠시는 묵묵하더니—

정희도 문벌이라든가 혹은 간단히 말해 에티켓이라든가 제법 배워서 짐작하노라고 속삭이는 것이 아닌가.

꿀꺽!

넘어가는 내 지지한 종생, 이렇게도 실수가 허許해서야 물화物貨적 전 생애를 탕진해 가면서 사수하여 온 산호편의 본의가 대체 어디 있느냐? 내내 울화가 복받쳐 혼도할 것 같다.

흥천사興天寺 으슥한 구석방에 내 종생의 갈력이 정희를 이끌어 들이기도 전에 나는 밤 쓸쓸히 거짓말깨나 해놓았나 보다.

나는 내가 그윽이 음모한 바 천고불역千古不易의 탕아, 이상이 자지레한 문학의 빈민굴을 교란시키고자 하던 가지가지 진기한 연장이 어느 겨를에 빼물르기 시작한 것을 여기서 깨달아야 되나 보다. 사회는 어떠쿵, 도덕이 어떠쿵, 내면적 성찰 추구 적발 징벌은 어떠쿵, 자의식 과잉이 어떠쿵, 제 깜냥에 번지레한 칠을 해 내어걸은 치사스러운 간판들이 미상불 우스꽝스럽기가 그지없다.

'독화毒花.'

족하는 이 꼭두각시 같은 어휘 한 마디를 잠시 맡아가지고 계셔보구려?

예술이라는 허망한 아궁이 근처에서 송장 근처에서보다도 한결 더 썰썰 기고 있는 그들 해반주그레한 사도死都의 혈족들 땟국내 나는 틈에 가 끼기어서, 나는—

내 계집의 치마 단속곳을 갈가리 찢어놓았고, 버선 켤레를 걸레를 만들어놓았고, 검던 머리에 곱든 양자, 영악한 곰의 발자국이 질컥 디디고 지나간 것처럼 얼굴을 망가트려 놓았고, 지기知己 친척의 돈을 뭉청 떼어먹었고, 좌수터 유래 깊은 상호商號를 쑥밭을 만들어놓았고, 겁쟁이 취리자取利者[16]는 고랑때[17]를 먹여놓았고 대금업자의 수금인을 졸도시켰고, 사장과 취체역과 사돈과 아범과 애비와 처남과 처제와 또 애비와 애비의 딸과 딸이 허다 중생으로 하여금 서로서로 이간을 붙이고 붙이게 하고 얼버무려져 싸움질을 하게 해놓았고, 사글셋방 새 다다미에 잉크와 요강과 팥죽을 엎질렀고, 누구누구를 임포텐스[18]를 만들어놓았고—

'독화'라는 말의 콕 찌르는 맛을 그만하면 어렴풋이나마 어떻게 짐작이 서는가 싶소이까.

잘못 빚은 증편 같은 시 몇 줄 소설 서너 편을 꿰차고 조촐하

---

16 돈이나 곡식을 빌려주고 그 변리를 받는 사람.
17 골탕.
18 impotence. 남성의 발기부전.

게 등장하는 것을 아 무엇인 줄 알고 깜빡 속고 섣불리 손뼉을 한두 번 쳤다는 죄로 제 계집 간음당한 것보다도 더 큰 망신을 일신에 짊어지고 그리고는 앙탈 비슷이 시치미를 떼지 않으면 안 되는 어디까지든지 치사스러운 예의 절차—마귀(터주가)의 소행(덧났다)이라고 돌려버리자?

'독화.'

물론 나는 내일 새벽에 내 길든 노상에서 무려 내게 필적하는 한 숨은 탕아를 해후할는지도 마치 모르나, 나는 신바람이 난 무당처럼 어깨를 치켰다 젖혔다 하면서라도 풍마우세의 고행을 얼른 그렇게 쉽사리 그만두지는 않는다.

아— 어쩐지 전신이 몹시 가렵다. 나는 무연한 중생의 뭇 원한 탓으로 악역의 범함을 입나 보다. 나는 은근히 속으로 앓으면서 토일렛 정한 대야에다 양손을 정하게 씻은 다음 내 자리로 돌아와 앉아 차근차근 나 자신을 반성 회오—쉬운 말로 자자레한 세음을 좀 놓아보아야겠다.

에티켓? 문벌? 양식? 번신술翻身術?

그렇다고 내가 찔끔 정희 어깨 위에 얹었던 손을 뚝 뗀다든지 했다가는 큰 망발이다. 일을 잡치리라. 어디까지든지 내 뺨의 홍조만을 조심하면서 좋아, 좋아, 좋아, 그래만 주면 된다. 그리고 나서 피차 다 알아들었다는 듯이 어깨에 손을 얹은 채 어깨를 나란히 흥천사 경내로 들어갔다. 가서 길을 별안간 잃어버린 것처럼 자분참 산 위로 올라가 버린다. 산 위에서 이번에는 정말 포즈를 하릴없이 무너트렸다는 것처럼 정교하게 머뭇머뭇해 준다. 그러나 기실 말짱하다.

풍경 소리가 똑 알맞다. 이런 경우에는 제법 번듯한 식자가 있는 사람이면—

아— 나는 왜 늘 항례恒例에서 비켜서려 드는 것일까? 잊었느냐? 비싼 월사月謝를 바치고 얻은 고매한 학문과 예절을.

현역 육군 중좌에게서 받은 추상열일의 훈육을 왜 나는 이 경우에 버젓하게 내세우지를 못하느냐?

창연한 고찰 유루遺漏 없는 장치에서 나는 정신 차려야 한다. 나는 내 쟁쟁한 이력을 솔직하게 써먹어야 한다. 나는 고개를 숙이고 담배를 한 대 피워 물고 도장道場에 들어가는 소, 죽기보다 싫은 서툴고 근질근질한 포즈 체모독주體貌獨奏에 어지간히 성공해야만 한다.

그랬더니 그만두 한다. 당신의 그 어림없는 몸치렐랑 그만두세요. 저는 어지간히 식상이 되었습니다 한다.

그렇다면?

내 꾸준한 노력도 일조일석에 수포로 돌아가는 것이 아닌가.

대체 정희라는 가련한 '석녀'가 제 어떤 재간으로 그런 음흉한 내 간계를 요만큼까지 간파했다는 것이다.

일시에 기진한다. 맥은 탁 풀리고는 앞이 팽 돌다 아찔하는 것이 이러다가 까무러치려나 보다고 극력 단장을 의지하여 버텨보노라니까 희라! 내 기사회생의 종생도 이번만은 회춘하기 장히 어려울 듯싶다.

이상! 당신은 세상을 경영할 줄 모르는 말하자면 병신이오. 그다지도 '미혹'하단 말씀이오? 건너다보니 절터지요? 그렇다 하더라도 《카라마조프의 형제》나 《사십 년》을 좀 구경 삼아 들러보시지요.

　아니지! 정희! 그게 뭐냐 하면 나도 살고 있어야 하겠으니 너도 살자는 사기, 속임수, 일부러 만들어 내어놓은 미신, 중에도 가장 우수한 무서운 주문이오.

　이상! 그러지 말고 시험 삼아 한 발만 한 발자국만 저 개흙밭에다 들여놓아 보시지요.

　이 악보같이 스무드한 담소 속에서 비칠비칠하노라면 나는 내게 필적하는 천의무봉의 탕아가 이 목첩간에 있는 것을 느낀다. 누구나 제 내어놓았던 협수룩한 포즈를 걷어치우느라고 허겁지겁들 할 것이다. 나도 그때 내 슬하의 이렇게 유산되는 자손을 느끼면서 만재萬載에 드리우는 이 극흉극비極凶極秘 종가宗家의 부작符作을 앞에 놓고서 적이 불안하게 또 한편으로는 적이 안일하게 운명하는 마지막 낙백의 이 내 종생을 애오라지 방불히 하는 것이었다.

　나는 내 분묘 될 만한 조촐한 터전을 찾는 듯한 그런 서글픈 마음으로 정희를 재촉하여 그 언덕을 내려왔다. 등 뒤에 들리는 풍경 소리는 진실로 내 심통함을 돕는 듯하다고 사자寫字하면 정경을 한층 더 반듯하게 매만져 놓는 한 도움이 되리라. 그럼 진실로 풍경 소리는 내 등 뒤에서 내 마지막 심통함을 한층 더 들볶아 놓는 듯하더라.

　미문美文에 견줄 만큼 위태위태한 것이 절승에 혹사酷似한 풍경이다. 절승에 혹사한 풍경을 미문으로 번안 모사해 놓았다면 자칫 실족 익사하기 쉬운 웅덩이나 다름없는 것이니 첨위僉位는 아예 가까이 다가서서는 안 된다. 도스토옙스키나 고리키는 미문을 쓰는 버릇이 없는 체했고 또 황량, 아담한 경치를 '취급'하지 않왔으되 이 의뭉스러운 어른들은 오직 미문은 쓸 듯 쓸 듯, 절승경개絕勝景槪는 나올 듯 나올 듯, 해만 보이고 끝끝내 아주 활짝 꼬랑지를 내보이지는 않고 그만둔 구렁이 같은 분들이기 때문에 그 기만술은 한층 더 진보된 것이며, 그런 만큼 효과가 또 절대하여 천년을 두고 만년을 두고 내리내리 부질없는 위무를 바라는 중속衆俗들을 잘 속일 수 있는 것이다. 그러나—

왜 나는 미끈하게 솟아 있는 근대 건축의 위용을 보면서 먼저 철근 철골, 시멘트와 세사細沙, 이것부터 선뜩하니 감응하느냐는 말이다. 씻어버릴 수 없는 숙명의 호곡號哭, 몽고레안푸렉게[蒙古痣]¹⁹ 오뚝이처럼 쓰러져도 일어나고 쓰러져도 일어나고 하니 쓰러지나 섰으나 마찬가지 의지할 얄판한 벽 한 조각 없는 고독, 고고枯槁, 독개獨介, 초초楚楚.

나는 오늘 대오한 바 있어 미문을 피하고 절승의 풍광을 격하여 소조하게 왕생하는 것이며 숙명의 슬픈 투시벽은 깨끗이 벗어 놓고 온아종용溫雅慫慂, 외로우나마 따뜻한 그늘 안에서 실명失命하는 것이다.

의료意料²⁰하지 못한 이 홀홀한 '종생' 나는 요절인가 보다. 아니 중세中世 최절摧折인가 보다. 이길 수 없는 육박肉迫, 눈먼 떼까마귀의 매리 속에서 탕아 중에도 탕아, 술객 중에도 술객, 이 난공불락의 관문의 괴멸, 구세주의 최후연最後然히 방방곡곡이 여독은 삼투하는 장식 중에도 허식의 표백表白이다. 출색出色의 표백이다.

내부乃父가 있는 불의. 내부가 없는 불의. 불의는 즐겁다. 불의의

19 몽고반점.
20 뜻을 헤아림.

주가낙락酒價落落한 풍미를 족하는 아시나이까. 윗니는 좀 잇새가 벌고 아랫니만이 고운 이 한경漢鏡같이 결함의 미를 갖춘 감쪽스럽게 시치미를 뗄 줄 아는 얼굴을 보라. 7세까지 옥잠화 속에 감춰두었던 장분粉만을 바르고 그 후 분을 바른 일도 세수를 한 일도 없는 것이 유일의 자랑거리. 정희는 사팔뜨기다. 이것은 무엇으로도 대항하기 어렵다. 정희는 근시 육 도다. 이것은 무엇으로도 대항할 수 없는 선천적 훈장이다. 좌난시 우색맹 아— 이는 실로 완벽이 아니면 무엇이랴.

속은 후에 또 속았다. 또 속은 후에 또 속았다. 미만 14세에 정희를 그 가족이 강행으로 매춘시켰다. 나는 그런 줄만 알았다. 한 방울 눈물—

그러나 가족이 강행하였을 때쯤은 정희는 이미 자진하여 매춘한 후 오래오래 후다. 당홍 댕기가 늘 정희 등에서 나부꼈다. 가족들은 불의에 올 재앙을 막아줄 단 하나 값나가는 다홍 댕기를 기탄없이 믿었건만—

그러나—

불의는 귀인답고 참 즐겁다. 간음한 처녀—이는 불의 중에도 가장 즐겁지 않을 수 없는 영원의 밀림이다.

그럼 정희는 게서 멈추나?

나는 자기소개를 한다. 나는 정희에게 분모分毛를 지기 싫기 때문에 잔인한 자기소개를 하는 것이다.

나는 벼를 본 일이 없다. 자전거를 탈 줄 모른다. 생년월일을 가끔 잊어버린다. 구십 노조모가 이팔소부二八少婦로 어느 하늘에서 시집온 십 대조의 고성古城을 내 손으로 헐었고 녹엽 천년의 호두나무 아름드리 근간을 내 손으로 베었다. 은행나무는 원통한 가문을 골수에 지니고 찍혀 넘어간 뒤 장장 사 년 해마다 봄만 되면 독시毒矢 같은 싹이 엄돋는 것이었다.

나는 그러나 이 모든 것에 견뎠다. 한번 석류나무를 휘어잡고 나는 폐허를 나섰다.

조숙 난숙 감 썩는 골머리 때리는 내. 생사의 기로에서 완이이소莞爾而笑,[21] 표한무쌍慓悍無雙[22]의 척구瘠軀[23] 음지에 창백한 꽃이 피었다.

나는 미만 14세 적에 수채화를 그렸다. 수채화와 파과破瓜. 보아라 목저木箸같이 야윈 팔목에서는 삼동에도 김이 무럭무럭 난다. 김 나는 팔목과 잔털 나스르르한 매춘하면서 자라나는 회충같이 매혹적인 살결. 사팔뜨기와 내 흰자위 없는 짝짝이 눈. 옥잠화 속에서 나오는 기술奇術 같은 석일昔日의 화장과 화장 전폐全廢, 이에 대항하는 내 자전거 탈 줄 모르는 아슬아슬한 천품. 당홍 댕기에 불의와 불의를 방임하는 속수무책의 내 나태.

심판이여! 정희에 비교하여 내게 부족함이 너무나 많지 않소이까?

비등비등? 나는 최후까지 싸워보리라.

흥천사 으슥한 구석방 한 칸, 방석 두 개, 화로 한 개. 밥상 술상―

접전 수십 합. 좌충우돌. 정희의 허전한 관문을 나는 노사老死의 힘으로 들이친다. 그러나 돌아오는 반발의 흉기는 갈 때보다도

---

21 빙그레 웃음.
22 억세고 사나운 것이 비할 데 없음.
23 바싹 마른 몸.

몇 배나 더 큰 힘으로 나 자신의 손을 시켜 나 자신을 살상한다.

지느냐. 나는 그럼 지고 그만두느냐.

나는 내 마지막 무장을 이 전장에 내어세우기로 하였다. 그것은 즉 주란酒亂이다.

한 몸을 건사하기조차 어려웠다. 나는 게울 것만 같았다. 나는 게웠다. 정희 스커트에다. 정희 스타킹에다.

그리고도 오히려 나는 부족했다. 나는 일어나 춤추었다. 그리고 그 방 뒤 쌍창 미닫이를 열어 젖히고 나는 예서 떨어져 죽는다고 마지막 한벌 힘만을 아껴 남기고는 나머지 있는 힘을 다하여 난간을 잡아 흔들었다. 정희는 나를 붙들고 말린다. 말리는데 안 말리는 것도 같았다. 나는 정희 스커트를 잡아 젖혔다. 무엇인가 철썩 떨어졌다. 편지다. 내가 집었다. 정희는 모른 체한다.

속달(S와도 절연한 지 벌써 다섯 달이나 된다는 것은 선생님께서도 믿어주시는 바지요? 하던 S에게서다).

정희! 노하였소. 어젯밤 태서관 별장의 일! 그것은 결코 내 본의는 아니었소. 나는 그 요구를 하려 정희를 그곳까지 데리고 갔던 것은 아니오. 내 불민을 용서하여 주기 바라오. 그러나 정희가 뜻밖에도 그렇게까지 다소곳한 태도를 보여주었다는 것으로 적이 자위를 삼겠소.

정희를 하루라도 바삐 나 혼자만의 것을 만들어달라는 정희의 열렬한 말을 물론 나는 잊어버리지는 않겠소. 그러나 지금 형편으로는 '아내'라는 저 추물을 처치하기가 정희가 생각하는 바와 같이 그렇게 쉬운 일은 아니오.

오늘(3월 3일) 오후 여덟시 정각에 금화장 주택지 그때 그 자리에서 기다리고 있겠소. 어제 일을 사과도 하고 싶고 달이 밝을 듯하니 송림을 거닙시다. 거닐면서 우리 두 사람만의 생활에 대한 설계도 의논하여 봅시다.

3월 3일 아침 S.

내게 속달을 띄우고 나서 곧 뒤이어 받은 속달이다.

모든 것은 끝났다. 어젯밤의 정희는—

그 낮으로 오늘 정희는 내게 이상 선생님께 드리는 속달을 띄우고 그 낮으로 또 나를 만났다. 공포에 가까운 변신술이다. 이 황홀한 전율을 즐기기 위하여 정희는 무고의 이상을 징발했다. 나는 속고 또 속고 또 또 속고 또 또 또 속았다.

나는 물론 그 자리에 혼도하여 버렸다. 나는 죽었다. 나는 황천을 헤매었다. 명부에는 달이 밝다. 나는 또다시 눈을 감았다. 태허에 소리 있어 가로대 너는 몇 살이뇨? 만 25세와 11개월이올시다. 요사夭死로구나. 아니올시다. 노사老死올시다.

눈을 다시 떴을 때에 거기 정희는 없다. 물론 여덟시가 지난 뒤였다. 정희는 그리 갔다. 이리하여 나의 종생은 끝났으되 나의 종생기는 끝나지 않는다. 왜?

정희는 지금도 어느 빌딩 걸상 위에서 드로어즈의 끈을 푸는 중이요 지금도 어느 태서관 별장 방석을 베고 드로어즈의 끈을 푸는 중이요 지금도 어느 송림 속 잔디 벗어놓은 외투 위에서 드로어즈의 끈을 성盛히 푸는 중이니까다.

이것은 물론 내가 가만히 있을 수 없는 재앙이다.

나는 이를 간다.

나는 걸핏하면 까무러친다.

나는 부글부글 끓는다.

그러나 지금 나는 이 철천의 원한에서 슬그머니 좀 비켜서고 싶다. 내 마음의 따뜻한 평화 따위가 다 그리워졌다.

즉 나는 시체다. 시체는 생존하여 계신 만물의 영장을 향하여 질투할 자격도 능력도 없는 것이리라는 것을 나는 깨닫는다.

정희, 간혹 정희의 후툿한 호흡이 내 묘비에 와 슬쩍 부딛는 수가 있다. 그런 때 내 시체는 홍당무처럼 화끈 달면서 구천을 꿰뚫어 슬피 호곡한다.

그동안에 정희는 여러 번 제(내 때꼽재기도 묻은) 이부자리를 찬란한 일광 아래 널어 말렸을 것이다. 누누累累한 이 내 혼수 덕으로 부디 이 내 시체에서도 생전의 슬픈 기억이 창궁 높이 훨훨 날아가나 버렸으면―

나는 지금 이런 불쌍한 생각도 한다. 그럼―

―만 26세와 3개월을 맞이하는 이상 선생님이여! 허수아비여!

자네는 노옹일세. 무릎이 귀를 넘는 해골일세. 아니, 아니.

자네는 자네의 먼 조상일세. 이상以上.

11월 20일 동경서.

― 〈조광〉, 1937. 5.

환시기 幻視記

태석太昔에 좌우를 난변難辨[1]하는 천치 있더니

그 불길한 자손이 백대를 겪으매

이에 가지가지 천형병자天刑病者를 낳았더라.

암만 봐두 여편네 얼굴이 왼쪽으로 좀 삐뚤어진 거 같단 말야 싯?

결혼한 지 한 달쯤 해서.

처녀가 아닌 대신에 고리키 전집을 한 권도 빼놓지 않고 독파했다는 처녀 이상의 보배가 송 군을 동하게 하였고 지금 송 군의 은근한 자랑거리리라.

결혼하였으니 자연 송 군의 서가와 부인 순영 씨(이 순영이라

---

1 잘 분별하지 못함.

는 이름자 밑에다 씨 자를 붙이지 않으면 안 되는 지금 내 가엾은 처지가 말하자면 이 소설을 쓰는 동기지)의 서가가 합병할밖에―합병을 하고 보니 송 군의 최근에 받은 고리키 전집과 순영씨의 고색창연한 고리키 전집이 얼렸다.

결혼한 지 한 달쯤 해서 송 군은 드디어 자기가 받은 신판 고리키 전집 한 질을 내다 팔았다.

반만 먹세―

반은?

반은 여편네 같다 주어야지―지난달에 그 지경을 해놓아서 이달엔 아주 죽을 지경일세―

난 또 마누라 화장품이나 사다 주는 줄알았네그려―

화장품? 암만 봐두 여편네 얼굴이라능 게 왼쪽으로 '약간' 비뚤어졌다는 감이 없지 않단 말야―자네 사 년 동안이나 쫓아당겼다니 삐뚤어진 거 알구두 그랬나 끝끝내 모르구 그만두었나?

좋은 하늘에 별까지 똑똑히 잘 박힌 밤이 사 년 전 첫여름 어느 날이었던지? 방송국 넘어가는 길 성벽에 가 기대선 순영의 얼굴은 월광 속에 있는 것처럼 아름다웠다. 항라 적삼 성긴 구멍으로 순영의 소맥 빛 호흡이 드나드는 것을 나는 내 가장 인색한 원근법에 의하여서도 썩 가쁘게 느꼈다. 어떻게 하면 가장 민첩하게 그러면서도 가장 자연스럽게 순영의 입술을 건드리나―

나는 약 삼분가량의 지도를 설계하였다. 위선 나는 순영의 정면으로 다가서 보는 수밖에―

그때 나는 참 이상한 것을 느꼈다. 월광 속에 있는 것처럼 아름다운 순영의 얼굴이 웬일인지 왼쪽으로 좀 삐뚤어져 보이는 것이다.

나는 큰 범죄나 한 사람처럼 냉큼 바른편으로 비켜섰다. 나의
그런 불손한 시각을 정정하기 위하여—

(그리하여) 위치의 불리로 말미암아서도 나는 순영의 입술을
건드리지 못하고 그만두었다. (실로 사 년 전 첫여름 어느 별빛
좋은 밤) 경관이 무엇하러 왔는지 왔다. 나는 삼천포읍에 사는
사람이라고 그러니까 순영은 회령읍에 사는 사람이라고 그런다.
내 그 인색한 원근법이 일사천리지세로 남북 이천오백 리라는
거리를 급조하여 나와 순영 사이에다 펴놓는다. 순영의 얼굴에서
순간 원광이 사라졌다.

아내가 삼천포에서 편지를 했다. 곧 돌아가게 될는지 좀 지체
가 될는지 지금 같아서는 도무지 짐작이 서지 않는단다.

내 승낙 없이 한 아내의 외출이다. 고물 장수를 불러다가 아내
가 벗어놓고 간 버선짝까지 모조리 팔아먹으려다가—

아내가 십 중의 다섯은 돌아올 것 같았고 십 중의 다섯은 안 돌
아올 것 같았고 해서 사실 또 가랬댔자 갈 데가 있는 배 아니고 예
라 자빠져서 어디 오나 안 오나 기다려보자꾸나—

싫어서 나는 저녁이면 윤 군을 이용해서는 순영이 있는 바 모
로코에를 부리나케 드나들었다.

아내가 달아났다는 궁상이 술 먹는 남자에게는 술 먹기 좋은
구실이다. 십 중 다섯은 아내가 돌아올 가능성이 있다는 눈치를
눈곱만치라도 거죽에 나타내어서는 안 된다. 나는 내 조금도 슬
프지 않은 슬픔을 재조껏 과장해서 순영의 동정심을 끌기에 노

력했다. 그러나 이런 던적스러운 청승이 결국 순영을 어쩌할 수도 없었다.

그 후 얼마 되지 않아 순영은 광주로 갔다. 가던 날 순영은 내게 술을 먹였다. 나는 그의 치맛자락을 잡아 찢고 싶었다. 나는 울었다. 인생은 허무하외다 그러면서—그랬더니 순영은 이것은 아마 술이 부족해서 그러나 보다고 여기고 맥주 한 병을 더 청하는 것이었다.

반년 동안 나는 순영을 잊을 수가 없었다. 그동안에 십 중 다섯으로 아내가 돌아왔다. 나는 이 아내를 맞을 수밖에 없었다. 사랑하지 않는 아내를 나는 전의 열 곱절이나 사랑할 수 있었다. 내 순영에게 향하여 잔뜩 곪은 애정이 이에 순영이 돌아오기 전에 터져버린 것이다. 아내는 이런 나를 넘보기 시작했다.

반년 만에 돌아온 순영이 돌아서서 침을 탁 뱉는다. 반년 동안 외출했던 아내를 말 한 마디 없이 도로 맞는 내 얼굴 위에다—

부질없은 세월이 사 년 흘렀다. 아내의 두 번째 외출은 십 중 다섯은 돌아오지 않는 것이었다. 나는 내 고독을 일급 일 원 사십 전과 바꾸었다. 인쇄 공장 우중충한 속에서 활자처럼 오늘도 내일도 모레도 똑같은 생활을 찍어내었다. 그러면서도 나는 순영이 그의 일터를 옮기는 대로 어디까지든지 쫓아다니지 않을 수 없었다. 일급 일 원 사십 전에 팔아버린 내 생활에 그래도 얼마간 기꺼운 시간이 있었다면 그것은 오직 순영 앞에서 술잔을 주무르는 동안 뿐이었다. 그러나 한번 돌아선 순영의 마음은—아니 한 번도 나를 향하지 않은 순영의 마음은 남북 이천오백 리와 같이 차디찬

거리 저편의 것이었다. 그 차디찬 거리 이편에는 늘 나와 나처럼 고독한 송 군이 오들오들 떨고 있었다.

나는 이미 순영 앞에서 내 고독을 호소할 수조차 없어졌다. 나는 송 군의 고독을 빌려다가 순영 앞에서 울었다. 송 군의 직업은 송 군의 양심이 증발해 버린 뒤의 것이었다. 그 때문에 그는 몹시 고민한다. 얼굴이 종이처럼 창백하다. 나는 이런 송 군의 불행을 이용하여 내 슬픔을 입증시켜 보느라고 실로 천만 어의 단자單字를 허비했다. 순영의 얼굴에는 봄다운 홍조가 돌기 시작하는 것 같았다. 나는 어느 틈엔지 나 자신의 위치를 그만 잃어버리고 말았다. 필사의 노력으로 겨우 내 위치를 다시 탈환했을 때에는 이미,

송 선생님이세요? 이상 씨하구 같이(이것은 과연 객적은 덧붙이기였다) 오늘 밤에 좀 놀라 오세요─ 네?

이런 전화가 끝난 뒤었다. 송 군은 상반기 상여금을 받았노라고 한잔 먹잔다.

먹었다.

취했다.

몽롱한 가운데서 나는 이 땅을 떠나리라 생각했다. 머얼리 동경으로 가버리리라.

갈 테야 갈 테야 가버릴 테야(동경으로).

아이 더 놀다가세요. 벌써 가시면 주므시나요? 네? 송 선생님─

송 선생님은 점을 쳐보나 보다. 꽤는 이상에게 '고기'를 대접하라 이렇게 나온 모양이다. 그래서 송 군은 나보다도 먼저 일어섰다. 자동차를 타자는 것이다. 나는 한사코 말렸다. 그의 재정을

생각해서도 나는 그를 그의 하숙까지 데려다 주는 데 그칠 수밖에 없었다. 하숙 이층 그의 방에서 그는 몹시 게웠다. 말간 맥주만이 올라왔다. 나는 송 군을 청결하기 위하여 한 시간을 진땀을 흘렸다. 그를 눕히고 밖으로 나왔을 때에는 6월의 밤바람이 아카시아의 향기를 가지고 내 피곤한 피부를 간질이는 것이었다. 나는 멕시코에서 커피를 마시면서 토하면서 울고 울다가 잠이 든 송 군을 생각했다.

순영에게 전화나 걸어볼까.

순영이? 나 상이야—송 군 집에 잘 갖다 두었으니 안심혈 일—

오늘은 어쩐지 그냥 울적해서 견딜 수가 없단다. 집으로 가 일찍 잠이나 자리라 했는데 멕시코에—

와두 좋지—헐 이얘기두 좀 있구—

조용히 마주 보는 순영의 얼굴에는 사 년 동안에 확실히 피로의 자취가 늘어 보였다. 직업에 대한 극도의 염증을 순영은 나지막한 목소리로 호소한다. 나는 정색하고,

송 군과 결혼하지 응? 그야말루 송 군은 지금 절벽에 매달린 사람이오—송 군이 가진 양심 그와 배치되는 현실의 박해로 말미암은 갈등 자살하고 싶은 고민을 누가 알아주나—

송 선생님이 불연드키 맞나 뵙구 싶군요.

십분 후 나와 순영이 송 군 방 미닫이를 열었을 때 자살하고 싶은 송 군의 고민은 사실화하여 우리들 눈앞에 놓여 있었다.

아로날 서른여섯 개의 공동 곁에 이상의 주소와 순영의 주소가 적힌 종잇조각이 한 자루 칼보다도 더 냉담한 촉각을 내쏘면

서 무엇을 재촉하는 듯이 놓여 있었다.

나는 밤 깊은 거리를 무릎이 척척 접히도록 쏘다녀 보았다. 그러나 한 사람의 생명은 병원을 가진 의사에게 있어서 마작의 패한 조각 한 컵의 맥주보다도 우스꽝스러운 것이었다. 한 시간 만에 나는 그냥 돌아왔다. 순영은 쩡쩡 천장이 울리도록 코를 골며 인사불성 된 송 군 위에 엎뎌 입술이 파르스레하다.

어쨌든 나는 코 고는 '사체'를 업어 내려 자동차에 실었다. 그리고 단숨에 의전병원으로 달렸다. 한 마리의 셰퍼드와 두 사람의 간호부와 한 분의 의사가 세 사람의 환자를 맞아주었다.

독약은 위에서 아직 얼마밖에 흡수되지 않았다. 생명에는 '별조'가 없으나 한 시간에 한 번씩 강심제 주사를 맞아야겠고 또 이 밤중에 별달리 어쩌는 도리도 없고 해서 입원했다.

시계를 들고 송 군의 어지러운 손목을 잡아 맥박을 계산하면서 한밤을 새우라는 의사의 명령이었다. 맥박은 '130'을 드나들면서 곤두박질을 친다. 순영은 자기도 밤을 새우겠다는 것을 나는 굳이 보냈다.

가서 자구 아침에 일찍 와요. 그래야 아침에 내가 좀 자지 둘이 다 지쳐버리면 큰일 아냐?

동이 훤히 터왔다. 복도로 유령 같은 입원 환자의 발자취 소리가 잦아간다. 수도는 쏴─기침은 쿨룩쿨룩─어린애는 으아─

거기는 완연 석탄산수 냄새 나는 활지옥에 틀림없었다. 맥박은 '100'을 조끔 넘나 보다.

병원 문이 열리면서 순영은 왔다. 조그만 보따리 속에는 송 군을 위한 깨끗한 내의 한 벌이 들어 있었다. 나는 소태같이 써 들어오는 입을 수도에 가서 양치질했다.

　내가 밥을 먹고 와도 송 군은 역시 깨지 않은 채다. 오전 중에 송 군 회사에 전화를 걸고 입원 수속도 끝내고 내가 있는 공장에도 전화를 걸고 하느라고 나는 병실에 없었다. 오후 두시쯤 해서야 겨우 병실로 돌아와 보니 두 사람은 손을 맞붙들고 낮은 목소리로 이야기를 하고 있다. 나는 당장에 눈에서 불이 번쩍 나면서,

　망신―아니 나는 대체 지금 무슨 '역할'을 하고 있는 것이냐. 순간 나 자신이 한없이 미워졌다. 얼마든지 나 자신에 매질하고 싶었고 침 뱉으며 조소하여 주고 싶었다.

　나는 커다란 목소리로,

　자네는 미친놈인가? 그럼 천친가? 그럼 극악무도한 사기한인가? 부처님 허리 토막인가?

　이렇게 부르짖는 외에 나는 내 맵시를 수습하는 도리가 없지 않은가. 울음이 곧 터질 것 같았다. 지난밤에 풀린 아랫도리가 덜덜 떨려 들어왔다.

　태산이 무너지는 줄만 알구 나는 십년감수를 허다시피 했네―그래 이 병실 어느 구석에 쥐 한 마리나 있단 말인가 없단 말인가?

　순영은 창백한 얼굴을 푹 숙이고 있다. 송 군은 우는 것도 같은 얼굴로 나를 쳐다보면서,

　미안허이―

　나는 이 이상 더 이 방 안에 머무를 의무도 필요도 없어진 것을 느꼈다. 병실 뒤 종친부로 통하는 곳에 무성한 화단이 있다. 슬리퍼를 이끈 채 나는 그 화단 있는 곳으로 나갔다. 이름 모를 가지가지 서양 화초가 6월 볕 아래 피어 어우러졌다. 하나같이 향기 없

는 색채만의 꽃들―그러나 그 남국적인 정열이 애타게 목말라서 벌들과 몇 사람의 환자가 화단 속을 초조히 거니는 것이었다.

어째서 나는 하는 족족 이따위 못난 짓밖에 못 하나―그렇지만 이 허리가 부러질 희극도 인제 아마 어떻게 종막이 돼왔나 보다.

잔디 위에 앉아서 볕을 쪼였다. 피로가 일시에 쏟아지는 것 같다. 눈이 스르르 저절로 감기면서 사지가 노곤해 들어온다. 다리를 쭉 뻗고,

이번에야말로 동경으로 가버리리라―

잔디 위에는 곳곳이 가제와 붕대 끄트러기가 널려 있었다. 순간 먹은 것을 당장에라도 게우지 않고는 견디기 어려울 것 같은 극도의 오예汚穢감이 오관을 스쳤다. 동시에 그 불붙는 듯한 열대성 식물들의 풍염한 화변조차가 무서운 독을 품은 요화로 변해 보였다. 건드리기만 하면 그 자리에서 손가락이 썩어 문드러져서 뭉청뭉청 떨어져 나갈 것만 같았다.

마누라 얼굴이 왼쪽으루 삐뚤어져 보이거든 슬쩍 바른쪽으루 한번 비켜서 보게나―

흥―

자네 마누라가 회령서 났다능 건 거 정말이든가―

요샌 또 블라디보스토크에서 났다구 그리데―내 무슨 수작인지 모르지―그래 난 동경서 났다구 그랬지―좀 더 멀찌감치 해둘걸 그랬나 봐―

블라디보스토크하고 동경이면 남북이 일만 리로구나 굉장한 거리다―

자꾸 삐뚤어졌다구 그랬드니 요샌 곧 화를 내데―

아까 바른쪽으루 비켜스란 소리는 괜헌 소리구 비켜스기 전에
자네 시각을 정정―그 때문에 다른 물건이 죄다 바른쪽으루 삐
뚤어져 보이드래두 사랑하는 아내 얼굴이 똑바루만 보인다면 시
각의 직능은 그만 아닌가―그러면 자연 그 블라디보스토크 동경
사이 남북 만 리 거리도 베제처럼 바싹 맞다가서구 말 테니.

― 〈청색지〉, 1938. 6.

실화 失花

1

사람이
비밀이 없다는 것은 재산 없는 것처럼 가난하고 허전한 일이다.

2

꿈―꿈이면 좋겠다. 그러나 나는 자는 것이 아니다. 누운 것
도 아니다.

앉아서 나는 듣는다.(12월 23일)

"언더 더 워치―시계 아래서 말이에요―파이브 타운스―다섯

개의 동리란 말이지오―이 청년은 요 세상에서 담배를 제일 좋아합니다―기다랗게 꾸부러진 파잎[1]에다가 향기가 아주 높은 담배를 피워 빽―빽― 연기를 풍기고 앉았는 것이 무엇보다도 낙이었답니다."

(내야말로 동경 와서 쓸데없이 담배만 늘었지. 울화가 푹―치밀 때 저―폐까지 쭉―연기나 들이켜지 않고 이 발광할 것 같은 심정을 억제하는 도리가 없다)

"연애를 했어요! 고상한 취미―우아한 성격―이런 것이 좋았다는 여자의 유서예요―죽기는 왜 죽어―선생님―저 같으면 죽지 않겠습니다―죽도록 사랑할 수 있나요―있다지오―그렇지만 저는 모르겠어요."

(나는 일찍이 어리석었더니라. 모르고 연이와 죽기를 약속했더니라. 죽도록 사랑했건만 면회가 끝난 뒤 대략 이십분이나 삼십분만 지나면 연이는 내가 '설마' 하고만 여기던 S의 품 안에 있었다)

"그렇지만 선생님―그 남자의 성격이 참 좋아요―담배도 좋고 목소리도 좋고―이 소설을 읽으면 그 남자의 음성이 꼭―웅얼웅얼 들려오는 것 같아요. 이 남자가 같이 죽자면 그때 당해서는 또 모르겠지만 지금 생각 같아서는 저도 죽을 수 있을 것 같아요. 선생님 사람이 정말 죽을 수 있도록 사랑할 수 있나요. 있다면 저도 그런 연애 한번 해보고 싶어요."

(그러나 철부지 C 양이여. 연이는 약속한 지 두 주일 되는 날

1 파이프.

죽지 말고 우리 살자고 그럽디다. 속았다. 속기 시작한 것은 그때부터다. 나는 어리석게도 살 수 있을 것을 믿었지. 그뿐인가 연이는 나를 사랑하느니라고까지)

"공과功課는 여기까지밖에 안 했어요―청년이 마즈막에는―멀리 여행을 간다나 봐요. 모든 것을 잊어버리려고."

(여기는 동경이다. 나는 어쩔 작정으로 여기 왔나? 적빈이 여세如洗―콕토가 그랬느니라―재조 없는 예술가야 부질없이 네 빈곤을 내세우지 말라고. 아―내게 빈곤을 팔아먹는 재조 외에 무슨 기능이 남아 있누. 여기는 간다쿠 진보초[神田區 神保町],[2] 내가 어려서 제전帝展 이과二科에 하가끼[3] 주문하던 바로 게가 예다. 나는 여기서 지금 않는다)

"선생님! 이 여자를 좋아하십니까―좋아하시지오―좋아요―아름다운 주검이라고 생각해요―그렇게까지 사랑을 받은―남자는 행복되지오―네―선생님―선생님 선생님."

(선생님 이상李箱 턱에 입언저리에 아―수염 숱하게도 났다. 좋게도 자랐다)

"선생님―뭘―그렇게 생각하십니까―네―담배가 다 탔는데―아이―파잎에 불이 붙으면 어떻게 합니까―눈을 좀―뜨세요 이애기는―끝났습니다. 네―무슨 생각 그렇게 하셨나요."

(아―참 고운 목소리도 다 있지. 십 리나 먼― 밖에서 들려오는―값비싼 시계 소리처럼 부드럽고 정확하게 윤택이 있고―피아니시모―꿈인가. 한 시간 동안이나 나는 스토리보다는 목소리

---

2 일본 도쿄의 행정구역 이름.
3 일본어로 '엽서'를 뜻함.

를 들었다. 한 시간―한 시간같이 길었지만 십분―나는 졸았나?
아니 나는 스토리를 다 외운다. 나는 자지 않았다. 그 흐르는 듯한
연연한 목소리가 내 감관感官을 얼싸안고 목소리가 잤다)

꿈―꿈이면 좋겠다. 그러나 나는 잔 것도 아니요 또 누웠든
것도 아니다.

3

파이프에 불이 붙으면?

끄면 그만이지. 그러나 S는 껄껄―아니 빙그레 웃으면서 나를
타이른다.

"상! 연이와 헤어지게. 헤어지는 게 좋을 것 같으니. 상이 연이와
부부(?)라는 것이 내 눈에는 똑 부러 그러는 것 같아서 못 보겠네."

"거 어째서 그렇다는 건가."

이 S는, 아니 연이는 일찍이 S의 것이었다. 오늘 나는 S와 더불
어 담배를 피우면서 마주 앉아 담소할 수 있다. 그러면 S와 나 두
사람은 친우였던가.

"상! 자네 〈EPIGRAM〉이라는 글 내 읽었지. 한 번―허허―한
번. 상! 상의 서푼짜리 우월감이 내게는 우쉬 죽겠다는 걸세. 한
번? 한 번―허허―한 번."

"그러면(나는 실신할 만치 놀란다) 한 번 이상―몇 번. S! 몇
번인가."

"그저 한 번 이상이라고만 알아두게나그려."

꿈—꿈이면 좋겠다. 그러나 10월 23일부터 10월 24일까지 나는 자지 않았다. 꿈은 없다.

(천사는—어디를 가도 천사는 없다. 천사들은 다 결혼해버렸기 때문이다)

23일 밤 열시부터 나는 가지가지 재조를 다 피워가면서 연이를 고문했다.

24일 동이 훤하게 터올 때쯤에야 연이는 겨우 입을 열었다. 아— 장구한 시간!

"첫 번—말해라."

"인천 어느 여관."

"그건 안다. 둘째 번—말해라."

"……."

"말해라."

"N 빌딩 S의 사무실."

"셋째 번—말해라."

"……."

"말해라."

"동소문 밖 음벽정."

"넷째 번—말해라."

"……."

"말해라."

"……."

"말해라."

머리맡 책상 서랍 속에는 서슬이 퍼런 내 면도칼이 있다. 경동

맥을 따면―요물은 선혈이 댓줄기 뻗치듯 하면서 급사하리라. 그
러나―

나는 일찌감치 면도를 하고 손톱을 깎고 옷을 갈아입고 그리고
예년 10월 24일경에는 사체가 며칠 만이면 썩기 시작하는지 곰곰
생각하면서 모자를 쓰고 인사하듯 다시 벗어 들고 그리고 방―
연이와 반년 침식을 같이하던 냄새나는 방을 휘― 둘러 살피자니
까 하나 사다 놓네 놓네 하고 기어 뜻을 이루지 못한 금붕어도―
이 방에는 가을이 이렇게 짙었건만 국화 한 송이 장식이 없다.

4

그러나 C 양의 방에는 지금―고향에서는 스케이트를 지친다
는데―국화 두 송이가 참 싱싱하다.

이 방에는 C 군과 C 양이 산다. 나는 C 양더러 '부인'이라고
그랬더니 C 양은 성을 냈다. 그러나 C 군에게 물어보면 C 양은
'아내'란다. 나는 이 두 사람 중의 누구라고 정하지 않고 내 동경
생활이 하도 적막해서 지금 이 방에 놀러 왔다.

언더 더 워치―시계 아래서의 렉처[4]는 끝났는데 C 군은 조선
곰방대를 피우고 나는 눈을 뜨지 않는다. C 양의 목소리는 꿈같
다. 인토네이션[5]이 없다. 흐르는 것같이 끊임없으면서 아주 조용
하다.

4 lecture. 강의.
5 intonation. 억양.

나는 그만 가야겠다.

"선생님(이것은 실로 이상 옹을 지적하는 참담한 인칭대명사다) 왜 그리세요—이 방이 기분이 나쁘세요?(기분? 기분이란 말은 필시 조선말은 아니리라) 더 놀다 가세요—아직 주무실 시간도 멀었는데 가서 뭐하세요? 네? 얘기나 하세요."

나는 잠시 그 계간유수溪間流水 같은 목소리의 주인 C 양의 얼굴을 들여다본다. C 군이 범과 같이 건강하니까 C 양은 혈색이 없이 입술조차 파르스레하다. 이 오사게[6]라는 머리를 한 소녀는 내일 학교에 간다. 가서 언더 더 워치의 계속을 배운다.

사람이—

비밀이 없다는 것은 재산 없는 것처럼 가난하고 허전한 일이다.

강사는 C 양의 입술이 C 양이 좀 횟배를 앓는다는 이유 외에 또 무슨 이유로 조렇게 파르스레한가를 아마 모르리라.

강사는 맹랑한 질문 때문에 잠깐 얼굴을 붉혔다가 다시 제 지위의 현격히 높은 것을 느끼고 그리고 외쳤다.

"쪼꾸만 것들이 무얼 안다고—"

그러나 연이는 히힝 하고 코웃음을 쳤다. 모르기는 왜 몰라—연이는 지금 방년이 스물, 열여섯 살 때 즉 연이가 여고 때 수신과 체조를 배우는 여가에 간단한 속옷을 찢었다. 그리고 나서 수신과 체조는 여가에 가끔 하였다.

여섯—일곱—여덟—아홉—열—

다섯 해—개 꼬리도 삼 년만 묻어두면 황모黃毛가 된다든가 안

---

6 일본어로 '둘로 갈라서 땋아 늘어뜨린 머리'를 뜻함.

된다든가 원—

수신 시간에는 학감 선생님, 할팽 시간에는 올드미스 선생님, 국문 시간에는 곰보딱지 선생님—

"선생님 선생님—이 귀염성스럽게 생긴 연이가 엊저녁에 무엇을 했는지 알아내면 용하지."

흑판 위에는 '절조숙녀(節操淑女)'라는 액額의 흑색이 임리하다.

"선생님 선생님—제 입설이 왜 요렇게 파르스레한지 알아맞히신다면 참 용하지."

연이는 음벽정에 가던 날도 R 영문과에 재학 중이다. 전날 밤에는 나와 만나서 사랑과 장래를 맹세하고 그 이튿날 낮에는 기싱[7]과 호손[8]을 배우고 밤에는 S와 같이 음벽정에 가서 옷을 벗었고 그 이튿날은 월요일이기 때문에 나와 같이 같은 동소문 밖으로 놀러 가서 베제했다. S도 K 교수도 나도 연이가 엊저녁에 무엇을 했는지 모른다. S도 K 교수도 나도 바보요 연이만이 홀로 눈 가리고 야옹하는 데 희대의 천재다.

연이는 N 빌딩에서 나오기 전에 WC라는 데를 잠깐 들르지 않으면 안 되었다. 나오면 남대문통 십오 칸 대로 GO STOP의 인파.

"여보시오 여보시오, 이 연이가 조 이층 바른편에서부터 둘째 S 씨의 사무실 안에서 지금 무엇을 하고 나왔는지 알아맞히면 용하지."

그때에도 연이의 살결에서는 능금과 같은 신선한 생광이 나는 법이다. 그러나 불쌍한 이상 선생님에게는 이 복잡한 교통을 향

---

7 영국의 작가(1857~1903).
8 미국의 소설가(1804~64).

하여 빈정거릴 아무런 비밀의 재료도 없으니 내가 재산 없는 것
보다도 더 가난하고 싱겁다.

"C 양! 내일도 학교에 가서야 할 테니까 일즉 주무셔야지요."

나는 부득부득 가야겠다고 우긴다. C 양은 그럼 이 꽃 한 송이
가져다가 방에다 꽂아놓으란다.

"선생님 방은 아주 살풍경이라지오?"

내 방에는 화병도 없다. 그러나 나는 두 송이 가운데 흰 것을
달래서 왼편 깃에다 꽂았다. 꽂고 나는 밖으로 나왔다.

5

국화 한 송이도 없는 방 안을 휘―한번 둘러보았다. 잘―하면
나는 이 추악한 방을 다시 보지 않아도 좋을 수―도 있을까 싶었
기 때문에 내 눈에는 눈물도 고일밖에―

나는 썼다 벗은 모자를 다시 쓰고 나니까 그만하면 내 연이에
게 대한 인사도 별로 유루 없이 다 된 것 같았다.

연이는 내 뒤를 서너 발자국 따라왔던가 싶다. 그러나 나는 예
년 10월 24일경에는 사체가 며칠 만이면 상하기 시작하는지 그
것이 더 급했다.

"상! 어디 가세요?"

나는 얼떨결에 되는대로,

"동경."

물론 이것은 허담이다. 그러나 연이는 나를 만류하지 않는다.

나는 밖으로 나갔다.

나왔으니, 자─어디로 어떻게 가서 무엇을 해야 되누.

해가 서산에 지기 전에 나는 이삼일 내로는 반드시 썩기 시작해야 할 한개 '사체'가 되어야만 하겠는데, 도리는?

도리는 막연하다. 나는 십 년 긴─세월을 두고 세수할 때마다 자살을 생각하여 왔다. 그러나 나는 결심하는 방법도 결행하는 방법도 아무것도 모르는 채다.

나는 온갖 유행약을 암송하여 보았다.

그리고 나서는 인도교, 변전소, 화신상회 옥상, 경원선 이런 것들도 생각해 보았다.

나는 그렇다고─정말 이 온갖 명사의 나열은 가소롭다─아직 웃을 수는 없다.

웃을 수는 없다. 해가 저물었다. 급하다. 나는 어딘지도 모를 교외에 있다. 나는 어쨌든 시내로 들어가야만 할 것 같았다. 시내─사람들은 여전히 그 알아볼 수 없는 낯짝들을 쳐들고 와글와글 야단이다. 가등이 안개 속에서 축축해한다. 영경 윤돈[9]이 이렇다지─

6

NAUKA사[10]가 있는 진보초 스즈란도[神保町鈴蘭洞]에는 고본古本 야시가 선다. 섣달 대목─이 스즈란도도 곱게 장식되었다. 이슬비

---

9 영국의 수도 런던.
10 일본 도쿄의 간다 진보초에 있던 러시아 전문 서점.

에 젖은 아스팔트를 이리 디디고 저리 디디고 저녁 안 먹은 내 발길은 자못 창량踉蹌[11]하였다. 그러나 나는 최후의 이십 전을 던져 타임스 판《상용 영어 사천 자》라는 서적을 샀다. 사천 자―

사천 자면 참 많은 수효다. 이 해양만 한 외국어를 겨드랑에 낀 나는 섣불리 배고파할 수도 없다. 아―나는 배부르다.

진따[12]―(옛날 활동사진 상설관에서 사용하던 취주악대) 진동야[13]의 진따가 슬프다.

진따는 전원 네 사람으로 조직되었다. 대목의 한몫을 보려는 소백화점의 번영을 위하여 이 네 사람은 클라리넷과 코넷과 북과 소고를 가지고 선조 유신 당초에 부르던 유행가를 연주한다. 그것은 슬프다 못해 기가 막히는 가각街角 풍경이다. 왜? 이 네 사람은 네 사람이 다 묘령의 여성들이더니라. 그들은 똑같이 진홍색 군복과 군모와 '꼭구마'[14]를 장식하였더니라.

아스팔트는 젖었다. 영란동[15] 좌우에 매달린 그 영란鈴蘭 꽃 모양 가등도 젖었다. 클라리넷 소리도―눈물에―젖었다. 그리고 내 머리에는 안개가 자옥―히 끼었다.

영경 윤돈이 이렇다지?

"이상!은 무슨 생각을 그렇게 하십니까?"

남자의 목소리가 내 어깨를 쳤다. 법정대학 Y 군, 인생보다는 연극이 재미있다는 이다. 왜? 인생은 귀찮고 연극은 실없으니까.

11 비틀거리는 모양.
12 영화관·서커스 등을 선전하기 위해 통속 음악을 연주하는 취주 악대 또는 그 음악.
13 19세기 후반 일본에 생겨난 상업 선전 가무단의 하나.
14 창기나 모자 꼭대기에 늘어뜨린 깃털 같은 것.
15 스즈란도[鈴蘭洞]를 뜻함.

"집에 갔드니 안 계시길래!"

"죄송합니다."

"엠프레스[16]에 가십시다."

"좋―지오."

⟨ADVENTURE IN MANHATTAN⟩[17]에서 진 아서[18]가 커피 한잔 맛있게 먹더라. 크림을 타 먹으면 소설가 구보 씨[19]가 그랬다―쥐 오줌 내가 난다고. 그러나 나는 조엘 마크리[20]만큼은 맛있게 먹을 수 있었으니―

MOZART의 41번은 ⟨목성⟩이다. 나는 몰래 모차르트의 환술을 투시하려고 애를 쓰지만 공복으로 하여 적이 어지럽다.

"신주쿠[新宿] 가십시다."

"신주쿠라?"

"NOVA에 가십시다."

"가십시다 가십시다."

마담은 루파시카. 노바는 에스페란토. 헌팅을 얹은 놈의 심장을 아까부터 벌레가 연해 파먹어 들어간다. 그러면 시인 지용이여! 이상은 물론 자작의 아들도 아무것도 아니겠습니다그려!

12월의 맥주는 선뜩선뜩하다. 밤이나 낮이나 감방은 어둡다는 이것은 고리키의 ⟨나그네⟩[21] 구슬픈 노래, 이 노래를 나는 모른다.

---

16 커피숍 이름.
17 1936년에 제작된 미국의 흑백영화.
18 영화 ⟨Adventure in manhattan⟩의 여자 주인공.
19 소설가 박태원(1909~86).
20 영화 ⟨Adventure in manhattan⟩의 남자 주인공.
21 고리키의 대표적인 희곡 ⟨밤 주막⟩을 말함.

7

밤이나 낮이나 그의 마음은 한없이 어두우리라. 그러나 유정[22] 아! 너무 슬퍼 마라. 너에게는 따로 할 일이 있느니라.

이런 지비紙碑가 붙어 있는 책상 앞이 유정에게 있어서는 생사의 기로다. 이 칼날같이 선 한 지점에 그는 앉지도 서지도 못하면서 오직 내가 오기를 기다렸다고 울고 있다.

"각혈이 여전하십니까?"

"네―그저 그날이 그날 같습니다."

"치질이 여전하십니까?"

"네―그저 그날이 그날 같습니다."

안개 속을 헤매던 내가 불현듯이 나를 위하여는 마코[23] 두 갑, 그를 위하여는 배 십 전어치를, 사가지고 여기 유정을 찾은 것이다. 그러나 그의 유령 같은 풍모를 도회蹈晦하기 위하여 장식된 무성한 화병에서까지 석탄산 내음새가 나는 것을 지각하였을 때는 나는 내가 무엇하러 여기 왔나를 추억해 볼 기력조차도 없어진 뒤였다.

"신념을 빼앗긴 것은 건강이 없어진 것처럼 주검의 꼬임을 받기 마치 쉬운 경우드군요."

"이상 형! 형은 오늘이야 그것을 빼앗기셨습니까! 인제―겨우―오늘이야―겨우―인제."

유정! 유정만 싫다지 않으면 나는 오늘 밤으로 치러버리고 말작정이었다. 한개 요물에게 부상해서 죽는 것이 아니라 27세를

22 소설가 김유정(1908~37).
23 일제 강점기 때 담배의 한 종류.

376

일기로 하는 불우의 천재가 되기 위하여 죽는 것이다.

유정과 이상—이 신성불가침의 찬란한 정사—이 너무나 엄청난 거짓을 어떻게 다 주체를 할 작정인지.

"그렇지만 나는 임종할 때 유언까지도 거짓말을 해줄 결심입니다."

"이것 좀 보십시오."

하고 풀어 헤치는 유정의 젖가슴은 초롱草籠보다도 앙상하다. 그 앙상한 가슴이 부풀었다 구겼다 하면서 단말마의 호흡이 서글프다.

"명일의 희망이 이글이글 끓습니다."

유정은 운다. 울 수 있는 외의 그는 온갖 표정을 다 망각하여 버렸기 때문이다.

"유 형! 저는 내일 아침 차로 동경 가겠습니다."

"……."

"또 뵈옵기 어려울걸요."

"……."

그를 찾은 것을 몇 번이고 후회하면서 나는 유정을 하직하였다. 거리는 늦었다. 방에서는 연이가 나 대신 내 밥상을 지키고 앉아서 아직도 수없이 지니고 있는 비밀을 만지작만지작하고 있었다. 내 손은 연이 뺨을 때리지는 않고 내일 아침을 위하여 짐을 꾸렸다.

"연이! 연이는 야옹의 천재요. 나는 오늘 불우의 천재라는 것이 되려다가 그나마도 못 되고 도루 돌아왔소. 이렇게 이렇게! 응?"

8

나는 버티다 못해 조그만 종잇조각에다 이렇게 적어 그놈에게
주었다.

"자네도 야웅의 천잰가? 암만해도 천잰가 싶으이. 나는 졌네.
이렇게 내가 먼저 지껄였다는 것부터가 패배를 의미하지."

일고[24] 휘장이다. HANDSOME BOY─해협 오전 두시의 망토를
두르고[25] 내 곁에 가 버티고 앉아서 동치 않기를 한 시간(이상以上?).

나는 그동안 풍선처럼 잠자코 있었다. 온갖 재조를 다 피워서
이 미목수려한 천재로 하여금 먼저 입을 열도록 갈팡질팡했건만
급기해하에 나는 졌다. 지고 말았다.

"당신의 텁석부리는 말[馬]을 연상시키는구려. 그러면 말아! 다
락같은 말아![26] 귀하는 점잖기도 하다마는 또 귀하는 왜 그리 슬퍼
보이오? 네?"(이놈은 무례한 놈이다)

"슬퍼? 응─슬플밖에─20세기를 생활하는데 19세기의 도덕
성밖에는 없으니 나는 영원한 절름발이로다. 슬퍼야지─만일 슬
프지 않다면─나는 억지로라도 슬퍼해야지─슬픈 포즈라도 해
보여야지─왜 안 죽느냐고? 헤헹! 내게는 남에게 자살을 권유하
는 버릇밖에 없다. 나는 안 죽지. 이따가 죽을 것만 같이 그렇게 중
속俗을 속여주기만 하는 거야. 아─그러나 인제는 다 틀렸다. 봐
라. 내 팔. 피골이 상접. 아야 아야. 웃어야 할 터인데 근육이 없다.

24 제일고등학교를 가리킴.
25 정지용의 시 〈해협〉의 한 구절.
26 정지용의 시 〈말〉의 한 구절.

울려야 근육이 없다. 나는 형해다. 나―라는 정체는 누가 잉크 짓는 약으로 지워버렸다. 나는 오즉 내―흔적일 따름이다."

NOVA의 웨이트리스 나미꼬는 아부라에[27]라는 재주를 가진 노라의 따님 콘론타이[28]의 누이동생이시다. 미술가 나미꼬 씨와 극작가 Y 군은 사차원 세계의 테마를 불란서 말로 회화한다.

불란서 말의 리듬은 C 양의 언더 더 워치 강의처럼 애매하다. 나는 하도 답답해서 그만 울어버리기로 했다. 눈물이 좔좔 쏟아진다. 나미꼬가 나를 달랜다.

"너는 뭐냐? 나미꼬? 너는 엊저녁에 어떤 마찌아이[29]에서 방석을 비고 십오분 동안―아니 아니 어떤 빌딩에서 아까 너는 걸상에 포개 앉았었었느냐. 말해라―헤헤―음벽정? N 빌딩 바른편에서부터 둘째 S의 사무실?(아―이 주책없는 이상아 동경에는 그런 것은 없습네) 계집의 얼굴이란 다마네기[30]다. 암만 베껴보려므나. 마즈막에 아주 없어질지언정 정체는 안 내놓느니."

신주쿠의 오전 한시―나는 연애보다도 위선 담배를 한 대 피우고 싶었다.

9

12월 23일 아침 나는 진보초 누옥 속에서 공복으로 하여 발열

---

27 일본어로 '유화油畵'를 뜻함.
28 헨릭 입센의 희곡 〈인형의 집〉에 나오는 여자 주인공.
29 일본어로 '약속하고 기다림·사람이나 차례를 기다림 또는 그 기다리는 곳'을 뜻함.
30 일본어로 '양파'를 뜻함.

하였다. 발열로 하여 기침하면서 두 벌 편지는 받았다.

저를 진정으로 사랑하시거든 오늘로라도 돌아와 주십시오. 밤에도 자지 않고 저는 형을 기다리고 있습니다. 유정.

이 편지 받는 대로 곧 돌아오세요. 서울에서는 따뜻한 방과 당신의 사랑하는 연이가 기다리고 있습니다. 연娥 서書.

이날 저녁에 내 부질없는 향수를 꾸짖는 것처럼 C 양은 나에게 백국白菊 한 송이를 주었느니라. 그러나 오전 한시 신주쿠 역 폼에서 비칠거리는 이상의 옷깃에 백국은 간데없다. 어느 장화가 짓밟았을까? 그러나―검정 외투에 조화를 단, 댄서 한 사람. 나는 이국종 강아지[31]올시다. 그러면 당신께서는 또 무슨 방석과 걸상의 비밀을 그 농화장 그늘에 지니고 계시나이까?

사람이―비밀 하나도 없다는 것이 참 재산 없는 것보다도 더 가난하외다그려! 나를 좀 보시지요?

― 〈문장〉, 1939. 3.

---

31 정지용의 시 〈카페 프랑스〉중 한 구절.

단발 斷髮

그는 쓸데없이 자기가 애정의 거자遽者[1]인 것을 자랑하려 들었고 또 그러지 않고 그냥 있을 수가 없었다.

공연히 그는 서먹서먹하게 굴었다. 이렇게 함으로 자기의 불행에 고귀한 탈을 씌워놓고 늘 인생에 한눈을 팔자는 것이었다.

이런 그가 한 소녀와 천변을 걸어가다가 그만 잘못해서 그의 소녀에게 대한 애욕을 지껄여 버리고 말았다.

여기는 분명히 그의 음란한 충동 외에 다른 아무런 이유도 없다. 그러나 소녀는 그의 강렬한 체취와 악의의 태만에 역설적인 흥미를 느끼느라고 그냥 그저 흐리멍텅하게 그의 애정을 용납하였다는 자세를 취하여 두었다. 이것을 본 그는 곧 후회하였다. 그

---

1 역참 인부·심부름꾼.

래서 그는 이중의 역설을 구사하여 동물적인 애정의 말을 거침 없이 소녀 앞에 쏟고 쏟고 하였다. 그러면서도 그의 육체와 그 부속품은 이상스러울 만치 게을렀다.

소녀는 조금 왔다가 이 드문 애정의 형식에 그만 갈팡질팡하기 시작하였다. 그리고는 내심 이 남자를 어디까지든지 천하게 대접했다. 그랬더니 또 그는 옳지 하고 카멜레온처럼 태도를 바꾸어서 소녀에게 하루라도 얼른 애인이 생기기를 희망한다는 둥 하여가면서 스스럽게 구는 것이었다.

소녀의 눈은 이런 허위가 그대로 무사히 지나갈 수가 없었다. 투시한 소녀의 눈이 오만을 장치하기 시작하였다. 그러기 위한 세상의 '교심驕心한 여인'으로서의 구실을 찾아놓고 소녀는 빙그레 웃었다.

"세상 사람들이 모두 연 씨를 욕허니까 어디 제가 고쳐디리지요. 연 씨는 정말 악인인지두 모르니까요."

이런 소녀의 말버릇에 그는 가슴이 뜨끔했다. 그냥 코웃음으로 대접할 일이 못 된다. 왜? 사실 그는 무슨 그렇게 세상 사람들에게 욕을 먹고 있는 것도 아닐 뿐만 아니라 악인일 것도 없었다. 말하자면 애호하는 가면을 도적을 맞는 위에 그 가면을 뒤집어 이용당하면서 놀림감이 되고 말 것밖에 없다.

그러나 그라고 해서 소녀에게 자그마한 욕구가 없는 바는 아니었다. 아니 차라리 이것은 한 무적 '에고이스트'가 할 수 있는 최대 욕구이었는지도 모른다.

그는 결코 고독 가운데서 제법 하수下手² 할 수 있는 진짜 염세주의자는 아니었다. 그의 체취처럼 그의 몸뚱이에 붙어 다니는 염세주의라는 것은 어디까지든지 게으른 성격이요 게다가 남의 염세주의는 어느 때나 우습게 알려 드는 참 고약한 아리아욕我利我慾[3]의 염세주의였다.

　죽음은 식전의 담배 한 모금보다도 쉽다. 그렇건만 죽음은 결코 그의 창호를 뚜드릴 리가 없으리라고 미리 넘겨짚고 있는 그였다. 그러나 다만 하나 이 예외가 있는 것을 인정한다.

　A Double Suicide

　그것은 그러나 결코 애정의 방해를 받아서는 안 된다는 조건이 붙는다. 다만 아무것도 이해하지 말고 서로서로 스프링보드 노릇만 하는 것으로 충분히 이용할 것을 희망한다. 그들은 또 유서를 쓰겠지. 그것은 아마 힘써 화려한 애정과 염세의 문자로 가득 차도록 하는 것인가 보다.

　이렇게 세상을 속이고 일부러 자기를 속임으로 하여 본연의 자기를 얼른 보기에 고귀하게 꾸미자는 것이다. 그러나 가뜩이나 애정이라는 것에 서먹서먹하게 굴며 생활하여 오고 또 오는 그에게 고런 마침 기회가 올까 싶지도 않다.

　당연히 오지 않을 것인데도 뜻밖에 그가 소녀에게 가지는 감정 가운데 좀 세속적인 애정에 가까운 요소가 섞인 것을 알아차리자 그 때문에 몹시 자존심이 상하지나 않았나 하고 위구하고 또 쩔쩔매었다. 이것이 엔간치 않은 힘으로 그의 정신생활을 섣불리 건드리기 전에 다른 가장 유효한 결과를 예기하는 처벌을 감행치 않으면 안 될 것을 생각하고 좀 무리인 줄은 알면서 노름

2　손을 대어 사람을 죽임. 여기서는 '자살'을 뜻함.
3　자기 자신의 이익과 욕심.

하는 세음 치고 소녀에게 Double Suicide를 프러포즈하여 본 것이었다.

되어도 그만 안 되어도 그만 편리한 도박이다. 되면 식전에 담배 한 모금이요, 안 되면 소녀를 회피하는 구실을 내외에 선고할 수 있지 않으냐는 것이다.

거기는 좀 너무 어둔 그런 속에서 그것은 조인된 일이라 소녀가 어떤 표정을 하나 자세히 볼 수는 없으나 그의 이런 도박적 심리는 그의 앞에서 늘 태연한 이 소녀를 어디 한번 마음껏 놀려먹을 수 있었대서 속으로 시원해하였다. 그런데 나온 패는 역시 '노'였다. 그는 후— 한번 한숨을 쉬어보고 말은 없이 몸짓으로만,

"혼자 죽을 수 있는 수양을 허지."

이렇게 한번 배를 퉁겨보았다. 그러나 이것 역시 빨간 거짓인 것은 물론이다.

황량한 방풍림 가운데 저녁노을을 멀거니 바라다보고 섰는 소녀의 모양이 퍽 아팠다.

늦은 가을이라기보다 첫겨울 저물게 강을 건너서 부첩符牒[4]과 같은 검은빛 새들이 떼를 지어 날았다. 그러나 발아래 낙엽 속에서 거의 생물이랄 만한 생물을 찾아볼 수조차 없는 참 적멸의 인외경人外境[5]이었다.

"싫습니다. 불행을 짊어지고 살아가는 것이 제게는 더없는 매력입니다. 그렇게 내어버리구 싶은 생명이거든 제게 좀 빌려주시지요."

4 부적.
5 사람이 살지 않는 바깥세상.

연애보다도 한 구 위티시즘을 더 좋아하는 그였다. 그런 그가 이때만은 풍경에 자칫하면 패배할 것 같기만 해서 갈팡질팡 그 자리를 피해보았다.

소녀는 그때부터 그를 경멸하였다느니보다는 차라리 염오하는 편이었다. 그의 틈바구니투성이의 점잖으려는 재능을 걸핏하면 향하여 소녀의 침착한 재능의 창끝이 걸핏하면 침략하여 왔다.

5월이 되어서 한 돌발 사건이 이들에게 있었다. 소녀의 단 하나의 동지 소녀의 오빠가 소녀로부터 이반하였다는 것이다. 오빠에게 소녀보다 세속적으로 훨씬 아름다운 애인이 생긴 것이다. 이 새 소녀는 그 오빠를 위하여 애정에 빛나는 눈동자를 가졌다. 이 소녀는 소녀의 가까운 동무였다.

오빠에게 하루라도 빨리 애인이 생겼으면 하고 바랐고 그래서 동무가 오빠를 사랑하였다고 오빠가 동생과의 굳은 약속을 저버려야 되나?

소녀는 비로소 '세월'이라는 것을 느꼈다. 소녀의 방심을 어느 결에 통과해 버린 '세월'의 소녀로서는 차라리 자신에게 고소하였다.

고독―그런 어느 날 밤 소녀는 고독 가운데서 그만 별안간 혼자 울었다. 깜짝 놀라 얼른 울음을 그쳤으나 이것을 소녀는 자기의 어휘로 설명할 수 없었다.

이튿날 소녀는 그가 하자는 대로 교외 조용한 방에 그와 대좌하여 보았다. 그는 또 그의 그 위티시즘과 아이러니를 아무렇게

나 휘두르며 산비할 연막을 펴는 것이었다. 또 가장 이 소녀가 싫어하는 몸맵시로 넙적 드러누워서 그냥 장정 없이 지껄여대는 것이다. 이런 그 앞에서 소녀도 인제는 어지간히 피곤하였던지 이런 소용없는 감정의 시합은 여기쯤서 그만두어야겠다고 절실히 생각하는 모양 같았다. 그러나 이런 경우에 소녀는 그에게보다도 자기 자신에게 이기고 싶었다.

"인제 또 만나 뵙기 어려워요. 저는 내일 E하구 같이 동경으루 가요."

이렇게 아주 순량하게 도전하여 보았다. 그때 그는 아마 이 도전의 상대가 분명히 그 자신인 줄만 잘못 알고 얼른 모가지 털을 불끈 일으키고 맞선다.

"그래? 그건 섭섭허군. 그럼 내 오늘 밤에 기념 스탬프를 하나 찍기루 허지."

소녀는 가벼이 흥분하였고 고개를 아래위로 흔들어 보이기만 하였다. 얼굴이 소녀가 상기한 탓도 있었겠지만 암만 보아도 이 것은 가장 동물적인 동물 이외의 아무것도 아니었다.

마지막 승부를 가릴 때가 되었나 보다. 소녀는 도리어 초조하면서 기다렸다. 즉 도박적인 '성미'로!

(도박은 타기와 모멸! 뿐이려나 보다)

(그가 과연 그의 훈련된 동물성을 가지고 소녀 위에 스탬프를 찍거든 소녀는 그가 보는 데의 그 스탬프와 얼굴 위에 침을 뱉는다.

그가 초조하면서도 결백한 체하고 말거든 소녀는 그의 비겁한

정도와 추악한 가면을 알알이 폭로한 후에 소인少人으로 천대해
준다)

그러나 아마 그가 좀 더 윗길 가는 배우였던지 혹 가련한 불감
증이었던지 오전 한시가 훨씬 지난 산길을 달빛을 받으며 그들
은 내려왔다. 내려오면서—

어느 날 그는 이 길을 이렇게 내려오면서 소녀의 삼 전 우표처
럼 얄팍한 입술에 그의 입술을 건드려본 일이 있었건만 생각하
여 보면 그것은 그저 입술이 서로 다았었다 뿐이지—아니 역시
서로 음모를 내포한 암중모색이었다. 두 사람은 서로 그리 부드
럽지도 않은 피부를 느끼고 공기와 입술과의 따끈한 맛은 이렇
게 다르구나를 시험한 데 지나지 않았다.

이 밤 소녀는 그의 거친 행동이 몹시 기다려졌다. 이것은 거의
역설적이었다. 안 만나기는 누가 안 만나—하고 조심조심 걷는 사
이에 그만 산길은 시가에 끝나고 시가도 그의 이런 행동에 과히 적
당치 않다.

소녀는 골목 밖으로 지나가는 자동차의 헤드라이트를 보고 경
칠 나 쪽에서 서둘러볼까까지 생각하여도 보았으나 그는 그렇게
초조한 듯한데 그때만은 웬일인지 바늘귀만 한 틈을 소녀에게
엿보이지 않는다. 그느라고 그랬는지 걸으면서 그는 참 잔소리
를 퍽 하였다.

"가령 자기가 제일 싫어하는 음식물을 상 찌푸리지 않고 먹어
보는 거 그래서 거기두 있는 '맛'인 '맛'을 찾어내구야 마는 거,
이게 말하자면 파라독스지. 요컨댄 우리들은 숙명적으로 사상,
즉 중심이 있는 사상 생활을 할 수가 없도록 돼먹었거든. 지성—

흥 지성의 힘으로 세상을 조롱할 수야 얼마든지 있지, 있지만 그게 그 사람의 생활을 리드할 수 있는 근본에 있을 힘이 되지 않는 걸 어떡허나? 그러니까 선仙이나 내나 큰소리는 말아야 해. 일체 맹세하지 말자—허는 게 즉 우리가 해야 할 맹세지."

소녀는 그만 속이 발끈 뒤집혔다. 이 씨름은 결코 여기서 그만둘 것이 아니라고 내심 분연하였다. 이따위 연막에 대항하기 위하여는 새롭고 효과적인 엔간치 않은 무기를 장만하지 않을 수 없다 생각해 두었다.

또 그 이튿날 밤은 질척질척 비가 내렸다. 그 빗속을 그는 소녀의 오빠와 걷고 있었다.

"연! 인젠 내 힘으로는 손을 대일 수가 없게 되구 말았으니까 자넨 뒷갈망이나 좀 잘해주게. 선이가 대단히 흥분한 모양인데—"

"그건 왜 또."

"그건 왜 딴천을 허는 거야."

"딴천을 허다니 내가 어떻게 딴천을 했단 말인가?"

"정말 모르나?"

"뭐를?"

"내가 E허구 거치 동경 간다는 걸—"

"그걸 자네 입에서 듣기 전에 내가 어떻게 안단 말인가?"

"선이는 그러니까 갈 수가 없게 된 거지. 선이허구 E허구 헌 약속이 나 때문에 깨어졌으니까."

"그래서."

"게서버텀은 자네 책임이지."

"홍."

"내가 동생버덤 애인을 더 사랑했다구 그렇게 선이가 생각헐 까 봐서 걱정이야."

"허는 수 없지."

선이—오빠에게서 모든 이야기를 듣고 나는 참 깜짝 놀랐소. 오빠도 그럽디다—운명에 억지로 거역하려 들어서는 못쓴다고. 나도 그렇게 생각하오.

나는 오랫동안 '세월'이라는 관념을 망각해 왔소. 이번에 참 한참 만에 느끼는 '세월'이 퍽 슬펐소. 모든 일이 '세월'의 마음으로부터의 접대에 늘 우리들은 다 조신하게 제 부서에 나아가야 하지 않나 생각하오. 흥분하지 말아요.

아무쪼록 이제부터는 내게 팔목하면서 나를 믿어주기 바라오. 그 맨 처음 선물로 우리 같이 동경 가기를 내가 프러포즈할까? 아니 약속하지. 선이 안 기뻐하여 준다면 나는 나 혼자 힘으로 이것을 실현해 보이리다.

그럼 선이의 승낙서를 기다리기로 하오.

그는 좀 겸연쩍은 것을 참고 어쨌든 이 편지를 포스트에 넣었다. 저로서도 이런 협기가 우스꽝스러웠다. 이 소녀를 건사한다?—당분간만 내게 의지하도록 해?—이렇게 수작을 해가지고 소녀가 듣나 안 듣나 보자는 것이었다. 더 그에게 발악을 하려 들지 않을 만하거든 그는 소녀를 한 마리 카나리아를 놓아주듯이 그의 위티시즘의 지옥에서 석방—아니 제풀에 나가나? 어쨌든 소녀는 길게 그의 길에 같이 있을 것은 아니니까다. 답장이 왔다.

처음부터 이렇게 되었어야 하지 않았나요? 저는 지금 조금도 흥분하거나 하지는 않았습니다. 이런 제가 연께 감사하다고 말씀 드린다면 연께서는 역정을 내시나요? 그럼 감사한다는 기분만은 제 기분에서 삭제하기로 하지요.

연을 마음에 드는 좋은 교수로 하고 저는 연의 유쾌한 강의를 듣기로 하렵니다. 이 교실에서는 한 표독한 교수가 사나운 목소리로 무엇인가를 강의하고 있다는 것을 안 지는 오래지만 그 문간에서 머뭇머뭇하면서 때때로 창틈으로 새어 나오는 교수의 위티시즘을 귓결에 들었다 뿐이지, 차마 쑥 들어가지 못하고 오늘까지 왔습니다. 그렇지만 지금은 벌써 들어와 앉았습니다. 자— 무서운 강의를 어서 시작해 주시지요. 강의의 제목은 '애정의 문제'인가요. 그렇지 않으면 '지성의 극치를 흘낏 들여다보는 이야기'를 하여주시나요.

엊그제 연을 속였다고 너무 꾸지람은 말아주세요. 오빠의 비장한 출발을 같이 축복하여 주어야겠지요. 저는 결코 오빠를 야속하게 여긴다거나 하지 않아요. 애정을 계산하는 버릇은 언제든지 미움받을 버릇이라고 생각하니까요. '세월'이요? 연께서 가르쳐주셔서 참 비로소 이 '세월'을 느꼈습니다. '세월'! 좋군요—교수—, 제가 제 맘대로 교수를 사랑해도 좋지요? 안 되나요? 괜찮지요? 괜찮겠지요 뭐?

단발했습니다. 이렇게도 흥분하지 않는 제 자신이 그냥 미워서 그랬습니다.

단발? 그는 또 한 번 가슴이 뜨끔했다. 이 편지는 필시 소녀의 패배를 의미하는 것인데 그에게 의논 없이 소녀는 머리를 짤랐으니. 이것은 새로워진 소녀의 새로운 힘을 상징하는 것일 것이라고 간파하였다. 그러면서도 그는 눈물이 났다. 왜?

머리를 자를 때의 소녀의 마음이 필시 제 마음 가운데 제 손으로 제 애인을 하나 만들어놓고 그 애인으로 하여금 저에게 머리를 자르도록 명령하게 한, 말하자면 소녀의 끝없는 고독이 소녀에게 일인이역을 시킨 게 틀림없었다.

소녀의 고독!

혹은 이 시합은 승부 없이 언제까지라도 계속하려나―이렇게도 생각이 들었고―그것보다도 싹둑 자르고 난 소녀의 얼굴―몸 전체에서 오는 인상은 어떠할까 하는 것이 차라리 더 그에게는 흥미 깊은 위선 유혹이었다.

―〈조선문학〉, 1939. 4.

김유정

—소설체로 쓴 김유정론

　암만해도 성을 안 낼 뿐만 아니라 누구를 대할 때든지 늘 좋은
낯으로 해야 쓰느니 하는 타입의 우수한 견본이 김기림[1]이라.

　좋은 낯을 하기는 해도 적이 비례非禮를 했다거나 끔찍이 못난
소리를 했다거나 하면 잠자코 속으로만 꿀떡 없이 여기고 그만두
는 그러기 때문에 근시 안경을 쓴 위험인물이 박태원이다.

　없이 여겨야 할 경우에 "이놈! 네까진 놈이 뭘 아느냐"라든가
성을 내면 "여! 어디 뎀벼봐라"쯤 할 줄 아는, 하되, 그저 그럴 줄
알다 뿐이지 그만큼 해두고 주저앉는 파에, 고만 이유로 코밑에
수염을 저축한 정지용이 있다.

　모자를 홱 벗어 던지고 두루마기도 마고자도 민첩하게 턱 벗

---

1 시인·평론가(1908~?).

어 던지고 두 팔 훌떡 부르걷고 주먹으로는 적의 볼따구니를 발
길로는 적의 사타구니를 격파하고도 오히려 행유여력에 엉덩방
아를 찧고야 그치는 희유의 투사가 있으니 김유정이다.

　　누구든지 속지 마라. 이 시인 가운데 쌍벽과 소설가 중 쌍벽은
약속하고 분만된 듯이 교만하다. 이들이 무슨 경우에 어떤 얼굴을
했댔자 기실은 그 즐만驚慢[2]에서 산출된 표정의 디포메이션[3] 외의
아무것도 아니니까 참 위험하기 짝이 없는 분들이라는 것이다.

　　이분들을 설복할 아무런 학설도 이 천하에는 없다. 이렇게들
또 고집이 세다.

　　나는 자고로 이렇게 교만하고 고집 센 예술가를 좋아한다. 큰
예술가는 그저 누구보다도 교만해야 한다는 일이 내 지론이다.

　　다행히 이 네 분은 서로들 친하다. 서로 친한 이분들과 친한
나 불초 이상이 보니까 여상의 성격의 순차적 차이가 있는 것은
재미있다. 이것은 혹 불행히 나 혼자의 재미에 그칠는지 우려지
만 그래도 좀 재미있어야 되겠다.

　　작품 이외의 이분들의 일을 적확히 묘파해서 써내 비교교우학
을 결정적으로 여실히 하겠다는 비장한 복안이거늘,

　　소설을 쓸 작정이다. 네 분을 각각 주인으로 하는 네 편의 소
설이다.

　　그런데 족보에 없는 비평가 김문집 선생이 내 소설에 오십구
점이라는 좀 참담한 채점을 해놓으셨다. 오십구 점이면 낙제다.

2　매우 교만함.
3　deformation. 변형·기형.

한 끗만 더 했다면—그러니까 서울말로 '낙제 첫찌'다. 나는 참 낙담했습니다. 다시는 소설을 안 쓸 작정입니다—는 즉 거짓말이고, 이 경우에 내 어쭙잖은 글이 네 분의 심사를 건드린다거나 읽는 이들의 조소를 산다거나 하지나 않을까 생각을 하니 아닌 게 아니라 등어리가 꽤 서늘하다.

그렇거든 오십구 점짜리가 그럼 그렇지 하고 그저 눌러 덮어주어야겠고 뜻밖에 제법 되었거든 네 분이 선봉을 서서 김문집 선생께 좀 잘 좀 말해주셔서 부디 급제 좀 시켜주시기 바랍니다.

김유정 편

이 유정은 겨울이면 모자를 쓰지 않는다. 그러면 탈몬가? 그의 그 더벅머리 위에는 참 우글쭈글한 벙거지가 얹혀 있는 것이다. 나는 걸핏하면,

"김 형! 김 형이 쓰신 모자는 모자가 아닙니다."

"김 형!(이 김 형이라는 호칭인즉은 이상을 가리키는 말이다) 거 어떡허시는 말씀입니까."

"거 벙거지, 벙거지지요."

"벙거지! 벙거지! 옳습니다."

태원도 회남⁴도 유정의 모자 자격을 인정하지 않는다. 벙거지라고밖에! 엔간해서 술이 잘 안 취하는데 취하기만 하면 딴사람

---

4 안회남(1910~?). 소설가·평론가.

이 되고 만다. 그것은 무엇을 보고 아느냐 하면―

보통으로 주먹을 쥐고 쓱 둘째 손가락만 쪽 펴면 사람 가리키는 신호가 되는데 이래가지고는 그 벙거지 차양 밑을 우벼 파면서 나사못 박는 흉내를 내는 것이다. 하릴없이 젖먹이 곤지곤지 형용에 틀림없다.

창문사에서 내가 집무랍시고 하는 중에 떠억 나를 찾아온다. 와서는 내 집무 책상 앞에 마주 앉는다. 앉아서는 바윗덩어리처럼 말이 없다. 낸들 또 무슨 그리 신통한 이야기가 있으리요. 그저 서로 벙벙히 앉았는 동안에 나는 나대로 교정 등속 일을 한다. 가지가지 부호를 써서 내가 교정을 보고 있노라면 그는 불쑥,

"김 형! 거 지끔 그 표는 어떡허라는 푠구요."

이런다. 그럼 나는 기가 막혀서,

"이거요, 글자가 곤두섰으니 바루 놓으란 표지오."

하고 나서는 또 그만이다. 이렇게 평소의 유정은 뚱보다. 이런 양반이 그 곤지곤지만 시작되면 통성通姓 다시 해야 한다.

그날 나도 초저녁에 술을 좀 먹고 곤해서 한참 자는데 별안간 대문을 뚜드리는 소리가 요란하다. 한시나 가까웠는데―하고 눈을 비비고 나가보니까 유정이 B 군과 S 군과 작반해 와서 이 야단이 아닌가. 유정은 연해 성히 곤지곤지 중이다. 나는 일견에 '익키! 이건 곤지곤지구나' 하고 내심 벌써 각오한 바가 있자니까 나가잔다.

"김 형! 이 유정이가 오늘 술, 좀, 먹었습니다. 김 형! 우리 또

한잔허십시다."

"아따 그러십시다그려."

이래서 나도 내 벙거지를 쓰고 나섰다.

나는 단박에 취해버려서 역시 그 비장의 가요를 기탄없이 내뽑은가 싶다. 이렇게 밤이 늦었는데 가무음곡으로써 가구를 소란케 하는 것은 법규상 안 된다. 그래 주파가 이러니저러니 좀 했더니 S 군과 B 군은 불온하기 짝이 없는 언사로 주파를 탄압하면, 유정은 또 주파를 의미 깊게 흘낏, 한번 흘겨보더니,

"김 형! 우리 소리합시다."

하고 그 척척 붙어 올라올 것 같은 끈적끈적한 목소리로 〈강원도 아리랑〉 팔만구암자八萬九庵子를 내뽑는다. 이 유정의 〈강원도 아리랑〉은 바야흐로 천하일품의 경지다.

나는 소독젓가락으로 추탕 보시기 전을 갈기면서 장단을 맞춰 좋아하는데 가만히 보니까 한쪽에서 S 군과 B 군이 불화다. 취중 문학담이 자연 아마 그리된 모양인데 부전부전하게 유정이 또 거기 가 한몫 끼는 것이다. 나는 술들이나 먹지 저 왜들 저러누, 하고 서서 보고만 있자니까 유정이 예의 그 벙거지를 떡 벗어 던지더니 두루마기 마고자 저고리를 차례로 벗어젖히고는, S 군과 맞달라붙는 것이 아닌가.

싸움의 테마는 아마 춘원의 문학적 가치 운운이던 모양인데 어쨌든 피차 어지간히들 취중이라 문학은 저리 집어치우고 인제 문제는 체력이다. 뺨도 치고 제법 태견도들 한다. B 군은 이리 비철 저리 비철 하면서 유정의 착의일식着衣一式을 주워 들고 바로 뜯어 말린답시고 한가운데 가 끼어서 꾸기적꾸기적하는데 가는 발길

오는 발길에 이래저래 피해가 많은 꼴이다.

놀란 것은 주파와 나다.

주파는 술은 더 못 팔아도 좋으니 이분들을 좀 밖으로 모셔 내라는 애원이다. 나는 B 군과 협력해서 가까스로 용사들을 밖으로 끌고 나오기는 나왔으나 이번에는 자동차가 줄 닿아서 왕래하는 대로 한복판에서들 활약이다. 구경꾼이 금시로 모여든다. 용사들의 사기는 백열화한다.

나는 섣불리 좀 뜯어말리는 체하다가 얼떨결에 벙거지 벗어진 것이 당장 용사들의 군용화에 유린을 당하고 말았다. 그만 나는 어이가 없어서 전선주에 가 기대서서 이 만화를 서서히 감상하자니까―

B 군은 이건 또 언제 어디서 획득했는지 모를 오합들이 술병을 거꾸로 쥐고 육모방망이 내휘두르듯 하면서 중재 중인데 여전히 피해가 많다. B 군은 이윽고 그 술병을 한번 허공에 한층 높이 내휘두르더니 그 우렁찬 목소리로 산명곡응하라고 최후의 대갈일성을 시험해도 전황은 여전하다.

B 군은 그만 화가 벌컥 난 모양이다. 그 술병을 지면 위에다 내던지고 가로대,

"네놈들을 내 한까번에 쥑이겠다."

고 결의의 빛을 표시하더니 좌충우돌로 동에 번쩍 서에 번쩍 S 군, 유정의 분간이 없이 막 구타하기 시작이다.

이 광경을 본 나도 놀랐거니와 더욱 놀란 것은 전사 두 사람이다. 여태껏 싸움 말리는 역할을 하노라고 하던 B 군이 별안간 이처럼 태도를 표변하니 교전하던 양인이 놀라지 않을 수가 없다.

B군은 위선 유정의 턱밑을 주먹으로 공격했다. 경악한 유정은 방어의 자세를 취하면서 한쪽으로 비키니까 B군은 이번에는 S군을 걷어찼다. S군은 눈이 뚱그래서 이 역 한켠으로 비키면서 이건 또 무슨 생각으로,

"너! 유정이! 뎀벼라."

"오냐! S! 너! 나헌테 좀 맞어봐라."

하면서 원래의 적이 다시금 달라붙이니까 B군은 그냥 두 사람을 얼러서 걷어차면서 주먹비를 내리는 것이다. 두 사람은 일제히 공세를 B군에게로 모아가지고 쉽사리 B군을 격퇴한 다음 이어 본전을 계속 중에 B군은 이번에는 S군의 불두덩을 걷어찼다. 노발대발한 S군은 B군을 향하여 맹렬한 일축을 수행하니까 이 틈을 타서 유정은 S군에게 이 또한 그만 못지않은 일축을 결행한다. 이러면 B군은 또 선수를 돌려 유정을 겨누어 거룩한 일축을 발사한다. 유정은 S군을, S군은 B군을, B군은 유정을, 유정은 S군을, S군은 —

이것은 그냥 상상만으로도 족히 포복절도할 절경임에 틀림없다. 나는 그만 내 벙거지가 여지없이 파멸한 것은 활연히 잊어버리고 웃음보가 곧 터질 지경인 것을 억지로 참고 있자니까 사람은 점점 꼬여드는데 이 진무류珍無類[5]의 혼전은 언제나 끝날는지 자못 묘연하다.

이때 옆 골목으로부터 순행하던 경관이 칼 소리를 내면서 나왔다. 나와서 가만히 보니까 이건 싸움은 싸움인 모양인데 대체 누가 누구하고 싸우는 것인지 종을 잡을 수가 없는 것이다.

---

5 비슷한 것이 없을 만큼 진기함.

경관도 기가 막혀서,

"이게 날이 너무 춥드니 실진들을 헌 게로군."

하는 모양으로 뒷짐을 지고 서서 한참이나 원망한 끝에 대갈일성,

"가엣!"[6]

나는 이 추운 날 유치장에를 들어갔다가는 큰일이겠으므로,

"곧 집으로 데리구 가겠습니다. 용서하십쇼. 술들이 몹시 취해 그렸습니다."

하고 고두백배한 것이다.

경관의 두 번째 '가에렛' 소리에 겨우 이 삼국지는 아마 종식 하였던가 한다.

이 이야기를 듣고 태원이 "거 요코미쓰 리이치의 《기계》 같소 그려" 하였다. (물론 이 세 동무는 그 이튿날은 언제 그런 일 있 었드냐는 듯이 계속하여 정다웠다)

유정은 폐가 거의 결단이 나다시피 못쓰게 되었다. 그가 웃통 벗은 것을 보았는데 기구崎嶇한 수신瘦身이 나와 비슷하다. 늘,

"김 형이 그저 두 달만 약주를 끊었으면 건강해지실 텐데."

해도 막무가내하더니 지난 7월 달부터 마음을 돌려 정릉리 어느 절간에 숨어 정양 중이라니, 추풍이 점기漸起에 건강한 유정을 맞 을 생각을 하면 나도 독자도 함께 기쁘다.

— 〈청색지〉, 1939. 5.

6 "돌아가!"

불행한 계승[1]

한여름 대낮 거리에 나를 배반하여 사람 하나 없다.

패배에 이은 패배의 이행, 그 고통은 절대한 것일 수밖에 없다.

나는 그것을 잘 알고 있다―자살마저 허용되지 않고 있다는 것을.

그래 그렇기에―

나는 곧 다시 즐거운 산 즐거운 바다를 생각하지 아니하면 아니 된다.―달뜬 친절한 말씨와 눈길―그리고 나는 슬퍼하기보다는 우선 괴로워하기부터 실천하지 아니하면 아니 된다.

한여름 대낮 거리 사람들 모두 날 배반하여 허허롭고야[2]

---

1 일본어로 된 원문을 김유정이 번역함.
2 원문은 일본 고유의 단문학 정형시 단까短歌 형식을 취함.

1

상箱은 참으로 후회하지 아니할까? 그렇진 않겠지. 그건 참을 수 없는 냉정함보다도 더욱 냉정하여 참을 수 없는 것. 그럼에도 불구하고 그는 기다리고 있다. 후회를―상에게서 후회하지 아니하는 시간은 더욱 위태하다는 그런 말일까. 그는 절실히 후회를 고대하고 있다.

그런 꼴이었다.

혼자서 못된 짓 하고 싶다. 난 이제 끝내 살아나지 못할 것 같다. 필경 살아나지 못할 테지.

허나 언제나 상과 꼬옥 같은 모양을 한, 바로 상 자신이 아니면 아니 된다. 그림자보다도 불투명한 한 사나이가 그의 앞에 막아서면서 어정버정하는 것이었다.

그는 그 빛바랜 세피아 색 그림자 앞에선 고개를 들지 못한다.

어차피 살아날 수 없는 것이라면, 혼자서 한껏 잔인한 짓을 해보고 싶구나.

그래 상대방을 죽도록 기쁘게 해주고 싶다. 그런 상대는 여자― 역시 여자라야 한다. 그래 여자라야만 할지도 모르지.

그래 그는 후회하지 아니했는가. 거듭될수록 오히려 후회는 심각해지지 아니했던가. 그럴 때 그의 지쳐버린 머리로 어떤 것을 생각했던가. 이 경우의 여자―그의 이른바 여자란 무엇인가.

상은 사실은 이토록 후회하고 있단 말이다. 그의 머리는―이성은, 참으로 그가 고대하고 있는 것은 물론 후회 같은 쓸쓰레한 서툰 요리는 아니다. 후회하지 아니하고 되는 일.

그래 이번만은 후회하지 않고 되는 첩경을 찾아내리라.

아니 이거 무슨 물건이 바로 이 내 몸에 달라붙어서 떨어지지 않기 때문이겠지. 요놈을 떼쳐버려야지—

그러나 그건 대체 무슨 놈일까.

그는 이성은 멀쩡했었다. 그것이 보였을 만큼—그러나 그가 피로를 회복하기가 무섭게 이내 그의 그러한 이성은 다시 무디어지고 마는 것이었다.

그래 표본처럼 혼자 의자에 단좌端坐하여 창백한 얼굴이 후회를 기다리고 있었던 것이다.

이제 금시 도어가 열리면 사건이—사건이라고 하기엔 너무나도 초라한 장난이, 혹은 친구의 호주머니에 혹은 미지의 남의 가슴에 숨겨져 들어오지나 아니할까.

상은 보기에도 딱하게 벌벌 떨고 있었다.

아아, 후회하긴 싫다, 아무것도 갖다 주지 않는 게 좋겠다.

그렇지 그래, 오전 중에 잘라 파는 꽃을 어린아이가 사러 온다. 그 뒤로는 반드시 그 꽃보다도 어린아이보다도 신선한 유혹이 전연 유혹이라는 그 면모를 바꿔가지고 제법 신나게 들어오는 것이었다.

2

목부용은 인사하듯 나가버렸다. 이젠 그 이상 그는 참을 수가 없다. 그도 그 뒤를 쫓아서 나간다.

읽다 만 교과서를 접기보다도 더욱 쉽게 육친 위에 덮쳐오는 온갖 치욕마저 그의 앞서의 후회와 함께 치워버리곤, 그는 행복한 곤충처럼 뛰어가는 것이다.

범죄 냄새가 나는 그러한 신식 좌석은 없을 것인가. 허나 그는 다시 공기총 가진 사람보다도 쉽게 그 비슷한 것을 발견해 낸다. 그는 그만 미소하면서 인사를 하고 마는 것이다.

오늘 밤은 둘이 함께해야 하나 보다. 그 언짢은 그림자의 사나이와 상은 한 의자 위에 걸터앉고 이젠 요리도 아주 한 사람 몫이다.

누이처럼 생각한 적도 있답니다.

케티 폰 나기[3]같이 아름다운 오뎅집 딸한테 그는 인제 그야말로 전혀 의미 없는 말을 한 마디 해보았다.

누굴 말입니까?(정말 별난 소리 다 한다. 누이처럼 생각했던 사람이란 대체 누구를 말하는 건가)

난 야단친 적도 있답니다. 좀 더 견문을 넓히라고요.

허어,

한데 그 여자와 악마가 걸으니까 거참 지독한 절름발이였지요. 하지만 어느 쪽이 길고 어느 쪽이 짧은지는 전혀 알 수 없었지요.

나기 양은 웃었다. 그건 상의 수다에 언제나 번쩍이는, 더럽게 기독교 냄새만 나는 사고방식을 슬쩍 조소한 것일까. 어떻든 그

3 케이트 폰 나기. 헝가리의 여배우.

는 별안간 아연해지고 말았다.

　주기酒氣로 뻘게진 얼굴의 내면에 발그레 홍조가 도는 걸 느꼈다. 평소 그가 업신여기고 있던 것들이 실은 그로서 업신여겨선 안 될 것들이라는 사실이 내심 몹시 창피했기 때문이다.

　뭐 이런 건 이 언짢은 그림자의 사나이가 집게손가락으로 장난스러운 주름살을 만들면서 나를 쿡쿡 찔러대기 때문이다.

　(대단할 건 없다. 따돌려 버려라) 해서―난 이후로도 그를 누인 줄 알고 위로해 주곤 할 작정입니다.

　나기 양은 비로소 알아차린 것 같다. 허나 나기 양을 깨우치게 한 그 한마디는 또 얼마나 세상에 어리석기 그지없는 수작이었겠는가.

　이상야릇한 밤이었다. 허나 또 결정적인 밤이었다. 집 밖에서 저회하며 가지 않는 나그네가 그제서야 겨우 집 안에다 짐을 부리운 것 같은…….

　농후한 지방색脂肪素 사색思素에 결코 접근시켜선 안 된다. 하나의 백금선白金線의 정체를 마침내 백일하에 폭로하고 만 조롱받아야 할 밤이 아니면 아니 된다.

　단 한 줄기의 백금선―(나기 양, 당신만 해도 모노그램과 같은 백금선의 바둑무늬란 말이오)

　고단한 인생에 이건 또 부질없는 농담이다. 주기가 그의 혈액 속에 도도히 밀려 흐르고 있는 불행한 조상의 체취를 더욱더 부채질하고 있다. 허나 이 경우만은 그는 제멋대로 여전히 불길한 호흡을 시작할 수는 없는 것 같았다.

　피해자를 낼 만한 농담은 금해야 할 것이다. 그의 뇌리에 첫째로 떠오는 금제禁制의 소리는 몽롱하나마 그것은 피해자에의 경계인 것 같았다. 그렇다, 상의 앞에 피해자는 육안이라는 조건을 가지고 상을 위협하는 포즈를 계속할 것이다. 그것은 괴롭다.

차라리 이렇게 하자. 저 언짢은 그림자의 사나이가 나중에 무엇이라고 나무라든 아랑곳할 것이 뭐냐.

옳지, 하고 그는 후회보다도 더욱 냉정한 푼돈을 집어 던지고는 오뎅집 콘크리트 바닥을 차고 일어섰다.

그리곤 가을바람처럼 비틀거리면서 일로一路—

차압이다. 특히 네놈이 이번엔 지명당하고 있단 말이다. 그런 기세로 상의 속도에는 시뻘거니 발홍發紅한 노여움이 충만해 있었다.

3

불길한 예감에는 그는 무섭도록 민감했다. 불길한 사건 앞에선 반드시 무슨 일에나 불길한 조짐이 그를 괴롭히는 것이었다.

그는 이런 괴로움에서 벗어날 수는 없었다. 항상 전전긍긍하여 겁을 먹고 있지 아니하면 아니 되었다.

머리 정수리를 분쇄당한 부동명왕같이 그의 민감은 이미 전기의자 위에 단좌하고 있었다. 푸른 눈은 허망한 전방에 무형의 일점을 택하여 불꽃 튀듯 응시하고 있었다. 아니나 다를까—그렇다, 딱 잘라 말하겠다. 그렇다, 하지만 그러면 나쁠까, 죄악이 될까, 부도덕이 될까.

그러는 소운[4]의 한마디에—상은 가슴팍 전면에 한 잎발[簾]의 미끄러져 내리는 소리를 들었다. 이것이 불길不吉이었던가—허나 이젠 이것을 똑바로 볼 수는 없다. 발 너머로 보이는 이 불길의 정체라는 건 그다지 대단한 것도 아닌 듯했다.

그렇다면 무엇일까—한 걸음 앞에 있는 그는 아직껏 겁을 먹고 있다. 아까보다 더욱 한층 파랗게 질려 있다.

난 우정인지 뭔지를 통 믿지 않는다는 것쯤 알아채고 있을 게다. 이런 내 말의 근거일랑 그래 가령 우정에서라고 해두기로 하자. 그리고 보면 너는 살았고나?—이봐—

가볍게 주먹으로 소운의 허리께를 쿡 찌르면서, 상은 울며 웃는 상판이었다. 이런 때 그는 가장 많이 가면을 사용하는 것인데, 그 가면이야말로 상 자신의 본얼굴에 제일 가까운 것인 줄을, 그 자신의 본얼굴을 한 번도 보지 못한 사람으로선 결코 알아챌 수는 없다. 모르면 몰라도 상 자신조차—가 그 정교함에는 미처 주의하지 못한다.

이젠 더 내 평생엔 사랑을 한다든가 하는 기회는 없을 것이라고 단정하고 있었단다. 설령 어느 경우 이쪽에서 연연한 연정을 느낀다손 치더라도, 결국은 바닷가 조가비의 짝사랑이 되고 말 것이라고 굳게 체념하고 있었단다. 불긋불긋 녹슨 들판만 아득한 천 리란다.

사귀면 손해 본다. 허나 되려 반갑다. 두셋 친구 이외에 내 자살을 만류해 줄 이유의 근원이 있을 턱이 없다.

<hr>

4 김소운(1907~81). 시인·수필가.

자넨 혹은, 하필이면 네가 그러느냐 그럴지도 모른다. 허나 난 정당방위 그것마저 준비하고 있었단다―아니지, 어느 경우이건 놀림받기는 싫단 말이야. 그래서 그 손쉬운, 즉 조그마한 희생을 택했던 게야. 이러한 점에서 내가 하수인이라는 책임을 지게 될지도 모르지만, 그 점에서만 말하자면 난 굳이 그 책임을 회피하려곤 하지 않을 작정이다.

아니, 자넨 아주 무관심한 것 같군. 하나의 조솟거리를 얻은 것 같을지도 모르지. 허나,

이런 날에도 어쩌다 떠오르는 추억의 조각 한강 물 반짝이는 여름 햇살 보누나[5]

여름 햇살이라고 한 것은 안 좋다. 더더구나 안 좋다.

(한여름 햇살이 퍼붓는 거리에 사람들은 나를 배반한 것이다. 한 사람도 없다. 허나 나 또한 즐거운 산 희롱거리는 해변을 생각할 것을 잊지는 아니한다. 지껄대는 친절한 말과 말. 정겨운 눈매―나는 거리를 쏘다니지 아니하면 아니 된다. 한여름 살갗을 어여 흐르는 땀에 헐떡이면서 사람 하나 없는 거리를 쏘다니지 아니하면 아니 된다)

---

5 원문은 단까 형식으로 되어 있음.

4

상은 그러나 조종을 받고 있었다. 그는 저 십 년이 하루 같은 몸짓을 그만두지는 못한다. 산다는 것은 어쩌면 이다지도 재미없는 몸짓의 연속인 것일까. 허나 그만두든 그만두지 않든 인형 자신의 의사에 의하는 것은 아니다.

7월 보름밤 한강에 사람 많이 나온 것을 말하면서 주가酒家의 일부분(그는 쓰러지면 점원 아이의 물세례를 받을 것만 같았다……)

가랑비가 내리다가 이윽고 제법 쏟아져 내렸다. 사람들은 그래도 흩어지려곤 하지 않았다. 그래 속세는 더욱더 공기를 독毒하게 해갔다.

타자꾸나

타자꾸나

꼭두각시 인형을 태운 보트는 그 인형을 다시 조종하면서, 또 한 사람에 의해 조종받고 있었다. 상은 어떻게 하면 좋단 말인가. 이 무슨 궁지. 그는 양말을 벗어 던지고 여차할 때 헤엄칠 준비를 했다. 허나 그는 헤엄쳤던가. 알고 보면 그는 헤엄칠 줄 모르는 것이다.

무슨 생각에서일까. 배는 반드시 뒤집히는 거라고만 단정하고 있는 근거는 어디에 있단 말인가.

그는 전날 밤의 그의 실언(?)을 상기해 보았다. 혹은 전복을 불러올 것 같은—심장의 어떤 어두운 공기를 자아낼 것 같은—

무관심하다니, 무슨 소리냐?

이 한마디가 과연 어떻게 받아졌을 것인가. 이제 와서 생각해 보면, 그것은 분명 의외의 폭언이었다. 그렇지, 폭언이지.

상은 그 한마디만을 뉘우쳤다. 묘한 데까지 손을 내밀고 싶어 하는 놈이라는 소리를 듣고 싶지 않기 때문에—

손을 내밀어? 어느 쪽이 손을 내밀었단 말인지? 아니면 손은 양쪽에서 함께 내밀었던 것일까. 우습기 짝이 없다. 사람을 우습 게 보는군.

상은 소리를 내어(그때 그의 앞에 비굴한 몸짓으로 막아서는 자가 있었기에)

(비켯—비키라니깐—)

언짢은 그림자의 사나이는 경악했다. 처음으로, 정녕 처음으로 그의 성난 꼴이 무서웠던 것이다. 위험햇, 뭘 하고 있나?

바보 같군—물이야, 한강이란 말야—보트는 크고 그리고 강물은 작다. 가랑비는 친절하지 뭐냐. 에서 난 혼자 낮잠을 자고 싶다.

난 젊어질 작정이야—(그리고 상은 한꺼번에 십 년이나 늙을 작정이야)

그러면서 소운은 무엇인지 상에게 몰래 명령했다. 알고 있어. 난 그렇게 할게. 산다, 살지 못한다 그런 문제가 아니야. 자존심, 이건 또 어쩌면 이렇게도 낡은 장난감 훈장일까. 결코 그런 건 아니다. 그런 식으론 진짜 어쩌지는 못할걸.

그럼 왜? 왜 잠자코 보트를 둘이서 탔느냐 말이다. 반대—소운이 물에 빠지면 그는 배 안에 점잖이 있어야 하는 것쯤은 알고 있었을 게다. 알고 있었지. 허나 이건 '하는 후회'가 아닌 '있는 후회'가 시킨 일일 게다.

기슭 위에 있는 것은 모두가 따스하다. 그리고 배 안에 있는 그는 차갑다. 그리고 그가 기슭에 있을 땐, 후회 때문에 모두가 반대가 아니면 아니 되었다.

피하지 아니하면 아니 되는 것, 피해서 안전한 것을 어째서 피하지 아니하였느냐 말이다. 한 줄기의 백금선을 백일에 드러냈던 때의 후회—아니다—

그래 그것은 나중이냐, 아니면 정녕 먼저냐? 예감이라니 정말이냐.

허나 분명 얻은 것은 아니다. 무엇인가 송두리째 잃은 것만은 사실이다. 속일 순 없다. 이건 또 치명적인 결석이었다.

무엇일까. 누이인 줄 알고 있던 두 가지의 성격을 두 가지의 방법으로 생각했던 그것일까. 아니면, 한꺼번에 십 년 후로 후퇴해 버린 자신의 위치일까. 아니면, 십 년이란 먼 곳에 미소 짓는 해변의 소운—그 친구일까.

아니면, 그것들과는 전혀 다른 그 무엇일까.

5

훗훗한 풀 냄새가 코를 쿠욱 찔러왔다. 피로한 두 사람은 어렴풋한 어둠 속에서 께느른하게 잠자고 있다. 모든 직업, 모든 실망, 모든 무료를 분담하면서 시방 두 사람이 내려다보고 있는 주택군—그 속에서 사람들은 역시 서로 사랑하고 있는 것일까. 역시 걱정을 하고들 있을 테지. 보게, 이렇게. 이 레일은 경의선이었나. 예전의 그, 지금은 근교 일주, 동경東京의 성선[6] 같은 거지. 한번 타보지 않겠나, 천하태평한 기차라구. 동녘이 밝아왔구먼.

자아, 가자구. 그러지 말고 가자구. 고집부리지 말고. 멋꼬라지 없게, 새삼스레, 자아, 자아.

그렇지. 상은 결국 가만히 있을 수는 없었다. 가만히 있는다는 것은—전연 손을 내밀지 않는다는 것. 그래, 그렇게 하려고 한다면, 대체 그는 어떻게 하고 있으면 좋단 말인가. 결국 가만히 있는 것. 그런 일은 있을 수 없거든.

가만히 있기는커녕, 정녕 가만히 있진 못하겠다. 이건 또 불가사의한 처지인 것 같았다. 왜 가만히 있지 못한단 말인가?

소운은 집에 가겠노라 했던 것이다. 집에 가서 혼자 조용한 시간을 가지고 싶다는 것이었다. 슬픈 심정을 주체스러워하고 싶다는 것이었다. 그리고 괴로워해하겠노라고—

괴로워해?

그 괴로움이야말로 사람들이 원해도 쉬이 얻을 수 없는, 말하자면 괴로움 같은 그런 것은 절대로 아닌, 어떤 그 무엇이지 않을까.

조용한 시간만큼 적어도 두 사람에게 있어서 싫은 것은 없을 터이다. 실상 상은 그것이 무엇보다도 무서운 것이었다.

그러나 완전히 외톨로 남게 되어—상은 소운의 팔을 잡아끌면서, 저릴 만큼의 서러움을 몸에 느끼지 않을 수가 없었던 것이었다.

무슨 수를 쓰든 이 자리를 면하지 아니하면 아니 된다. 아니다, 소운으로 하여금 이 '눈물의 장'에서 달아나게 해선 안 된단

6 예전에 일본 철도성이 관리하던 철도 혹은 진차 노선의 통칭.

말이다.

억지로, 오기로도— (혹은 있고 싶지는 않단 말이다. 혼자 있는 건 무서워)

혼자서? 혼자서 있는 것일까 그것이? 그리고 그런 내용을 가지고서의 혼자서 있는 것, 그것이 허용될 수 있는 일일까.

숫자는 3이다. 2와 1이라는 짝 맞춤밖에는 전혀 방법은 없는 것이다.

그리하여 이미 결정된 것이나 다름없지 않은가. 그런데도 무엇을 그렇게 우물쭈물하고 있는 것이냐? 얌전하게 단념해야지—

그러고 싶어. 사실은 그래도 좋다곤 생각해. 허나 그저 가만히 있지는 못하겠다 그런 소리일 따름이야. 이걸 달래주는 법은 없을까.

상은 체념한 듯 또다시 레일 위에 걸터앉았다. 풀 냄새가 한층 드세게 코로 왔다. 자연은 결코 게으르진 않은 것이다.

동녘은 더욱 밝아왔다. 그것은 체념하는 표정과도 같은 가냘픈 탄식이었다. 벌써 아침이 오지 않는가.

절망의 새끼줄을 붙잡고—이 무슨 멋꼬라지 없는 하룻밤이었던가. 이미 분리된 것을 끌어당긴다는 것은 적어도 비굴한 일이 아닐 수 없다.

밤이 밝아온다. 절망은 절망인 채, 밤이 사라져 없어지듯 놓아주지 아니하면 아니 될 성질의 것이다.

날뛰는 망념 위에, 광기 어린 야유 위에, 그야말로 희디흰 새벽빛 베일이 덮쳐오는 것이었다.

레일은 더욱더 차갑다. 매질하듯 상의 저주받은 육체를 가로질렀다. 그리고 뺨엔 두 줄기 차가운 것이 있었다.

레일 앞에는 무엇이 있었는가. 거기엔 오로지 그의 재능을 짓밟는 후회가 있을 따름이었다. 그럼에도 불구하고, 거기 아니면 그는 살아날 수 없다고―아니다, 그릇된 생각이다―내뿜는 분류奔流를 막아낼 수는 없다고 생각했던 것일까.

바보 같은―상은 돌아다보듯 하면서, 저만치 선착先着해 있는 자신의 무모하고 치둔함을 비웃으려 했던 것이다. 허나 돌연―

가자, 상箱! 가자꾸나―좋은 앨(창녀) 사자꾸나.

아니야, 난 이젠 단념했어. 벌써 날도 샜어. 저것 봐, 제법 붉어 왔는걸.

일언 중천금! 뿔뿔이 갈라진 역류가 예기치 않은 방향으로―그리하여 그들은 숙소로부터 더욱더 멀어져 갈 따름이었다.

6

밤이 사라졌다. 벗어 던져진 전등에는 아련한 애수와 외잡한 수다가 이국인처럼 오도카니 버림받고 있었다.

은화에 의한 정조의 새 색칠―상의 생명은 이런 섬에 당도하여 비로소 찬란한 광망光芒을 발하는 것 같았다.

모든 것은 현관 신발장께에 구두와 함께 벗어 던져져 있다. 이제 이 지폐 냄새 물씬거리는 실내엔 고독이란 찾아볼 수가 없다.

상은 녹음된 완구처럼 토오키[7] 브로마이드―신나게 지껄였다. 그의 얼굴은 웃음으로 넘쳐 있었다.

　—은선아! 전등이 꺼졌어, 졸립질 않니?(등불이 꺼지면 잠이 깬다는 걸 아는 사람들은 여기 없다)

　—아아뇨.

　—난 말야, 애인을 친구한테 뺏겼단 말야. 분명하진 않지만, 아무래도 그런 것 같아. 아냐, 난 그 애가 내 애인인지 아닌지 그런 거 쇠통 알지 못했어. 허지만 내 친구가—어느 틈에 내 친구가 그 앨 좋아하게 됐단 말야. 그랬더니 그때 그 애는 내 애인이란 사실을 깨닫게 됐단 말야. 그리고 보면 뺏기고 만 셈이지 뭐냐.

　그래서 난 지각했다고나 할까 그렇게 되고 만 꼴인데, 이제 새삼 그 앤 내 애인이란 주장은 못 하게 됐지. 그렇지, 주장할 수가 없지. 그래서 난 친구한테 그런 말을 들었을 때, 아 그런가, 그건 안 되지. 아니, 괜찮어. 아니, 역시 안 되겠어. 그렇게 어린 애를, 그건 죄악이야. 허지만 잘됐어. 그렇다면 그 애도 살게 되는 셈이니, 자네 같은 거시기 다소 나이 많은 신뢰할 만한 사람에게 자기 일생을 맡길 수 있다는 건, 그건 그 애로선 행복된 일임에 틀림없어. 그런 소릴 하고 얼버무려 버렸던 것인데…….

　—예쁜 여잔가?

　—글쎄 그렇군. 예쁘달 수도 있겠지만, 아무튼 아주 두드러지게 특색이 있는 여자인데, 얼굴은 창백하고 작달막한 몸집에 근시이고 머리털이 빨갛고 절대로 웃지 않는다구. 그래 웃지 않기는커녕 입을 열지 않는다구. 그런 아주 색다른, 어쩌면 내일 당장

7　토키talkie. '유성 영화'를 달리 이르는 말.

자살해 버리지나 않을까 싶은 염세형인데,

그러면서도 개성이 강해서 남의 말은 쉬이 들어먹지 않거든.

그렇지, 입술이 퍼렇지. 난 또 그 애 눈알의 검은자위를 본 적이 없어. 즉 사람을 똑바로는 절대로 보지 않는다 그 말야.

—근사한 여학생?

—여자 대학생 그런 종류 같은데…….

은선은 곧잘 면도칼을 갖다 대고 밋밋한 상의 뺨을 두 손으로 만지곤 했다. 털 밑 피부 언저리에 찌르듯 한 아픔을 느꼈다.

—그런 이상야릇한 여자 좋아할 것 뭐예요. 내가 사랑해 드릴게요.

그리고 보니 은선은 미인이었다. 정사情死하려다 남자만 죽었는지, 목 언저리에 끔찍스러운 칼날 자국이 있던 것으로 기억한다.

—그래서 난 홧김에 여기로 끌고 들어왔단 말이야. 내일 아침, 그러니까 오늘 아침이지, 랑데부한다는 거야. 그렇지. 저 꼴 좀 보라구. 분한 김에 그러긴 했지만, 좀 안됐군.(말 말라구. 저 사람이 내 애인을 뺏은 사람이거든)

—촌뜨기 같은 소리— 깔보지 말라구요.

(어째서 너보곤 내 심정을 이렇게 똑똑히 말할 수 있을까. 그리고 넌 또 영리해. 이 심정을 참 잘도 알어)

—나이는 열아홉, 처녀란 말씀이야. 이래도 마음이 동하지 않는 작자는, 그렇지 거세당한 놈이랄 수밖에.

—하지만 뺏길 때꺼정 자기 애인인지 아닌지조차 알지 못했다니, 댁도 어지간히 칠칠치가 못했나 보군요.

—그게 글쎄 알고 보니 짝사랑이더라 이거야.

─아이고, 사람 작작 웃겨요.(요점은 그곳에 있는 모든 것은 아무 일도 없었던 양 지극히 무사태평하다 그 말씀이야.)

─그래 난 실은 아무 말도 안 했어. 물론 둘이 다 그런 걸 알아챌 까닭은 애당초 없었지.

계산과 같은 햇살이 유리 장지문을 가로질렀다. 그리하여 일회분 표를 가진 사나이가 하나 정조貞操의 건널목을 바람을 헤치듯 가로질러 간다. 땀이 납덩이처럼 냉랭한 도면 위에 침전했다.

— 〈문학사상〉, 1976. 7.

이상 연보

1910년	서울 종로구 사직동에서 아버지 김연창과 어머니 박세창 사이에서 장남으로 태어남.
1912년	부모를 떠나 아들이 없던 큰아버지 김연필의 집에 양자로 감.
1917년	누상동에 있는 신명학교(4년제) 입학.
1921년	조선불교중앙교무원 경영의 동광학교 입학.
1924년	동광학교가 보성고등보통학교(보성고보)로 병합되어 보성고보 4학년에 편입.
1925년	교내 미술전람회에서 유화 〈풍경〉 입상.
1926년	보성고보 졸업. 동숭동에 있는 경성고등공업학교(서울공대의 전신) 건축과 입학.
1929년	경성고등공업학교 졸업. 조선총독부 내무국 건축과 기사로 근무하다 관방官房 회계과 영선계로 옮김.
1930년	조선건축회지 〈조선과 건축〉의 표지도안 현상모집에 1등과 3등으로 당선. 처녀작 장편소설 《12월 12일》을 〈조선〉에 발표.
1931년	처녀시 〈이상한 가역반응〉 〈파편의 경치〉 〈BOITEUX · BOITEUSE〉 〈공복〉과 일본어 시 〈조감도〉 〈3차각설계도〉를 〈조선과 건축〉에 발표. 조선미술전람회에서 서양화 〈자화상〉으로 입선.
1932년	'비구比久'라는 익명으로 소설 〈지도의 암실〉을, '이상李箱'이라는 필명으로 시 〈건축무한육면각체〉를 발표.

1933년	폐결핵으로 총독부 기수직 사임. 배천온천에서 요양하던 중 기생 금홍을 만남. 서울 종로 2가에 다방 '제비'를 개업하고 동거 시작.
1934년	구인회 참여. 시 〈오감도〉를 〈조선중앙일보〉에 연재하나 독자들의 항의로 15회를 마지막으로 중단. 박태원의 신문소설 〈소설가 구보씨의 일일〉에 '하융河戎'이라는 화명畵名으로 삽화를 그림.
1935년	경영난으로 다방 '제비'를 폐업하고 금홍과 헤어짐. 인사동에 카페 '쓰루[鶴]'를 인수하지만 얼마 못 감. 다방 '69'를 설계하나 양도하고, 다시 다방 '맥麥'을 설계하나 곧 양도. 계속된 경영 실패로 생활의 어려움이 가중됨.
1936년	창문사에 들어가 구인회 동인지 〈시와 소설〉을 편집하지만 1집만 내고 퇴사. 이화여전을 졸업한 변동림과 결혼. 재기를 위해 일본 동경으로 떠남.
1937년	사상이 불온하다는 혐의로 일본 도쿄 경찰에 피검. 건강이 악화되어 보석으로 출감한 후, 도쿄제국대학 부속 병원에서 요절함. 아내 변동림에 의해 화장되어 돌아옴. 미아리 공동묘지에 안장되었다가 훗날 유실됨.

10

이상 소설전집

날개

초판 1쇄 발행 2014년 6월 16일
초판 8쇄 발행 2024년 5월 24일

지은이 이상
펴낸이 이범상
펴낸곳 (주)비전비엔피 · 애플북스

기획 편집 차재호 김승희 김혜경 한윤지 박성아 신은정
디자인 김혜림 최원영 이민선
마케팅 이성호 이병준 문세희
전자책 김성화 김희정 안상희 김낙기
관리 이다정

주소 121-894 서울특별시 마포구 잔다리로7길 12 (서교동)
전화 02) 338-2411 | **팩스** 02) 338-2413
홈페이지 www.visionbp.co.kr
이메일 visioncorea@naver.com
원고투고 editor@visionbp.co.kr

등록번호 제313-2007-000012호

ISBN 978-89-94353-47-0 04810